有度文化

文明守夜人

草树 著

关于当代诗歌艺术的随笔集

山西出版传媒集团
北岳文艺出版社
·太原

图书在版编目（CIP）数据

文明守夜人：关于当代诗歌艺术的随笔集 / 草树著. --太原：北岳文艺出版社，2022.8

ISBN 978-7-5378-6521-0

Ⅰ. ①文… Ⅱ. ①草… Ⅲ. ①诗歌研究－中国－当代－文集 Ⅳ. ①I207.22-53

中国版本图书馆CIP数据核字(2022)第000774号

文明守夜人

——关于当代诗歌艺术的随笔集

草树 / 著

出品人
郭文礼

选题策划
刘文飞

责任编辑
刘文飞

助理编辑
马媛慧

封面题字
陈新文

封面绘图
陶醉

书籍设计
张永文

印装监制
郭勇

出版发行：山西出版传媒集团·北岳文艺出版社
地址：山西省太原市并州南路57号　邮编：030012
电话：0351-5628696（发行部）　0351-5628688（总编室）
传真：0351-5628680
经销商：新华书店
印刷装订：山西人民印刷有限责任公司

开本：787mm × 1092mm　1/32
字数：333千字
印张：11.625
版次：2022年8月第1版
印次：2022年8月山西第1次印刷
书号：ISBN 978-7-5378-6521-0
定价：59.80元

2005年与莫非在北京

2019年与吕德安等人在深圳

2020年与杨键、罗羽等在郑州

2021年与韩东、李琦等在徐州

2021年与陈先发在合肥

2021年与吕德安、毛焰在福州

代 序

很小的时候，我记不清是爷爷一辈哪一个老人去世，黄昏时分，一个身着长袍的道士在田野边挥舞着水袖。死者的缟铺、衣服和纸钱，构成一堆熊熊大火。从道士手里洒出来的米粒，在火焰中嗞嗞作响，散发着香味，把布料发出的臭味稍稍遮掩了。那个道士抬起手肘，藏起眼睛，看阴阳——据说他能在衣袖里看见来到火堆边争食的鬼魂。我只看见黑暗中的火焰格外耀眼。当那位道士正要转身离去的时候，大伯笑嘻嘻地迎上来，十分谦恭地请求他讲一讲阴阳。他神秘兮兮，和大伯走到一间没人的屋子去说。之后就传出，有一个中年男子满身是血，挥之不去，阴阳先生让村里人出门要特别注意安全。大约过了一个礼拜，邻村一个中年男子出车祸的死讯传来了。

我不知道那位道士是否真能看见灵魂的真相：是偶然的巧合，还是真是先知的预言？道士嘴里的念念有词，首先是召唤天地菩萨，其次是往昔家神，一个简朴的祭奠仪式，神灵悉数到场，天地神人的四边形暂时建立起来了。那些跟着他鞠躬作揖的孝子们，也从利益的争夺、权力的游戏和秘密的算计中，暂时游离出来。平素高昂的额头上，若隐若现地出现了“敬畏”一词，心里除了悲痛，还有一缕泉水淌过。

道士招魂，像诗人作诗，其态度之庄严也如同语言学家之于方言，方志学家之于地方，帝国之于领地——如德里克·沃尔科特所言。无数的声音在记忆中沉落了，像羽毛飘散沉入大地，诗人的写作，如道士挥动长袖，是要让那扑地的羽毛再次轻飏起来。美剧《权力的游戏》中那个布兰·斯塔克知道，夜王最终会找上他。他坐在古老的鱼梁木下，任凭远处在进行史无前例的人鬼大战。夜王来了。夜王冲他来，因为他是人类的先知、记忆，他能够看见往昔和当下的真相，杀死他，意味着杀死了人类的记忆，而人类失去记忆，就真正彻底消亡了。诗人是记忆的捍卫者。对于一个诗人的爱护，与其像赎罪的乔伊那样舍命保护布兰，或像艾丽娅那样经受无名者（no one）的残酷训练以人间绝技杀死夜王，不如"以一个声音"追上诗人的"目力所及"。诗人张枣在《春秋来信》中写道——

……而你的声音
追上我的目力所及："我，

就是你呀！……"

以声音追上诗人的目力所及，是以一种感官和语言同步抵达诗歌的发生现场和诗学视野，而不是将诗放在一个意义的模型里铸造意义的模特——那模特不论有多么美，她的命运就是禁锢，永远站立在橱窗的灯光里，而不能得到"声音"的触摸，从而产生更微妙的内心共振。张枣在《春秋来信》中描述了一种获得高山流水般知音的喜悦："那儿，鹤，闪现了一下。你的信 /立在室中央一柱阳光中理着羽毛—— /是的，无需特赦。"我不知道诗人臧棣的来信谈了什么，谈论了诗当是大概率事件。一个诗人在这样的时刻获得的内心自由和喜悦，是难以言表的。

我从来不敢以批评家自居，充其量是一个诗歌的同行，当然我也不太喜欢那些学院批评家的阐释模型：他们把诗歌作品作为一个意义的化合物，试图从不同的“模型”中分解更多的意义分子。我期望能够进入诗人的写作现场，并与诗人在诗歌发生学层面，探讨声音的秘密：它是如何在一瞬间获得形象，像黑暗的丛林飞出萤火虫，并将夜色点缀。

这是一个民族复兴的伟大时代。城市化运动轰轰烈烈，不断改变着天际线，现代化的铁路网布满国家的南北东西，巨型挖掘机的轰隆声、振动棒的嗡嗡声和娱乐频道的廉价笑声，充斥着耳鼓。满地语言的碎片。几年前站在阳台上，可以看见橘洲焰火，现在被万达的高楼遮挡了。漫步明清风的湘春路，谈起一个电影曾经以此作为外景地，言语间的骄傲，只剩下牌楼上三个秀美的绿字。一片废墟之后，高楼如雨后春笋般耸立。楼道里人们对面相逢不相识，“邻居”一词，已经失去它的本义，也尚未获得新的命名。入夜时分亮起的万家灯火，不过是照亮各自一块小小的属地，远看壮观无比，实际上是各自分立的“他在”，人与人并不能相互映照，到处都是陌生人，谁能拥有一个真实的此在？即便家神，也找不到进门的路径。一个人死去了，夜晚悄悄送去殡仪馆。楼下摆满了婚车，却并不知道是谁家在办喜事。一个传统的中国正在逝去，而城市的人们懵然不觉，各自像一只陀螺旋转在一个小圈子里——这个圈子随着年龄的增长和利益链的剥离，变得越来越小。记忆如同废墟，而当下隔断过去，人孤立在大地上，从未如此孤独。诗人是这个时代的语言碎片的拼贴者，是文明的守夜人。当代诗人，越来越像道士或巫师，甚至更无用，然而正因为无用，诗人像打坐的僧侣，耳朵得以清空，为真实的声音，预留了频道。倾听或拼贴，使记忆和当下得以黏合，黏稠的胶水如同一种无所欲求的爱，这份爱，致力于修复一只被打碎的传统的花瓶，固执如后院的碎玻璃，依然在言说——如诗人多多在《依旧是》所言。

本书试图以文本细读的形式，走进十个在当代诗歌场域拥有卓著声望的诗人的写作。也许莫非和毛焰，相对来说在诗歌界不那么知名，但他们有着夺目的独特性。莫非作为“第三条道路”的代表诗人，四十年来一头栽进野草世界，他的摄影和诗，都源自一个我们熟视无睹的野草世界，像19世纪美国作家梭罗沉浸于瓦尔登湖一样，莫非以野草世界的声音和形象以及自然秩序为蓝本，建立了一个超验主义的诗歌王国。毛焰作为一个画家，在美术界鼎鼎有名，但是作为诗人，他也许只为少数同行知晓，但是他的诗歌写作一出手就卓尔不凡，或得益于绘画上的艺术造诣，他的诗同样有着精纯的语言质地和鲜明的风格特征，以直接客观的笔法和超越性的视角，写出了一批质地精良的、不同于瓦雷里之“纯诗”意义上的纯诗。多多是朦胧诗代表诗人，一直保有旺盛的创作活力，以现代性美学的视角看，多多的写作很早就呈现了个人性和日常性特征，比起与他同时代的朦胧诗派诗人，他的写作更多是在诗歌本体论维度上的追求，而非一种对意识形态写作的纠正，因而他的诗也更多呈现出现代性的特征：锐利的不和谐音和悖谬的矛盾修辞法。张枣作为后朦胧诗的代表诗人，以《镜中》为标志，在20世纪80年代初就从英雄主义的宏大抒情脱身，重拾现代诗的“日常语调”，以元诗写作为主要策略，致力于在中西两大传统下探寻一条现代性语言路径，语言技艺纯熟精湛，为汉语新诗的写作，提供了众多语言学范例。韩东和于坚作为先锋派诗人的代表，对当代诗歌写作的语言观念变革，起到巨大的推动作用。韩东在理论、创作和活动三个领域三位一体地推动着诗歌变革，他的“诗到语言为止”的名言影响所及，可能早已溢出诗歌的边界而惠及整个当代文学，其诗歌也呈现出丰沛的写作活力，尤其近年来的写作日臻完善，收敛了先锋姿态而深入存在之域，奔向语言澄明、风格简朴的炉火纯青之境。相比而言，于坚的写作更为复杂，也更具雄心，从早年的《尚义街六号》《零档案》为代表的口语写作，到《对一只乌鸦的命名》的元诗写作，从蓝调诗到《莫斯科札记》，于坚的写作，犹如一只大象前行，震动着汉语的地平线。长期隐居于安徽马鞍山的杨键，真正践行一种“出家式的写作”（于坚语），从《暮晚》到《哭庙》，他既作为一个虔诚的古典主义者，从伟大的传统中开辟了一条个人化的语言路径，又以现代人的孤勇和儒家文化的使命意识，深入民族苦难的深渊，为千千万万非自然死亡的亡者招魂，为文明守灵，写出了史诗性的文本。吕德安作为“他们”诗群早期的成员，他的写作却更多现代主义的特征，几十年默默无闻的写作，磨练出非凡的语言技艺，他的诗歌语言朴素，抒情纯正，以叙事艺术有效地消解了形而上抒情的高蹈，以极富画面感的细节营造了一个“无地点的天堂”。将元诗写作从语言层面更进一步推向整体性和个人性相互映照的存在场域，陈先发的写作在现代主义二元对立的“困境”中一次次突围，完成了规模相当可观的语言学“特例”，以致他在当代诗歌写作现场，也成为一个卓越的“特例”：发挥本民族所缺乏的思的经验，并以此拓宽了诗的本土领地。昌耀是近年来得到学界越来越多关注的重要诗人，他的写作实现了他自身的精神救赎，成为一个癫狂时代和民族苦难的折光棱镜，其诗歌语言因引入土伯特人的宗教、习俗和日常，以及西部高原壮美的自然风光，而熔铸出古涩滞重、雄峻奇峭的新边塞诗风格。

20世纪杰出的诗人批评家当属T.S.艾略特、约瑟夫·布罗茨基、谢默斯·希尼、德里克·沃尔科特等，这些杰出的诗人在开创了诗歌的伟业的同时，也与同时代的同行们以及诗歌史上的先贤，有着深刻的响应。谢默斯·希尼1985年在卡瓦纳年会发表题为《无地点的天堂：从另一个角度看卡瓦纳》的演讲，他讲到一个故事，在他的出生之年，他的姑姑在一个果酱罐里种植了一棵栗树，多年后栗树高过了黄杨绿篱，他也长大了。在他眼里，那棵栗树因为与他同年，且他又是姑姑最喜爱的人，因而栗树也自然而然被象征化了。后来他们搬家了，新主人把院子和路边的树木都砍了，包括那棵栗树。那个曾经有过栗树的空间，多年以后在心灵的眼睛里慢慢有了光亮，这给予诗人以启迪："象征根植于故土，而更多是准备好被连根拔起，被神秘地带进某种透明却又是土生土长的来生。这新地方可以说是一个理念：它产生于我旧地方的经验，却不是一个地形学意义上的地点。它曾经是并且依然是一个想象的王国，哪怕它可以在一个尘世的地点被找到，它也是一个无地点的天堂而不是一个天堂般的地点。"①谢默斯·希尼从这样的视角再度审视卡瓦纳，便在他的诗歌里发现了一些先前没有发现的东西——甚至可以说是惊人的东西，即内心的自由达成了真正的写作自由。还有什么"声音"比这样一种批评视野追上诗人的"目力所及"更令人欣慰的呢？当代中国诗人们之间缺少这样的声音：它足以改变气候，就像在莽莽雪原上一个人独自烤火，另一个人加入进来，映照四只手的火光有了双倍的温暖，篝火由此也获得了象征。

我们这个时代的诗人都在致力于营造一个无地点的天堂。这个无地点的天堂，即是文明所在、语言之家。在我们居住的地方，类似果酱罐里那样一棵栗树早就不在了，但这并不妨碍我们一起在荒野上烤火：语言的篝火。我的大伯前几年也去世了，去世前那年春节，他特地进了我家的门，坐在沙发上，眼睛瞄向四处。现在烧大包的仪式结束，没有人去向道士询问有关阴阳的事了。在我看来，诗人所为，如同为词语招魂，而我不过是做着类似大伯当年所做的事罢了。

2020年5月16日

①谢默斯·希尼：《希尼三十年文选》，黄灿然译，浙江文艺出版社2018年版，第176页。

目录

痴呆山上的眺望：细读多多

多多一般被指认为朦胧诗的代表诗人之一，尽管他本人多次否认。他也不认为有什么“白洋淀诗群”，“那都是后人加上去的”，2013年他在河南郏县对我说。多多，本名粟世征，1951年出生于北京，1969年到白洋淀插队，后来调到《农民日报》工作。1972年开始写诗，1982年开始发表作品。1989年出国，旅居荷兰十五年，曾任伦敦大学汉语教师，加拿大纽克大学、荷兰莱顿大学驻校作家，曾多次参加世界各大诗歌节，在英国、美国、德国、意大利、瑞典等十几个国家的大学举办过讲座和朗诵。2004年回国后被聘为海南大学人文传播学院教授。多多著有诗集《行礼：诗38首》《里程：多多诗选1973—1988》《多多诗选》《多多四十年诗选》等，2005年获得第三届华语文学传媒大奖2004年度诗人奖。

在20世纪70年代，多多是中国为数不多的杰出的现代诗歌探索者之一，其代表作《玛格丽和我的旅行》《手艺》《致太阳》等，早已成为汉语诗歌的宝贵财富。在旅居欧洲的十几年间，他不懈创作，获得国内外诗歌界的普遍赞誉。多多被公认为当代中国最优秀的抒情诗人之一，曾获得纽斯塔特国际文学奖等重要文学奖项。

多多的写作，有着极其鲜明的个人性特征，从1972年开始写诗，他的发声就与众不同。在那个普遍倾向于“为时代代言”的时代，他似乎是一个诗“不针对什么”也“不反对什么”的“特例”，而致力于恢复汉语的听觉。在20世纪70年代末80年代初，朦胧诗在当代诗歌史上有着十分重要的地位，以北岛、舒婷、杨炼、芒克等诗人为代表，开启了一个诗歌时代。多多在那个时代也许声名不那么响亮，但是他的写作显示出的诗歌技艺的精湛、洞察力的明晰和语言的锐利，日益受到诗歌界的公认。

从痴呆山上眺望，多多历时半个世纪的写作，形成了旖旎的语言风光，择其峰岭，可以勾勒出一条不凡的语言路径。当然，路途两旁的多多式城堡、四合院或村庄，或许更有魅力，我们不难从这一条路径的张望中获得。

一

《蜜周》写于1972年，是多多的早期名作之一。一般认为，这是一首爱情诗，没有像舒婷的《致橡树》（写于1977年）那样广为流传，却潜藏着比后者更为精湛的诗艺。后者是宣泄式的、意象化的，凌霄花、鸟儿、泉源、木棉等，是典型的象征主义的对应物，以“否定”成就“是”，诗的内核是观念性的，是宏大高蹈的抒情。当然，在20世纪70年代后期，这也是引领风气的写作。而多多这一首诗显然是个人化的，发生于日常又超越日常，当然也不乏那个特定时代的投影。

我们不妨认为《蜜周》戏仿了《圣经·创世纪》，或许在年轻叛逆的诗人多多心里，爱情到来本就是人的一次“创世纪”，是人生开天辟地的大事。

第一天

叶落到要去的路上
在一个梦里的时间
周围像朋友一样熟悉
我们,却隔得像放牧一样遥远

你的眼睛在白天散光
像服过药一样
我,是不是太粗暴了?
“再野蛮些
好让我意识到自己是女人!”

走出树林的时候
我们已经成为情人了

春天繁花绽放、蜂飞蝶舞，本是爱情相宜相洽的季节，即便李商隐写悼亡诗，也拿来做这样的比喻:“庄生晓梦迷蝴蝶，望帝春心托杜鹃”，想象着当初恋情好比庄生梦蝶、杜鹃啼春，那么多多开篇写“叶落到要去的路上/在一个梦里的时间”，显然是拿万物萧瑟的秋天之景来映衬一次约会内在的热烈。它在诗歌美学的趣味上，已经出现微妙的变化。它不是“此时此地”之景，而仿佛是一种意志推动的产物，仿佛只有在落叶纷飞的路上，情人的散步才真正显示一种生命的力量。多多那一代人，处于一个十分压抑的时代，人的内心和那个时代相对应，也许就如一个人的身影和一条落叶纷飞的路构成的画面。奥地利伟大的诗人里尔克的

《秋日》中那个在落叶纷飞的林荫道上徘徊的孤独者形象，或许就存留在诗人的潜意识里。而“在一个梦里的时间”暗示诗中的“约会”并非现实，而是一种想象。

“周围像朋友一样熟悉/我们，却隔得像放牧一样遥远”，两个物和人反向类比的比喻，有着一种冷淡的语调，似乎与爱人约会之时的热切和亲密有着不搭界的气氛。这种氛围所示，是一种诗歌现代性新美学的萌芽，即是说，一种矛盾修辞法纳入了诗歌的方法论。事实上，在20世纪70年代，人与人之间陌生、隔膜，充满着告密、斗争和动辄上纲上线，即便在初识的恋人之间，也缺乏宽松自由地迎接爱情到来的心境。“你的眼睛在白天散光/像服过药一样”，这样的描写，仿佛那个时代的人都患有时代病，冲破冰冷的现实，投身自由的爱情，就像大病初愈一样。这和浪漫主义诗歌美学下的情景已经相去甚远了，一种消极性的美学初露端倪。徐志摩写爱人——“最是那一低头的温柔/像一朵水莲花不胜凉风的娇羞”，诗人竭力奔向一个美的维度。多多的诗歌美学显然已经不同于浪漫主义的唯美，也不同于古典主义的典雅，而是同波德莱尔的颓废美学有几分共通之处。值得注意的是，“你的眼睛在白天散光”，那光，如同《创世纪》的“要有光，于是就有了光”。黑暗是孕育万物的渊谷，有了光，才能创造世界。对于这一时期的多多来说，也许在他的观念深处，还有一层所指，在语言学的意义上，那就是要有光，才能治愈这个世界。

“我，是不是太粗暴了？”这个反问是针对身边准恋人（姑且这么称之）对自己言行的惊讶，还是对自己那些不同“流俗”的诗行进行质疑，不得而知，但是接下来引号里的话，显然来自那个女子，“再野蛮些/好让我意识到自己是女人”。“走出树林的时候/我们已经成为情人了”，在走出树林之前，在那个女人说出那话之后，作为抒情主体的“我”，已经有了“野蛮”。诗的描述过程的跳跃，隐去的部分恰恰为诗留出了余地，在那个时代一种普遍线性的诗写中，如此留白，已显示出不凡的技艺。

第二天

山在我们面前，野蛮而安详
有着肥胖人才有的安详
陌生闪了一个回合
你不好意思地把手抽回
又觉得有点庸俗
就打了我一个耳光
“要是停电就好了
动物园的野兽就会冲破牢笼
百万庄就会被洪水冲走！”

“第二天”的场景实际上是那个女子说出“再野蛮些/好让我意识到自己是女人！”之后的接续。或许是他拉了她的手，她突然又觉得他无礼，或者如他猜度的“有点庸俗”，就抽回手，打了他一个耳光。之后才领出“我”的内心独白，“要是停电就好了/动物园的野兽就会冲破牢笼/百万庄就会被洪水冲走！”这意味着有了光，在白天，爱情仍不能顺利地被创造，世俗和社会的双重影子横亘于前。这种意象化的表达，除了增强语言的弹性外，在此语境中，也显得非常自洽。

在这一节诗中，“陌生闪了一个回合”是一个隐喻式的表达，即是说双方之间的陌生在交手，“回合”一词显然来自古典小说，它传递的是语言的一种血缘和汉语的亲密性。

多多那一代诗人较多地受到西方现代主义思潮的影响，这从北岛诗中许多意象化的表达可以看出。相比而言，多多的诗尽管同样采用意象化的手法，但不那么“翻译体”，而是保持了一个中国诗人纯正的语调和思维，有着亲切的汉语气质。

“野蛮”一词连续出现在两节诗中，显然不是偶然为之。野蛮对应文明，每一个时代的文明有着不同的规范，也许在上个世纪被称之为“野蛮”的东西，在今天已经是一种司空见惯的文明。而对于诗来说，野蛮或许是一种生命之力，“山在我们面前，野蛮而安详”，它的野蛮是野蛮的本义状态，而不是在人类社会附着了许多贬义的“野蛮”一词之所指。多多在这里还原了“野蛮”一词的应有之义，就像野兽冲破动物园的牢笼，就像洪水冲走百万庄。顺便提一下，洪水也让人联想起淹掉肮脏世界、浮载挪亚方舟的洪水，野蛮在此语境中却是正义的力量。

第三天

太阳像儿子一样圆满
我们坐在一起,由你孕育它
我用发绿的手指拨开芦苇
一道闪着金光的流水
像月经来潮
我忍不住讲起下流的小故事
被竖起耳朵的行人开心地摄去

到了灯火昏黄的满足的时刻
编好谎话
拔净裤腿上的野草刺
再亲一下
就飞跑去见衰老的爹娘……

到“第三天”，爱情结果了。“我们坐在一起，由你孕育它”，不说孕育儿子而是太阳，且说“太阳像儿子一样圆满”。一个诗人在选择语言形象时，除了跟他的感受有关，还关乎他的观念、美学和趣味。多多书写个人性的恋情，实现对时代的映射，不是通过宣泄式的宏大抒情，而是在个人性的日常中予以呈现，可以说是那个时代锋芒初露的先锋写作。

“发绿的手指”大约说的是整个人获得爱情之后的春意饱满、生命力爆棚，采用了隐喻的手法。但是他更多地采用了描述，呈现一个日常的生活场景，其蕴含的是一种喜悦之情和生活的美好。“拔净裤腿上的野草刺”这样的细节，使语言有真切的质地。诗的语言行动有了停顿，诗也从散文中脱身出来。这一诗节有着清新的古典主义品质，又有着鲜明的当代性。

多多的这一诗节和同一时期的诗人写作有着一个很大的区别，那就是相比北岛那样的意象主义语言路径，多多的写作中更多地引进口语、叙事和描述，情景交融，在意象性的语言和描述性的语言的比例配置中，他加大了后者的比重，使得诗在风格上不那么冷峻、沉重，而是由情感去决定诗行的密度、节奏，使之疏密有致、张弛有度。如果说20世纪80年代中期的口语写作号称先锋，那么真正的先锋写作者，可能最早的是多多，而不是后来由此博得大名的“第三代”的诗人们。

第四天

你没有来，而我
得跟他们点头
跟他们说话
还得跟他们笑
不，我拒绝

这些抹在面包上的愚蠢
这些嗅东西的鼻子看货物的眼睛
这些活得久久的爷爷
我再也不能托着盘子过礼拜天了
我需要遗忘
遗忘！车夫的脚气，无赖的口水
遗忘！大言不惭的胡子，没有罪过的人民

你没有来，而我听到你的声音：
“我们画的人从来不穿衣服
我们画的树都长着眼睛
我们看到了自由，像一头水牛
我们看到了理想，像一个早晨
我们全体都会被写成传说
我们的腿像枪一样长
我们红红的双手，可以稳稳地捉住太阳
从我身上学会了一切
你，去征服世界吧！”

一个诗人不可能是一个孤立的人，而是一个社会人。诗人的极端个人化的写作，脱离社会和时代，其价值就不免要减去七分。对于年轻的多多来说，将一首爱情诗的韵脚延伸到整个社会巨大的投影的不和谐处，有着非常大的难度。“第四天”没有具体的场景，“你”也不在场，但“你”的声音在场，“我”的当下感受和“你”的声音达成了某种一致：拒绝、独立，有着一种鲜明的主体姿态。在那个蒙昧、从众、盛行个人崇拜的时代，“我需要遗忘/遗忘！车夫的脚气，无赖的口水/遗忘！大言不惭的胡子，没有罪过的人民”“我们红红的双手，可以稳稳地捉住太阳/从我身上学会了一切/你，去征服世界吧！”这样的声音，和北岛的“我不相信”，内在气质是一致的。但是多多的声音不是宣泄式的，而是反讽的，有着更为丰富的现实回声，或者说他的诗有着更多深入现实土壤的根须。

这一节诗上下两段基本对称，一段写“我”，一段写“你”，一是庸常中拒绝流俗的声音，一是艺术上脱俗的声音，堪称两个声音的二重奏。“货物的眼睛”和“树都长着眼睛”是不同的眼睛，喻示着完全不同的世界观。“大言不惭的胡子”和“我们红红的双手，可以稳稳地捉住太阳”，前者是对“大胡子”的嘲笑和鄙夷，后者是对“太阳”的解构性书写，呈示的是“我们”的独立，象征着一代人开始觉醒。

杰出的写作一定是时代的见证。每一首好诗都会留下时代的胎记。多多此诗将一首爱情诗的深夜花园里的小提琴独奏，引向了时代的旷野大河般雄浑的交响乐。从这一节诗中，我们不难发现，年轻的多多已拥有了不凡的诗艺和对时代的整体性把握能力，在整体性地观照还原到具体和现实的过程中，他抓取的意象有着很高的准确度。诗人、翻译家黄灿然说多多的诗“直取核心”，在此已见端倪，这个风格特征贯穿他毕生的写作。事实上，“直取核心”，也是诗作为一门高度凝练的语言艺术的内在要求。

第五天

看到那根灰色的烟囱了吧
就像我们肤浅的爱情一样
从那个没有带来快乐的窗口
我看到残废在河岸上捕捉蝴蝶

当我自私地温习孤独
你的牙齿也不再闪光
我们都当了真
我们就真的分了手

诗来自于诗人的凝视。没有凝视就没有音顿，没有音顿就难以成为诗。年轻的多多已经深谙此道。“烟囱”是现代工业的象征，将烟囱类比于爱情，象征着现代工业时代连爱情也被污染。虽然20世纪70年代初期，中国还处在一个后农耕文明的社会中，但是集体工业从新中国成立以后开始恢复，对于当过知青、下过乡的多多来说，这个时代的城乡差别、工农差别、脑力劳动和体力劳动的差别，在很大程度上左右着人们的价值取向，自然也会对人的爱情、婚姻产生潜移默化的影响。在这种时代局限中，窗口的风景已不能如以前一样带来快乐，自然和人心受到污染，“残废在河岸上捕捉蝴蝶”就成为某种荒谬的精神现实的象征。“当我自私地温习孤独/你的牙齿也不再闪光”，“我”的信念秉持、理想坚守和“你”的妥协、流俗出现分歧、争执，“牙齿不再闪光”意味着它不再是一个审美对象，而带有了某种攻击性。“我们都当了真/我们就真的分了手”，这样准确而恰切的口语表达，不得不说，不仅需要诗人的敏锐，还需要诗人的自信，因为在那个时代没有几个人敢在诗中这样写。

这一节诗结构比较简单：聚焦于“烟囱”，由这个语言形象扩展开来。修辞的扩展，往往能够保证一个强大的语言内在逻辑，生成语言的沿途风景，有了自然生长的根基，而无需去强指。但是高明的诗人又不会拘囿于此，会从一个既定的路径中拓展开来。客观和主观，词与物，有了更为微妙的因应。

第六天

你说的都是真的?

真的。

从什么时候开始这么想?

从开始。

你真的不爱了?

真的。所以可以结婚了。

你还在爱。

不爱。结婚。

你只爱自己。

(想着别的事情,我点了点头)

为什么不早告诉我?

一直都在欺骗你。

(街上的人全都看到了

一个头戴鸭舌帽的家伙

正在欺侮一个姑娘)

这一节采用了戏剧对白的手法,括号里是对人物和事件的描述,没有具体时间,或意味着这样的真实在时间里无时不在。从最后一个括号里的描述看,它是诗人在街上看到的一幕,而不是写他自己。这是《蜜周》描述的爱情婚姻的现实环境。

值得一说的是,早在张枣的《灯芯绒幸福的舞蹈》和伊沙的《有一年我在杨家村夜市的烤肉摊上看见一个闲人在批评教育他的女人》出现十几年前,诗人多多已经十分驾轻就熟且非常自信地将戏剧对白的手法和自我的客观化引进汉语新诗写作,我不知道那个时代的多多是否受到艾略特“关于诗歌的三种声音”的启发和白朗宁戏剧诗的影响，事实上，中国古典诗歌传统里，早有这样的先例，比如汉乐府《孔雀东南飞》和杜甫的《石壕吏》等。不管怎样，我们由此可以看出，年轻的多多已经具备了现代诗写作的精湛技艺，其写作技法在很多方面开了现代汉诗的先河。

第七天

重画了一个信仰,我们走进了星期天
走过工厂的大门
走过农民的土地
走过警察的岗亭
面对着打着旗子经过的队伍
我们是写在一起的示威标语
我们在争论:世界上谁最混账
第一名:诗人
第二名:女人
结果令人满意
不错,我们是混账的儿女
面对着没有太阳升起的东方
我们做起了早操——

“第七天”出现的“我们”已经不是开篇的“我”和“你”，而是一般意义上的“我们”，当然也包含“我”和“你”。“我们走进了星期天”，这个星期天是上帝的休息日，上帝休息了，但我们却走向了广阔的社会：

工厂的大门、农民的土地、警察的岗亭。有了新信仰，不信神，信仰人。在诗人眼里，一个新时代诞生了，尽管还有打着旗子的队伍（不用旗帜而用旗子这样的口头语，亲切而上口），“我们是写在一起的示威标语”比“我不相信”的宣言更形象更有力，这是反讽艺术的魅力。“混账”，在循规蹈矩的世俗伦理看来，是；但在诗人心目中，甘愿做“混账”，做那个时代的叛逆者，不再盲从、附庸、沉默。“面对着没有太阳升起的东方/我们做起了早操”，这是新一代青年的形象和姿态，觉醒、独立、朝气蓬勃，诗的余味隽永而深长，无需言传却能意会。

纵观《蜜周》，对应创世纪的七天，多多书写的是中国当代社会在至暗时刻即将迎来的“创世纪”，每一个人的“创世纪”。作为一首爱情诗，它既不同于浪漫主义的名篇《致凯恩》，也不同于现代主义的名篇《当你老了》，相比它们，此诗有了非常陌生的面孔，语调不同于浪漫主义爱情诗直抒胸臆的浓烈，也有异于现代主义的爱情诗的缠绵，显得更低沉、冷静，且带有反讽的口气，也就是说，去浪漫化，更加个人化、日常化。语言的陌生化带来的审美感受，也不再是传统美学的甜美和典雅，它看上去粗糙一些，实际上语言更具活力，给读者带来了惊讶和意外。同时，这梦里的七天，也再次证明，杰出的诗人是时代的先知，比普通人有着更为灵敏的听觉。与其说《蜜周》是一首爱情诗，还不如说是一首极具个人色彩的政治抒情诗，正是因为其个人色彩，它将比那个时代留下的高蹈的政治抒情诗，有着更长久的生命力。

二

从《蜜周》看来，正如前述讨论的，多多的诗一出手就不凡，和同时代的诗人的写作有着很大的不同，他的语调低沉、冷静，不同于朦胧诗那种普遍的高亢，也不同于文化诗的高蹈，其个人化的语调不是广场上的发声，而是因应不同情境的“对话”的对象，哪怕这个对象是虚拟的。这种语调的变化标志着多多的先锋性，即是说，他从一开始就在写作中摆脱了伦理性的批判姿态，没有浪漫主义诗人遗传下来的立法者的优越感，而是作为一个倾听者，具备一个诗人应有的谦逊——尽管作为一个诗人，多多的个性是非常突出的，甚至有几分激烈，独立、不苟流俗，甚至有些落拓不羁，这并不影响他对写作主体的合适定位和清醒认知。“我自我批评，我不对外批评。”多多说。他的这个态度贯穿他一生的写作。同时，我们看得出来，多多的写作从《蜜周》开始，就有了“去浪漫化”的自觉，更倾向于个人性和日常化，在20世纪80年代初期盛极一时的寻根文学的大潮下，他秉持的写作观念可以说是非常先锋的。作为一个诗人，他比同时代诗人更早地完成了从传统美学到现代性诗歌美学的转变。因此，在他的笔下，诗歌语言的风貌，完全不同于那个时代普遍的诗歌风尚，而是出现了意象化和口语化相结合的风格特征。

阿姆斯特丹的河流

十一月入夜的城市
惟有阿姆斯特丹的河流

突然

我家树上的橘子
在秋风中晃动

我关上窗户，也没有用

河流倒流，也没有用
那镶满珍珠的太阳，升起来了
也没有用

鸽群像铁屑散落
没有男孩子的街道突然显得空阔

秋雨过后
那爬满蜗牛的屋顶
——我的祖国

从阿姆斯特丹的河上，缓缓驶过……

如果说《蜜周》的抒情性是内敛的、克制的，那么名篇《阿姆斯特丹的河流》似乎有着一种十分明朗的抒情性调子，一种淡淡的忧伤弥漫在诗行间。2013年在河南郏县诗会期间，多多对我说，“祖国这个词，很奇怪，好像一回国就从我身边消失了”。去国的诗人思念祖国，是一种非常强烈的感情，就像游子离开母亲油然而生的情感，但是多多抒写对祖国的思念，不是惯常地导入对祖国山河极尽赞美的陈腐套词，而是立足于一个“此时此地”的日常场景来呈现。“十一月入夜的城市/惟有阿姆斯特丹的河流”，诗的开篇出现的是一种“专制性”的想象，其时诗人身在阿姆斯特丹，那里不可能只有河流。这个胡戈·弗里德里希之谓的“专制性幻想的图像”，远在法国现代主义大师马拉美笔下就出现过，是一种“绝对目光”下的移情产物。整个阿姆斯特丹“惟有”河流，它引发或者暗示的，是一种“乡愁”，是情感上的，而非哲学意义上的，不同于荷尔德林《返乡》的语言乡愁。在多多的心目中，那一刻，当屋前的橘子树上橘子在秋风中晃动，他心底对“河流”的专制性想象，就意味着彼时彼地存在的事物，只有“河流”，只有从这“河流”可以回到祖国。

“我家树上的橘子/在秋风中晃动”，沿用了古典主义的“兴”，这一聚焦式描写对应的，是内心的不安、焦虑和忧思，通过三个“没有用”的排比来不断强化——“我关上窗户，也没有用/河流倒流，也没有用/那镶满珍珠的太阳，升起来了//也没有用”，不断地否定当然是为了更坚决的肯定，从动作行为到《上邪》式的想象，再到假设性的美景出现（镶满珍珠的太阳升起），都不能阻止“橘子在秋风中晃动”，言外之意，自然是在不断强化思念祖国的情感。对于一个技艺成熟的诗人来说，语言中的抒情性除了依赖想象性的虚拟，终究还是现场更有表现力——“鸽群像铁屑散落/没有男孩子的街道突然显得空阔”。这种空寂，渲染着寂寥和落寞感，使得思念祖国的情感有了一个更为纵深的场景，或者说诗人营造出了真正和情感相洽的情境。

“秋雨过后/那爬满蜗牛的屋顶/——我的祖国//从阿姆斯特丹的河上，缓缓驶过……”至此，客观性场景传递的寂寞如同音符到了气息延伸的末端，一个果断、坚定的声音如泉眼：那就是诗人心中的“祖国”，也可以看作诗人对祖国的个人化命名。值得注意的是，破折号引出的“我的祖国”，也可以是最后一行的主语，即“我的祖国从阿姆斯特丹的河上缓缓驶过……”，这种专制性的幻象又一次出现，仿佛一个压低的高音臻于嘶哑，余音袅袅，言有尽而意无穷，极富感染力，表现出高超的艺术技巧。

《阿姆斯特丹的河流》称得上多多的代表作，情感深沉，表达高级，词语完全遵循气息的律动，起伏有致，深邃悠远，汉语中的异国场景生长出纯正的中国气质的诗意，既有中国古典主义的意境的明晰，又有现代性美学的当下建构，是不可多得的现代汉诗精品。

三

在同一时期，多多抒写对祖国的思念之情的另一名篇《在英格兰》，表现手法则有很大的不同。如果说《阿姆斯特丹的河流》致力于语言的倾听，是由气息驱动而自然生成的语言风景，那么《在英格兰》显然没有那样恍如天成的情境，而是由思辨性的主体言说推动的意象主义作品，或者说，它有着更多认知性的东西而非日常性的直觉。但是，不同的表达方式因应的是不同的主体感受，就个性的张扬来说，此诗显然更能表现多多倔强、不羁的性格，这一性格特征和英格兰这个国家的盎格鲁-撒克逊民族的傲慢对撞的时候，显示了多多作为一个诗人的自信和一种民族自豪感，而不像福斯特《印度之行》里那个具有强烈自尊心又无比自卑的印度医生代表的殖民文化背景下的民族心理。

在英格兰

当教堂的尖顶与城市的烟囱沉下地平线后
英格兰的天空,比情人的低语声还要阴暗
两个盲人手风琴演奏者,垂首走过

没有农夫,便不会有晚祷
没有墓碑,便不会有朗诵者
两行新栽的苹果树,刺痛我的心

是我的翅膀使我出名,是英格兰
使我到达我被失去的地点

记忆,但不再留下犁沟

耻辱,那是我的地址
整个英格兰,没有一个女人不会亲嘴
整个英格兰,容不下我的骄傲

从指甲缝中隐藏的泥土,我
认出我的祖国——母亲
已被打进一个小包裹,远远寄走……

英格兰作为第一次工业革命崛起的日不落帝国，在第二次世界大战以后，帝国的宝座让位给美国。“教堂的尖顶”和“烟囱”代表基督教文明和现代工业文明，“沉下地平线”当然不是实指，而是意味着两种文明已经衰落。在诗人的眼里，天空“比情人的低语还阴暗”，“情人的低语”，如果从感官上来体会，自然是温暖的。温暖，自然有几分明亮，至少它不是那种给人带来阴暗的事物，而由于那种“低语”的不透明性，诉诸通感，在色彩上便显得“阴暗”。显然，多多在此使用了联觉通感的手法，它和接下来的诗句“两个盲人手风琴演奏者，垂首走过”，都有着作为旅居国外的诗人内心之茫然的强烈暗示，也喻示着英格兰人在两大文明沉落后在精神上的迷茫。

此诗采用了意象化的言说开篇，诗中选取的意象“教堂的尖顶”和“烟囱”具有高度概括力，作为全诗的感发兴起，可以说是一种古典主义和现代主义手法的完美结合。“教堂的尖顶”领来“晚祷”这个词，“没有农夫，就没有晚祷”，假设性的句式，表明在诗人对世界的认知里，“农夫”对应的工业社会的市民，已经没有真正的信仰可言——没有信仰，就没有真正的晚祷，形式上的晚祷不是真正的晚祷。在中国诗人的潜意识里，也许真正的祷告是面对亡灵而非诸神，所以接下来的“没有墓碑，便不会有朗诵者”顺理成章，它合乎中国文化的心理逻辑。有趣的是，墓碑和朗读构成从属关系，仿佛只有对墓碑进行朗诵、对死者进行缅怀和追忆是唯一有价值的，其余的朗诵不成其为朗诵。墓碑是死亡的象征，朗诵墓碑与其说朗诵死亡，还不如说是哀悼生命。这种思辨性和“专制性”，极具个人化色彩，不同于革命话语的“专制性”，而是现代诗歌主体性表达的“专制性”，两者相距，不可以道里计。其语义含混又富有歧义，语言富于弹性和张力。对于“诗之思”，多多认为，“它就是一种诗思，它必须是一种诗性的，它不是要讲一个干巴巴的道理”。[①]也就是说，诗和思是不可分割的，而且他也认为现代主义无限拓展了“诗之思”这个领地。在现代主义诗歌运动中，艾略特的写作，以《荒原》和《四个四重奏》为代表，以一种论述性的结构去展开一首诗广阔的语言视野，几乎登峰造极。法国的勒内·夏尔和德语诗人保罗·策兰，也是这个方面的代表，尤得多多激赏。多多的写作，诗性的思辨风格，是他的写作一个突出的特点。

说理不是诗歌的任务。诗性的思辨还要两个前提条件来保证它们的合法性，一是服从于一首诗的具体语境，一是“诗之思”作为一种形象性的思辨或“说理”，实际上是一种主体言说，还得在主客之间达成平衡。多多显然深谙此道。由“教堂的尖顶”到“晚祷”再到“墓碑”，语言的运动有着内在的因应，而“两行新栽的苹果树，刺痛我的心”，显然是主观感受的表达，不是思。“两棵新栽苹果树”同样是迁徙者，可以随遇而安，而作为旅居者的诗人内心是怎样的呢？对于惜墨如金的高明的诗人，自然形象的纳入，既可以作为场景，又是精确的意象，这就和一般的写作大不相同。

①凌越、多多：《被动者得其词》，见林建法主编：《文学谈话录：想象中国的方法》，辽宁人民出版社2014年版，第402页。

是我的翅膀使我出名,是英格兰
使我到达我被失去的地点
记忆,但不再留下犁沟

耻辱,那是我的地址
整个英格兰,没有一个女人不会亲嘴
整个英格兰,容不下我的骄傲

这两节诗是典型的多多式言说，高傲而不无感伤，不羁而又有着深沉的情怀，正是这几行诗彰显了一个诗人的气度。就诗歌方法论而言，如果说把一个诗人的想象力比作翅膀没什么出奇，那么“记忆”“地址”“耻辱”这样的命名就无疑是大师所为了。在他看来，正是英格兰的陌生使他沉入记忆——到达他“被失去的地点”——如果说“翅膀”隐喻诗人的想象力不足为奇，将“记忆”隐喻为“被失去的地点”就不可谓不新奇了。而那记忆，不再有青年时期熟悉的“犁沟”，是模糊的，因为模糊而尤其伤感，甚而将它延伸为“耻辱”，当然就指向了民族的历史记忆。鸦片战争，八国联军侵略中国，正是“我”“此时”所在的大英帝国领衔所为。或许一个诗人，只有身临具体的境遇，才能真正在语言中唤醒血液深层的民族历史记忆，所以诗人几乎是大声地宣示：“整个英格兰，没有一个女人不会亲嘴/整个英格兰，容不下我的骄傲。”这和福斯特笔下的那个印度医生判若两人。

在英格兰思念祖国，诗最后的落点自然要回到“祖国”这个词上。不同于《阿姆斯特丹的河流》，这里对祖国的命名，是用指甲缝里隐藏的泥土。这个似曾相识的比喻，让人想起秦牧的《土地》一文中描写春秋时代晋国公子重耳和土地的故事。土地，或者隐藏于指甲缝的土地，作为祖国的象征，比起“爬满蜗牛的屋顶”有着更为深沉的意蕴。这显示了在中国深厚的传统文化背景下，诗人比一般人有着更为灵敏的听觉。这是隐秘的、悠远的回声。虽说现代诗创造于传统的断裂之中，但是一个语言形象，常常可以带来沉睡的文化基因的回声，使诗的声音有了某种时空的穿越感。而将那不存在或者说存在于精神记忆里的土地打包寄走，转喻为思念，这和《阿姆斯特丹的河流》的结尾有着异曲同工之妙。

多多书写对祖国的思念之情，不是民族主义情感的表现也不刻意打扮一个流亡者的孤独落寞，而是彰显一种强大的主体性存在和极具个人性特征的独特情感。顺便说一下，多多在这首诗中，中间三节都使用了排比，每一节的句法都不同。多多喜好铺排，他的许多诗中都通过铺排来形成语言的势能，并呈现他的思辨的层层递进和节奏的抑扬顿挫，但是他总能让一泻而下的瀑布有所变化——既有瀑布的喧响，又有旁出斜逸的合奏。

四

正如W.H.奥登所说，要成为一个大诗人，涉猎的题材要足够广泛，多多在现代汉诗的领地展开的探索是多方面的。20世纪80年代初期，“后朦胧诗”代表诗人张枣，大约受到西方后现代主义诗人的影响，写出许多具有“元诗”特征的诗。元诗者，关于诗歌的诗歌，也就是把诗歌写作本身作为写作的对象，这一方面的代表诗人是美国的阿什贝利。有论者认为，在中国当代诗歌写作的历史上，张枣首先开启了这一向度的写作，之后发展出“知识分子写作”。实际上，如张枣的研究所示，早在新诗草创时期，鲁迅的《野草》就有了“元诗”特征。张枣在这一方面的代表作有《空白练习曲》《跟茨维塔耶娃对话》等名篇。把“以诗论诗”作为知识分子写作的标识，实际上并不科学，诗歌写作从来不以诗人的身份进行分类，且每一个诗人倘若不是熟知古今中外的文化传统、诗学流变和诗歌技艺，那么也定不能写出优秀的诗作。在这个意义上，所有的诗人，本质上都是知识分子。

多多1984年写的《语言的制作来自厨房》，有着明显的“元诗”特征。但是多多不是以诗论诗，只是以“讨论”语言本身作为一首诗观照世界的窗口。文学史一般认为，诗和舞蹈、音乐都起源于劳动。“诗者，志之所之也，在心为志，发言为诗。情动于中而形于言，言之不足故嗟叹之，嗟叹之不足故咏歌之，咏歌之不足，不知手之舞之，足之蹈之也。”中国传统诗学有“言志”说和“缘情”说，其实二者不可分割。以上所论，即是说诗发生于人的情非得已、情动于中，不能以言语表达就“嗟叹之”，“嗟叹之不足故咏歌之”，此吟歌，发声为歌，落纸为诗。随着人类文明的不断发展，诗和歌渐渐分离，但诗和小说、散文、戏剧一样，是关乎人生、源于人生的。“为人生而艺术”或“为艺术而艺术”，文学史上也多有争论。多多是“为人生而艺术”的捍卫者，但并不排他。

语言的制作来自厨房

要是语言的制作来自厨房
内心就是卧室。他们说
内心要是卧室
妄想,就是卧室的主人

从鸟儿眼睛表达过的妄想里
摆弄弱音器的男孩子
承认:骚动
正像韵律

不会做梦的脑子
只是一块时间的荒地
摆弄弱音器的男孩子承认
但不懂得：

被避孕的种子
并不生产形象
每一粒种子是一个原因……
想要说出的

原因，正像地址
不说，抽烟的野蛮人
不说就把核桃
按进桌面。他们说

一切一切议论
应当停止——当
四周的马匹是那样安静
当它们，在观察人的眼睛……

为何说此诗具有“元诗”特征呢？我们只要细读这首诗，就会对多多秉持的诗学观念有所洞悉。“要是语言的制作来自厨房/内心就是卧室。他们说/内心要是卧室/妄想，就是卧室的主人”。“卧室”是人的居住空间，“厨房”是做饭的地方，吃乃人生第一大需求。在这里，厨房显然象征着人生，以点代面。诗人予以假设，表明他并不是一个艺术上的专制主义者，他说“要是”，而非直接就是。有了这个前提，将“卧室”比作“内心”则顺理成章。

法国哲学家加斯东·巴什拉在《空间的诗学》一书中深入地探讨了家宅作为存在的根基与诗学的关系，也极富洞见地讨论了家宅和外部世界的关系。我们不妨来看看他的一些精彩论述——

> 家宅在自然的风暴和人生的风暴中保卫着人。它既是身体又是灵魂。它是人类最早的世界。……家宅总是一个巨大的摇篮。
>
> 地窖是埋在地下的疯狂,被墙围住的冲突。
>
> 窗前的灯是家宅的眼睛。
>
> 桌布,这一角白色,已经足以使家宅停泊在它的中心。

巴什拉从家宅这个空间所涵括的几乎所有元素去探讨人的精神存在和诗学的关系，视角独特。相比而言，此诗“内心就是卧室”这样的假设性命名，就属于一般性的修辞了，它的奇崛之处在于，如果内心是卧室，“妄想，就是卧室的主人”，这样的推断有着语言的意外：不是人作为卧室的主人，而声称是“妄想”，这表明在诗人的观念里，心灵的自由除了需要卧室的隐蔽、安静，还需要“妄想”，质言之，心灵必须摆脱物欲和世俗的羁绊。

诗的第二节和第三节有一个重复的词“弱音器”。这是一种辅助乐器，用于降低音量或调节弱音。它作为一个语言形象在那个摆弄它的男孩子手里，并无特定的隐喻所指，但是它无疑有一种暗示，对应没有说出的词：“主旋律”。摆弄弱音器的男孩子自然置身“主旋律”之外——“主旋律”在当代的语境中，意味着某种政治正确。我们也不妨说，“弱音器”正是消极性诗学的一个合适象征，消极性诗学的肇始，须远溯至法国象征主义开创者波德莱尔，作为现代性诗歌美学的一个维度，它在浪漫主义抒情和革命文学的潮流中丧失了。

诗的第二节承接第一节的“妄想”一词，对它进行进一步界定：鸟儿眼睛表达过的“妄想”。“鸟儿”象征着自由，没有羁绊，当然也能比人有更大胆的“妄想”。这样的“妄想”，也许在诗人看来，才是真正的诗的想象。而那个“摆弄弱音器的男孩子承认”，承认什么？省略的宾语结合上下行，显然就是承认“内心就是卧室”，在这一前提下，“骚动，正像韵律”。此一“骚动”，当然指内心的骚动，内心的骚动是韵律的前提，就是建立在从“要是语言的制作来自厨房”开始的步步深入的假定之上。

一首诗的结构或许发源于第一个词，是自然生成而非设定，正如河流生成了两岸，而不是相反。多多这一首诗到此就形成了它的假设推论结构，在现代汉诗中也许不是孤例。诗的语言运动一旦生成内在的结构，对于一个技艺不凡的诗人来说，接下来所要做的就是“顺水推舟”。“不会做梦的脑子/只是一块时间的荒地”“被避孕的种子/并不生产形象”，这既是关乎人生的，也是关乎诗学的，没有梦想的脑子，时间在那里不会生长任何东西；“被避孕的种子”，即是说，像精子和卵子因为避孕措施不能生成生命那样，缺乏真正的生命体验的参与，“种子”不会“生产形象”。此“种子”，也暗指词语。对于诗来说，形象是从生命经验或直觉生长的，而不是凭空想象的，或者说形象不单来自想象力，而且是想象的直观。

“每一粒种子是一个原因……/想要说出的//原因，正像地址/不说。抽烟的野蛮人/不说就把核桃/按进桌面。”如果说“每一粒种子是一个原因”，是发芽、开花、结果的原因，或其他，“种子”就像词语一样是形象的成因，“想要说出”，可以说是诗的内在冲动，是诗人写诗的原动力。正如“地址”“不说”，看上去是悖论，实际上却显示了语言言说的多种形式。“不说”也是“说”的一种。“地址”在这里，就是存在的归依。

诗和哲学，都是通过不同的路径返回到这样一个“不说”的“地址”——道之无言。

抽烟的人不说就把核桃按进桌面，这对核桃是一种野蛮行为，但对人类，未必。“野蛮”一词，经常在多多的诗中出现，背后对应的那个词“文明”，或许因为太堂而皇之，诗人并不拉它到语言的台面来。在艺术上，这种隐藏恰恰借助暴露的表面强化了自身。把核桃压进桌面，以期它裂开，由于“野蛮”一词暗示的语境，难道不是一种对真相的追求？文明不是粗糙的核桃壳，而是核桃仁：油脂丰富，含着光亮，隐隐散发香味。

诗的最后一节设定了一个诗意的场景，当人们在房间里议论，“四周的马匹”在安静地“观察人的眼睛”。马匹期望和人类交流的时刻，是多么奇妙的时刻，那一刻“他们”的议论，不是诗的语言言说，而是一种杂音；那一刻议论停止下来的寂静或者沉默，才真正是一种“此时无声胜有声”的言说、诗性言说。

多多的诗在当代诗人中以晦涩著称，也许因为这个原因，或许还有别的，学院派批评家总是敬而远之。他的诗歌创作成就斐然，关于他的诗的研究，却“一起说好了似的”缺席。但他是一个真正的语言大师，他的诗的晦涩，不是极端个人化的晦涩，语言的行动有着明晰的轨迹，甚至它的动因，也合乎普遍的人性存在。只要细究此诗中对“妄想”“野蛮”“种子”的个人化命名和“说”与“不说”的悖论性并置，我们就不难发现，对于一个技艺非凡的诗人，命名的精确性和形象的新颖性，是通过朴实和简洁去达成的，而非通过玄之又玄的想象力的渲染。

五

2013年，我在河南郏县诗会上，第一次看见多多朗读《依旧是》。他把眼镜架在额头上，面对诗稿，深情严肃，低沉的声音回响在会议大厅。在那个安静的时刻，我实实在在地被一种语言铺排的力量冲击着，那个低沉有力的声音和诗人花白甚至有些发黄的头发相互加强，既有令人深为触动的沧桑带来的淡淡忧伤，又有着一种像信仰上帝一般对事物的存在坚持信念的力量——在这一点上，诗人红光满面的脸庞似乎给予了声音以形象的支撑。

在不同的场合，多多在诗歌朗诵的时候，都选了这首诗，可见诗人自己对这首诗的偏爱。有评论称，这首诗写于1993年，是多多为死去的亲人而作。而从文本看来，它并不像一首悼亡诗，或者说它更像一首哀悼生命消亡和时间流逝的诗，是挽留，是对事物的存在的信念的宣示。若要解开这首诗的密码，关键在于对“是”的理解和把握。“依旧是”，依旧是什么？“是”在这里不是一个系动词，being，一种存在状态。中国传统诗歌里有许多关于时间流逝的诗句，比如“年年岁岁花相似，岁岁年年人不同”，物是人非，感慨莫名。多多的“依旧是”，是一种超越被动的感伤的声音，是相信存在永恒的信念的声音，在彰显强大的主体性存在的同时，坚定有力地呈现了记忆或当下每一个“此时此地”存在者的状态——一个真诚而具体的此在！

“依旧是”是此诗的灵魂，是一个坚定的声音、一根坚韧的链条——把纷繁的语言形象、共时性的声音串联于当下，像一串铂金细丝串的珍珠挂在缪斯女神的脖颈上。多多是一个酷爱排比的诗人，无论是《在英格兰》《阿姆斯特丹的河流》，还是《白沙门》《四合院》，都不同程度地使用了这一古老的修辞，也许它从诗人见识“君不见黄河之水天上来，奔流到海不复回；君不见高堂明镜悲白发，朝成青丝暮成雪”时，就以一种伟大的艺术感染力和磅礴气势攫住了诗人，同时和诗人内心的雄辩也有着深刻的因应，但是这样一种极致的铺排极容易陷入“飞流直下三千尺”的单调之中，从而出现一种排他性的专制力量。为了摆脱这样的陷阱而使诗行既有语言的势能，又不失情感的动能，保持一种垂直又旁逸、坚决又亲和的风格品质，多多显示了一个大诗人高超的语言技巧，在这里，显然有着比《在英格兰》更多的腾挪空间。

走在额头飘雪的夜里而依旧是
从一张白纸上走过而依旧是
走进那看不见的田野而依旧是

诗的开篇一个突出的形象是“额头飘雪”，突兀而来，音调有一种低沉的激昂、沉郁的苍凉。“额头飘雪”，不难理解，白发也，老之来临，时光流逝，“而依旧是”，即是对时光流逝的拒斥，它比狄兰·托马斯《不要温和地走进那个良夜》中那句“老年应当在日暮时燃烧咆哮；/怒斥，怒斥光明的消逝”更坚决、果断，语言更干净，不拖泥带水，直接就是。“直取核心”“直接就是”，是多多诗的一个很大的艺术特征，其在语言上呈现出一种锐利、坚韧的风格。“从一张白纸上走过”“走进那看不见的田野”，是递进关系，这种层层递进，像旋挖机一样的螺旋推进，同样是属于多多独有的风格特征，是铺排必然带来的语言路径：不是垂直向下，而是旋转向内，一种不断向语言边界的极限和内部拓展的力量，伴随着语言行动的推进。白纸，文字的载体，从白纸上走过，即是一种写作行为。白纸上的田野看不见，却更真实，是来自诗人记忆的田野，是曾经有着存在者的温度的田野。“而依旧是”，“而”的不断出现，与其说是转折，还不如说是拒斥、反叛，对时间的专制说“不”。三个“而依旧是”确立了语言的情感海拔，带着巨大的信念势能，奠定全诗的基调，生成全诗的结构。

走在词间，麦田间，走在
减价的皮鞋间，走到词
望到家乡的时刻，而依旧是

“词间”“麦田间”“减价的皮鞋间”，这样的铺排，自然是拓展，力求在文白雅俗共存的语言形象之间，虚实结合地推进并实现语言的张力。“词/望到家乡的时刻”堪称对艺术本质格言式的概括和艺术表达。在多多的语言观念里，词或语言，比起“语言即现实”的认知，走得更远，他更相信“语言即存在”。海德格尔说，语言是存在之家。在这个意义上，所有的艺术活动，可以说都是一个“词”返回“家乡”的过程。“词/望到家乡的时刻”，是欣喜的时刻，它从“词间”“麦田间”“减价的皮鞋间”一路走来，最终是寻找人类精神的家乡，这一刻“而依旧是”——三行诗只用了一个“而依旧是”，节奏舒缓了，音调降低了，仿佛苍凉的小提琴高音的喑哑转为大提琴低音的明亮。

站在麦田间整理西装，而依旧是
屈下黄金盾牌铸造的膝盖，而依旧是
这世上最响亮的，最响亮的
　　　　依旧是，依旧是大地

“站在麦田间整理西装”“屈下黄金盾牌铸造的膝盖”，一实一虚，虚实结合，它除了以这一惯用手法去增加语言的张力外，还秉持着共时性的语言观念，在他的语言世界中，时间有着一种开放、可逆的维度，而不是一般口语诗呈示的现在进行时的时间——维度是封闭的、单向度的，带来的是线性的描述，是语言的苍白无力。而在词语当下的发声状态，多多也总能在词语间去探寻一种时间上的内在变化，比如“在麦田间整理西装”，它意味着主体的身份变化，由农民的布衣演化为绅士的西装——当然身着西装不限于绅士，只是身份的变化。身份虽然变化，“而依旧是”，是什么？初心不改？存在永恒？这种永恒性的信念最终的落点归于大地，不论是远古“屈下黄金盾牌铸造的膝盖”的铿锵之声，还是“站在麦田间整理西装”的窸窣之声，洪亮或亲切，都归于大地之响亮，在此不再需要转折，“依旧是，依旧是”，仿佛连连点头，既有发现的喜悦，也有认定的毫不迟疑。

一道秋光从割草人腿间穿过时，它是
一片金黄的玉米地里有一阵狂笑声，是它
一阵鞭炮声透出鲜红的辣椒地，它依旧是

中国现代汉诗的发展，经历新中国成立以来政治抒情诗的单向度表达，汉语一度失去自身的言说。写作者在诗歌现场不单失去主体性存在，也失去了语言的听觉。“朦胧诗”时代以北岛为代表的诗人，代言时代，针对时代发出反拨的声音，主体意识觉醒并张扬，但语言仍旧没有取得应有的本体地位，多多也许是那一代诗人中少有的恢复了倾听语言的自觉的诗人。到了20世纪90年代，这样的语言观念几乎在诗人中间达成共识，而在此之前，多多已作为一个先行者，显示了他的写作的先导价值。从《蜜周》到《阿姆斯特丹的河流》，我们都不难发现多多作为一个诗人在“语言的倾听和观看”的维度上，对当代诗歌写作做出的示范，即便主体的言说，也从具体的语境展开，服从语言的管辖原则，保持主客之间稳固的平衡，将诗建构为一种对话性的存在，而非单纯主体性的表达。诗更倾向于呈现而不是表达。从此诗看来，这一重大的艺术自觉得到了一以贯之。“割草人腿间”的秋光、“玉米地里”的笑声、鞭炮声，它们来自观看和倾听，此观看是凝视，有聚焦，聚焦于割草人的腿间；此倾听透出诗人谦卑的姿态和专注的深情，真切、明晰。“金黄”和“鲜红”这一类色彩的形容词在这里不是作为词语的修饰，而是强化了感情的色彩，同样彰显着“修辞立其诚”的古老原则。每一行诗都呈现一个场景，“文约而事丰”。它的简约不单是体现作者出色的语言技艺和炼字锻句的功夫，更重要的是它们来自强烈的感受，而不是词语的滑行，不是一种观念还原于形象、借助想象力的产物。它们是经验和感官直接生成的，带着身体的温度。如果多多没有插队的经历，他的笔下可能很难出现“一道秋光从割草人的腿间穿过”的灿烂图景，同样他也不会明白玉米地里的狂笑声意味着什么。日常生活永远是艺术伟大的源泉。多多即便在写一首关乎存在的主题宏大的诗，落脚点也在存在的大地上，而不是观念的天空中。在多多的诗学观念里，也许根本没有诗歌主题一说，一切的诗写都是关乎存在，关乎语言这个存在之家。《蜜周》既是爱情诗又是政治抒情诗，是多义的，同样这首《依旧是》也不是一首简单的悼亡诗。如果是挽悼，也是挽悼时间，树立存在的信念，以一种欣喜而不是在沉郁的气氛中去挽悼。“它是”“是它”“它依旧是”，句法的变化显示的是情绪的变化，一种语言发现存在之美的喜悦。

任何排列也不能再现它的金黄
它的秩序是秋日原野的一阵奋力生长
它有无处不在的说服力,它依旧是它

在多多诗中，诗和思的并行，除了具有“元诗”特征的、对于语言和诗学本身的思辨外，还会发起对事物本身的形而上追问。就像这首诗开篇出现的“词”“白纸”，他是将语言和现实同等看待，想象的和实在的现实，一并纳入语言的视野，这当然是一个扩张语言张力的有效途径。一行行麦子排列起来，在诗人眼里，它的秩序是人类赋予的，但更重要的是它们自身的生命力，只有这样，它才有“无处不在的说服力”。值得注意的是，多多的诗展开的主体言说，总是服从于具体的语境，是语言本体的一种发散，而非写作主体指点江山式的想象。因此，他的诗歌语言干净、简洁，富于张力，有着橡胶般的弹性和质地。在此诗的铺排结构中，层层递进，不断展开，中间插入的思辨性的诗行，实在是一种斜逸旁出，有效地破除了语言泥实和单调的风险，而在诗的语调上，也实现了高低转换、抑扬顿挫的效果。

一阵九月的冷牛粪被铲向空中而依旧是
十月的石头走成了队伍而依旧是
十一月的雨经过一个没有了你的地点而依旧是

依旧是七十只梨子在树上笑歪了脸
你父亲依旧是你母亲
笑声中的一阵咳嗽声

牛头向着逝去的道路颠簸
而依旧是一家人坐在牛车上看雪
被一根巨大的牛舌舔到

温暖呵,依旧是温暖

我们不妨把这几节诗放在一起讨论。由麦子的排列到秩序，由秩序到时序（九月到十一月），这是语言运动在不断推进的线索，从具体到抽象，从抽象再到具体，循环演化。时序中的事物，除了“冷牛粪被铲向空中”“一家人坐在牛车上看雪”这样的人文场景，还有“七十只梨子在树上笑歪了脸”和“十一月的雨经过一个没有了你的地点”这样的自然风景，后者被拟人化，旨在传递观看者或在场者欣喜愉悦的情感，前者则多少有些寂寥空茫，事实上人生就是这样不断上演的悲喜情景剧。这中间“石头走成了队伍”不容忽视，这是一个荒谬性的场景，不无惊悚。没有腿的石头走成了队伍，或者石头排着队在前进，这只有对过去的“文革”时代有着刻骨铭心的体验的诗人，才能像谈论平常人生一样将这样的荒谬场景和人生场景融于一体。石头者，没有思想的事物，以它类比“文革”时期没有主体意识、愚昧从众的人们，精确而直接。波兰诗人赫伯特有一首很有名的诗《卵石》，只要稍微读一读——如果你有着丰富的诗歌阅读经验的话，就会发现它同样以拟人的方式并根据卵石的物性进行思辨，但语言方式或者思维方式是典型的西方化的。布罗茨基说，“这是一首什么样的诗歌？又是关于什么的呢？也许是关于本性？大概如此。但我个人认为，如果这是关于本性的一首诗，也应该是关于人的本性，关于人的自主性，反抗精神，以及，如果你要这么说的话，生存境况。在这个意义上，它是一首非常具有波兰特质的诗歌，关注着这个国家近世以来的历史，更准确地说是现代历史。这也因此是一首非常具有现代特征的诗歌，因为有人可能会说，波兰历史就是现代历史的缩影——更准确地说，是现代历史化成的一颗卵石。因为无论你是不是一位波兰人，历史想要做的就是摧毁你。而能够在此中存活下来并不断忍受它几乎是地质学意义上的积压的唯一方式，就是拥有卵石那样的质地，比如一旦你发现自己被握在某个人的手中，也只在表面上有了暂时的温度。”（《卵石：赫伯特与二十世纪波兰诗歌》）我们很难发现此诗的隐晦、荒秃的风格特征是典型的赫伯特式的，但是诗从物性和人性之间建立联系的努力，却是可以感知的，即便通过了语言的转换。任何事物经历了诗人的凝视和触摸，它就会一跃而起进入人类的感官世界，不再是单纯的物体，而是一面镜子，正如前面讨论的《语言的制作来自厨房》

中凝视人类的马匹，或此诗中走成队伍的石头。“石头走成了队伍”难道不也是中国当代历史的一个缩影？诚然，诗是多义性的，任何阐释都显得多余，杰出的诗篇正是罗兰·巴特所谓的“可写性文本”，是开放的，时刻在邀请读者参与，不是一次性完成的。

不容置疑，正是一些可称为“深度意象”的呈现，就像一块河水里的石头在光影下呈现它的纹理和色彩，构成杰出写作的品质。其次，细节也是一个关键。细节是凝视的产物，一旦它完成语言的凝聚功能，就生成诗的音顿，或休止，或延时，诗的内在音乐性才真正彰显。现代汉诗的写作，分行远不足以作为诗的形式特征，诗的真正形式特征是语言形象凝聚的音顿，比如此诗中大量的语言形象，其中最为亲切的是“一家人坐在牛车上看雪/被一根巨大的牛舌舔到”。数年前我带着女儿从广西回湖南过年，她一时不适应湖南的气候和环境，每到天黑就喊“我要回广西”。于是我就带她去后院牛栏里看爷爷养的牛，她怯生生地伸出手去摸牛吃草的大嘴。有一次那只安静的黄牛突然伸出舌头，舔了她的手一下，她又惊又喜，退后几步，然后咯咯地笑起来。这是我们普遍的日常经验，但是它被时间尘封，不是一般诗人能将它挖掘出来的，还有什么能比冬天的牛舌一舔更能赋予“温暖”这个词更真切的含义呢？

是来自记忆的雪，增加了记忆的重量
是雪欠下的，这时雪来覆盖
是雪翻过了那一页

翻过了，而依旧是

保罗·策兰有一首《雪的款待》，这位多多至为偏爱的德国诗人，是如何写雪呢？诗很短，姑且引在下面——

你可以充满信心地
用雪来款待我：
每当我与桑树并肩
缓缓穿过夏季，
它最嫩的叶片
尖叫。

（王家新译）

保罗·策兰是犹太人，经历了乌克兰集中营的苦难，他的那首《冬》开篇就是“下雪了，妈妈，雪落在乌克兰”，无比悲伤，是他早期的作品。《雪的款待》创作时期，策兰的诗更加向内转，他在二战结束以后依然摆脱不了犹太人身份的阴影，最终因为高更事件或者说那个时代依然存在的对犹太人的排斥造成的抑郁，生命结束于米拉波拉桥下。对于策兰来说，一方面他用德语写作，一方面他又时刻闻到德语的血腥味——那是杀害六百多万犹太人的语言，所有的死刑判决都是以德语签署，因此策兰的写作是在语言的废墟上的重建，同时为了保全自己和抵达语言的深层，他不得不在“无人区”去探寻新的语言形象。“你可以充满信心地/用雪来款待我”，这句话很神妙，为何要说充满信心地用雪来款待？因为对于诗人来说，怎样都不重要了，雪代表纯洁、冰冷，它的美无以言说。每一个诗人在不同的时代对雪会有着不同的体悟。对于多多来说，雪承载着牛车上看雪的记忆，温暖而美妙；在保罗·策兰的眼里，雪被作为“款待”之物看上去是“你”的盛情，“你”把它作为美的礼物，而它的冰冷属性和他的心灵契合度可能更高。雪抹去了世界的丑陋，但是记忆是不能抹去的，即便在热烈的夏季，桑树嫩叶的尖叫，也仿佛是从雪的深处、记忆的深处发生出来的。保罗·策兰笔下的“雪”，剔去了所有的意义附加而成为一种灵魂深处的隐晦的语言形式，也就是说，它是一个有着美的外表的记忆的抹杀者，把世界的沟坎和丑陋一律抹上了千篇一律的白色，如同空白。而对比下来，多多笔下的雪更明晰一些，它更明确地指向时间、记忆，而非一种声音喑哑处的记忆，伴随着受害者的尖叫。

对于大诗人来说，词语永远是诗的母体，是诗的孕育地、诞生地。关键的词语，尤其是最先进入诗人听觉的词，是一首诗的发动机，驱动着语言的列车前行并聚集或涌现沿途风景。词语当下发生，它也会召唤记忆、唤醒历史，简单的、当下的意象，只是表象。词语的意义是在具体的语境中生长而来，就好比保罗·策兰的嫩叶的“尖叫”、多多的“翻过了那一页”的“雪”。在不同的诗中，“雪”会在不同的语境中从日常之雪、自然之雪跃身为形而上之雪。

冬日的麦地和墓地已经接在一起
四棵凄凉的树就种在这里
昔日的光涌进了诉说,在话语以外崩裂

崩裂,而依旧是

一首诗的摩擦系数越大，声音的摩擦力就越大。这个物理学原理放在诗学上，就是语言不能空转或滑翔，而要落地，产生摩擦力。它的摩擦系数取决于作者洞察力的深邃和语言能指形式的个性化，而它的摩擦力就是由那些构成摩擦系数的音顿形成。这个音顿，如保罗·策兰的“嫩叶的尖叫”，余音袅袅，令人回味，“嫩叶”被拟人化以后在由“雪的款待”建立的语境中，生成了一个感性的音顿；而这一节诗中，多多是以“昔日的光涌进了诉说，在话语以外崩裂”，形成一个理性的音顿：

"昔日的光""在话语以外崩裂",何也?德国诗人斯蒂芬·格奥尔格说,"词语破碎处,无物可存在"。海德格尔对此发起了追问:"能够赋予物以存在的词语是什么呢?需要词语才能存在的物又是什么呢?在此什么叫存在?"诗无须承担哲学的任务,诗只打开哲学之门。对于多多来说,"麦地""墓地"和"四棵凄凉的树"构成的世界的"四边形",是天地神人的存在之场,即便昔日的光在话语之外崩裂。"崩裂,而依旧是",几乎是对虚无说"不"的声音,并通过对死亡的惊心动魄的明悟予以强化:"你父亲用你母亲的死做他的天空/用他的死做你母亲的墓碑/你父亲的骨头从高高的山冈上走下","你母亲的死"可以作为"你父亲的天空","你父亲的死"可以作为"你母亲的墓碑",这是怎样的一种超越虚无主义的存在者的信念。从多多此诗来看,其中蕴含着中国"道法自然""天地万物共存之"的古典世界观,而不是什么海德格尔的存在主义哲学。中国民间时常听到上了年纪的女人说,男人就是她的一片天。多多在这里以女人的死作为男人的天,表达了对人伦价值的高度肯定,并延伸为一种信仰般的存在:"你父亲的骨头从高高的山冈上走下",这是想象的存在,也是信念的具象化。

每一粒星星都在经历此生此世
埋在后园的每一块碎玻璃都在说话
为了一个不会再见的理由,说

依旧是,依旧是

诗的结尾将沉郁苍凉的声音引向肃穆高远的空境:星星闪烁,永恒的存在"都在经历此生此世";反之,经历此生此世的,也必将和星星一样永恒。后园的"碎玻璃"犹如破碎的词语,由于不会再见,所以"说"

在言说中存在，在言说中不断从破碎回到完整，在言说中“依旧是，依旧是”。

纵观全诗，这首写于1993年的作品，既有对语言的本质的深刻认知，又蕴含着一个中国诗人特有的世界观，是“词望到家乡”之时一个诗人对精神皈依地的吟诵，在开阔的整体性视野下，将诗意还原于个人性的存在。它是时代的，又是超越于一个时代的；是个人化的叙事和抒情，又是对人类普遍性存在信念的坚守。在艺术上，诗人以“依旧是”的铺排和一个一以贯之的声音，唤醒和聚集语言之途的存在者风景，气势恢宏，落点坚实，显示了高超的语言技艺和超拔的艺术想象力。

六

评论家向卫国在《深入无地——论多多后期的诗歌》一文中说：“另一种比较普遍的关于多多诗歌的认知，认为多多是一个语言诗人，即多多在中国当代诗人中最早具有语言的自觉，强调诗歌创作中的语言技艺，甚至将其上升为诗歌的本质性特征。”这个评价是中肯的。如果说《蜜周》《阿姆斯特丹的河流》《在英格兰》展现了诗人多方面的艺术才能，那么从其早期的《手艺》到《语言的制作来自厨房》《思这词》《存于词里》，尤其是其后期的写作，“词”越来越频繁地出现在他的诗歌中。中国当代诗人经历20世纪90年代的诗歌革命以后，语言本体论已经变成诗人观念里比较广泛的认知，但是在不同的诗人那里，这一观念的落实却出现了巨大的差别。一些诗人认为，语言就是现实，词即物，或诗从语言开始，到语言为止。在这些写作观念的标榜下呈现的写作样貌，要么观念先行，以现实世界的现象为“论据”；要么固守当下，试图以绝对的客观描述去实现对意义的反对。多多不是这些类别的任何一类，非民间，也不能以知识分子的写作去界定他的文本，可以说，多多对语言本体论有着深刻的认知。“不能是语言决定论——对于诗，我说诗为什么叫诗，就是诗性，没有别的。你追求的是诗意，文字啊——我不能说它是工具，我承认它的相当高度，但它们是在一起的。但他们上来就砍一刀，从语言——诗是在语言之内的，这就无法谈了……”[①]在多多看来，诗就是诗性、诗意，是先于语言的，是身体性的或感受性的，是先验的，在“诗意”被命名之前，是一种“无”的状态。因此相比“语言”而言，他更多使用了“词”,“词”在一首诗写出以前，只是一种晦暗不明的声音、视觉或触觉，它们和内心发生共振，或者在那一刻也和记忆、历史以及自然发生共振，形成谢默斯·希尼所说的“内爆状态”，这种状态和中国传统哲学的“无”有着某种共通之处。或许在多多的诗学观念里，正是因为这样的认知，形成了他看待世界和处理语言的独特方式。多多回国后受聘于海南大学，写下《白沙门》。白沙门位于海口市海甸岛，是一座废弃的公园。据资料介绍，这座公园2009年1月正式对外开放。由此可以推断，2005年的白沙门还是一种未开发状态，但诗之呈现，当然更多的是一种精神现实——

台球桌对着残破的雕像，无人
巨型渔网架在断墙上，无人
自行车锁在石柱上，无人
柱上的天使已被射倒三个，无人
柏油大海很快涌到这里，无人
沙滩上还有一匹马，但是无人
你站到那里就被多了出来，无人
无人，无人把看守当家园——

①多多、凌越：《我的大学就是田野》，见《多多诗选》，花城出版社2005年版，第279页。

全诗从白沙门的人文景观取象，以八个“无人”串起八行诗，营造出一种荒芜、凄凉的图景。“无人”之“无”，不是虚无；无人处，布满人类存在的遗迹。公园里的“台球”，一个娱乐项目，它对着残破的雕像，就像现实面对历史遗存。无人，即是说它也沦为一种遗存。断墙上的渔网、石柱上锁着的自行车，这些用于人类生存和交通的工具的存在，当然是表明人并没有走远。“柏油大海”来自想象，一片蔚蓝之海被想象为“柏油之海”，意味着大自然被现代文明污染。那匹沙滩上孤零零的马，岂不是人的孤独的绝佳象征？

诗的最后一行运用“顶真”的修辞方式，一个“无人”，就像一种哀婉的声音忽然演进到绝望，再加一个“无人”，绝望演变成愤懑——“无人把看守当家园”。这是主体的声音，客观物象的铺排形成的巨大沉默到此催生了诗人的发声。它是批判性的，但更多被强化成一种强烈的情感——那个破折号是这负载着愤怒的声音的延时，仿佛一个余音回荡在荒芜的白沙门上空。

值得注意的是，“你站到那里就被多了出来”和每一行末捎带的“无人”，后者像是感叹、自言自语，前者是这种连连感叹推动出来的自我对话，是对存在之荒谬的深沉感喟。“你”即是“我”，那一刻和白沙门的一切如此格格不入，仿佛闯入另一个世界。这本是一片精神家园，娱乐我们的身心（台球），唤起我们对历史的怀念（雕像、柱上的天使），而人类无一不被卷入了商品大潮，带来“柏油大海”——这个神奇的意象令人想起曼德尔施塔姆《列宁格勒》中的“鱼肝油”，当然意蕴大不相同——无人把“看守”当家园，“看守”者，非看守罪犯之“看守”，是“观看”“守望”“守护”，把“观看”和“守望”本身当“家园”，自然是关乎本体意义上的精神家园的感知了。

此诗代表着多多诗歌典型的风格特征：直取核心，成其所是，凌厉，收敛，收放自如，个人气息和语言节奏契合无间，诗的声音明亮而锐利，极具辨识度，是独特的多多式发声。同时，语言形式高度凝练，蕴含着作者深邃的洞察力和明晰的表现力，它所呈现的想象的真实，比客观现实更真切，其背后是深沉的人文情怀和使命意识。

七

2007年，多多五十六岁，这个年龄的诗人，阅尽人间沧桑，语言技艺纯熟，正值创作的黄金时期。可国内一些批评家多认为多多的写作黄金期是在去国那一段时期，即多多三十八岁前后，以《阿姆斯特丹的河流》和《在英格兰》为代表。我倒觉得20世纪90年代末期以《四合院》为代表，多多的写作更为深沉开阔、张弛有度。《痴呆山上》写于2007年，语言上铅华洗尽，已经有了枯瘦而丰腴的特征。

对着雨，雨滴
和滴雨的磐石般的天空

一个男人牵着一头奶羊
蹲在石上，一种孤独

里面，有大自然安慰人时
那种独特的凄凉

当矿区隐在一阵很轻的雷声中
一道清晨的大裂缝

也测到了人
沉默影子中纯粹的重量

那埋着古船古镜的古镇
也埋着你的家乡

多好,古墓就这么对着坡上的风光
多好,恶和它的饥饿还很年轻……

我不知道“痴呆山”一词命名的来由，也许在年近花甲、老境将至的诗人眼里，人的终极景象渐渐浮现。我想多多造出“痴呆山”这样一个词，是对人类、对自我凄凉晚景的一次提前窥看。老年痴呆，失去记忆，失去对事物的感觉和反应，像一座山一样耸立在时光的前方，足够惊恐，也十分惶然。省视人的终极命运，是一种整体性的观察。现代主义诗歌热衷于整体性的观照，但多多在这里表现出来的是，他能将整体性视野下人的命运转换为一个恰切而明晰的场景。一个男人蹲在石上牵着一头奶羊，它理所当然被置放在痴呆山上，这样的场景似乎脱离了现代世界的氛围，而传递出某种来自油画或雕塑的古典主义气息。这个人物正是因为抹去了时代背景，所以他看上去像末日图景中的人类代表。作者赋予他的形式意蕴，自然需要语境的延展和深入，逐步呈现出来。对于雨滴着重描述，显然加深了凄凉感和孤独感，正因为雨滴代表着大自然的冰凉慰藉，人虽孤独，但不至于绝望到心如死灰。“蹲在石上”和“磐石般的天空”，一虚一实的“石”带来的感觉，冷酷、无情、荒凉、空茫，仿佛人最终会进入这样一个孤独的世界——这是老年孤独晚景的一个图示。

就多多一贯的风格而言，他绝不会浪费笔墨去描绘一幅远古的或者类似创世纪时代的人类图景，即便这样生动地诠释了孤独，那它终究是抽象的。“矿区”一词把镜头拉回现代世界。多多和其他现代主义诗人一样，对“烟囱”“矿区”一类意象似乎有着偏好，它们是你在外省的旅途所见，或在城市的边沿以宏伟和突兀进入登高的视野，它们是一个宏阔的视野里显现于言说中的语言形式，其背后当然会经历一个抽象还原的过程。这种标志性意象也许不再被后现代主义诗人叫好，甚至会被诟病，但是它们精确的力量取决于具体的语境。“矿区”作为词根，很容易衍生出“矿难”或“污染”，这是现代工业文明的另一个标志性象征。“当矿区隐在一阵很轻的雷声中”“一道清晨的大裂缝”是闪电，也象征矿难，它测到了人“沉默影子中纯粹的重量”，亦是存在之尺度。

谢默斯·希尼在评论W.H.奥登的诗时采用了一个富有诗意的标题《测探奥登》，我不知道“测探”一词从英文翻译过来是否准确，但它无疑涵括了如下含义：测量、探寻、测听——像医生拿着听诊器测听心跳一样。测量则代表了它的背后有着艺术尺度存在。多多“一道清晨的大裂缝”作为一个尺度，他测量更多的是生命的价值。“纯粹”一词，对于熟悉里尔克的诗人来说，它所蕴含的东西或许已经沉入了意识深层，随时会在诗人的写作中产生响应。里尔克的墓志铭中“纯粹”一词如此耀眼：“玫瑰，哦纯粹的矛盾，欣喜，/在如此多的眼睑下作/无人之眠。”这种“纯粹”是具有超越性的，而人要超越世俗和物欲达到真正的纯粹——即便是“纯粹的矛盾”，多么难，没有多少人能够像玫瑰一样，在自身保持刺和花（纯粹的矛盾）的浑然一体与和谐统一。多多这里的“纯粹的重量”，当然指向了人的存在价值。

不难看出，多多的写作深受现代主义的影响，从词语的血缘上可以隐约发觉它的渊源。而“那埋着古船古镜的古镇/也埋着你的家乡”这样的表达，几乎从“矿区”一词建立的语境中跳脱出来，带有后浪漫主义的色彩，但是它和那“磐石般的天空下”孤独的牧羊人构成遥远的呼应，生成语言的张力：孤独的人失去了精神故乡，孤独的牧羊人从来不因现代社会的巨大改变而有了新的精神处境，恰恰相反，正是现代工业文明使人丧失了这一切。多多在接受凌越访谈时说："第一我不是按照任何主义去进行写作。包括我早期的写作，是受到诸种影响以后开始的。现在回想起来，根本就不知道什么主义主导我早期的写作，我当时更是不可能很清晰地知道。很多自我命名实际上都不准确的。还是回到我刚才所说的话——不是从一种主义一种流派开始写作，而是一直要从你的存在所给予你的开始（写作）。就是说读书与我的关系、阅读与我的关系、他者与我的关系、伟大诗人经典作品与我个人写作的关系，我觉得这中间还是有距离的。你不可能完全按照他的道理、他所提供的道路走，因为根本就不可能，我们差了一百年，你想这么做都不可能。"[①]这一首诗显然印证了诗人的写作观念，尤其令人讶异的结尾，显示了卓异而独特的精神视野——"多好，古墓就这么对着坡上的风光 /多好，恶和它的饥饿还很年轻…… "如果说"古墓对着坡上的风光"有着人最终归于自然的和谐，肃穆中透着平静的欣喜，那么"恶和它的饥饿还很年轻"就带来令人诧异的阅读效果。"恶"这个词和伦理有关，很少出现在多多的诗中。对此，多多说："一个诗人他的诗作，我是这么看的，都是伦理。非常重要。其实我们从伦理的脉络才能看出一个人的人格。所以人格之建立是不可以离开伦理的，回避不了的。"[②]恶对应善，我们是否可以这样看待，没有恶，善也就无所谓存在，或者说世界上的事物原本就是一种矛盾性存在。在诗学上，多多在这里引进了矛盾修辞法，一种悖谬性存在。恶被得到"赞美"，它建立的内在逻辑是，恶作为善的反面，它也能激发人的活力，推动人类社会前进。在这个意义上，它也可以得到宽宥，正如饥饿感的丧失会带来艺术生命的终结。而在"痴呆山上"这一象征着人的终极处境的语境里，对"恶"的包容态度，对"饥饿"的肯定，

①②凌越:《多多访谈:被动者得其词》,《当代作家评论》2011年第3期。

正显示出多多对人的孤独命运的关怀。这是一种极富怜悯心的终极情怀，是一种大爱，超越了世俗层面的价值判断。

《痴呆山上》很能代表多多后期（也就是归国以后）的创作风格，冷峻、深沉，诗思跳跃而深邃，情感内敛而饱满，语言上则呈现出枯瘦简净的样貌，很有点苏轼之谓“外枯而中膏”的风格特征。

2020年3月1日—4月13日于长沙荷园

语言的花样滑冰：论张枣

张枣是“后朦胧诗”的代表诗人之一，有着完备的诗学系统和夺目的诗歌实践。他对中国汉语新诗的贡献，可能还没有得到全面、准确的估价。晦涩、深奥，是一道门槛。德国汉学家顾彬说，“与其说张枣是20世纪中国最好的诗人之一，我更想说他是20世纪最深奥的诗人”。张枣真正的代表作如《跟茨维塔耶娃的对话》《卡夫卡致爱丽丝》《空白练习曲》和《大地之歌》，都不像早期名作的《镜中》《何人斯》那样明朗、清澈，而无不晦涩难懂，此一风格非常类似保罗·策兰。两个诗人的历史和时代背景不同，但有一个共同点，他们都致力于发明一种更加强健的母语。对于策兰来说，德语沾染着杀害他的父母的鲜血，而德国战败以后，纳粹主义并没有快速消亡，因而他要在被二战废墟大面积污染的词语中，分拣出一条语言的幽径；而对于张枣来说，百年新诗步履蹒跚，如何消化古典的母乳营养，吸收西学的外来精华，是他要致力去做的一个课题。普遍的西化，“十年浩劫”对语言的破坏，汉语已经出现某种程度的僵硬和格式化，换句话说，汉语已经严重工具化。如何恢复汉语的灵性，是诗人的使命所在。

从鲁迅、闻一多、卞之琳、废名到九叶派诗人，诗歌创作的现代性探索之路在新中国成立后一度中断，张枣是新时期的接续者之一。在张枣看来，胡适只是新文学运动的肇始人，和现代主义文学并无关联，“他不能从隐喻和象征层面区分语言和日常语言，辨别平淡和诗意。由于将现代的诗歌语言精简成了文字改革的工具，胡适取自庞德意象主义的‘文学八事’流于浮浅”①。在20世纪80年代初期，朦胧诗在诗坛占据着绝对主流地位，在大家视北岛、舒婷等为偶像的时候，据诗人傅维回忆，张枣对他们“批评意见居多”。可见张枣在《镜中》时期，即“第三代诗人”出场之前，已经把朦胧诗写作归结为英雄主义写作——当然他也称赞过舒婷的某些日常化抒情，而把自己看作“第三代”，即倡导“极端个人化写作”、延续现代主义诗歌潮流的新一代人。在他看来，任何有针对性的写作都走不远，朦胧诗针对的是1949年到1979年之间三十年的政治抒情诗。现代诗有更加辽阔无垠的疆域，这和曼德尔施塔姆的诗学观念有某种异曲同工之处。后者在《词的本质》一文中说：“直到现在，俄罗斯诗歌的社会灵感所达到的无非是‘公民’的理念，但是还有比‘公民’更为远大的原则，还有‘人’这个概念。”②回到个人，“以人为本”，回到语言、本体，反省唯物反映论哲学背景下语言的工具地位，张枣可谓很早就有了清醒的认知，在写作上也自觉为之。因此《镜中》《何人斯》等早期名作，不是偶尔灵光一闪的产物，实际上已有了艺术上的深刻认知。《镜中》广为流传，也许并不在于它浪漫而典雅的意境，而在于它亲切的语调。诗中皇帝的出现，除了营造一种古典的语境外，在诗的亲切氛围中，“皇帝”一词的权力色彩没有了，更像一个特别的情人，这和后来《空白练习曲》中的“纳粹先生”在语言意识的表现上是一致的。质言之，张枣的诗学有了深刻的民主意识，即视现代诗为一种对话性存在，主张主客对话的平等、坦诚和客观。同时主体消极性作为汉语新诗现代

①张枣：《张枣随笔集》，颜炼军编选，东方出版中心2018年版，第22页。

②奥斯普·曼德尔斯塔姆：《曼德尔斯塔姆随笔选》，黄灿然等译，花城出版社2010年版，第63页。

性的一个重要尺度，他认为将人客体化为“他者”，在诗学方法上会导致写作主体性的消解，同时又使得语言自律化。语言的自律，类似于谢默斯·希尼之谓“舌头的管辖”。语言言说建立在词即是物、语言就是现实的瓦雷里式的纯诗理念基础上，其语言观念自然和朦胧诗已经相去甚远。张枣认为，汉语新诗之现代性的核心任务即是命名，命名亦即要说出那“不能说出的”。“母语递交给诗人的是什么？是空白。谁勇于承认这个事实，谁就倾听到了鲁迅‘当我沉默着的时候，我觉得充实，我将开口，同时感到空虚’的伟大控诉。”①

张枣是一个杰出的语言花样滑冰运动员。他身在其中，又借着这“空白练习”之舞蹈，为语言的“连击”做着示范和解说，从而成就一种“论诗艺”的写作或“元诗”写作。我们从《镜中》《春秋来信》《大地之歌》和《父亲》中，大致可以一窥其写作的全貌。

一

只要想起一生中后悔的事
梅花便落了下来
比如看她游泳到河的另一岸
比如登上一株松木梯子
危险的事固然美丽
不如看她骑马归来
面颊温暖
羞涩。低下头，回答着皇帝
一面镜子永远等候她

①张枣：《张枣随笔集》，颜炼军编选，东方出版中心2018年版，第50页。

让她坐到镜中常坐的地方
望着窗外，只要想起一生中后悔的事
梅花便落满了南山

张枣1962年生于湖南长沙，1978年考入湖南师范大学外语系，1983年前往四川外语学院英美文学专业攻读硕士研究生。《镜中》的写作时间是1984年。据诗人柏桦回忆：“这一年（1984）深秋或初冬的一个黄昏，张枣拿着两首刚写出的诗歌《镜中》《何人斯》，激切而明亮地来到我家，当时他对《镜中》把握不定，但对《何人斯》却很自信，他万万没有想到这两首诗是他早期作品的力作并将奠定他作为一名大诗人的声誉。”[①]在那个时期，西方象征主义和意象主义对中国诗人的影响都很大，柏桦说，“象征意味着浪漫、暗示、间接及主观，而意象则是古典、明晰、直接与客观”。[②]他的这一论述很耐人玩味。象征派的大诗人瓦雷里强调诗的抽象思维，实际上是建立在对事物的整体性观照的基础上，高度抽象后再具象还原，因而他提出了“纯诗”概念。在中国，早期有梁宗岱作为传承者，张枣的诗也有某种“纯诗”特征。有趣的是，意象主义的开创者庞德翻译了大量中国古典诗歌，其写作受到唐诗很大的影响，反过来又影响中国新诗。在周围的诗人都偏好象征主义风格时，张枣的写作率先向意象主义靠近，开始探索古典的当下重构。《何人斯》运用了《诗经》同名诗的结构，创造性地进行了改写，“并融入个人的当代生活和知识经验”，现在看来，《镜中》的艺术价值更大。

诗的标题取为“镜中”，暗示一种观看、一种记忆之看，当然也是语言之观看。“只要想起一生中后悔的事/梅花便落了下来”，诗突兀而起，开篇并未和镜子发生任何关联，将梅花的凋谢和“想起一生中后悔的事”

①宋琳、柏桦编：《亲爱的张枣》，江苏文艺出版社2010年版，第39页。
②同上，第42页。

强制性地建立从属关系，当然是诗人主观为之。诗的语调稍显煽情，又带着淡淡的忧伤。年轻惜美，珍爱造物，想起她游到河对岸或登上松木梯子，美则美矣，也着实危险。此一类回想，也许曾经在现实中发生类似的事情，也许是诗人的一种想象，带着清淡的浪漫主义色彩。“危险的事固然美丽”，同属“西蜀五君子”的批评家钟鸣说，它和里尔克的《杜伊诺哀歌》“我将消逝，因为美只是/恐惧之始，正好我们仅能忍受着”有着某种同构，但他也说明了那个时期张枣不大可能看到里尔克的这首诗，因而更服膺张枣的诗人直觉和才华。

“不如看她骑马归来/面颊温暖/羞涩。低下头，回答着皇帝”，这是另一番想象，是一种在诗人看来更安全也更接近、气息可闻的想象，没有河里腾挪的脊背那么遥远，没有在松木梯子上将一个美臀悬在一个仰角之中那么让人“费劲”，其面颊的温暖、低头的羞涩和语声的“旖旎”，分别诉诸于听觉、视觉和心灵的感应之中，有着更为丰富的审美感受。同时在此，描述性的手法带来了停顿，不像河里游泳和攀登梯子那样的意象化有着急迫的语速，一个哪怕是虚拟的场景，也有了一种艺术上的真切和质感。特别值得注意的是，诗的场景化，很自然地降低了语调——一种日常的语调、对话的语调——全诗娓娓的讲述，已经与当时普遍的诗的高亢有了很大的不同。据张枣的朋友傅维回忆，那时张枣就对北岛的英雄主义的书写颇有微词，在后期他论及诗的语言时，更是明确表明诗不针对什么。在他看来，朦胧派诗人的代言式写作，实际上就是一种意识形态反对另一种意识形态。诗当然不是意识形态的工具，诗是意义的原生组织，其本质更多从属于生物属性而不是立法属性。《镜中》的语调变化，来自于张枣的艺术自觉，与其说是语调的变化，还不如说他的诗学观念已经发生了重大变化。

“皇帝”一词的出现和“梅花”一词的运用，并非出于单纯地营造古典情景那么简单，正如后来《空白练习曲》中出现的“纳粹先生”和其他诗作中出现的“乌有先生”一样，或许张枣有着语言游戏的意思，但是从根本上看，可以说诗人有了为现代诗学引进民主意识的观念。在他的世界观里，皇帝和纳粹先生都是一个语言符号，完全可以用来命名日常事物，换言之，他在诗歌语言层面已经具备“语言游戏”的观念。一个骑马归来的少女羞涩地低头回答着皇帝，这当然不是古代宫女可能在生活中出现的事件，而是在当下语境中颠覆了“皇帝”一词的意义，“皇帝”已在现代语境中从其本义游离出来。

诗写至此，全是诗人的想象之看或记忆之看，并没有“我”的出场。省略主语当然是作者有意为之，它让出位置，邀请任一主体参与进来。张枣早期的作品，如《灯芯绒的幸福舞蹈》，通过戏剧结构实现“看”和“被看”的转换，写作主体被置入不同的“角色”，即是在写作上力图实现“自我的客观化”，或者在主体之间建立一种民主机制，以期实现某种主体间性。《镜中》省去的主语，大抵也是这样的写作观念使然。钟鸣先生认为张枣此诗的微妙正在于人称转换，他列举了八种人称，即匿名之我、她、皇帝、镜中皇帝自身、我皇帝、镜中她自身、镜中她我、我自身，并进行了深入细致的解读。这也是现代诗解读一种。但从诗的发生学层面看，诗的生成是偶发的，瞬间灵光一闪，不会有什么预设。杰出的作品总是将微妙和深奥天然地蕴含其中。

“一面镜子永远等候她/让她坐到镜中常坐的地方/望着窗外，只要想起一生中后悔的事/梅花便落满了南山”。如果说全诗可作为一种记忆之看，所示一切皆来自记忆之镜，那么“她”面对的“镜子”，便是镜中之镜。“她坐到镜中常坐的地方”回想，和起头的“只要想起”形成呼应，前面的“只要想起”源于诗中省略的那个主语“我”之观看，是泛指；后面的“只要想起”，是特指诗中的“她”，这种镶嵌式的结构就像莎士比亚戏剧的戏中戏一样，非常耐人寻味。“梅花”和“南山”都是十分古典化的意象，它们的妥帖使用，给诗的语言带来了典雅、高贵的气质。

《镜中》一诗得以广泛流传，除了“南山”和“梅花”这样的词可以引发传统文化记忆深层的响应，比如“采菊东篱下，悠然见南山”，比如“驿外断桥边，寂寞开无主”，以“只要想起一生中后悔的事/梅花便落满了南山”作为一个镜像，其寄寓的那种对美之凋零的叹惋和怜惜之情十分动人，诗的内在音乐性也可能是一个重要因素。诗的第1、4、5、8、11都押i韵，短短十二行诗占去五行押韵，读起来就自然朗朗上口，况且i的音韵在低音区，使得整个诗的语调深沉而悠远。为了诗的节奏更合乎情绪的呼吸，张枣显然也特别注意一韵下来可能出现的单调。“面颊温暖/羞涩。低下头，回答着皇帝”，一个短句，三次停顿，让诗的节奏丰富起来，从而使全诗读上去有一种悠扬、辽远之中的抑扬顿挫，这与苏轼《水调歌头·明月几时有》中支撑全诗的短句“转朱阁，低绮户，照无眠”，有着异曲同工之妙。

诗人柏桦倡导现代汉诗写作的“汉风品质”，以为“轻且甜”是未来文学的方向。显然《镜中》是很符合他的这种文学期望的。《镜中》在古典和现代之间架起了一座看似不可能的桥梁，是当代诗人试图在“西风东渐”的过程中一次创造新诗学的努力：不单是重构古典，而是在词语的血缘上唤起悠远的回声，从而从翻译体脱身出来，创造现代汉诗语言的汉味的纯正性。

二

孔子编写《春秋》，记述历史，暗含褒贬，不直接阐述对人物和事件的看法，通过细节和修辞，委婉而微妙地表达，所谓“春秋笔法，微言大义”是也。张枣此诗写给诗人臧棣，诗名“春秋来信”，其“春秋”有两位诗人同时代的隐义，也不无《春秋》之“春秋”的指涉，盖因诗人间信函往来，主要是谈论诗艺，而《春秋》之“微言大义”，暗示或隐喻，与诗实有共通之处。

张枣作为后朦胧诗代表诗人之一，尤其在20世纪90年代，开始了占比较大的“元诗”写作，比如《空白练习曲》《跟茨维塔耶娃的对话》，以诗学本身为写作对象，它在诗歌的声学上表现为诗学乐器和词语演奏的合奏，类似巴赫金论及的陀思妥耶夫斯基的“复调小说”。在这一时期，甚至晚到21世纪前十年里，仍有一批诗人着迷于复调写作。如不弄清这样一个写作背景，这首诗就会以一道晦涩的门槛，把你挡在门外。

《春秋来信》也是作者一部重要诗集的名字，可见此诗在诗人心目中的地位。对于诗人处身其中并且急剧变化的时代，诗人在词与物、语言和现实之间深感命名之难，难免惶恐和茫然——诗人要对纷繁的现象世界进行提纯，为那诗学的塔板上的馏出物寻找精确的客观对应物，其难度令人晕眩，也使人着迷。20世纪90年代正是当代中国城市化肇始之时，其时张枣身在国外，他的写作却没有离开祖国正在发生的一切。

“这个时辰的背面，才是我的家，/它在另一个城市里挂起了白旗。”“时辰”相对时代、时间，它是个细微的概念，在中国传统文化里，是以天干地支推算的时间段，比如子时是指夜晚十一点到凌晨一点那一段时间。寅吃卯粮，则意指提前透支，是在时辰的基础上演化的隐喻。里尔克的《时辰祈祷》英译本为*The Book of Hours*，“时辰之书”，也有译为“时间的书”的。对于张枣来说，他当然会看重“时辰”的具体，而不会去选择“时代”或“时间”一类概念性的词。“在时辰的背面”，隐喻诗人悬居海外、不在真正的当下或者处于一种“非主流”的生活状态。“它在另一个城市里挂起了白旗”表示诗人对在德国的生活并不满意，甚至认为是失败的。据他的朋友回忆，他迷恋美食，迷恋烟火气，德国那清冷的生活简直要了他的命。他说他自己“实在是忍受不了国外的寂寞”“夜里老哭，老喝酒”，他“渴望生活在母语的细节中”，因而他说他的家“在另一个城市挂起了白旗”。

“天还没亮，睡眠的闸门放出几辆/载重卡车，它们恐龙般在拐口/撕抢某件东西，本就没有的东西。/我醒来。”这是对写作第一现场的描述。“睡眠的闸门”是一个传神的比喻，使无形的“睡眠”诉诸视觉，变得可视化。以“恐龙”一词修饰“载重卡车”，有着心理上的暗示：它像一个古老的怪物，给睡梦中的人以惊恐、慌乱。卡车或许在装载货物，但诗人说它在“撕抢某件东西/本来就没有的东西”，就显得荒诞、怪异。或许在诗人看来，一切的有用之物在艺术上皆为无用，人类对物质生活疯狂追求的最终的结果是虚妄。

谢默斯·希尼在《写作的地点》一文中说到叶芝的写作，“他建立一个诗歌现实的前哨基地，并把它塑造成一个实际地标；他与地点的关系是一种支配性的关系，而不是一种感激的关系；他的诗创造了一个心灵的国度，而不是相反的和更常见的方式，也即国度创造了心灵而心灵又反过来创造诗歌”。[①]我们不难看出，张枣这一时期在德国的写作，图宾根只是他写作的第一现场，对他的写作具有支配性关系的地点并不是那里，而是他念兹在兹的祖国：上海或长沙。写作的第一现场仅仅提供了一种氛围：孤独、寂寞。这种孤寂的氛围正如T.S.艾略特所说的诗的发生氛围，加上思念的铂丝，诗意就爆发了。毫无疑问，张枣也是深受T.S.艾略特“诗不是放纵感情，而是逃避感情”的影响，他把所有的感情都压缩在“白旗”这一“客观对应物”之内。

“身上一粒绿扣子滚落”这一细节出现在巨大的语言意外中，当然也合乎一个顺理成章的日常生活场景，但是结合全诗来看，它不是一个单纯的生活细节或事件。诗末“哪儿，哪儿，是我们的精确呀？/……绿扣子。”诗人之谓“精确”，当然是关乎诗艺的，即语言的精确，词与物因应的精确。如果说阿米亥给“语言的精确”发明了一个精湛的比喻——

①谢默斯·希尼：《希尼三十年文选》，黄灿然译，浙江文艺出版社2018年版，第307页。

疼痛，那么张枣的“绿扣子”显然更微妙，余味更深。“绿扣子”之绿，与大自然之绿相通，意味着中国诗人的诗学观念里，终还留存着“道法自然”的自然意识，哪怕现代主义和后现代主义的潮流盛极一时。扣子天然妥帖地缀于扣眼之上，作为词与物的一种浑然天成的融合状态，它不是“精确的疼痛”那样建立在一一对应的象征上，而更多是一种暗示，若即若离，透着微妙和机智，是典型顿悟式的东方智慧。由此可见“身上一粒绿扣子滚落”背后的深意：它意味着语言和身体的一种分离，或者说暗示那一刻，诗意从他身上离开了。

我们的绿扣子，永恒的小赘物。

云朵，砌建着上海。
　　　　　　　　我心中一幅蓝图
正等着增砖添瓦。我挪向亮处，
那儿，鹤，闪现了一下。你的信
立在室中央一柱阳光中理着羽毛——
是的，无需特赦。得从小白菜里，
从豌豆苗和冬瓜，找出那一个理解来，

以“绿扣子”和对它的赞美承接，诗开辟第二现场：上海。“云朵，砌建着上海。”以“云朵”砌建，既是理想，也意味着虚妄，是大时代的背景。诗人心中的蓝图，当然不是什么高楼大厦，而是杰出的诗作。张枣说，“我们这一代人的写作一开始就不想为这个时代承担什么，没有意识形态的针对性，而是要为整个中国诗歌帝国做什么”[①]。张枣的诗歌理

①张枣：《张枣随笔集》，颜炼军编选，东方出版社2018年版，第253页。

想显然重在语言，而不在有用性意义上的使命担当，事实上，从后朦胧诗人的写作开始，中国诗歌出现了明显的个人性特征，诗歌语言趋向感官化，日常生活成为艺术的基本支撑，但是时代的急剧变化、现象纷纭又使诗人确切地感到命名的难度。在这样的背景下，对诗的纯粹的坚持，就是对内心阵地的坚守，也许只有诗人之间的交流能够加固它，窗外的卡车轰鸣和遥远的祖国轰轰烈烈的变革的爆破声，不是滋养而是干扰了内心的声音。一个诗人的来信，可能像鹤的闪现一样给寂寞的处境带来一丝慰藉。“你的信/立在室中央一柱阳光中理着羽毛”，美丽且给心灵带来片刻自由：“是的，无需特赦。”隐藏在“特赦”背后的词语即“自由”，一种欣慰而喜悦的状态。对于鹤的描述，应是想象性的实写，况且“鹤”的形象对于身处异国他乡的诗人来说，有着不同寻常的意义。它不止一次地出现在张枣的诗中，它不单承载美，更多的是一个传统文化的象征或母语的象征——诗友来信中的母语，就像阳光中鹤的羽毛，而一柱阳光来自穿过窗户的光线，很有点奇幻色彩。“得从小白菜里，/ 从豌豆苗和冬瓜，找出那一个理解来”，对日常的理解，真正有烟火味的日常叙事，有别于修建高楼大厦的宏大叙事。

来关掉肥胖和机器——
　　　　　　　我深深地
被你身上的矛盾吸引，移到窗前。
四月如此清澈，好似烈酒的反光，
街景颤抖着组合成深奥的比例。
是的，我喊不醒现实。而你的声音
追上我的目力所及：“我，

就是你呀！我也漂在这个时辰里。

工地上就要爆破了，我在我这边
鸣这面锣示警。游过来呀，
接住这面锣，它就是你错过了的一切。”

顶真一个“来”，进一步递进，“来关掉肥胖和机器”。“肥胖”源自餍足，一个人在艺术上失去饥饿感，便等于失去了创新的源动力。“机器”所代表的工具理性和感官相冲突，且“机器”的庞大和人的卑微并不对称，当然人可以不受物质裹挟而关掉它，但是谈何容易——市场经济的巨大推力，把人的注意力都集中在物质上，能够超越物质欲望、倾听精神声音的耳朵已经十分稀缺。“肥胖”和“机器”的精确度和概括力，丝毫不亚于菲利普·拉金《消逝，消逝》中的“水泥和轮胎”，那是一个街上开着轿式老爷车、田野上奔走着神甫的时代。“关掉”它们，可以像关掉开关一样关掉它们，隐含着一个暗喻。而“矛盾”一词和里尔克“玫瑰，纯粹的矛盾”有着隐秘的同构性。在张枣看来，诗人臧棣的迷人之处正在于他身上的矛盾，一个诗人身上体现出来的“矛盾”，是一种丰富性和新颖性，如同玫瑰的刺与花。一封信展读下来，心气相通，灵魂呼应，正是所谓的“你的声音 /追上我的目力所及”，诗人之间的相互洞晓和理解，无疑是一件令人愉悦的事情，当此时，如不出之以“情景交融”，那就非张枣手笔了——“四月如此清澈，好似烈酒的反光，/街景颤抖着组合成深奥的比例。”四月的清澈，烈酒的反光，浓度和纯度关乎自然，更关乎诗，深奥的比例在于微妙的平衡，也是奇妙的配置、语言的配比；如果达到街景般的浓淡适度且如那般天然，当是一种至高的境界。张枣说，“高妙沉潜的深奥要比泛泛的丰富性更有诗意，放弃对深奥的追求是对诗歌的侮辱”①。

①张枣：《张枣随笔集》，颜炼军编选，东方出版社2018年版，第260页。

现实沉睡不醒，喊也没用。但是作为一个诗人却不能无视现实，“我在我这边/鸣这面锣示警”，便是诗人的作为。不同的诗人可能以不同的方式去达成写作的及物性，在那个时辰里，“我/就是你呀”，一个“呀”不但显得亲昵，而且也暗含“原本就是这样”，只是没有说出的意味，因而“你”所在的国度的“工地”也在“我”的视野里，“就要爆破了”，通常是一个人远远地站在路口摇着小旗帜，吹哨子，高声大喊“放炮了——”，张枣把它上升到精神层面并拎出传统乐器里的“锣”作为示警物，锣声嗡嗡，响亮而余音袅袅，当然更有喜剧感。张枣致力于在东方和西方、传统和现代之间挖掘词语的血缘和亲和性，比如《镜中》的“南山”“梅花”，比如《大地之歌》和美国隐形轰炸机相比照的“鹤”，除了它们带来了母语天然的亲切感和唤醒文化记忆深层的默契之外，它也和来自西方象征主义或意象主义的表达共融无间。同样，“接住这面锣”，在某种意义上就是接续中国的古典传统，“它就是你错过了的一切”，当是张枣对现代汉诗“全盘西方”而隔断了母语的脐带的深沉感叹。一个精通西方诗歌和文化的诗人，却有着接续传统的艺术自觉，这是张枣的过人之处。曼德尔施塔姆说，“唯独语言本身可以用作某一个特定民族文学之统一性的标准，用作该民族有条件的统一性的标准，其他标准都是次要的、短暂的和任意的”[①]。语言直接影响人的世界观和行为模式，和母语的传统割裂，也就是放弃了民族文学和文化身份的认同，翻译体最终会造就“香蕉”的甜腻。

我拾起地上的绿扣子，吹了吹。
开始忙我的事儿。
　　　　　　　　静的时候，

①奥斯普·曼德尔斯塔姆：《曼德尔斯塔姆随笔选》，黄灿然等译，花城出版社2010年版，第47页。

窗下经过的邮差以为我是我的肖像；
有时我趴在桌面昏昏欲睡，
双手伸进空间，像伸进一副镣铐，

哪儿，哪儿，是我们的精确呀？
……绿扣子。

诗的第三节回到“绿扣子”，从地上拾起“吹了吹”，吹去灰尘，珍惜之情溢于言外。这粒“绿扣子”，在世俗的眼光看来是“小赘物”，在诗人眼里是“永恒的小赘物”，是诗本身——它是无用的，却使得人的形象更加得体；是多余的，却连接了两片衣襟，犹如词与物得到妥帖勾连；是不起眼的，却遮盖了那个扣眼，隐含艺术的匠心。这是此诗的核心词语，是诗的一个精湛而微妙的形象：扣子扣上，遮蔽扣眼，连接衣襟，遂成为写作之“写”的一个精确隐喻。当“我”“开始忙我的事儿”，要么发呆，失魂落魄，被邮差误以为是一幅“我的肖像”；要么“趴在桌面昏昏欲睡”，双手伸进空间即被一副无形的镣铐锁住。迫于生存的压力和处于孤悬海外的寂寞中，展读诗友来信的时辰，当是他最快乐的时候，也是他整个人最生动的时刻，仿佛收回了走散的灵魂。因此，他几乎是如梦惊醒般喊出声来：“哪儿，哪儿，是我们的精确呀？ / ……绿扣子。”省略号意味着对一连串隐喻“精确”的词语的遴选中，最终挑选了“绿扣子”，感叹之余，不无喜悦。

诗中有关“绿扣子”的言说，是一种纯粹针对诗学本身的声音，仿佛一种自言自语，它连接和贯穿全诗。读信的场景呈现的声音，是诗做出的及物性努力，是在“我”和外部世界（上海，祖国，时代）之间建立联系的语言行动，两者互为关联又若即若离，就像两种乐器的合奏，形成复调的混响，又有着内在的明晰和清澈，甚至显得深奥，又回味悠长。“绿扣子”落地的细微声音奠定了诗的调性：低沉、平静。它作为诗学乐器的声音成为全诗的草蛇灰线，生成诗的结构。而有关“来信”发生的不同时空的声音——工地的爆破声、爆破之前鸣锣的警示声和诗人住所窗外卡车的声音，构成一次语言历险的沿途风景。复调音乐作为音乐创作中的技术手法和思维方式之一，一方面常与主调音乐组织体相互渗透，呈现出灵活多样的形态；另一方面又具有相对的独立性，可用多声部音乐形式和各种表现手法谱成独立的音乐作品。在张枣的诗学实践上，它有着古典和现代二重声部的混响，想象性的“鹤”的声音（哪怕它是静默的）、“锣”的声音（一个完全独立于西方语境的传统意象）和现代的卡车声、爆破声，虚虚实实，形成不同的声部，又构成一个完整的整体。曼德尔施塔姆在《关于但丁的谈话》中开篇就说：“诗学言说是一个混合过程，跨越两种声音模式：其一是我们在处于诗学言说之韵律乐器的自发性流动中听到和感到的语调；其二是言说自身，也即这些乐器在声调上和音位上的表现。”[①]他据此进一步说明诗不是自然的一部分，更不是自然的反映。《春秋来信》的跨时空和复调特征，不同于现实主义反映论写作的平实，也不同于先锋派客观性写作的无意义追求，具有真正的现代诗特征：复调混成，跨时空且生成于一个共时的语言空间。

相比张枣早年的作品，《春秋来信》去书卷气、口语化，日常场景毫无阻碍地进入诗歌的中心地带，诗的语言并不像20世纪90年代的口语写作那样线性化和扁平化，同时也没有先锋的姿态——所谓先锋写作，实际上是建立在反对另一种风格或流派的基础之上。张枣老早就说了，诗不反对什么，诗只关注诗自身。此诗是典型的关于诗本身的元诗，但是张枣也不是像通常的元诗写作“以诗论诗”，以观念的具象化加以演绎或以现象世界的事物作为“论据”，而是将写作本身的境遇纳入整个大时代

①奥斯普·曼德尔斯塔姆：《曼德尔斯塔姆随笔选》，黄灿然等译，花城出版社2010年版，第280页。

的背景下和个人的日常生活之中，立足于感官，对诗的元素本身进行日常化的命名，一方面吸收西方现代主义的营养，抽象和具象结合，使日常从庸常中脱身出来，诗之思介入命名过程；一方面又接续中国古典诗歌赋比兴和情景交融的传统，尤其“锣”“鹤”这样的意象的出现，仿佛夹带着传统文化记忆的回声，而“绿扣子”这样的发明，无疑是重大的语言创造。

三

张枣的《大地之歌》如此晦涩、深奥，令读者驻足流连但又很难登堂入室。它考验读者的知识经验和美学修养，其深邃的结构和飘逸的诗思，令你气喘不已。这无疑是一首雄心勃勃的作品，作者也许期望在汉语中创造一首T.S.艾略特的《四个四重奏》那样伟大的作品，或特朗斯特罗姆之《舒伯特》。诗分六章，与奥地利作曲家马勒的交响曲《大地之歌》同名，结构上保持一致对称。杰出的诗人总是深谙音乐和诗的共通之道。有趣的是，马勒的《大地之歌》受到中国唐诗的影响，六个乐章的歌词分别取自李白《悲歌行》、钱起《效古秋夜长》、李白《客中行》《采莲曲》《春日醉起言志》、孟浩然《宿业师山房待丁大不至》、王维《送别》，姑且不论其对应的具体的唐诗存疑处，它以交响曲和艺术歌曲融合而成交响性套曲的形式，且引进中国唐诗的意境，对中国听众来说尤其新奇和亲切。诗和音乐的同构在本质上表现出一种深层对话，现代诗作为一种对话性存在，张枣在早期的作品就有实验，到了20世纪90年代，《跟茨维塔耶娃的对话》《春秋来信》和《大地之歌》已经将这一模式演化为语言学和诗歌美学层面的交流。张伟栋先生认为——

张枣设置了“马勒”“鹤”“大上海”和诗人所反对的、代表着当下存在状态的“那些人”四组形象，其中的“马勒”代表着交响乐《大地之歌》的部分主题，表面看来是诗人所参照的构建未来的一幅蓝图，其实在“马勒”的背后站着一位张枣与之对话的诗人，这位诗人就是张枣极其偏爱的特朗斯特罗姆。特朗斯特罗姆有一首长诗题目为《舒伯特》，在形式和主题上与张枣的《大地之歌》都颇为相近，我相信张枣在某些方面受到了《舒伯特》这首诗的启发，张枣在《大地之歌》中正试图通过“马勒”与特朗斯特罗姆通过“舒伯特”所构建的现实和未来的主题来对话。《大地之歌》中的第二组形象“鹤”，是令张枣极为痴迷的一个诗歌形象。考虑到“鹤”在张枣诗歌中复杂的语义结构，我们也可以说，“鹤”几乎可以算作张枣诗学观念的最准确和最充实的表达，正是“鹤”这一形象，才统一和连贯了全诗的主题和结构。关于这一点我后面会做详尽的解释。在此，我想先提出的是，“鹤”这一形象背后，也站着一位张枣与之对话的诗人，这就是里尔克。“鹤”在张枣诗歌中的地位，相当于“天使”在里尔克诗歌中的位置，两者都是诗人在各自的文化系统中提炼出来的，可以概括为诗人对世界认知的诗歌模型。张枣通过“鹤”与“天使”的对话，使得这一诗歌模型趋于丰富完满。《大地之歌》中的第三组形象“大上海”，一方面是用来指认马勒交响乐中所表现的，收养我们而又埋葬我们的“大地”，另一方面是用来指认我们所面对的破败的现实，而在这一形象里，张枣要与之对话的诗人则是他的好友、上海诗人陈东东，诗中出现的“我们”，即是指诗人和陈东东，正如张枣在《大地之歌》的赠词中所写的“赠东东”字样所标明的。第四组形象——“那些人”，所对话的主体较为模糊，或者说较为广泛，但在这广泛的群体中，也有一个当代诗人的形象，就像诗中所写的：“那些把诗写得和报纸一模一样的人，并咬定/那才是真实，咬定讽刺就是讽刺别人/而不是抓自己开心，因而抱紧一种倾斜/几张嘴凑到一起就说同行的坏话的人。”[①]

他的这一论述，显示了一个批评家的敏锐。对于《大地之歌》这样有着封闭的结构和开放性诗意的文本，它具足罗兰·巴特之谓“可写性文本”的重要特征，每一个读者都可以参与进去，只是能否自圆其说，考量读者的能力。此诗不同于早期《镜中》古典美学风格的清澈，也有异于稍早的《春秋来信》鲜明的现代性特征，与《空白练习曲》有着一样的晦涩度但又有所不同，不单就语言本体展开言说，它更是在对时代和现实、传统和当下、哲学和诗学的整体性的观照基础上，实现一种个人化的表达。

逆着鹤的方向飞，当十几架美军隐形轰炸机
　偷偷潜回赤道上的母舰，有人

心如暮鼓。
　　　　　而你呢，你枯坐在这片林子里想了
　一整天，你要试试心的浩渺到底有无极限。
你边想边把手伸进内裤，当一声细软的口音说：
　“如果没有耐心，侬就会失去上海。”
你在这一万多公里外想着它电信局的中心机房，
　和落在瓷砖地上的几颗话梅核儿。

诗开篇就出现“鹤”的形象。张伟栋先生说它和我们熟知的传统文化中的“驾鹤西游”“梅妻鹤子”“白鹤展翅”没有直接性的对应和再现

①张伟栋：《“鹤”的诗学——读张枣的大地之歌》，《山花》2016年第7期。

关系，事实上“鹤”这一形象在《春秋来信》中出现，也没有隐喻传统的痕迹，而是直接比拟成祖国诗人的来信，但它是从传统文化中提炼出来的，这一点毫无疑问，只是在具体语境中有不同的所指。诗成就于具体的语境。对于张枣来说，“鹤”的形象在他的意识里作为一个传统的提纯物并格外偏好，我们从他讲读鲁迅先生的《一觉》就能看出——

> “逍遥，鹤唳一声，白云郁然而起”，太漂亮了，文字天才，只有鲁迅能写出来，第二个人写不出来。

据诗人陈东东回忆，张枣在上海的时候，有一次他们做心理测试，以最喜欢的动物来代表自己的形象，张枣说，他最喜欢鹤。“逆着鹤的方向飞，当十几架美军隐形轰炸机/偷偷潜回赤道上的母舰”，天空中鹤和隐形轰炸机相逆而飞，当然不大可能是真实的景象，但它却符合内心的真实或想象的真实。这一个奇幻的景象表明，诗不是自然的摹写或反映，语言本身有着创造自然的力量。相对“隐形轰炸机”，“鹤”在此语境中生成的语言能指形式，其蕴含的是和平、自然和美好的意指，或许在这一点上，将它放在传统和现代、美善和丑恶、和平和战争的天平上称量，也不为过。诗的言说的声音，开篇破空而来，一个高音确立诗的调性。这决定了全诗大部分时间在高音区运作。

诗人用“母舰”一词而不采用通常的说法“航空母舰”，很能显示其语感的独特，“航空母舰”显然更显得杀气腾腾。“有人/心如暮鼓”，此一种忧心，借助分行的停顿而强化。南北朝庚信《陪驾幸终南山和宇文内史诗》：“戍楼鸣夕鼓；山寺响晨钟。”寺庙早晨敲钟，暮晚击鼓，有警醒觉悟之意，也喻示时间的流逝。宋朝陆游《短歌行》：“百年鼎鼎世共悲，晨钟暮鼓无休时。”直是大悲哀的意味了。枯坐林子里的“你”，可以认定为此诗的写作现场，在万里之外听着“一声细软的口音”，显然也不是指身在上海的陈东东，将这个“你”理解为诗人的角色互换，形成一种自我对话也无不可。事实上，很早的时候张枣就开始以这一惯用的手法实现自我客观化。“你要试试心的浩渺到底有无极限。/你边想边把手伸进内裤，”这种悖论式的表达将心的浩渺并置于一个手淫的动作，不能自已的孤独和“想着它电信局的中心机房，/和落在瓷砖地上的几颗话梅核儿”，这些想象的细节将思念具象化了。张枣在德国的时候，深受孤独寂寞之苦，贪念母语的细节和祖国的美食，因而“落在瓷砖地上的几颗话梅核儿”出现在对来自一个上海的电话的同步想象中就“顺理成章”。“细软的口音”“侬”“话梅核儿”等典型中国化的意象，确立了诗的言说的独特文化身份。电信机房的意象显然比电话有着更大的强度，情感浓度加大了——那些在电信机房中转的越洋电话，不是一个而是无数，仿佛指示灯的密集闪烁，无数思念电话正在发生。

那些

通宵达旦的东西，刹不住的东西；一滴饮水
和它不肯屈服于化合物的上亿个细菌。
你越想就越焦虑，因为你不能禁止你爱人的
　咏叹调这天果真脱颖而出，谢幕后很干渴，
　那些有助于破除窒息的东西；那些空洞如蓝图
　又使邻居围拢一瓶酒的东西；那些曲曲折折
　但最终是好的东西；使秤翘向斤斤计较又
　忠实于盈满的东西；使地铁准时发自真实并
　让忧郁症免费乘坐三周的东西；
那会是什么呢？
诱人如一盘韭黄炒鳝丝：那是否就是大地之歌？

“东西”一词在口头和文学史上有着丰富的语义：吃东西，写东西，玩东西，“这小东西真可爱”，“妈，别理这东西，小心吃了他们的亏。”——曹禺《雷雨》中的对白更是表现出厌恶。张枣以“通宵达旦的”“刹不住的”“有助于破除窒息的”“又使邻居围拢一瓶酒的”“曲曲折折但最终是好的”“使秤翘向斤斤计较又忠实于盈满的”“使地铁准时发自真实并让忧郁症免费乘坐三周的”，一连七个定语对它进行全面定义，“东西”这个词变得极富弹性，涵括了物欲、慰藉和人生的种种感受——环境污染的隐忧，表演对成功的渴望，生活的峰回路转、柳暗花明，始于斤斤计较又最终相互了解达成圆满，人生的地铁从真实出发最终患上忧郁症但又能免费乘坐三周，无奈中有释然。此中任何一种意象性的表达，都显示了诗人高超的语言技艺和强大的概括力，曾被作者大加赞赏的鲁迅的悖谬修辞法，也在他自己笔下有着更淋漓尽致的演绎。“那会是什么呢？/诱人如一盘韭黄炒鳝丝：那是否就是大地之歌？”以反问作答，以“一盘韭黄炒鳝丝”命名“大地之歌”，也许意味着诗人对日常性的高度首肯。

人是戏剧，人不是单个。
有什么总在穿插，联结，总想戳破空虚，并且
　仿佛在人之外，渺不可见，像
　　　　　　　　　　　鹤……

诗的第二章对应马勒《大地之歌》的第二章“寒秋孤影”，对人的存在本身发起形而上的冥思。任何人都不能孤立存在，在人的存在之域总有什么穿插、联结，使人处于空虚的禁锢之中又始终保持着某种超越性，在“人之外”，即是在人的物质性存在之外依然保持着精神的飘逸：“像/鹤”。诗至此转入低音区，这个低音因为分行带来的短暂停顿和音节的短

促，传达出几分喑哑，省略号如一串余音袅袅。诗与散文的分野，正在于诗的音乐性或音顿，即便现代诗不再以古典韵律为规约，它更自由、更自然地以诗人的呼吸作为节奏的依据，甚至可以通过分行和诗的内在音乐性呈现丰富而微妙的情感。“鹤”的形象在此一章节抽象的言说中作为唯一的具象，几乎具有聚焦的功效，第一次出现了张伟栋先生说到的“拯救意味”。

你不是马勒,但马勒有一次也捂着胃疼,守在
　角落。你不是马勒,却生活在他虚拟的未来之中,
　迷离地忍着,
马勒说:这儿用五声音阶是合理的,关键得加弱音器,
　关键是得让它听上去就像来自某个未知界的
　微弱的序曲。错,不要紧,因为完美也会含带
　另一个问题,
一位女伯爵翘起小姆指说他太长,
马勒说:不,不长。

如果说诗的一、二章展开的是对现实和人生的诗性言说，诗的第三节便展开了关于艺术和美学经验的对话，当然是以自我对话的形式进行。其对应的马勒《大地之歌》第三章，灵感源自李白的《客中行》，以“青春”为主题。青春当然更接近艺术和美。“你”，另一个我和马勒，或者但凡艺术家，都不可避免有着孤独和无奈，你“忍着”，类于马勒“捂着胃疼”。“捂着胃疼”，多么直接的表达。马勒和女伯爵关于音乐的讨论，是戏中戏的嵌入。对“弱音器”强调和重视，换言之，就是不以服从主旋律为原则。虽然这里是纯粹关于音乐的谈论，但是对于张枣来说，“弱音器”背后隐藏的“主旋律”在意识里是对称出现的，就像诗人多多

《依旧是》中出现的情景。诗中嵌入马勒和女伯爵关于音乐的讨论，从属虚构却真实可信。“来自某个未知界的微弱的序曲”，就像顿悟之门前一个僧人微弱的诵经声，谈论艺术，总是各有所见，“错，不要紧，因为完美也会含带另一个问题”，米罗的维纳斯保留断臂，残缺之美趋向悲剧的崇高。这一类专业的谈论，因为同名诗和交响曲的同构性，带来内在的逻辑联系。女伯爵翘起小拇指“说他太长”，“他”而不是“它”，这个人称代词的意指十分模糊，将音乐拟人化或是其他，语焉不详，也许是诗人有意为之？

张枣在诗的第三章虚拟的关于音乐的谈论，即马勒和女伯爵的戏剧化对话，谈论的是音乐，自然也关乎诗学，对弱音器的强调，在诗学上意味着对主体性的消解，彰显消极性诗学。任何个人性的话语相对于时代的宏大叙事，其声音都是微弱的。但是恰恰是这个“微弱的声音”有可能洞开艺术的“众妙之门”。诗歌的合法性不在于是否合乎时代的主旋律的韵脚，而在于其写作主体是否自主、独立，是否建立在生命感官上并有着恰切的命名。这一章的语言显得散文化，语调相对平和，在诗的节奏上，也从高音转向喑哑之后，出现一个相对平缓的中音区。中音区的明亮基于对浪漫主义音乐艺术的谈论，张枣借诗中人物之口，隐晦含蓄地表达了自己的艺术观念，并在这样的共识上和马勒形成对话。

> 此刻早已是未来。
>
> 　　　　　　　但有些人总是迟了七个小时，
>
> 他们对大提琴与晾满弄堂衣裳的呼应
>
> 　竟一无所知。

艾略特的《四个四重奏》开篇就展开了对时间的思辨：“现在的时间和过去的时间 / 也许都存在于未来的时间，/ 而未来的时间又包容于过去的时间。/ 假若全部时间永远存在 /全部时间就再也都无法挽回。/ 过去可能存在的是一种抽象/ 只是在一个猜测的世界中，/ 保持着一种恒久的可能性。/ 过去可能存在和已经存在的 /都指向一个始终存在的终点。”[1]（汤永宽译）对于诗人来说，时间是诉诸感官世界的，过去和现在的时间都存在于未来的时间，意味着时间具有同构性，由于人性的同构性，现在和过去发生的一切都可能在未来发生。张枣说“此刻早已是未来”，和艾略特秉持的时间观念是一致的，“但有些人总是迟了七个小时”“他们对大提琴与晾满弄堂衣裳的呼应一无所知”，音乐和日常的关联，自然只有音乐家才能洞晓其秘密，“晾满弄堂的衣裳”这样的中国化甚至上海化的意象，与“瓷砖地上的几颗话梅核儿”，有着一样的亲切感。对日常性的强调，是张枣诗学的一个重要元素。也许在他看来，大提琴和晾满弄堂的衣裳的呼应，大提琴的悠扬和弄堂衣服的飘逸达成一致性，才真正成就了艺术。

那些生活在凌乱皮肤里的人；
　　　　　　　　　　　摩天楼里
那些猫着腰修一台传真机，以为只是哪个小部件
　出了毛病的人，（他们看不见那故障之鹤，正
　屏息敛气，口衔一页图解，蹑立在周围）；
那些偷税漏税还向他们的小女儿炫耀的人；
那些因搞不到假公章而扇自己耳光的人；
那些从不看足球赛又蔑视接吻的人；
那些把诗写得跟报纸一模一样的人，并咬定
　那才是真实，咬定讽刺就是讽刺别人

①依兰·斯塔文斯、小海：《陌生的朋友：依兰斯塔文斯与小海的对话》，周春霞译，北岳文艺出版社2014年版，第36页。

而不是抓自己开心，因而抱紧一种倾斜，
几张嘴凑到一起就说同行坏话的人；
那些决不相信三只茶壶没装水也盛着空之饱满的人，
也看不出室内的空间不管如何摆设也
去不掉一个隐藏着的蠕动的疑问号；
那些从不赞美的人，从不宽宏的人，从不发难的人；
那些对云朵模特儿的扭伤漠不关心的人；
那些一辈子没说过也没喊过“特赦”这个词的人；
那些否认对话是为孩子和环境种植绿树的人；

“有些人”是“哪些人”，即是那些……人，对社会上各色人等的描述，堪称一幅卷轴长长的浮世绘。“生活在凌乱皮肤里的人”，对生活不检点，或沉迷于肉欲；摩天大楼里猫腰修理传真机的小职员，他想着哪个小部件出了毛病却看不见“故障之鹤”——“鹤”在这里第二次出现，进一步强化了精神救赎的意味。“那故障之鹤，正/屏息敛气，口衔一页图解，蹑立在周围”，加以括号就像戏剧里人物的表情或场景描写，是虚构的却又如此奇异。“故障”一词，至此获得拯救者的明晰形象——鹤。没有几个诗人能在传统和现代之间为汉语提供如此精确的活接：稳固而妥帖。“偷税漏税还向他们的小女儿炫耀”“因搞不到假公章而扇自己耳光”“从不看足球赛又蔑视接吻”“把诗写得跟报纸一模一样”，诸如此类，不是给予他们定义，而是呈现他们原本之所是。“那些”不懂茶壶的“空之饱满”、不知摆设可以在室内营造出精神空间的人，从不赞美的人，从不宽宏的人，从不发难、不懂怜惜美、不懂无形禁锢和“否认对话是为孩子和环境种植绿树”的人，这些精神荒芜的人们，沉迷于机心、物欲、虚荣或困于生存压力，一样承受着时间流逝的悲剧性命运而处于浑然不觉的荒谬之中。张伟栋先生认为此一段落的铺排受到特朗斯特罗姆的《舒伯特》和《圣经·以赛亚书》的影响，有着结构上的相似性。《大地之歌》和《舒伯特》同样采用了音乐结构，并有着相同的救赎主题，对比阅读，其实很有意思，可以说是一种精彩的同构——

那些嫉妒地睨视行为者的人，那些因自己不是凶手而鄙视自己的人

他们在这里会感到陌生

那些买卖人命、以为谁都可以用钱购买的人，他们在这里会感到陌生

这不是他们的音乐。

——特朗斯特罗姆《舒伯特》(李笠译)

5:11祸哉，那些清早起来，追求浓酒，留连到夜深，甚至因酒发烧的人。

5:12他们在筵席上弹琴，鼓瑟，击鼓，吹笛，饮酒，却不顾念耶和华的作为，也不留心他手所作的。

5:18祸哉，那些以虚假之细绳牵罪孽的人，他们又像以套绳拉罪恶 。

5:19说，任他急速行，赶快成就他的作为，使我们看看。任以色列圣者所谋划的临近成就，使我们知道。

5:20祸哉，那些称恶为善、称善为恶、以暗为光，以光为暗，以苦为甜、以甜为苦的人。

5:21祸哉，那些自以为有智慧、自看为通达的人。

5:22祸哉，那些勇于饮酒，以能力调浓酒的人。

5:23他们因受贿赂，就称恶人为义，将义人的义夺去。

——《圣经》

两者带有同样的警世意味。相似的结构里，呈现的是不同的世态和同样冥顽不化的芸芸众生。“他们同样都不相信：这只笛子，这只给全城血库供电的笛子，它就是未来的关键。一切都得仰仗它。”他们不懂“这只笛子”是精神的动力源，是生命的重要部分，犹如血液。马勒的《大地之歌》将交响音乐化、音乐交响化的手法，被张枣化用为一场艺术拯救时间的诗性言说，而“故障之鹤”的声部，也可以说和语言言说构成了类似交响乐套曲的效果，显示了诗人高超的同构能力。

鹤之眼:里面储存了多少张有待冲洗的底片啊!

诗的第五章以一行诗独立支撑，并不单薄，一柱擎天!“鹤之眼”，是“上帝之眼”，也是诗人之眼，其拍摄的没有冲洗的底片，也就是“那些”之外的“那些”，无以尽数。修辞的精妙已经不算什么，它蕴含的博大情怀和深沉感喟，以如此简洁明晰的形式呈现，犹如所有器乐全部停止，独突出一个浑厚的绕梁高音，有着巨大的情感力量。著名汉学家顾彬说:“在当代中国，写作常常是大而无当，夸张胡来。而张枣却置身到汉语悠长的古典传统中，以简洁作为艺术之本。没有谁比他更一贯更系统地实践着对简明精确的回归。因此他把语言限定到最少：我们既不能期待读到传统意义上的鸿篇巨制，也不会遇到自鸣得意的不受传统语境约制的脱缰的诗流。我们看到的是那被克制的局部，即每个单独的词，不是可预测的词，而是看上去陌生化了的词，其陌生化效应不是随着文本的递进而削减，反而是加深。这些初看似乎是随意排列的生词，其隐秘的统一只有对最耐心的读者才显现。论者常看好他大师般的转换手法、声调的凝重逼迫、语气的温柔清晰和在译文中无奈被丢失的文言古趣与现代口语的交相辉映。”这一评价切中肯綮，光看此诗第四章和第五章中

“鹤”的形象随着语境递进的演绎，足见其诗艺的精湛。

如何重建我们的大上海,这是一个大难题:
首先,我们得仰仗一个幻觉,使我们能盯着
　某个深奥细看而不致晕眩,并看见一片叶
　　(铃鼓伴奏了一会儿),它的脉络
　呈现出最优化的公路网,四通八达;
我们得相信一瓶牛奶送上门就是一瓶牛奶而不是
　别的;

“如何重建我们的大上海，这是一个大难题”，诗的第六章对应马勒《大地之歌》的“告别”主题，诗人不是选择回避，而是面对。现代主义诗人由于对世界整体性的观照，高度抽象再具象还原，的确是每一个诗人的难题，它和“大上海”的精神重建在某种意义上是一样的。“盯着某个深奥细看而不致晕眩”，这“晕眩”有如“波德莱尔面对大都市震颤体验的眩晕”，因高度抽象而深奥，因难于精确具象还原而晕眩，此晕眩既是作者的，也是读者的，对于作者来说，难在转换和转换之微妙和机巧；对于读者，就是一道晦涩的门槛。晦涩并非模糊。也许越是深奥，越是精确，只是其刻度之深而使读者目力难及。

“（铃鼓伴奏了一会儿）”是一个弱音，和诗性言说依然构成交响。在一片叶的脉络呈现“最优化的公路网”，当然是“重建大上海”的解决方案之一，它意味着诗人冀望一切合乎自然的秩序。“我们得相信一瓶牛奶送上门就是一瓶牛奶而不是别的”，当然是新时代大上海需要的诚实和信用，在语言层面，这样的表达直接客观。“能遏止哭泣”的“电话号码”是起码的，一个失去了安慰的城市，没有亲人和朋友，就等于置身荒野——而作者本人在海外面对无以慰藉的寂寞之苦，有着何等的切身之痛！一个可以“领会我们被反绑的自己”的“派出所”，是一个精神秩序的管辖机构。我们还“得学会笑”，即是学会快乐、幽默、宽容，“当一大一小两只西红柿上街玩，/大的对小的说：“Catch-up！”——这种动漫化的描述大大缓冲了诗的紧张：声音的紧张和语言的紧绷，张弛的法度拿捏，在此显示出非凡的功力，让语言不能承受之重，化为语言形式的轻逸。

一般认为，张枣是一个纯诗诗人，倚重于语言技艺而不及物。关于“重建大上海”的“方案”，即是海德格尔为孤悬于现代世界深渊的人类、“大地上的异乡人”寻找的类似方案。作为存在者之一，作为一个诗人，张枣的“一篮子解决方案”显示了出色的及物能力——它不是单纯诉诸形而上的思辨，而是落实在日常之中，其高蹈有着坚固的现实支撑，其形而上寓于形而下之中。“双面的清洁和多向度的透明，一如鹤的内心”，“鹤”不单被人格化，而且成为一种精神尺度。如果说吊车“恐龙般的骨节爱我们而不会让我们的害怕像失手的号音那样滑溜在头皮之上”有着某种修辞的繁复，那么“得有一个‘不’的按钮，装在伞把上”，则有着繁复的简洁——“伞”者，庇护者也，“伞把上”的“不”的“按钮”，正是我们的传统文化里缺少的，几千年延续下来的是“是”的众口一声和“喳”的羽翎一颤。因此张枣的世界观是在“古典”之后连缀着“现代”，“古典”的视野更多体现在语言艺术的运用上，而现代性意识才是真正具有穿透力的光亮：主体性意识、对话的民主意识、发明传统和现代之间的活接的创新意识，一切尽在其中。这种简洁具有巨大的陌生化效果，深奥寓于简洁之中，其新颖性，与华莱士·史蒂文斯那个田纳西的坛子异曲同工。

时代的动车急速前进，窗外的光景犹如幻觉，十二厘米的双层真空玻璃又隔绝世界的动静和音响，诗人得有着比古典时代的诗人更灵敏的听觉。而人的境遇的急剧变化，也对诗人的命名能力构成更为严峻的挑战。“而这一切，/这一切，正如马勒说的，还远远不够”，“伞把上”安装了“不”的按钮，“还不足以保证南京路不迸出轨道，不足以阻止我们看着看着电扇旋闪一下子忘了/自己的姓名”，即便一切都“归还原位”：中午的街景、隔壁保姆的安徽口音、放大的米粒、洁水器、小学生的广播操、刹车、蝴蝶，“一切都似乎既在这儿”，在“比文明还长的好几秒”里，在“此时此地”。存在者的此在性特征，以最为日常和庸常的形式呈现。“比文明还长的好几秒”这样的矛盾修辞，其建立的内在逻辑，类似于一张珍贵的照片上美妙的一瞬定格为永恒记忆之快门的咔嚓一声。

鹤，
不只是这与那，而是
一切跟一切都相关；
三度音程摆动的音型。双簧管执拗地导入新动机。
马勒又说，是的，黄浦公园也是一种真实，
　但没有幻觉的对位法我们就不能把握它。
我们得坚持在它正对着
　浦东电视塔的景点上，为你爱人塑一座雕像：
　她失去的左乳，用一只闹钟来接替，她
　骄傲而高耸，洋溢着补天的意态。
指针永远下岗在12:21，
　这沸腾的一秒，她低回咏叹：我
满怀渴望，因为人映照着人，没有陌生人；
人人都用手拨动着地球；
这一秒，
　　　　至少这一秒，我每天都有一次坚守了正确
　并且警示：

仍有一种至高无上……

当诗学乐器的演奏抵达高音区，音位上的表现变得更难把握，不再是韵律乐器的自发性流动，而是一种穿越维度的创造。全诗的结尾显示张枣的雄心和耐力，诗的演奏在看似圆满的结尾之时又陡起高音，朝着形而上的维度穿越。“又在飞啊//鹤”，更高的飞翔召唤更高处的景象——这景象是语言的风景，对着浦东电视塔，在这个象征现代文明的语言形象的对面，诗人“塑造”了一尊雕像——她存在于“鹤之眼”：“她失去的左乳，用一只闹钟来接替，她/骄傲而高耸，洋溢着补天的意态。”一个东西文化熔铸的语言形象。她存在的理由像马勒所说，“黄浦公园也是一种真实”，即便马勒之说也源于虚构。这或许是一个如艾略特说的“存在的终点”，从此回望，方能体会这“沸腾的一秒”，“她低回咏叹：我/满怀渴望，因为人映照着人，没有陌生人”，这“低回咏叹”也是诗人之低回咏叹，咏叹这存在之境的明澈和纯粹。人与人之间相互映照，互为确认，人与人之间建立亲切的联系，而没有陌生人，自是真正的存在之境。那只高飞的“鹤”不是上帝，不是神，而是人自身的精神存在，来自传统血缘的一个词语，来自诗人的伟大创造。

《大地之歌》是张枣的登顶之作，就像艾略特的《四个四重奏》、里尔克的《杜伊诺哀歌》、特朗斯特罗姆的《舒伯特》，它没有像艾略特那样在神话、宗教和哲学的维度穿行，不像里尔克那般高蹈超迈、缺乏烟火味，比特朗斯特罗姆同样六章多声部的演奏有着更为宏伟的诗学建筑穹顶。它标志着张枣的写作具有深刻的现代性自觉，以对话形式为基本结构，最终演化为马勒交响乐套曲的恢弘和丰富。“大地之歌”当然不是“一盘韭黄炒鳝丝”那么简单，尽管它十分诱人。大地是存在的根基。张枣的《大地之歌》是要在这一片吊车轰鸣、灰尘四起的大地上重建人的精神空间，最终以存在者日常的细节挽留时间，从现实巨大的荒谬中指出救赎之途。它秉承了现代主义整体性写作的秘笈，但根植于日常，立足个人性又实现了非个人化，从板结的现实拓建一片崭新的诗学空间，拓展出一条个人化的普遍性语言路径，显示出非凡的命名能力。张伟栋先生称之为“鹤”的诗学，即是说在惯常的观看之外开启了另一只眼，且灵慧、飘逸，别开生面。“鹤”作为一个标志性的能指形式，作为一条隐约的线索，贯穿全诗。就全诗声音的丰富、视野的宏阔和语言风格的明晰、深奥而言，这是一部构架宏伟、想象瑰奇的小长诗，是值得读者反复参与的杰出文本。

四

《父亲》没有标注写作时间，从2010年出版的《张枣的诗》的排序来看，应该属于他后期的作品，颜炼军作为编者在《张枣的生平与创作》一文中，也没有提到此诗。从作品的口语化风格可以约略判断写于新世纪以后，和20世纪90年代的写作有着比较大的差异。

江弱水在《诗的八堂课》中说：“20世纪中国现代诗人中，一前一后，有两位顶尖的技巧大师，一位是卞之琳，一位是张枣，写的都是最精确的诗歌，比其他诗人考究太多，对诗的声音也格外敏感。”一个诗人对词语的倾听大致在两个方面：一是处于发生状态的词语的声音，是一种原发状态的语言或元语言，未经命名，也没有获得适配的形象，是源于生命感官、经验或记忆的声音；一是第一个词语跳出来以后展开的诗学言说自身的韵脚，它依赖诗人出色的语感和灵敏的听觉，在语言的行动中时常出现出其不意的作为。中国现代汉诗从古典韵律的镣铐中解放出来，其获得的自由不是完全失去规约，而是更加内在化，不再受到一行诗末尾的韵脚死板的限制，而是在诗行的内部或末尾，都会发生脚韵的召唤和响应。布罗茨基说曼德尔施塔姆的诗是辅音的艺术，是最高意义上的讲究形式的诗人，大约是从这个意义上说的。对于不懂俄语的读者，始终很难明白他的评价的来由。

诗的音乐性或节奏是它与散文区分的重要标志。诗肇始于声音——当然我们还可以扩大这个“声音”的边界，把视觉、触觉、味觉等感官直觉纳入这个体系。同样，当声音转化为诗行，诗行本身的声音也会在语言之途召唤或涌现语言形象。当代流行的口语写作忽视了诗的声音的双重性存在，诗的发生也许是单声部的，但它一旦转化为诗行，就会成为一种复调甚至多声部的演奏。这些诗行的中间或末尾某个韵脚对灵感的突然唤醒，往往出现非同凡响的应和，使不同街区甚至远隔万里千年的事物“相聚一堂”，出现语言的意外和陌生化效果。我们也不妨将此类声音的应和定义为现代汉诗的音律。这种音律没有特别的规约，服从呼吸的节奏，相对自由，但它有着独特的调性。布罗茨基在《论W.H.奥登的〈1939年9月1日〉》中说：“在诗歌中，如你所知，调性即是内容，或内容的结果。就音高而言，高度决定态度。”

《父亲》一诗一反作者90年代的晦涩深奥的风格，非常口语化，明白易懂，但是蕴含着高超的语言技巧，显示了良好的语感和灵敏的听觉。江弱水从诗歌语言自身的音韵展开了深入细致的解读。比如“走”和“转身”，ou和en韵，在诗里有许多呼应；ang韵更多，“理想”“新疆”“虚胖”“迷惘”；等等。江弱水对诗的声音谈论，绘声绘色——

> “他在新疆饿得虚胖，/逃回到长沙老家”，如果把“新疆”和“长沙”对调一下，“他在长沙饿得虚胖，/逃回新疆老家”，味儿就变了，所幸正好他的老家在长沙。“疆”“胖”“逃”“到”“沙”“家”，这些不起眼的同韵的字，双双对对起作用于你的耳朵。“祖母给他炖了一锅/猪肚萝卜汤”，注意，这个猪肚萝卜汤如果换成莲藕排骨汤就完了，因为这里一

> 定要zhūdǔ luóbo才接得上声口，以“猪肚”呼应“祖母”，以“萝卜”呼应“炖锅”，不说食材了，连声音听上去都滋补。里面几粒“红枣儿”漂得真好，因为张枣就是枣儿，也暗自伏下最后一句主人公一不小心“变成了我的父亲”。

解诗者兴致起来，便互为激发。也许当初张枣写此诗时并没有这样刻意为之，但解诗者能够自圆其说，就言之成理。它给现代汉诗提供的启示是，现代诗的语言流动同样有韵律可循。现代诗的音律，是一个全新的声音系统，非格式化，不能定制，而是取决于一首诗的初始调性，包括音高、声韵、语气和口吻等，更加接近个人的气息和日常的语调，又生成自身的音律系统——是生成的，而不是预设的，不会有一个万能公式。

根据诗歌写作的经验来判断，此诗最先跳出的词语，应该是祖母为他炖猪肚萝卜汤之时砂锅发出的轻微的鼓泡声，或者烧香的烟圈儿缭绕，也是一个触发诗意的音顿，只是呈现为寂静。对于喜爱美食的张枣来说，童年的菜肴尤其令他怀念，没有什么比一锅热气腾腾的汤更能呈现祖母的温度和气度。“香”和“惘”的韵脚相续，就有了音韵系统的催发作用，或者说一个韵脚在耳尖的诗人耳朵里脱颖而出。“他祖母递给他一支烟，他抽了，第一次。/他说，烟圈弥散着‘咄咄怪事’这几个字。”“次”和“字”的接韵，引出一个典故：晋代人殷浩被撤职流放后，从不抱怨，但常用手指在空中写写画画。有人发现他对空写的是“咄咄怪事”几个字。原来，殷浩是借此抒发内心的不满和烦闷。词语由此和传统发生勾连，产生回声，这种回声的悠远既是文化记忆的唤醒，也是对语言血缘的一次重新“观看”。“正是押韵原则使我们感觉到这些看似互不相干的实体之间的邻近性。他所有这些连结之所以使人觉得如此真实，是因为它们是押韵。这种物体之间、理念之间、因之间、果之间的贴近，这种贴近本身，就是一种押韵：有时候是完美的押韵，更经常的是半押韵；或只是视觉韵。一旦发展了这些韵律的直觉，你也许就能更好地跟现实相处。”[①]这是布罗茨基在《论W.H.奥登的〈1939年9月1日〉》中说的，张枣此诗，还有许多例证，比如，“走”和“歌”的押韵引出了“坐在一匹锦绣上吹歌”的想象性描述，“身”和“钟”的押韵，带出来“他这一转身，惊动了天边的一只钟”的奇思妙想。

这首诗看似平实的叙述，却隐藏着微妙的语言技艺，诗的音乐性当然是夺目之处。其实，诗的语调也颇耐人寻味。站在一个全知视角叙说父亲年轻时代的往事，带着淡淡的揶揄，是那种亲人之间能够开通交流才敢有的揶揄，由此带来诙谐的语言风格。没有夹带伦理性批判的口气，没有对某个细节好恶的置评，而是以这种语调营造一种偏于中性的气氛。这种语调表现出作者的写作观念：在一种中性的气氛中言说，发展一首语言口授之诗。语调平淡、活泼，正是平淡蕴含真实和真情，一切都没有因为主观立场的强调而被带偏，趋向于一种客观性的写作，使真实得到有力的维护。

《父亲》是一幅人物素描，完成诗的见证功能——是见证饮食起居、政治气候和人生命运的诗。它的口语化风格的明朗与90年代的诗之晦涩、深奥形成鲜明的对比，但是不难看出，它和一般的口语诗仍然有着很大的不同。在诗的音乐性上，有着看似不着痕迹却有精湛技艺化为无形的表现，诗的声音不是单声部的，而是复调的。就诗的语言能指形式的质朴和音律的丰富性而言，此诗堪称诗人后期创作最好的作品之一。

---

①约瑟夫·布罗茨基：《小于一》，黄灿然译，浙江文艺出版社2014年版，第303页。

五

汉语新诗肇始于鲁迅《野草》的现代性之路，张枣是当代重要的接续者之一。这个短暂的“传统”在1949年以后被中断了，诗歌美学趋向唯美和崇高的维度，而剥夺了“真实”或“真理”应有的合法地位。济慈的“美即是真，真即是美”的诗学，曾经在闻一多的诗学中出现“裂痕”，而在1949年至1960年代后期被彻底分裂了。“今天派”的诗人们，以北岛的《回答》为标志，发出了不谐和音，主体意识的觉醒和新诗的主体性表达得到重新恢复。但是朦胧诗的写作，总体而言，其精神气质更多是浪漫主义的，只是在诗歌方法论上借重了西方现代派的意象主义传统，从属于先锋写作或人文写作，因而其语调高亢、姿态鲜明，诗歌美学的主要特征仍趋向崇高。张枣基于对19世纪以来的西方诗歌传统的了解和认知，对新诗现代性有着清醒的认识，因此他在20世纪80年代初期就对朦胧诗的英雄主义颇有微词，并以《镜中》为自我写作的标识，获得了广泛认可。《镜中》的出现不是偶然，而有其内在的必然性，这个必然性即源自张枣的诗歌观念。从新诗现代性之路再出发，张枣的写作不单是语调的变化——从代言式的“大我”写作的高亢转向个人性写作的日常语调的平和，“否定性范畴”“不谐和音”“专制性幻想”“非个人化”，这些被胡戈·弗里德里希称之为现代诗歌重要特征的元素，在他的写作中得到全面落实。早期的主要作品如《何人斯》《灯芯绒幸福的舞蹈》等，通过自我的客观化、戏剧结构，实现了写作的非个人化，并致力于在诗中营造一种对话性的结构。这个变化不只是一种诗歌技术的呈示，而是表明张枣在写作上已经有了现代性的自觉。换句话说，张枣作为现代主义的接续者，对诗人作为立法者有了质疑，并转向一个平民或者一个真正意义的人的视角去看待世界，对世界的发声当然就不再是

“指点江山”，而是一种平等坦诚的对话。值得注意的是，《何人斯》《楚人梦雨》一类作品，看似旧瓶装新酒，但与那一时期流行的文化诗和神话诗写作已经大异其趣，有着鲜明的现代性特征，是一种古意的重构，而非极端个人化的形而上抒情。

张枣的写作，大体而言，是基于对世界的整体性观照，是意象主义或经过改造的象征主义，他立足于传统文化发明的“鹤”的意象，在不同的语境有着不同的所指，灵逸而缥缈，空灵而确凿，体现了他非凡的诗歌禀赋。相比而言，“锣”和“绿扣子”一类意象，有着更为强大的日常性支持，亲切且微妙。不同语言形象的声音，在不同的音轨上发声，形成了一种复调甚至多声部的合奏。在诗歌的声学上，张枣做出了巨大的努力，成就斐然，这一点从前述《春秋来信》和《大地之歌》可以得到印证。诗歌是声音的艺术。张枣是少有的用声音工作的诗人，正因如此，张枣的诗也为现代主义写作注入了活力，意象化的表达为语言增强了弹性，日常场景的引入又疏浚了意象主义的淤塞，这恐怕得益于诗人对现代主义二元对立的语言危机的化解。在张枣这里，诗是一种对话性存在，而非精神意志的产物，主客之间形成对话而不再对立，内容和形式一体难分，如花样滑冰不能分离舞蹈和舞者，词语作为一个联系性系统、一种文字描述，不再以孤立的意象或客观对应物表达。这样一来，语音即形式，其余即是内容，诚如曼德尔施塔姆所言。张枣在这一维度的努力，还可从《地铁竖琴》《悠悠》等作品中看出。

在张枣存世不多的作品中，其重头戏当是以元诗为主要策略、同时指向语言和存在的写作，《跟茨维塔耶娃的对话》和《空白练习曲》堪称杰出代表。以《跟茨维塔耶娃的对话》的开篇为例，我们可以看到诗人建立了一种虚构的、超越时空的对话性存在，一场不同国度、阴阳两隔的诗人关于诗艺的对话在语言中得以变为可能，艺术观念在两种不同语言中的表现，被作者演化为一种“日常性”的存在，其呈现的是想象的真实，既落实了华莱士·史蒂文斯“诗是最高的虚构”的理念，也消除了单纯的意象化表达可能造成的“隔阂”。“亲热的黑眼睛对你露出微笑，/我向你兜售一只绣花荷包，/翠青的表面，凤凰多么小巧，/金丝绒绣着一个‘喜’字的吉兆——”，源自中国传统文化习俗的“绣花小荷包”，在此获得语言和文化的双重身份，是虚构的真实中的一个兜售物，也是关乎汉语诗学的意象。与其关联的一切和日常性细节，被纳入了这一个“系统”，作为意象的延伸，有力地消融了意象化带来的硬度。“两个？NET，两个半法郎。你看，/半个之差会带来一个坏韵，/像我们走出人行道，分行路畔/你再听不懂我的南方口音；”语言运动的转折，不是依据意义，而是语言的能指形式——中国人办喜事写喜字，通常是两个喜字并排，有对称之美和吉祥之兆；NET，两个半法郎，以此价格买下，多出个“半”，节奏不合，就失掉了韵味，大约就是张枣所言“带来一个坏韵”。一种虚构的交易行为，被机巧地转变为语言行动，即是一种元诗意识所在。或许在张枣看来，汉字才是最富有诗意的，汉语之形，就足以打破西方的语音中心主义的“霸权”，它同样可以作为语言的能指形式，为语言提供航道，驱动语言之舟。“分行路”或是张枣自创的一个词，而“行”在不同语境的不同音、不同义，更是表现出汉字在诗歌语言中的奇妙，此“分行路”，是诗之分行，也是现实中分道处；诗之言说，实在是关乎诗歌本体，故此在“分行路畔”“你再听不懂我的南方口音”，即是说两种语言的隔膜，带来了诗的声音的损失。张枣通晓多种外语，对西方诗歌传统十分熟悉，他深知诗在不同语言中转换会带来巨大的损失，首先是“声音的损失”。

这是典型的“论诗艺”之诗，即元诗，但是张枣不是以论述性的形式，而是采取了描述性的方法，其间差异不只是技艺的高下，而是内含着一种诗歌观念的巨大变化：一方面打破了后期象征主义一一对应的语言僵化，为词语引来了描述性的日常场景，建立了一种非因果关系的联系性的诗学原则，而成就一种具有生物属性的诗；一方面以元诗写作为策略，基于语言即存在的理念，在诗学本体的探寻中，也展开了对存在的探寻，并将之聚集呈现于语言之途。在汉语新诗的发展进程中，张枣第一次把元诗写作发展出相当的规模，其元诗意识的建立为语言之思和语言游戏预留了通道，虽然他是在两大传统的背景下探索诗歌本体的展开形式，但他的写作不是基于中国传统文化一元论的宇宙观，而是本体二元论，在语言和存在两个层面展开，以语言之思拓展诗学的现实空间，二者相互照料，互为犄角。他对汉语新诗写作的重大贡献，主要表现在语言方面，其诗歌语言简练、微妙，由于写作观念的介入，也显得深奥甚至晦涩。他的诗，有鲜明的纯诗特征，技艺精湛，天赋斐然，语言富有弹性，并具有内在的明晰，在很大程度上实现了他的诗学理想，即“任何方式的进入和接近传统，都会使我们变得成熟，正派和大度。只有这样，我们的语言才能代表周围每个人的环境、纠葛、表情和饮食起居”①。在20世纪90年代反传统的声音大行其是的背景下，张枣的诗歌写作显得卓尔不群、意味深长，是汉语新诗探索现代性之路再出发的一个重要而卓越的标识。

2020年4月1日—19日写于荷园

2020年10月13日修改

①张枣:《张枣随笔集》,颜炼军编选,东方出版中心2018年版,第193页。

围绕昌耀一首诗

——细读《雪。土伯特女人与她的男人及三个孩子之歌》

一般论者大都推崇昌耀的《慈航》，燎原把此诗和另一首晚期的长诗《哈拉库图》列为其最重要的作品，他在场景意义上认定《哈拉库图》是对《雪。土伯特女人与她的男人及三个孩子之歌》的一次续接，是彻底的展开。借景抒怀，托物言志，《哈拉库图》是昌耀离开流放地七年之后重返故地的一次"最浩瀚的释放"（燎原语），但是从当代诗歌的接受学来看，它仍属于宏大抒情的范畴，主体的声音响彻那个古老的城堡上空，从诗的生成机制看，它还不能和结构稳固、音质清澈、有着多声部合奏的《慈航》相提并论。《慈航》无疑具有经典品质，它的主体言说和作品发生的客观存在，有着稳固的平衡。语言开启的观看和倾听，让人感觉到它有《浮士德》《荒原》和《神曲》的映射，但它又完全是中国化的、昌耀式的，它根植于诗人自身的苦难和他生活的地方的土伯特民族宗教，把一场带着"陶火柏烟般古艳"的婚礼带来的灵魂复活延展到天地神人的四边形加以观看，找到救赎之途。他俯身倾听西部大地，在语言之途聚集了众多存在者的声音，诗学言说的声音又获得西部地貌自然风物的广泛响应，从而熔铸成语言形象，有力地支撑了写作主体的音高。因此《慈航》不论是在精神强度上，还是在语言技艺上，都堪称一首现代主义的杰作。

评判一首诗，固然不能脱离具体的历史语境，站在诗歌发展史的角度看，昌耀的流放四部曲之一《雪。土伯特女人与她的男人及三个孩子之歌》，在百年新诗演化的大背景下，相比其他三部，有着更为明确的诗学观念进步和写作技艺突进。此诗写于1982年，是他结束了二十二年流放生涯之后写作的四部自传体长诗之一。也许人生中一段温馨的记忆消解了他在苦难中的长期焦虑，抑或《大山的囚徒》《慈航》《山旅》已经完成心灵郁结的释放和精神姿态的塑形，此诗中，诗人作为写作主体，不再“做语言的主人”，而是作为一个倾听者，发展了一首语言口授之诗，它的内在气质更接近于后现代主义。20世纪80年代初期，正值朦胧诗崛起，英雄主义和理想主义的高音响彻天空，诗学的方法论也多借重于西方的意象主义诗学，在这样的背景下，写于1982年的《雪。土伯特女人与她的男人及三个孩子之歌》的出现，对于后来第三代诗人出场，开启个人性写作潮流，实在上是一个先声。也许当时昌耀在诗学观念上并没有真正形成自觉，因为他之后的写作仍然沿袭了现代主义的诗歌语言路径。但是作为个人性抒情和日常化叙事的先导性作品，这无疑是一个被评论界忽略的先锋范例。值得指出的是，此诗的语调，从蹈空的高音降下来了，几乎和差不多同一时期张枣写作的《镜中》一样出现日常语调惊人一致。当然，张枣在那时已经具有艺术上的自觉，此后的写作一以贯之。我们不能忽略昌耀的这一写作作为，此诗给历代以来的边塞诗或诞生于边地的诗之坚硬、苍凉注入了温馨和柔软。

一

《雪。土伯特女人与她的男人及三个孩子之歌》凡五节，每一节都有一个明确的标题。诗的第一节为“春潮：她的梦一般的赞美诗”，标题显然洋溢着激情，但是诗的语调一开始却显得异常冷静——

> 西羌雪域。除夕。
> 一个土伯特女人立在雪花雕琢的窗口，
> 和她的瘦丈夫、她的三个孩子
> 同声合唱着一首古歌：
> 　　——咕得尔咕，拉风匣，
> 　　锅里煮了个羊肋巴……

“土伯特”这个词在昌耀诗中高频率出现，它是旧时对藏族的称谓。魏源《圣武记》卷五：“西藏，古吐蕃，元、明为乌斯藏，其人则谓之唐古特，亦曰土伯特。”昌耀选用这个通常已被弃置不用的词，对他来说有着不同寻常的意义。在他下放到藏区之时，只长他五岁的杨公保一家收留了他，后来还把女儿许配给他，可以说，在当时的历史环境下，在边地的荒芜中，是这一家人的善良最终拯救了他，成为他黑暗、苦闷而又无助的生涯中的灯盏、温暖和力量。此诗开篇写一家人在除夕的家门口唱民歌，诗人没有像以往面对大漠荒原的沉郁抒情，而是在一个雪天的寂静中，开始在诗中传递民歌的声音。那个土伯特女人，即他的妻子，被放到“主角”的位置——“雪花雕琢的窗口”，而把自己放在其后，即“她的瘦丈夫”——诗人分身出来观看又把自己列为观照对象，此种变化在昌耀的写作中，有着十分重大的意义。一方面，归来之后，心情渐渐平复，情感有了充分的沉淀；一方面他在艺术上有了完全不同的姿态，不是山顶上一个“大山的囚徒”的沉郁高亢抒情，语调激越，而是作为一个倾听者，诗的生成有了一个寂静的空间。1982年，正是文化诗和神话诗滥觞之时，聂鲁达的《马丘比丘之巅》和艾略特的《四个四重奏》等伟大的作品激励着中国的诗人们，高蹈凌虚的写作一时成为风尚，杨炼的《诺日朗》、欧阳江河的《悬棺》和海子的《亚洲铜》等，成为这一时期的标杆。语调，决定着作品的态度，在某种意义上，它甚至是作者世界观的表现。在写作中恢复日常语调，或人的基本语调，相比那一时期普遍的高亢，是一个巨大的变化。这里说“恢复”，盖因中国古典主义诗歌从来就是日常语调，自陶渊明起，王维、杜甫、柳永、苏轼，无不如是，高亢如李白，只是浪漫主义的个案。百年新诗以来，无论浪漫主义的写作，还是现代主义的写作，诗人们的语调都高出日常语调半个身位，一种主体性的表达还没有真正出现对话性结构，没有以对话对象和具体情境拟定诗的调性的现代性自觉。昌耀的这一转变，将自我客观化，也许是因为他远在边陲，文学生活相对封闭，受到文学潮流的影响相对较小，因此他的日常语调的出现，更多的不是源于艺术上的自觉，而是源于他的个人情感和精神上的变化。

诗中民歌的导入丰富了诗的声部，这是昌耀的写作最为夺目的地方。艾略特在《荒原》中引入的爱尔兰民歌：“风吹得很轻快，/ 吹送我回家去，/ 爱尔兰的小孩，/ 你在哪里逗留？”仿佛听到风笛的声音，爱尔兰山脉和草地的碧绿和清凉，悠远而哀伤的音调，拓宽了诗的音域，在诗中既是起兴，也是转折，富有深长的韵味。口语和方言入诗，也为汉语增添了新的元素。这是一张全新的元素周期表，不再按照金木水火土分类，质言之，不按照观念的分类而是服从语言本体，有了新的语言观念的萌芽。而对昌耀来说，他可以和土伯特女人一起同声合唱土伯特民歌，说明他已经深深融入土伯特人的文化中。这个土伯特女人，在昌耀来到她家时，还是个孩子。最初杨公保是把二女儿许配给昌耀，由于昌耀在订立婚约之后去了劳改农场，而杨公保妻子的娘家侄子因为家境贫寒娶不到老婆，就让二女儿做了娘家的侄媳妇。等到昌耀回来，已成事实。之后杨家愧疚的二女儿居然把妹妹和昌耀撮合成了一对。昌耀的《慈航》，有姐妹俩的影子，两个土伯特美人，构成他的诗之至善和大爱形象的现实支撑。昌耀在诗中保存“土伯特”这个古词，对于他的人生，对于土伯特人的纯朴和善良，都有特别独特的意义。

此情此景，诗人带着何等的幸福和喜悦，平静的叙述，仿佛带着喜形于色的表情。这是一种真切的幸福感和抑制不住的喜悦，和《哈拉库图人与钢铁》那种“豪情”和“喜悦”，不可相提并论。从意识形态的空洞抒情转向日常生活的质朴叙事，其转变蕴含着整个中国诗歌形态的转向。以北岛为代表的朦胧诗，首先扭转了自1949年以来政治抒情诗的空洞虚浮，对那个时代发出“不”的声音，“否定性范畴”开始进入现代汉诗的写作，不再是万众一声的“是”的歌颂体。紧随其后，后朦胧诗代表诗人张枣，对代言式、英雄主义的抒情提出质疑，表现在写作上，就是语调的变化。昌耀的变化，不能说是脱离时代的诗歌风尚的自我完善，但如此大规模的日常生活叙事，在第三代诗人尚未出场之时，应是日后日常叙事大行其道的一个先声。

那一夕，九九八十一层地下室汹涌的
春潮和土伯特的古谣曲洗亮了这间
封冻的玻璃窗。我看到冰山从这红尘崩溃，
幻变五色的杉树枝由漫漶消融而至滴沥。
那一夕太阳刚刚落山，
雪堆下面的童子鸡就开始
司晨了。

“那一夕”，是诗人跳出记忆情境的声音，隔着时空，重新倾听那一刻的春潮和谣曲，其抒情的音调顿时提高了。这种按捺不住的抒情，显示出诗人高蹈抒情的惯性，并没有完全消除，主体意志的冲动打破了诗的初始语调，也说明这个时候，诗人还不具备真正的语言本体论自觉。

但是，“我看到冰山从这红尘崩溃，/幻变五色的杉树枝由漫漶消融而至滴沥。”这样的幻觉描述，显然是一种高度浓缩的客观对应物，显示了昌耀作为一个诗人不凡的想象力，其语言的塑形，得益于西部山川雄浑自然的教育，也是意象主义的中国化，准确、明晰，富有弹性。

二

作为一个特定时代的诗人，由于个人和历史的苦难，昌耀的诗大多带着苍凉的高音，甚至沉郁、愤怒，这是历史使然、命运使然。是那个土伯特人家，是诗，使诗人完成了救赎之旅。昌耀在诗歌写作中确立写作主体的主体性地位，应该在朦胧诗派之后。尽管他的语言风格具有鲜明的地域特色，迥异于朦胧诗和后朦胧诗的语言风格，但从他20世纪50年代和60年代的作品来看，他的诗很早就出现了个人性写作特征，有了主体意识的确立。让他羁难的《林中试笛》，实是非常优秀的意象主义诗篇，而《边城》和《高车》更是带有西域边地浓郁地方色彩的象征主义佳作。当然，也不乏应时应景之作，没有彻底脱离时代的诗歌风尚。也许是独特的地理和个人的苦难成就了诗。谢默斯·希尼说“舌头的管辖”，充满了苦行和禁欲式的严厉。对于一个诗人来说，身体的苦行和禁欲，以及命运的严厉，势必促进诗人对语言的敬畏，同时也会使他深入思考个人和时代、语言和世界的关系。昌耀的苦难和边地的苦寒，不单加快了他的主体意识的觉醒，也给他的语言带来异质——异族的习俗、宗教和青海垦区的地理风貌，均被纳入语言形象库，形成了独特的、“古奥而滞涩”（燎原语）的风格。而在《雪。土伯特女人与她的男人及三个孩子之歌》中，除了保留了边地场景之外，算是在苍凉和冷峻抒情之外一次珍贵的温暖的斜逸旁出，就像荒凉边地的桃花，显得格外醒目。

她从娘家来,替我捎回了祖传的古玩:
一只铜马坠儿,和一只从老阿娅的妆奁
偷偷摘取的“乾隆通宝”。

说我们远在雪线那边放牧的棚户已经
坍塌,惟有筑在崖畔的猪舍还完好如初。
说泥墙上仍旧嵌满了我的手掌模印儿,
像一排排受难的贝壳,
浸透了苔丝。

说我的那些古贝壳使她如此
难过。

西方现代主义在中国当代诗歌写作中有着持久而巨大的影响，其直接效果是关闭了汉语古老的感官，“语言的观看和倾听”被一种大写的、全知的、形而上的高蹈抒情取代了，诗人高昂头颅，空中取物不受任何限制，语言的边界丧失，想象力尽情驰骋——在某种程度上，想象力的泛滥，成为语言航道的淤塞根源，所抒之情是一种抽象的情怀，是观念和意义的具象。昌耀此诗，开始恢复汉语的听觉和视觉，开放生命感官——低下头颅，凝神倾听，这不单是一个日常姿态，而且预示着一种写作观念的新变。从他的倾听而来的声音，通过诗行的形象，传递给了读者。一个女人把娘家的古玩甚至是传家宝带回给丈夫，这意味着什么？与此同样珍贵的是，诗的语言行动有了存在主义意义上的敏感，存在者留下的印记和见证物——雪线那边的棚户、泥墙上的掌模、崖畔的猪舍等等，为存在提供了依据。也许当初在那儿，有过诗人和这个土伯特人家的孩子们许多快乐相处的记忆，棚户倒塌，泥墙上的手掌模浸透了苔丝，依然在言说着存在。棚户的倒塌，手掌模的苔丝，都是时间的杰作。“说我的那些古贝壳使她如此/难过”，妻子的伤感，正是诗人感动所在。

这种温情脉脉的“琐碎”叙述，与那些宏大叙事的忧心忡忡形成强烈反差，不单是个人性的、日常化的，而且诗人在词与物的处理上，保持了足够的冷静客观，从现实生活场域抓取极为精确的客观对应物，语言散发着猪舍气息，闪耀着人性的光辉，语言形式朴素而结实，并沉浸在情感里。

这种描述性的语言，抑制了观念的冲动和抒情的泛滥，在诗歌美学上，也戒除了唯美主义的旧癖。每一行诗，都安静而朴素，每一个语言形象的选取都显得自然而然，诗人的情感不再溢出而是沉浸在细节中，而对于细节的选择和区分，暗含着匠心，这才是真正的艺术才能。

三

诗的第三节“雪原。在光轮与光轮的交错之上”，对牦牛进行了非凡的聚焦。工笔画般的描摹，即是诗人给自己的精神肖像在《慈航》以后再次塑形，也显示了作者的语言功力。越细致具体，越能够凸显牦牛的奔腾之姿。越是细细刻画进入静寂，越是托出轰鸣的蹄声，伴随着积雪的沙沙声。

牦牛:一头种公牛。
它有褐黑的腹长毛和洁白的眉毛。
它有金黄的鼻圈和金黄的犄角。
额上的披发浅浅覆盖住了两只大眼睛。
当它从积雪的坡头率先直奔而下，
牛伙里它的后尾总是翘得比谁的都高挺，

像一株傲岸的蒲葵，

浮立在那一片黑色的波动。

浮立在那一片黑色波动的最前沿。

　　黑色的波动呀

　　污染着白雪……

诗歌语言的工笔画般的明晰，是一种语言的聚焦。汉语新诗令人焦灼的散文化，源于一种类似旅行者的观看，散漫而没有边际。没有凝视，不可能有音顿或焦点的建立，也许对昌耀来说，他的这一写作行为，源自一种语言天赋和艰苦训练，而苦难的磨砺又加速语言焦点的形成。一个外省观光者进入浩瀚的边地，其赞叹只是停留在审美层面，其目光是环顾左右应接不暇，诉诸语言，必然充满唯美主义的脂肪。聂鲁达在《漫歌集》中倾情赞美拉美大地，曾被希梅内斯严词批评，说他的写作充满美学上的沾沾自喜和语言中的唯美主义脂肪。“大漠雁飞高，单于夜逃遁，欲将轻骑逐，大雪满弓刀。”这样的语言凝视，很少出现在新诗写作中。“回乐峰前沙似雪，受降城外月如霜，不知何处吹芦管，一夜征人尽望乡。”如此恍兮惚兮之象，也在新诗写作中几近绝迹。西方现代主义写作的持久影响，使新诗写作和传统发生了严重的断裂。中国古典诗的韵律被新诗弃绝，但是诗的内在发生机制，从来没有古今之分。昌耀在语言中聚焦，实际上是为诗建立了一个巨大的音顿，它在内在气息和语言机制上，接通了边塞诗的古老传统，又是当下的、全新的，诉诸对那一头牦牛的“注视”。

在牦牛的奔跑中，目光进一步聚焦于它的尾巴，“像一株傲岸的蒲葵”，平静的语调逐渐转向高音区，语言形式随之转换，来到一种恍兮惚兮之境：黑色的波动，即进入幻觉，黑色的波动污染着白雪，是语言能指自动生成之象。值得注意的是，“牛伙”一词可能带有湖南方言特征，而“黑色的波动”由“傲岸”一词带来，现代诗歌的声学特征，在此得到精湛演绎。任何一个诗人除了在语言实践中表现出非凡的洞察力以外，其对语言的灵敏度，在某种意义上更能见出语言技艺的高下。

这是一头种公牛，一头牦牛。
此刻它漫步在山阴。耸起的鬐甲
驮负着牧人酬谢它的一皮袋稞麦。
它不喜欢这一象征。
回过头去，看到厩栏中那只俏丽的
花母牛还在朝它凝望，
那眼神是温柔的。

如果将这一节诗看作一篇乐章，那么它先是序曲轻柔，渐渐转入激烈合奏，接着又是一段慢板。牦牛的回头，花母牛的凝望，放在全诗的语境中，就成了整首诗之旋律最为出彩的形象，看似荡开一笔，实则像罗兰·巴特之谓“文本的漂移”，远远地呼应，就像一对情人在人群中眼神相遇，比坐一起的并置更意味深长。“它不喜欢这一象征”，可不是多余的画外音，它不喜欢驮负那一皮袋稞麦，质言之，就是不喜欢作为人的工具。而在那个年代，人的工具化是多么普遍。而这种工具化带来的蒙昧，酿造了多么恐怖的浩劫。

现代诗的写作倡导客观性原则。从艾略特《传统与个人才能》的“非个人写作”观念到菲利普·拉金的“诚实原则”，其内在机理和中国古典诗学之“修辞立其诚”有着内在相似之处。从《慈航》到《雪。土伯特女人与她的男人及三个孩子之歌》，昌耀的写作观念显然有了微妙的变化，将主体抒情置入一种客观对象之中，类似“托物言志”，不单维护了诗的真实，也维护了诗性正义，诗人不是作为一个精神秩序的创造者或情绪的宣泄者，而是作为一个具体的人，倾听语言并由此发展一首语言口授之诗，将精神的塑形寓于客观的语言形式中，诗性也得到彰显。“是的，在善恶的角力中/爱的繁衍与生殖/你死亡的戕残更古老、/更勇武百倍”，那样的声音悲怆有力，但也余味尽失——就诗性而言；当然它的声音有一个“古艳”的婚礼现场支撑，相互照料，并不蹈空。——而“花母牛还在朝它凝望”之温情，其语言形象显然更富有质感。

但凡一首杰出的诗，都会专注于词语本身而将言说的界限严格限定在本体范畴内，越是如此，越将擦亮作为镜子般存在的诗的镜面，大声的批判远不如这一面镜子凝聚的焦点来得有力。这是一种镜鉴的力量，或者说一种凝视的力量。

> 于是，我恍若又
> 听到了公牛呼唤母牛的叫声。
> 恍若看到那只俏丽的花牛向这边靠拢。
> 看到一圈光轮从这只母牛的头顶升起。
> 看到成百、成千圈光轮从母牛群全体
> 成员的头顶升起。
> 从白雪、从黑色的波动，
> 在光轮与光轮的交错之上
> 是种公牛所独具的一轮
> 雄性的
> 犄角。

要在诗中营造一种存在感的饱和状态甚至过饱和状态，须仰仗高度的专注、足够的铺垫和无与伦比的克制力。焦点或音顿，通常发生在屏住呼吸的时刻，将音顿拓展成为一种过饱和状态，则需要气息的凝聚。

真气内聚，屏息于一时，方能形成焦点之焦点。可以说，那一只在光轮和光轮之上的犄角，凝聚了巨大的精神能量，重新定义了悲剧的崇高，意味着昌耀个人化的悲剧美学，有了全新的诠释，即是说，他从非悲剧氛围的日常景观中完成了自己的精神塑形，并得到真正的自我拯救。

对于昌耀来说，不论他个人承受多么大的苦难和不白之冤，他从来没有表现出抱怨，也没有愤怒的指责，而是致力于在个人内心寻找救赎的途径。身边人的善良美德、西域壮美的自然风物和土伯特人的宗教信仰，都给予了他这样的力量，或者他有意识地吸取了这种力量。人的受难，自古以来伴随着语言的受难，或者说语言的受难史比个人的受难史要悠久得多。昌耀首先作为一个受难者，接受语言的教育，进而作为一个殉道者，以诗传递着诗性正义的力量，这当然是真正的大诗人所为。他的这一种宽阔的胸襟和气度，使他能够从西部边地的壮美山峰和荒芜草原中获取自然的力量，同时雪地和荒原，透过他的悲剧人生，又使语言带上悲壮的色彩。

在青海腹地，雪霁之后太阳的光轮，也许是一种自然奇观。这些光轮在语言之途形成了瑰丽的奇观：在白雪之上是黑色的波动，在黑色的波动之上是光轮，在光轮和光轮之上是公牛的犄角。一种神奇的语言秩序塑造的，是一幅强健的精神肖像。此一节诗和他同年创作的《鹿的角枝》，有着异曲同工之妙，只不过此一诗境趋向崇高，后者则见悲壮。同时我们也可以说，这一壮美的语言形象的塑造，是一个小篇幅的《天堂篇》，昌耀作为一个诗人，在此超越了灵魂经受的种种磨难，摆脱地狱的黑暗遭遇，来到了天堂的光明之境。

从这一节诗看，昌耀的写作在20世纪80年代初期已经有了后现代主义的风格特征。尽管诗的浓烈情感，表现出浪漫主义的特征，但是在诗歌本体论意义上，他已经是作为一个百米跨栏运动员来到了最后一两个栏，其零度叙事的特征初现。语言造型不是预设的，而是生成的；语言肌体组织不是意义的编织物，而是意义的生长体，形成一种开放、多义性的存在：既是个人精神的塑像，也是时代精神的镜像。

四

在人类文明的漫长进程中，历史时常会出现惊人相似的情况。昌耀因诗羁祸，和俄罗斯诗人曼德尔施塔姆的命运如出一辙。幸运的是，昌耀没有死在流放生活中，且有一个善良的土伯特家庭帮他完成了精神救赎，也迎来春潮激荡的春天和明媚的写作高峰。昌耀的诗中从来没有出现这样的声音——“我彻夜等待着可爱的宾客，/门上的链子，就像镣铐哗啦哗啦响着”（《列宁格勒》），没有这样的预感、恐惧，在警车到来之前；去往新哲农场，他也没有曼德尔施塔姆的惶恐——“五十二对木桨斜斜地插入水中，/上下翻飞，向着喀山和切尔登划去。//那儿我和窗帘一起飘过窗户，/一条窗帘飘过窗户，我的头颅就是裹在里面的火焰。”（《卡玛河岸已是如此昏黑》，杨子译）也许不是没有，而是有一个盘旋于西部高原的高音，遮蔽了这些细微的声音。1935年，象征主义在俄罗斯已经得到阿克梅派的改良，而20世纪50年代，昌耀仍停留在里尔克式的高蹈抒情模式中。当然，在革命浪漫主义和意识形态空洞抒情盛行的年代，昌耀能够保持自我的独立，与西部的风物对话，已经显得卓尔不群，就像西部高原上的“高车”。但是在流放农场的艰苦生活中，低音区是一片空白，仿佛夹边沟的故事发生在另一个时代。无论如何，这对于诗人昌耀来说，由于文学观念的封闭和滞后，诗失去为时代作证的良机，不得不说是一个巨大的遗憾。

《雪。土伯特女人与她的男人及三个孩子之歌》的出现，在神话诗和文化诗繁盛的20世纪80年代前期，仍是一个新声。昌耀的写作开始俯身大地，但不是转向“一棵向下的树”——据说从那里一样可以抵达天堂，——而是转向存在的根基，打开身体感官，在情感上和语言形式上，都表现出应有的克制。

一个诗人对一个词语持续的倾听，势必迎来记忆的苏醒。土伯特女人的记忆，不单属于她个人，昌耀也是她们的童年记忆的见证者和参与者。诗人二十来岁去她家时，她们还是孩子。小女孩光着屁股，在地上爬行，在篱墙边唤过路的男人“爸爸”，没有什么比记忆中这样的声音更甜美。但是昌耀作为诗人，他的出色之处在于，即便是对于这样一种单纯的存在，他也明白必须将之置入具体的场景之中。如果没有“在嫩草地上蹭出一溜拖曳的擦痕”和“草滩里有一只驯化的山雉/随着家禽啄食”这样的细节，诗的味道就要减掉七分。

> 小小的胖女孩儿。光腚的
> 一个胖女孩儿，歇在篱墙边。
> 这小女孩儿兴冲冲地朝前爬行。
> 又停住了。歇在篱墙边。屁股蛋儿
> 在嫩草地上蹭出一溜拖曳的擦痕。
> 小女孩儿兴冲冲地笑着，认真地
> 把每个过路的男子唤作“爸爸”。
> 　　报以无声的笑，他们走了过去。
> 　　草滩里有一只驯化的山雉
> 　　随着家禽啄食。

篱墙背后的女人，女孩儿的土伯特母亲，各有各的孩提时光。从松石耳环、印度皮箱和绿布长袍来看，她有更富足的童年。她有公主一般的地位，十七个少年猎手轮番向她投掷贡礼。那些蛤士蟆在天空飞着，带来怎样的回应？“她提起两只袍角轻盈地跳着”，那些蛤士蟆摔死了，他们把它们埋葬，含着带笑的泪水。人的纯真，人与人相处的和谐友爱，人对动物的尊重，一种原始而质朴的伦理，和那个时代人和人之间的斗争以及社会制度对人的戕害，形成巨大的反差。

篱墙背后
女孩儿的土伯特母亲也悄悄地笑着。
忆起自己原是草滩里的另一个女孩儿，
一个佩戴松石耳环的小女孩儿，
一个富有三只印度皮箱的小女孩儿，
一个身着绿布长袍的土伯特小女孩儿，
正弹跳于春草。十七个少年猎手围拢来
将贡礼轮番向她的怀中投去。
投去的那些蛤士蟆在天空飞着。
她提起两只袍角轻盈地跳着。
那些蛤士蟆,那些牺牲品，
那些蛤士蟆的大坟冢有他们带笑的
泪水。

时间啊，
你主宰一切!

所有伟大的诗篇无不是情感的推动下的语言行动，带着某种必然性。对于昌耀来说，没有这个土伯特人家，可能意味着他很难实现自我救赎。那个土伯特女人给他带来的归宿感，是任何东西都无法比拟的——尽管他平反以后一家人到省城生活，他们最后还是离婚了，其原因复杂，和此诗此时之情感没有多少关联性。在此时此地，是一种至为深沉的情感推动着语言行动，其返身向后观看的，是比星星还明亮的两代女孩的童贞——至为纯洁的人性，其倾听的是身体拖曳草皮的声音、哈士蟆落地的声音、孩子们的笑声、真正的诗的声音。而“时间啊，/你主宰一切！”这一跳出诗歌具体语境的声音，是深沉的喟叹，也是一个诗的不谐和音，正是这不谐和音，与现实生活的真相深刻对应。

五

百年新诗的发展以效法西方诗歌肇始，与传统断裂太久。20世纪90年代口语诗出场，反崇高，反文化，仿佛一个叛逆的孩子。西方现代主义文学运动，似乎也给了中国诗人在立法院的席位，形而上学的高蹈和放纵的想象，充斥着诗歌写作场域。文学批评家推波助澜，进一步将诗人的写作“升华”，将它们置入一个从西方哲学体系借来的坩埚中，再次以想象力的火焰烘烤，使之升华。于是宏大抒情成为诗歌时尚，充满神性和物质想象，不断远离大地和人性。1949年以后的革命浪漫主义和意识形态的抒情，更让“人”变得空心化。昌耀在这一更为广阔的诗学视野中，西部壮美的物象丰富了他的语言形象工具库，在大量语言苍白的诗歌中，他的写作赋予了诗歌语言以一种古铜色的粗粝和滞涩，并蕴含着边地少数民族文化习俗和宗教的异彩；但是作为一个诗人，他也很少俯身大地，只有在《雪。土伯特女人与她的男人及三个孩子之歌》中，他的鼻子凑近了麦垛，目光凝视着鸡冠子。这一写作姿态的重大转变，不论在他的个人写作史中有没有持续，都是汉语新诗写作的一个重大变化。

阳光——火的颜色——温暖。“温暖”一词，对于极地苦寒之域的人们来说，远比南方人要敏感，就像高原诗人对空气的敏感，草原诗人对北风的敏感。长期生活在青海的昌耀，他的触觉，由于“温暖”

一词，和他的嗅觉、视觉和听觉打通了。野火、牛哞、腐熟了的粪草、鲜红的鸡冠子，对他来说，都是“温暖”一词恰切的语言形象。在亮晶晶的田野上奔过的亮晶晶的猎人，相互的照耀，成就“温暖”一词更为丰富的语言形式。“温暖”一词在此，就像田野里的麦垛，意义从各个部位放射。

残雪覆盖的麦垛下面
散发出阳光的香气。
　　这里:阳光就是香气。
　　就是麦草秆儿。

落叶林里
闪过雪鸡的白翎羽和鲜红的鸡冠子。
我想起了白雪和雪地上的野火。
想起了西天沉落的火烧云。
想起了火的温暖。
　　这里:火的颜色就是温暖。

将写作的着眼点放在日常生活，从日常的生活场景中寻找词与物的关联，付诸一种朴素的命名，与古典传统诗歌方法论有了内在的气质联系。中国古典诗歌，即便是边塞诗，从来不是形而上学的高蹈，而是带着人的气息的苍凉或冷峻。西方现代主义没落之时出现的大诗人，也无不将目光投向了自我和传统，比如谢默斯·希尼在《挖掘》一诗中，从父亲挖土豆和祖父挖泥炭的情景中，呈现了他们那个家族“挖掘”的传统，而他用笔挖掘。昌耀在这里没有追溯他们的家族传统，那个远在湖南常德的家已经和他关系不大了，时代的大潮早已把他那个家冲得四散于野。他要在西部边地的田野上建立自己的传统。钢精饭盒和搁在钢精饭盒里的小铜匙子的哗哗响声，构成了他日常生活的大动静。“他并不需要射击”——“我并不需要射击”，一种无缝对接的角色转换，他是双筒猎枪从未装压过霰弹的猎人、一个生活和自然的捕捉者、一个和写生画家一起采风的诗人。诗煞尾于一个洋溢着自豪和幸福感的场景。

但是，垫在牛栏的草木灰同样温暖。
老牛哞哞的叫声同样温暖。
腐熟了的粪草同样温暖。

在温暖的日子，
猎人弯腰奔过亮晶晶的田野。
他的吊在腰带上的钢精饭盒哗啦啦响。
搁在钢精饭盒的小铜匙子哗啦啦响。

从田野弯腰奔过的亮晶晶的猎人
嗅到了麦垛下面阳光的香气。
看到了落叶林里雪鸡的红冠子。
听到了河岸上老牛哞哞的叫声。

猎人弯腰奔过田野。亮晶晶的。
他的双筒猎枪从未装压过霰弹。
他并不需要射击。

我并不需要射击。有写生画家与我一同

从野外归来。欢迎我们的
是我的土伯特妻子和三个孩子。

《雪。土伯特女人与她的男人及三个孩子之歌》也许是中国新诗史上第一次将藏区普通人家的日常生活呈现于语言，诗由独特的个人感受和日常经验熔铸而成：地方性和个人性相互加固着一座诗的西部高原。而其内容本身，包括日常经验、地域色彩和民族宗教的延纳入诗，具有巨大的原创性和陌生感，其语言技艺精湛、内在情感饱满、语言能指形式具有丰富的意蕴，这些足以让它忝列同时代杰出作品的行列。

评论家燎原说《雪。土伯特女人与她的男人及三个孩子之歌》："在他的荒原记传体系列中，第一次升起了苦涩而温馨的人间烟火。……它语言文本上那种更为纯然的本土民间气息，物象处理上致密和蓬松恰到好处的把握，尤其是从《慈航》那陶火柏烟般古艳的婚俗状写中延伸过来的，对于西部草原与山乡风土兼容性的抒写，使之显示着更具亲和性的艺术魅力"。（《昌耀诗文总集》序言）但是在我看来，此诗最突出的特征是在同时代众口张开宏大抒情的背景下，以叙事策略有效清除了高蹈的姿态和形而上学的癖好，进而俯身大地，倾听生命的动静和词语的脉动。诗不再是抽象的抒情，主体的声音和个人的意志退到幕后，而让前台的语言演出真正呈现精神的存在。诗的节奏张弛有度，收放自如，体现了诗人高超的控制力。语言的凝聚和舒展，游刃有余，运行有范。在语言本体论和诗歌发生学意义上看，它是流放四部曲中一个独特的存在，不同于《慈航》预设的结构，它在昌耀的全部创作中，大篇幅的语言行动展示了一首由语言口授之诗的生成机制，并在语言的观看和倾听的双重维度上赋予精确的语言能指形式，看似得自偶然，自有它的必然性，或许这正是昌耀作为一个诗人的精湛技艺所在。可以说，它是20世纪90年代中国诗歌发生大面积的个人性日常化叙事的一个先声，是现代主义和后现代主义叉形闪电处一个夺目的交叉点。至少，它从一个侧面有力地支撑着昌耀作为一个杰出诗人的存在。

2019年2月11日初稿
2020年8月31日修改

谈于坚诗歌写作的四个主要向度

——以《尚义街六号》等为例

于坚出生于1954年，比后朦胧诗代表诗人张枣年长八岁，与欧阳江河、王家新等诗人年龄接近，但是他在当代诗的写作谱系中，却被指认为第三代的代表诗人。这种代际分野显然不是严格按照年龄划分，而是以写作风格作为区分标志。以诗歌美学的内在分别作为衡量尺度，在某种意义上，比那种论资排辈式的区分更合理。于坚作为第三代的代表诗人，除了像后朦胧诗人一样，摈弃了以北岛、舒婷、杨炼等朦胧派诗人的英雄主义写作以外，他比后朦胧诗人更坚决地捍卫了个人性和日常性价值。从《拒绝隐喻》《诗言体》到《还乡的可能性》，于坚就像一辆铲土机，持续不断地清理中国现代汉诗语言道路上的路障，不单为这个时代，也为他自己。之所以这么说，是因为他在不同的阶段，通过自己的写作去实践他的诗学理论，并不断修正和调校。

于坚的写作主要以口语为语言策略，但是他的写作和20世纪90年代大行其是的口语诗写作也有分别。换句话说，他的写作不能以口语写作简单归类，比如他在90年代初的元诗写作和新世纪风格更为成熟的写作，呈示一种跨时空、超越表层现实的共时性语言样貌，与陷入线性叙事的扁平化和沉湎于语言能指形式的单向度口语写作有着根本的不同。于坚被归类于先锋派诗人，盖因他的诗歌写作和诗学思考具有先锋派的的某种姿态性和诗歌伦理焦虑，这与当代诗歌写作场域的精神症候有关，诗人的写作不单是一种专注的倾听行为，他还得不断为写作的合法性寻找有力的“法理依据”，并加以辩护。当然，于坚更多的是作为一个开拓者，相比先锋派诗人，他不是那个一路小跑奔向前沿阵地的号手，而是丛林中的一头大象，以大吨位的身躯和沉重的脚步，震动着汉语的地平线。《彼何人斯：诗集2007—2011》开卷之诗《大象》，写作日期标注为2011年9月3日，在2018年7月《花城》刊载的《大象十章》，位列之三，写作日期标注为2016年10月24日，大约后者正是因这首诗的激励扩展而成，不难看出诗人对“大象”这一语言形象的钟爱。此诗堪称于坚的一幅精神素描：“高于大地　领导亚细亚之灰/披着袍　苍茫的国王站在西双版纳和老挝边缘/丛林的后盾　造物主为它造像/赐予悲剧之面　钻石藏在忧郁的眼帘下/牙齿装饰着半轮新月　皱褶里藏着古代的贝叶文/巨蹼沉重如铅印　察看着祖先的领土/铁证般的长鼻子在左右之间磨蹭/迈过丛林时曾经唤醒潜伏在河流深处的群狮/它是失败的神啊　朝着时间的黄昏/永恒的雾在开裂　吨位解体　后退着/垂下大耳朵　尾巴上的根本寻找着道路/在黑暗里一步步缩小　直到成为恒河沙数”。

每一个诗人都有一个哺乳期。对于坚来说，他早期的诗歌有着明显的朦胧诗时期的印记。写于1979年的《滇池月夜》有着莱蒙托夫式的抒情，清新、空灵，形式整饬，单向度的唯美主义美学，是后期复杂丰富的《哀滇池》的一次练笔。1982年的《节日的中国大街》，有着后浪漫主义的风格尾巴：全景式的扫描、叠词的偏好、街头朗诵诗的节奏、情绪溢于言表。它是那个时代诗学乐器演奏的某个音位上发声方式具有同一性的表演，直到1985年《尚义街六号》诞生，真正的诗人于坚诞生了，或者说于坚彻底脱离了诗歌的哺乳期，以一种独有的发声方式奠定了他作为第三代代表诗人的地位。此诗看上去像一个现实主义的写作范本，它的质朴和简洁，几乎让适应了诗歌修辞的读者有些不适应，但是它超越现实主义并迥异于朦胧诗和后朦胧诗的风格特征，其秘密在于它恢复了汉语古老的听觉——从《关雎》以来，汉语从来没有出现空洞的浪漫主义和革命文学流行时期的耳盲症，无论王维“明月松间照，清泉石上流”，还是杜甫“两只黄鹂鸣翠柳，一行白鹭上青天”，“语言的倾听和观看”有着无与伦比的明晰性。于坚接续了这个传统并进行现代性的建构，其诗的个人性、日常性价值以及史学气质，得到了前所未有的肯定。90年代的代表作之一《对一只乌鸦的命名》，也许可以说是“拒绝隐喻”的一个诗学示范：把罗兰·巴特所谓写作之“写”这个动作纳入写作本身，在汉语中发明一种诗歌的解剖学，成就一种广义的元诗写作。新世纪出笼的《拉拉》，则呼应了《还乡的可能性》，词语之场、身体之场、气息之场，混合而成一片“礼失而求诸野”之“荒野”，只不过它被移到了诗人的书斋。而诗人的“写”这个动作，手术刀换成了道士的幡子，为词语招魂。晚近的《莫斯科札记》沉雄阔大、气象万千，是日常的，也是宏大的，以形而上的“小”抵达形而上的“大”，不再有写作的焦虑和先锋姿态，成为真正的集大成之作。当然于坚在各个时期还有大量的代表作，如《零档案》《啤酒瓶盖》《飞行》等等，但基本上是在四个主要向度展开。他涉及的写作题材广泛多样，风格不拘一格，完全配得上霍俊明博士之“总体性诗人”的指认。

一、先锋写作

任何一种先锋写作，本质上都是人文写作，有着鲜明的针对性。《尚义街六号》的先锋标记，是以叙事的冷色彩和口语的直接性为主要特征，它针对的是朦胧诗的高蹈和后朦胧诗时期文化诗和神话诗的夸张和虚浮美学，日常生活作为一种强大的对称性力量，使此诗甫一出笼就获得了巨大的成功。

尚义街六号的黄房子在20世纪90年代肇始的城市化运动中已经灰飞烟灭，只作为一座诗歌建筑留存在语言中。这首诗写于1985年，和第三代诗人一起轰轰烈烈出场。它最初发表于《他们》，被韩东称为“我们这个时代的史诗作品”，它爆得大名是在于坚参加青春诗会以后发表于1986年11月号的《诗刊》上之时。于坚说此诗当时影响很大，“被视为以非英雄化、反文化、日常口语写作为特征的大陆‘第三代诗’的代表作品之一”。（于坚：《尚义街六号——生活、纪录片、人》，引自霍俊明《于坚论》）这首诗在经典化的过程中，当然不能脱离当时的写作氛围和普遍风尚，正是在当时的历史背景下，它显得那样卓异，今天看来它似乎已经没有什么令人惊奇的了——口语写作已经成为常态，但是对比今天的口语诗，我们仍能发现它的非凡之处。据说于坚在不同时期对这首诗有所改动，无须考证，这本身足以说明一首看似现实主义的、照相机翻拍式的作品，其取舍、剪裁，即便遵循“典型环境中的典型人物”的现实主义创作原则，实际上也大费考量的。从根本上讲，此诗来自“语言的观看和倾听”，是经历一个清空的寂静时刻产生的，不断地修改实际上是为了“声音的保真”和“视觉的清晰”，杂音和枝节被清除，容易陷入唠叨的叙述得以简练、干净。“老吴的裤子晾在二楼/喊一声　胯下就钻出戴眼睛的脑袋”“李勃的拖鞋压着费嘉的皮鞋”，这种细节的出现，不是偶然的，它们来自诗人的凝视，是看似散文化语言中的音顿。其写作难度一点儿不亚于意象化的写作，从日常生活流的嘈杂中保持声音的清澈，本身就具有巨大的难度。米沃什在《废墟与诗歌》一文中谈到斯维尔什琴斯卡的写作：“很多年后，斯维尔什琴斯卡试图在诗中重构这场悲剧：筑街垒；地下室医院；被轰炸的房屋坍塌后把避难的人活埋；缺乏弹药、食物和绷带；以及她本人作为一位军队护士的历险。然而，她这些尝试没有成功：它们太唠叨、太哀怜，她销毁手稿。”“要等到事过境迁超过三十年后，她才找到令她满意的风格。”这是立足感官直觉和生命经验，而不是观念性写作，诗行间充满了喧闹。意象的华丽、英雄主义的姿态，一概放弃，而要从日常生活平庸的泥土中挖掘出真正有价值的东西。对比斯维尔什琴斯卡的《筑街垒》，不难发现两者之间有着惊人相似的简洁和质朴——

我们很害怕，当我们在枪弹下
筑街垒。
客栈老板、珠宝商的情妇、理发师，我们都是
　懦夫。
那个女仆用力扳一块铺路石时
倒在地上，我们都很害怕
我们都是懦夫——
看门人、市场女贩、退休者。

那药剂师拖一扇厕所门时
倒在地上，
我们更害怕了，走私女人、
裁缝师，街车司机，
我们都是懦夫。

一个来自少年犯管教所的孩子
拖一个沙袋时倒下了，
你看，我们真的
很害怕。

虽然没人强迫我们，
我们筑街垒，
在枪弹下。

去浪漫化，反英雄主义，是个人性的又是非个人化的，呈现的是人的精神塑像和那个时代的生活方式，它当然比穿戴整齐的历史书写更有史学气质：带着活生生的血肉气息、时代生活的氛围和纪录片一样的色调。一种真正放下书本的写作，需要诗人巨大的勇气和胆量，因为这样的语言行动，行走在诗和非诗的边缘。在某种意义上，也可以说《尚义街六号》接续了老杜“三吏”“三别”的伟大现实主义传统，但它又不是现实主义的，盖因它中间发出的写作主体的声音，不是“致君尧舜上，再使风俗淳”的“诗言志”，而是有了主体性意识觉醒，对主流意识形态，以反讽的形式发出了“不”的声音，这个个人性的声音是“不谐和音”，正是因为它，维护了诗的真实。

胡戈·弗里德里希在《现代诗歌的结构》中提出否定性范畴的概念：“要认识现代诗歌，首先面临的任务，是寻找范畴来描述现代诗歌。无从回避的一个事实，也是所有批评都证实了的一个事实是，这里主要使用的是否定性范畴。不过具有决定性意义的是，这些范畴不是用来贬低，而是用来定义的。”《尚义街六号》显然来到了这一和世俗社会的积极性相悖的陌生地带，“他已经成名了　有一本蓝皮会员证/他常常躺在上边/告诉我们应当怎样穿鞋子/怎样小便　怎样洗短裤/怎样炒白菜　怎样睡觉等等/八二年他从北京回来/外衣比过去深沉/他讲文坛内幕/口气像作协主席”，这样的反讽，比起那些金刚怒目式的伦理性批评显然更真实有效。“那年纪我们都渴望钻进一条裙子/又不肯弯下腰去”，这一类的自嘲显示的消极性明显不同于文学进步论的态度，逼真地刻画了那个时代青年的苦闷和孤独。

《尚义街六号》中的人物都实有其人，真名实姓。于坚曾经介绍过这一代理想主义青年代表，“前诗人，现独立制片人，导演，尚义街六号吴文光；前诗人，现小报编辑费嘉；前诗人，小说作者，现深圳富豪陈卡；前小说家，《清明》文学获奖者，现股票经纪人李勃；前诗人、小说和报告文学作者，现澳大利亚某大学人类学学者朱小羊；前散文写作者，崇拜三毛，现嫁了美国丈夫的女作家张慈等”[①]。真名实姓，除了表现出自觉的历史意识外，还确立了现代汉诗的自传性特点。诗不再力所不及承担时代的使命，更多地成为一种自传性的投射，本质上是建立现代汉诗的个人性观念，以“我”为本，但并不“唯我论”，在“尾巴上的根本寻找着道路”——这道路即是通往语言的道路；“铁证般的长鼻子在左右之间磨蹭”（于坚《大象十章》），看似无用，实际上旨在实现诗的见证功能，坚持“无用之用”的信念。值得玩味的是，爱尔兰诗人谢默斯·希尼在20世纪七八十年代也写了大量“真名实姓”的诗，诗不再崇尚“最高的虚构”，而是定义日常生活，回到古老的“诗言志”（当然此“志”是记录、记下，也是无），让无意义的日常生活被命名，跃身语言形式，成为一个意义的生长体。

相比后朦胧诗的复调写作，此诗表现出的先锋姿态在于，毅然决然地去掉了诗学乐器的声音，全神贯注于生命感官和日常经验，“诗到语言为止”，坚持一种可称之为“元语言”的写作。表面看来，这样的写作酷似现实主义风格，它区分于现实主义文学的特征，在于它的语调——一种不无反讽色彩的语调，字里行间洋溢着一种叛逆精神，但不是站在时代的广场上强硬发声，而是以淡淡的忧伤，又含着一丝揶揄、愤怒去达成。它的精神实质不单体现了主体意识的觉醒，更有一种民主意识的参与。

---

①霍俊明:《于坚论》,作家出版社2019年版,第100—101页。

以叙事为语言策略，此诗或是一个先声，完全不同于同一时期流行的意象化抒情。尽管叙事并非20世纪八九十年代的独创——《诗经·伐檀》就有浓重的叙事色彩，《孔雀东南飞》更是古典主义的叙事杰作，但是总的来说，中国的诗歌传统重抒情，轻叙事，叙事作为现代诗的写作策略，真正的意义在于消解高蹈的宏大抒情矫饰，规避整体性写作的偏差，使诗介入个人经验和日常生活，建立扎实的根基。于坚在《何谓日常生活——以昆明为例》一文中说："日常生活是毫无意义的，因为在意义如此玄奥深邃五彩纷呈的历史下面，它是支撑一切的东西，它是基本的词，它是世界的河床，它不可能只服从任何单向度的意义。"去意识形态化，去浪漫化，回到词语本身，从日常生活去发现诗意，或者说对日常生活中的事物进行全新命名，它对应的是一种全新的诗学，是一种具有生物属性的诗学，而非立法意义上的。这就意味着诗不再是语言工具论的产物，而真正上升到语言本体论高度。

当然，诗歌作为一门最高的语言艺术，立足于个人和日常，也对写作提出了空前的挑战。如何在诗与真、词与物之间实现因应并保持语言的弹性和张力，考量诗人的个人才能。我们越来越感觉到诗歌艺术中叙事的难度，如何在叙事中建立诗的音顿？如何实现诗歌语言的张力？如何建设诗的音乐性？这些都对当代诗人的写作提出了挑战。

二、元诗写作

元诗写作，即所谓"以诗论诗"。它不是知识分子写作的专利，这一类写作，在于坚的写作谱系中，被他称之为"世界3的写作"，即从世界3回到世界1，其风格特征是解构主义的。

《对一只乌鸦的命名》是这一类作品的代表，此诗写于1990年2月。进入20世纪90年代，元诗写作流行，但于坚此诗，不是试图以个人化的认知展开对诗的论述，而是专注于对词语意义的解构，力图在解构中建立一个语言学“肌理”的样本。

乌鸦在中国文化中有着丰富的象征意义，唐代以前，乌鸦多象征吉祥和预兆，比如“乌鸦报喜，始有周兴”。汉董仲舒在《春秋繁露·同类相动》中引《尚书传》：“周将兴时，有大赤乌衔谷之种而集王屋之上，武王喜，诸大夫皆喜。”儒家文化以“乌鸦反哺，羔羊跪乳”隐喻“孝”和“礼”来教化人们。白居易的《慈乌夜啼》：“慈乌失其母，哑哑吐哀音。昼夜不飞去，经年守故林。”堪称这一意识形态的形象表达。但是李白的《乌夜啼》之乌鸦，就无特别指涉：“黄云城边乌欲栖，归飞哑哑枝上啼。机中织锦秦川女，碧纱如烟隔窗语。停梭怅然忆远人，独宿孤房泪如雨。”一个织女怅然思远，乌鸦之啼，只是起兴，渲染了孤独落寞的氛围。唐代以后，有了乌鸦主凶兆的说法，唐段成式《酉阳杂俎》：“乌鸣地上无好音。人临行，乌鸣而前行，多喜。此旧占所不载。”辛弃疾之“佛狸祠下，一片神鸦社鼓”，用的是北魏太武帝拓跋焘的典故，乌鸦在唐之前被视为神鸟。乌鸦在西方文化中，同样有丰富的寓意，不同时代不同地方，人们眼里的乌鸦有不同的寓意。《伊索寓言》的乌鸦是一个智者的形象，美剧《权力的游戏》中三眼乌鸦则是先知和记忆的化身。

于坚《对一只乌鸦的命名》是一次能指的狂欢，以隐喻拒绝隐喻，以隐喻解构隐喻，不同于华莱士·史蒂文斯《观察乌鸫的十三种方式》——将抽象具象化，并在虚构的语境中，让词语之间产生暗示、指涉，形成张力，“以我观物”，但并不能“物我两忘”，而是抽象和具象之间出现了某种神秘性；也不同于R.S.托马斯《十三只黑鸫观看一个人》的“以物观我”——后者可以说是与前者的一次互文。于坚多年后如此解读自己这首前期的代表作：“这是一场语言的游戏，我与乌鸦这个词的游戏，它要扮演名词乌鸦，我则令它在动词中黔驴技穷。但是，这仅仅是语言学的游戏吗，恐怕不是，这种游戏是富于魅力的，仿佛只为一只

死于名词的乌鸦招魂。它复活了吗？我不确定。”（霍俊明《于坚不是在与一只“乌鸦”作战》）

从看不见的某处
乌鸦用脚趾踢开秋天的云块
潜入我眼睛上垂着风和光的天空
乌鸦的符号　黑夜修女熬制的硫酸
嗞嗞地洞穿鸟群的床垫
堕落在我内心的树枝
像少年时期　在故乡的树顶征服乌鸦
我的手再也不能触摸秋天的风景
它爬上另一棵大树　要把另一只乌鸦
从它的黑暗中掏出
乌鸦　在往昔是一种鸟肉　一堆毛和肠子
现在　是叙述的愿望　说的冲动
也许　是厄运当头的自我安慰
是对一片不祥阴影的逃脱
这种活计是看不见的　比童年
用最大胆的手　伸进长满尖喙的黑穴　更难
当一只乌鸦　栖留在我内心的旷野
我要说的　不是它的象征　它的隐喻或神话
我要说的　只是一只乌鸦　正像当年
我从未在一个鸦巢中抓出过一只鸽子
从童年到今天　我的双手已长满语言的老茧
但作为诗人　我还没有说出过　一只乌鸦

诗一开篇便显示了虚构的特征。华莱士·史蒂文斯说，诗是最高的虚构。其“周围二十座雪山，唯一动弹的，/是乌鸫的眼睛”，有着“千山鸟飞绝，万径人踪灭，孤舟蓑笠翁，独钓寒江雪”的古典况味，也许于坚在此更想突出虚构意味，以示乌鸦的来历不明和神秘性。“乌鸦的符号　黑夜修女熬制的硫酸/嗞嗞地洞穿鸟群的床垫/堕落在我内心的树枝”，将乌鸦看成一个语言符号而非实体，它自然不可能出现在类似“黄云城边乌欲栖，归飞哑哑枝上啼”的日常性场景，而是进入了一种个人化的想象中。这种想象不是立足于日常生活中的“观看或倾听”，而是一种语言观念所致。在这一点上，它类似于史蒂文斯的《观察乌鸫的十三种方式》，不同的是，华莱士·史蒂文斯试图以具象的方式建立一种抽象的整体性视野，而于坚则是有着巨大的解构主义冲动，即对乌鸦这个语言符号形成的既定意义进行解构，从而让这个僵死的词语在掏空以后重新恢复活力，就像挖开一片沼泽引来四面的活水。在诗人看来，“乌鸦”一词就像硫酸，有剧毒，它由黑色修女熬制——将黑夜喻为修女，黑夜同时还有文化历史记忆的意义，这种修辞的扩展，不可谓不繁复，或作为一种“以毒攻毒”的手段，同时也是一次对被意义束缚的乌鸦的一次命名，此命名不是最终的命名，不过是即时语境的一次趁机反讽。

海德格尔说，语言是存在之家。这个家的舒适性以“鸟群的床垫”喻之，自然再贴切不过：柔软、温暖、自由且有空隙，自然形象的鸟群和现代性的床垫完美嵌合。“乌鸦”一词积淀的历史意义，就像硫酸一样洞穿了它，落在“内心的树枝上”的，自然是文化历史意义的残渣。人在儿童时期爬上树顶去掏乌鸦，象征一种征服行为，即反对乌鸦的隐喻、惯义。“我的手　再也不能触摸秋天的风景”意味着被历史意义沾染，事物不再有神秘性和新鲜感，人也失去了对世界的好奇。从另一棵树上掏出黑暗中的乌鸦，即是真正的写作行动，还原乌鸦之本原，重新命名。它关乎写作的一个基本动作——倾听，然后让晦暗不明的声音获得明晰的形象，就像词语从黑暗中诞生，出现了光亮。这当然是来自写作经验和语言观念，是写作之“写”这个动作的形象化呈示。

“乌鸦　在往昔是一种鸟肉　一堆毛和肠子/现在　是叙述的愿望　说的冲动/也许　是厄运当头的自我安慰/是对一片不祥阴影的逃脱”，乌鸦从生物属性到文化属性，经历的是一个乌鸦语言学的过程，它负载的意义，充满“叙述的愿望　说的冲动”，它是吉祥的预兆，但它要真正逃脱“一片不祥阴影”，“比童年/用最大胆的手　伸进长满尖喙的黑穴更难”，即是说，诗人对事物的命名实际上是一种语言历险，远不是掏鸟窝那么简单——“乌鸦”的逃脱是一个去蔽、澄明的过程，也是写作的过程。诗人要说出那只从未说出的乌鸦，而不是说出它的隐喻、象征或早已陈旧的乌鸦，事实上“我从未在一个鸦巢中抓出过一只鸽子”，切身的生活经验，并不支持乌鸦的神话，不支持它可以变成鸽子的神话性或魔幻性，诗当然也只有立足于诗人的生命经验、感官直觉和日常生活，才能赋予词语以精确的能指形式，“以文明之”，成为文明的旷野最新的涌泉。而手，动词的执行者，一只布满“语言老茧”的手，失去敏感和灵活性，也就不能实现写作的原创性。这种关于写作本身的具象化谈论，贯穿全诗。

我想　对付这只乌鸦　词素　一开始就得黑透
皮　骨头和肉　血的走向以及
披露在天空的飞行　都要黑透
乌鸦　就是从黑透开始　飞向黑透的结局
黑透　就是从诞生就进入永远的孤独和偏见
进入无所不在的迫害与追捕

20世纪90年代，诗人观念建立了一种普遍认识——词即物，语言即现实。这样一种语言观念的更新，意味着语言是作为本体而不是工具，在写作中取得全新地位。对于一个熟知辞格、韵律和灵感的诗人，当然明白诗之纯粹大于一切，诗不再是意识形态的工具，也不是立法院某种绝对的声音，而是去蔽、澄明，遵循语言本体的声音允诺，发展一首语言口授之诗。于坚想要乌鸦“黑透”，“从黑透开始　飞向黑透的结局”，即是让乌鸦这一词素保持本色、纯粹，拒绝其他意义（色彩）参与，即便“永远的孤独和偏见/进入无所不在的迫害与追捕”这一极端性的姿态，表明了“还原”的坚决态度，甚至信念。

它不是鸟　它是乌鸦
充满恶意的世界　每一秒钟
都有一万个借口　以光明或美的名义
朝这个代表黑暗势力的活靶　开枪
它不会逃到乌鸦以外
飞得高些　僭越鹰的座位
或者矮些　混迹于蚂蚁的海拔
天空的打洞者　它是它的黑洞穴　它的黑钻头
它只在它的高度　乌鸦的高度
驾驶着它的方位　它的时间　它的乘客

在它的外面　世界只是臆造
只是一只乌鸦无边无际的灵感
你们　辽阔的天空和大地　辽阔之外的辽阔
你们　于坚以及一代又一代的读者
都是一只乌鸦巢中的食物

拒绝归类，恪守个体的独立、自由和完整性，作为一个主体从自身获得与乌合之众相区分的主体性，坚守原生意义阵地，不接受意识形态或约定俗成的招安，这当然是一种真正具有现代性意识的写作观念，诗借乌鸦之口言说，也是对现实社会的“恶意”的拒斥。对这样一种写作观念的形象诠释，既是对内容和形式二元对立的反对，也是要让三生万物的混乱世界重归于一的明澈。“天空的打洞者　它是它的黑洞穴　它的黑钻头”，显然与曼德尔施塔姆的“灯笼”之灯芯与灯罩同样具有雄辩性。乌鸦即语言，“诗到语言为止”，乌鸦不能僭越到乌鸦之外。语言本身有游戏的天性，有着与生俱来的欢乐，因而“口无遮拦”，是“大嘴巴的乌鸦”，语言和世界的关系，即是乌鸦外面的世界，是“一只乌鸦无边无际的灵感”，脱离乌鸦本身，乌鸦外面的世界只能是虚妄。

由此不难看出，与其说是为“乌鸦”这个词语招魂，还不如说是建立一个语言学的样本和范例，此诗是借乌鸦之口言说写作本身，它无意于观看和倾听乌鸦的飞行和啼鸣，就像李白诗中的秦川织女，或者辛弃疾追忆中的佛狸祠，而是源于一种诗学观念的清淤疏浚，以及将它涉及语言学的方方面面，聚焦于乌鸦，展开开阔而深邃的观照，想象力之丰富和绵密令人赞叹。这里对想象的“放纵”实际上是“以毒攻毒”。诗学乐器的演奏，当然需要仰仗想象的翅膀，否则难以抵达欲抵达之处，况且它本身也像乌鸦的飞行一样，不能有空间的越界或身份的僭越。

在华莱士·史蒂文斯眼里，“一个男人，一个女人/是一个整体。/一个男人，一个女人，一只乌鸫/也是一个整体”。现代主义诗学重视对世界或事物的整体性观照，其视野所示，重在呈现事物之间的内在关联性。整体性写作带来的晦涩，既有世界本身的神秘性导致，更多的是抽象还原的个人化想象的偏差所致，其本身是建构于一种认识之上，是一种观念的产物，而不是来自于“语言的观看与倾听”，尽管它也会出现“冰柱，为长窗/增添了犬牙交错的玻璃。/乌鸫的影子/在上面来回飞掠”这样的日常性场景。R.S.托马斯《十三只黑鸫观看一个人》显然不再是现代主义的“以我为主”、客观对应，而是从不同的客观视角去观看，“我们吃掉/黑莓，吐出/种籽，但它们躺在地上/闪闪发亮就像一个人的眼睛”。对黑莓果核的命名，如果不是借助一种上帝视角，可能很难有这样的发现。与他们不同，于坚意在建立一种语言的解剖学，“它被说成是一只黑箱”，我不知道“谁拿着箱子的密码”，这意味着“我”并不接受几十个单词对付乌鸦的结果。“对付”本身隐含着敷衍、利用和针对，在于坚的眼里，世界万物是平等的，乌鸦不能取代鹰的位置，当然也不致混迹于“蚂蚁的海拔”，何况鹰之崇高和蚂蚁之卑微，皆是人的观念使然。万物平等，各安其位，乌鸦有乌鸦的飞行轨道。“裹着绑腿的牧师”，这一不无荒诞色彩的形象，是对这样的命名方式的反讽，也是诗人借“另一次形容”——即是另一次不同语境中的命名，对时代和现实的影射。“可我明白　乌鸦的居所　比牧师　更接近上帝/或许某一天它在教堂的尖顶上/已窥见过那位拿撒勒人的玉体”，如果教堂的尖顶代表信仰的高度，在没有基督教信仰的诗人眼里，他更尊重事实：乌鸦的居所更高，自然是无神论者指认。作为牧师的R.S.托马斯，他借乌鸦之眼观看，情景就大不一样了——“当明媚的太阳/升起，那从天边/伸向天边的黑暗/是什么？是个影子/是那个钉成叉状的人的。”那个拿撒勒人在乌鸦的眼中，呈现两种完全不同的状态，一淡漠，一哀痛，盖因诗人的不同文化观念使然。

对乌鸦的命名充满悖论性困境。理想与现实，形而上与形而下，动与静，总是在命名之时，便有事实脱出命名范畴的尴尬，正如天鹅飞过闪光的沼泽——表面闪光美丽，实则是无底陷阱；正如给它的翅膀装上“落下”，它却“扶摇九天”——“扶摇九天”，实是“指桑骂槐”，影射“可上九天揽月”一类革命浪漫主义话语，微妙反讽的意味彰然，当然隐含着写作主体的批判意识。一个诗人的使命，就是要说出那从未说出的，但也时常陷入“不可说”的困境——

我对它说出“沉默” 它却伫立于“无言”

世界的玄妙，正如乌鸦“牵引一大堆动词”，在天空组成大量的图案，当你对某一刻的图案予以指认，转瞬之间它已经变换。对乌鸦命名的尴尬和困境，实际上就是人的现实困境。不是深刻洞悉语言本质的诗人，不能在命名乌鸦的过程中产生如此非凡的想象。这种想象力首先肇始于对世界运动和变化的深刻洞察，同时也对语言之途的艰险了然于胸，并有足够的敬畏之心，非此不能听命于乌鸦又超然于乌鸦之外。

一个写作者沉浸于情境，物我两忘，就能抵达诗中所言，“当它在飞翔 就是我在飞翔”。即便如此，诗人对事物的把握仍然充满难度，结局遥不可知，因为“逃不出这个没有阳光的城堡”，很难“抵达乌鸦之外 把它捉住”。对整体主义写作和历史文化意义的双重怀疑，并延伸至内省——远没有幼年从树上捉住乌鸦那么简单——那只是捉住了乌鸦的肉身，“那时我多么天真”，以为捉住了，“一嗅着那股死亡的臭味 我就惊惶地把手松开”，并不细细察看；相反随着时间成长，在一个特定时代和历史语境中，大脑已经被一种唯美的单向度美学占领，从而只瞩目于云雀、白鸽——这样的反讽，指向了内心，是内省。没有内省，当然不会明白语言的受难。

诚如曼德尔施塔姆所说，词语是肉和面包，它们有着同样的命运：受难。一只乌鸦徒存颜色，连它的名字都被剥夺了，如同没有身份的人，“被天空灰色的绳子吊着/受难的双腿 像木偶那么绷直/斜搭在空气的坡上/围绕着某一中心 旋转着/巨大而虚无的圆圈”，如此这般对受难图景的虚构，的确实现了华莱士·史蒂文斯之“最高的虚构”。它源于现实又高于现实，它比耶稣钉在十字架上的图景更荒谬，当然也符合中国社会的历史文化语境和时代境遇。于坚不断地呼吁“修辞立其诚”“礼失而求诸野”的古典主义重建，并未放弃现代性的批判意识和建立“否定性范畴”，对于经历过史无前例的“十年浩劫”，对极权主义带来的灾难有着深刻体认的诗人，“乌鸦”的受难图景在心灵的眼睛里，正是人的倒影。这是基于对时代的深刻洞悉，虚构的乌鸦图景呈现了抽象的现实困境：不是批评的声嘶力竭，而是呈现的冷峻荒谬，一首元诗由此脱离了“以诗论诗”的游戏音轨，派生出神奇的及物能力。“木偶”“裹着绑腿的牧师”，这一类意象蕴含的深长意味，不言自明，当然比“没有阳光的城堡”那样的喻体更具冲击力。

元诗写作，以诗论诗，它首先受到观念的驱动，而非感官直觉，或者说诗之思的参与加大了想象之马匹的缰绳的控制难度。没有“当我形容乌鸦是永恒黑夜饲养的天鹅/一群具体的鸟　闪着天鹅的光　正焕然飞过我身旁那片明亮的沼泽”的危机意识，“我”的“形容”或美丽如天鹅，或如一个语言魔术师从乌鸦巢中掏出鸽子，而忽略乌鸦本身，或者越出“乌鸦”一词“飞行”的边界，就不免沦为臆造和妄语。于坚在对乌鸦的命名过程中提示了这样的危险，生动形象地揭示了语言学的秘密。同时他还警示了诗人手上的“语言老茧”，不清除它们，就很难“捉住”那一只语言的乌鸦，伸手之时，乌鸦早已飞走。

《对一只乌鸦的命名》堪称元诗写作的典范。它不在观念里兜圈，而是建构在对世界和语言的双重洞照之上。此诗的命名行动，不是规约于语言的能指，更多地受惠于维特根斯坦之谓“语言游戏”，“在词与物之间建立一种联想式的联系”，取代了象征主义的“应和说”，同时对乌鸦的命名过程，重在解构，于解构中建构，在否定中肯定，在传统美学之上引入现代性尺度——不是单纯的测量，而是悖谬性的观看。

于坚说，他不确定此诗是否做到了为乌鸦招魂，从诗的最末一节看来，他显然做到了。乌鸦之魂，是受难的灵魂。所有受难的根源，来自于“中心”，个体被异名化、工具化，自古以来是我们这个民族的精神命运。当然它也形象地演示了现代诗的语言学、解剖学，以乌鸦为样本，进行一次精微而深入的解构。在风格上，相比《尚义街六号》《罗家生》《零档案》的冷静，它更雄辩，音调更高，沉雄阔大，内蕴丰富。

三、蓝调诗写作

中国古典诗囿于格律，注重唤醒感受性经验，形式相对拘谨，奔放恣意如李白者，寥若晨星，且李白奔放恣意之诗，多为古体，相对而言受到格律的约束要小一些。现代诗引进思的经验，从格律中解放出来，从现代主义的思辨逐步转向对语言本体的沉思，本质上是一个分辨过程——区分，析出。没有区分，事物必处于混沌状态，如成分混杂的石油；析出是建立在不同临界条件下，如同精馏塔每一块塔板上不同的温度和停留时间造成组分分馏、析出，从而结晶。或许结晶析出之时，正是词语澄明的时刻，但是不形成结晶就像词语没有获得形象，仍不能构成真正的语言形式。在这个意义上说，现代诗的本质就是自由，是语言的解放，当然它的自由不是无边无际的，而是在具体的语境中，自动生成边界，由语言的允诺决定。语言的运动，基于一种联系原则而不是因果关系，不是建立在意义的轨道上。

于坚认为，诗起源于古代部落先知与神灵的对话、告白、招魂，而不是劳动或游戏，诗是招魂的文字记录。不论它有没有文化考古学的支持，其与诗歌创作活动的本质是相通的。诗始于词语，词语是道，是无，是气息，是魂灵。古米廖夫写道：“我们已忘记唯独词语/在忧烦的土地上照耀，/忘记《约翰福音》写道/词语就是上帝。”中国文化中“道法自然”之“道”，与之异出而同名，并无根本性的矛盾。以此建立的写作观念，自然不同于中国的古典主义，也不同于西方的现代主义，语言不再作为工具，为“主题”服务，语言如河流潺潺生成两岸，而不是相反。当然语言的内在活力也迸发出来，如大地之涌泉，而不是一场大雨之前开挖的池塘。现代文明的急速发展，人不再处在“落花人独立，微雨燕双飞”的单纯境遇，而是在城市的喧嚣中接受各种各样的声音干扰——有感受性的，也有知识性的，时代的声音一旦在诗学的塔板上析出，就会聚集一个更大的语言场。

古老的招魂仪式可能是中国乡村仅存不多的传统遗存之一，长袍广袖，黑红经幡，念念有词不知所云，神秘而诡异。小孩夜哭，老人病痛，求医不灵转而请道士作法，引申于作诗；如果有什么主题，那也只有一个：挽留时间和拯救人的灵魂。反映论背景下的主题说，是语言工具论的产物。而从语言本体论出发，对语言本质的探寻，即是抵近道。道成肉身从来就是写作的基本目标或“主题”。现代诗必须突破主题说，诗的标题或只是一首诗的肇始、一个引子、一个起兴，或者词语聚集的场域。于坚在巫师招魂和黑人的布鲁斯之间发现了某种相似性，念念有词和说唱的自我沉溺，那种“不知所云”，那种即兴性和仪式感。他说：“一首诗是一个语词聚集起来的场，也是一个仪式。更确切地说，新诗的现代性就在于可以创造布鲁斯那样的场。”[①]所谓场，或诗歌的活动场所，由词语自身生成，更多诉诸时间性而非空间性，而空间形象随着时间的展开而出现，共同构筑一个跨时空的场域。即兴性，碎片化，在此基础上“对一切既成的语言历史用加法”，于坚在新世纪第一个十年末进行了一系列的写作，从诗学散文《道成肉身》《还乡的可能性：从诗的蓝调开始》《棕皮手记：诗如何在》到诗歌作品《拉拉》《爵士乐》《在布里斯本》，它们形成了一种解放者的姿态，既要打破传统的拘谨和封闭，也要

①于坚:《还乡的可能性》,商务印书馆2013年版,第38页。

颠覆“文约而事丰”的美学减法，“重建新诗的部落”“创造语言的白话故乡”。

嗨　拉拉　迟早要出现在我们中间
身后　身前　上面或下面　有点羞涩
但再深些　再深些　那是你的爱好
环绕着男尊女卑的深渊　不计后果　前途　落款
再深些　再深些　花园中的女巫　超凡入圣
要的是那种极限　形而上的灵魂　形而下的肉体
爱是一个含着心的字　缺一划都不可　疯狂　痴癫
神韵　落实于体贴入微　当你尖叫时

2010年1月16日，于坚在昆明文林街的夏末莲花酒吧推出写诗四十年的个人作品展，活动叫“念于坚的诗”，从网上的视频中可以看到于坚披着一件毛线外套，光头凑向手里拿着的诗稿，微微前倾，声音有些听不清，光线微暗，《拉拉》在他的念念有词中再诞生一次，显得神秘而渺远。

“嗨　拉拉　迟早要出现在我们中间”，“嗨”带有游戏的口吻。“迟早要出现在我们中间”说的是一般的情况而不是“此时”，“拉拉”是作为一个女性来描述的，“我们”自然是男性。“拉拉”出现在“我们”的身前身后上面下面，且“有点羞涩”，以一种空间性的形象道出男女关系的基本特征。“再深些　再深些　那是你的爱好”显然是性隐喻了。盘峰论剑不久，下半身代表诗人尹丽川写下《为什么不再舒服一些》：“哎再往上一点再往下一点再往左一点再往右一点/这不是做爱　这是钉钉子/噢　再快一点再慢一点再松一点再紧一点/这不是做爱　这是扫黄或系鞋带/喔　再深一点再浅一点再轻一点再重一点/这不是做爱　这是按摩、写诗、洗头或洗脚/为什么不再舒服一些呢　嗯　再舒服一些嘛/再温柔一点再泼辣一点再知识分子一点再民间一点/为什么不再舒服一些”，此诗风格大胆，语言泼辣，是对当时知识分子写作和民间写作的诗歌话语权之争的辛辣讽刺。于坚把性隐喻放大了，以解构主义的激情和反讽的锐利，“指桑骂槐”“声东击西”，极尽语言之快意，并非纯然能指之狂欢，一切的语言事实都作为一视同仁的对象，进入一个由“拉拉”一词聚集的巨大的场。在此场中，语言之思也像点燃的铂丝，“愛是一个含着心的字　缺一划都不可　疯狂　痴癫/神韵　落实于体贴入微”，对汉字的形的拆解和释义，拓宽了语言的能指航道——即是说，“语言的观看”的范畴更加开放，把文字本身象形的能指形式，也纳入进来。在某种意义上，这也是对拼音文字的西方语音中心主义的突破，彰显中文写作的民族性特征。

于坚将《拉拉》一类诗命名为“蓝调诗”，是汉语新诗未有过的，西方诗歌传统里，即便金斯堡的《嚎叫》具有摇滚气质，与这样的写作也有很大差别。“蓝调”本是美国20世纪初兴起的黑人民间音乐，与种植园黑奴劳动时集体合唱的歌曲一脉相承，美国电影《为奴十二年》的棉花地里就出现过那样的歌唱场景，透着深深的忧郁，“蓝调”接续了它的忧郁气质。从《拉拉》看来，奔放之中有一种深深的忧郁，气息上和蓝调音乐是相通的。但是更大的特点在于，诗吸收了“蓝调”的即兴性：没有具体的写作地点和场景，从吟诵词语开始，内在的张扬又有点像巫师或道士招魂，无所拘束，自由不羁。它不像托马斯·特朗斯特罗姆的《舒伯特》或艾略特的《四个四重奏》，诗的结构与音乐有着一定程度的同构性，于坚放弃了蓝调音乐的形式特征，取其即兴性特点和忧郁气质。即兴者，无写作之前的主题和结构预设，关注词语本身，符合“诗从语言开始”的理念，并动用解构主义的策略，着力语言的去蔽，尔后澄明，激活词语的活力，唤醒词语并让词语聚集语言形象，激发出语言形象涌现的奇观。比如“当你尖叫时//火山喷泉/云霞落地　夏天黯然失色/腐烂或升华　无所谓　献身　无耻到底就是/纯粹　极乐只有一瞬　可以赴汤蹈火　可以/下地狱　可以死掉”，自然奇观对应生命体验，极尽赞美之能事，但此赞美非歌唱式的赞美，而有一种叛逆和嘲弄世俗的姿态，决绝和固执。而它的忧郁体现在男女关系有悖于纯粹的精神伦理之时，如风俗画般，在对“拉拉”的吟叹中，一幅幅呈现出来。解构激情和批判意识融入词语的强大气流中，语言的行动即是招魂的行动，诗人的写作如巫师念念有词或吉他手边弹边唱，词语变成一捆而不是一个，如一捆麦秆，意义从各个方向散出。

气息是蓝调诗的内驱动力。兴之所至，意之所及，盖因气息使然。“激扬文字”而不“指点江山”，在词语自身的疆域尽情驰骋，“放浪形骸”，一种滔滔如涧水般的语言流，或击石而生水花，或坠崖而成喧响，主要是基于联想，一种联系原则，而非因果关系，没有意义逻辑，没有定向，激情四溢但又全然不同于浪漫主义的直抒胸臆，也有异于现代主义的思辨。即兴性，碎片化，是个人性的——语言的视野取决于诗人看待世界的方式和眼光，又是非个人化的——知识、记忆、经验、情感，一切听凭气息的驱动。本雅明在《论波德莱尔的几个母题》中写道：“气息无疑是非意愿记忆的庇护所。它未必要把自己同一个视觉形象联系起来；它在所有的感性印象中，只与同样的气息结盟。或许辨出一种气息能比其他任何的回忆都更具有提供安慰的优越性。因为它极度地麻醉了时间感。一种气息能够在它唤来的气息中引回岁月。”气息源自词语，词语之气息散发又召唤它在不同时间和场域的气息，引发词语的聚集甚至涌现，当然气息所至，不是意向性的而是非意愿的，符合即兴性的特征，也符合索绪尔的任意性原则。气息与写作主体也息息相关。苏辙说“以为文者气之所形，然文不可以学而能，气可以养而致”。孟子曰：“我善养吾浩然之气。”孟子雄辩，盖因其浩然之气。《拉拉》之雄浑苍茫，有一种高原丛林大象般的“灰色”，雄伟的灰色，明晰的苍茫，实乃诗人所养大象气度之外观，“灰色”即是忧郁，是蓝调诗之底色。

《拉拉》的即兴性，另一个突出特点是打破了线性时间的观念，一切都汇聚于此时此刻，而“此时此刻”也只是写作之“此时此刻”、吟诵之“此时此刻”，不拘囿一个具体的时间。词语在“此时此刻”的召唤和聚集，也不受制于具体的空间场域，空间取决于时间，它颠覆了20世纪90年代盛极一时的零度写作风尚，激流暗涌，汪洋恣肆，不择地而出；浩瀚渺远，沉溺忘机，却言尽意止。风格上大有老庄、太白、东坡遗风，又能自觉建设词语之场的边界，清醒而不“逾矩”。在这个词语的边界之内，浩瀚于“俗物”“政客”“骑手”“公子哥”“古希腊力士”的“追逐”猎场，荡漾于“红颜”“窈窕淑女”“尤物”“小乔”“海伦”裙边海岸，诗最终成为一种共时性存在的奇观。中国古典诗词用典的偏好，于坚于此接续之并让它在新诗更大的语言场域发挥，当然要把这一传统发挥到极致，立足于词语的声音激发和唤醒，而不是意义的延伸。无论绝世美人海伦引发特洛伊战争的荒谬，或关爱生命的少司命带给诗人的哀叹，它们都是“拉拉”一词在吟叹中召唤而来的回声。神和人打破界线，灵和魂有了形象。“‘秋兰兮青青　绿叶兮紫茎/满堂兮美人　忽独与余兮目成’　这就是了　就是她　拉拉　/就是那个尤物　那种骚货　那种翘　那种稀烂　那片藏在/菠萝蜜下面的沼泽”，屈原《九歌》中的女神在当下获得一种现代性的指认，而“天呵　我们中间有个海伦　拉拉”的惊呼，也获得了最新的所指，且均被置入与拉拉的对话性结构之中。古今共融，神人一体，是为招魂。这合乎中国文化的传统，道士招魂总是要奉请历代先祖神灵到场，在道士或巫师的念词中，神灵是在场的。于坚利用了布鲁斯和巫师招魂共同的即兴性，在诗歌的方法论上，却更多秉持了传统的世界观和方法论，试图将现代世界重新带回到古典的天地神人的四边形中，即是他之谓“重建新诗的部落”，这“部落”落实在一首具体的诗中，就是一个打破了时空、神灵在场的语言之场。

值得一提的是，蓝调诗在某种意义上实现了古典主义的现代性构建。当代诗的写作在经历了半个多世纪的现代主义诗歌教育的背景下，中文写作的语言表达变得隐喻化、意象化，已经背离了现代主义经典诗人的写作初衷，而成为一种不折不扣的翻译体写作。从新世纪开始不断有诗人尝试回到中国传统，而对20世纪90年代反传统的极端化和姿态化做出某种调校，但无论影响力较大的《在清朝》，还是《清河县》，都没有能够实现一种当下的现代性建构，显得苍白、生硬，不是来自血液，而是源于知识，缺乏真正的艺术力量。于坚的蓝调诗改变了这一写作向度的拘谨局面，从词语的兴起和语言流动生发的机遇出发，解构意义而不附庸，碰撞传统而不离当下，为词语招魂，还原被历史和现实意义遮蔽的本体真实，打通传统和当下的气脉。

蓝调音乐低调、忧郁、紧张、伤感，《拉拉》通过空格短句制造音顿，与其风格有着相似性。没有铺垫、停顿，直接进入紧张的节奏中，早期经典布鲁斯音乐，都有这样的特点。布鲁斯起初没有和弦，仅仅是乐手持续弹奏一个低音音符，同时围绕着这个音符唱出不同的布鲁斯音阶，经过一段时期后，布鲁斯作曲家发现可以将这些音符结合在一起，形成布鲁斯风格的和弦。诗中不断出现的“拉拉”，就像一个布鲁斯和弦，它是承接、转折，是吟叹本身，也是吟叹对象，贯穿全诗。中国民间丧葬仪式中有“夜歌”，即兴吟唱死者的一生，调子苍凉悠长，声音哀婉。道士招魂时，也有唱腔。这些与布鲁斯音乐的快速紧张有着很大的不同。《拉拉》的反复吟叹，以忧郁为底色，能指的狂欢并未冲淡声音的底色，而是使这一色调不断加强。于坚将此一类诗命名为蓝调诗，大约出于音乐性和即兴性的双重考虑。

四、集成写作

2014年，我就于坚的《2001年6月10日，在布里斯本》写过一篇短文，当时的判断是："于坚是汉语诗坛持续活跃的诗人，从20世纪的《拒绝隐喻》的诗学论述、《尚义街六号》《零档案》的实践，到新世纪的《还乡的可能性》的诗学发展和《拉拉》《爵士乐》等的写作，从意义的消解到秩序的重建，于坚进入了集成的阶段。《零档案》无疑将进入经典的书架，它不单是对隐喻的拒绝，词语集中营的一次建构，重要的是，它通过写作之'写'这个动作，有力地将个人和时代勾连起来，呈现了时代将人的意义消解为零的真相。"这么多年来，于坚的写作慢慢建立起两个形象，一个是铲土机，一个是大象，他的作品的出现总是让人听到一阵隆隆声或者大象的稳稳的脚步声。前者意味着他作为第三代代表诗人，一直保持着先锋姿态，像铲土机一样清理诗学道路上的路障，不是吹牛角，是在以他的诗学思考和诗歌写作的双重实践，树立铲土机的形象。后者表征他的扎实、稳固，每一步都在大地上留下深深的印记，并微微震动着汉语新诗的地平线。

《莫斯科札记》写于2019年，首发于《青春》，栏目主持人韩东给予了高度评价。此诗语言又有新变，仿佛大象的脚步声变得更加清晰和轻盈。一个诗人若不能保持专注和思考，其创造力就难以为继。一首长达三百四十四行的长诗一气呵成意味着什么？如一个歌手演绎一首歌，其高音的稳定性、高低音转换的自如程度以及低音区的厚度，不单是对技艺的考量，更是对气息的一次残酷检验。于坚的气息更充沛了，几乎形成一个强大的气场，带有裹挟一切的力量。看得出来，他的写作观念日臻完善，一方面放弃了拒绝隐喻的决绝姿态，在感受性范畴，不再像《零档案》那样有些刻意地拒绝隐喻——《零档案》冷冰冰的词语排列和坚硬的物质感，带给人一种令人窒息的阅读感受——当然这样的效果也许正是作品期待的；一方面他放下了《拉拉》时期巫师手中的幡子，不再调动词语，而是俯身倾听词语的声音，其诗学言说从第一个词语冒出开始，形成一种自发性的流动，语调同步生成。

一般来说，一首长诗需要有一个预先设定的结构，就像T.S.艾略特的《四个四重奏》和但丁的《神曲》，它们分别从音乐和中世纪幻游文学借用结构，从而形成他们诗学建筑的穹顶和骨架，但是《莫斯科札记》让我们发现一种语言的自发性流动，就好像河流生成了两岸。这种结构的深层生成机制，对于诗人来说，并不是件容易的事，去腔调，放下姿态，方能达成真正成熟的写作。那是一种俯身倾听的结果，一种诗歌声学的奇观。

《莫斯科札记》之所以能够自行生成一种天然结构，一个重要的原因是语言召唤的本能被激活了。六十多岁的于坚，经过几十年的持续写作，长期和语言打交道，他已经和莫言笔下的罗汉和美剧《维京传奇》中的弗洛基对高粱和木头的神性了然于胸一样，在某种意义上，他也具有了通灵的本领。词语灵性之门开启，语言的维度打开，现实、记忆、历史和文学经典，以一种非意向性的形式形成语言之流，并将语言沿途的景观聚集其中，构成了一个多维的、通透的、广阔无边的语言世界。

通常来说，一次旅行引发的多是审美愉悦，充满赞叹和惊讶，但是对当代诗人来说，莫斯科是一个特殊的地方，俄罗斯文学和苏联的意识形态曾经深深影响一代人甚至几代人，对我们这个国家有着深刻的影响。历史记忆、文学经典，以及时代的纷繁现象，容易形成巨大的浮力，很容易让一个写作者浮于表面，沉溺于异国风情而情绪激动。1998年，昌耀随中国作家代表团出访俄罗斯，写出晚期的重要作品《一个诗人在俄罗斯》，他说，“对于我说不尽的俄罗斯，你首先是延续在时间的国度，是普希金、莱蒙托夫、陀思妥耶夫斯基、勃洛克、高尔基的祖国，而后，是从援欧华工直到中国流亡者寄身的乡土。不待我走出国门，尽已感受了精神富足的俄罗斯……”（《昌耀全集》），诗人向俄罗斯的这一表白，就像他经历的流放营的苦难已经烟消云散，忙于向这个国家的许多大人物致敬，而对文学家的了解，比如高尔基，他似乎不知道或有意忽略了这个伟大的无产阶级作家晚年的作为，总之有点类似写《到莫斯科去》的左翼作家胡也频，在俄罗斯的大地上，眼睛里洋溢着天真的浪漫主义，但是《到莫斯科去》的诗行里，高尔基却是一个反讽的对象。于坚在这一条语言之途中，与其说激动莫名，还不如说五味杂陈。昌耀至死没有完成现代性诗歌美学的建设，在他的诗学里，既没有真正的“不谐和音”，也没有明确的“否定性范畴”，不管受过多少苦难，他的诗学是积极的，消极性美学似乎从未进入他的诗歌厅堂。他的语调也几乎没有反讽或戏拟。但是于坚的写作具足现代性，在《莫斯科札记》中，他几乎动用了现代性诗歌美学工具箱里的全部法宝。“20世纪的摇篮就在下方离欧洲不远/人类曾经被赶回去　重新学习走路/围着烈火跳舞　木偶成群倒下//乌鸦变白　穿着银色的工作服/轮子绑在腿部　它从西伯利亚油田退休了/现在　为航空公司服役”，是辛辣的反讽，甚至是黑色幽默；“时间是一位无所不在的施洗者/那些锈坦克　是教堂里的老神龛/那些旧枪　是尺寸过度的蜡烛//纪念碑拆除　捷尔任斯基的心脏/被那座大楼扔出来　或许比普希金/幸运　爬起来喘着气　去街口/等下一次绿灯　没带黑手套”，是精湛的命名，是意味深长的想象的真实，比昌耀看到的显然更真实；“越过了地图　从南向北　北永远在上面/玄奘的方向偏西　他乘的是自己的脚/沙子穿透金色芒鞋　那种云可不好走/一步踩到一只鸟//我们穿着旅游鞋/一双双塞在椅子下面/我们都要到了/他还在裹绑腿/别了　玄奘！”诗人不单是把玄奘，也将“我们”纳入反讽的对象，他把昌耀所谓“俄罗斯啊，我们心情复杂命名”的浪漫主义式的直抒胸臆，转换成为一种“最高的虚构”，而“别了　玄奘！”显然是戏拟，很容易让人联想到“别了，司徒雷登”。

《莫斯科札记》最大的特点是打破了现实和虚构、当下和过去、历史和现在的界限，一切都被当作了即时性书写的现实，不论它是语言现实、历史现实还是文学虚构的现实，索尔仁尼琴和地铁的乘客一起出场，布罗茨基和托尔斯泰同框出镜，一切都变成了“日常”，变成莫斯科之行的一幕风景。这一切不由意义驱动，而是声音发起一场语言旅行，在莫斯科的各个行程的风景，只是一场语言旅行的感发兴起。

> 令人厌倦的陈词滥调
> 总是悬挂在高处
> 那些停尸房般的大号黑体
>
> 地狱并不在所谓地下
> 也不在那栋人人害怕的建筑里
> 守门人面目可亲　某婆姨的老丈夫
>
> 它有许多小名　这个叫塑料袋
> 那个叫推土机　这个叫记分册
> 名称是遭遇和命运的产物
> 记住　灰尘就是面粉

一个诗人没有深邃的历史人文视野，就很难在语言中真正有所看见。“令人厌倦的陈词滥调”，标语也。革命话语具有蛊惑力和清洗剂功能，是地狱无形的制造者，而地狱的可怕不在于那栋人人害怕的克格勃大楼，而在于你想不到的地方，比如某婆姨的老丈夫竟是地狱的守门人，比如它还有“塑料袋、推土机、记分册”这样的小名。这种直接又荒谬、平常又令人惊悚的命名，盖因诗人的诗学有着一个隐在的“否定性范畴”，有一种消极性诗学在场，其实比浪漫主义的欢呼雀跃远要“积极”。

在俄罗斯那片土地上的人和事、历史和文学，对中国诗人来说具有巨大的亲缘性，曾经的社会制度的选择，19世纪和20世纪初文学的辉煌，以及两国人民的命运，无不在一个对它们了然于胸的诗人心里沉淀多年，它们在莫斯科乃至俄罗斯大地上留下的痕迹，激起了声响，它和现实的声音交织在一起，时刻都在等待一只灵敏的、具有共时性功能的耳朵。那些拾人牙慧的写作者，永远带着令人生厌的咀嚼声和意义织机的撞击声，梭子所到之处，是一种简单的循环，和极权主义的路径没有什么不同，其织锦不论怎么修饰和着色，都有着一种裹尸布的苍白。于坚从那些细节之芽孢中听到了生长的声音，向读者描述了一个个词语慢慢打开芽孢的情景，最大限度地规避了意义的袭扰，保证了诗始终在直觉里不断拓展诗歌活动的场所。

把“声音”的外延拓宽延伸到五官六入的直觉和词语的发声，不妨将此表述为“汉语的律”。“圣母法衣存放教堂的白石缝”诉诸嗅觉，“有一股黑面包味”——视觉和味觉交感连通了；教堂里祷告的老头中风了，“手势改变了/新动作像是在抽风或诅咒”，视觉的冲击转换为音律的激越；“政治”的“政”和门的“重”的词语音节的关联，启动了韵律直觉，诗学乐器本身也参与言说，在这里延伸出来的门响——“砰的一声”或“缓缓合起来”的嘎嘎声——“外祖母那只苍老的左臂”给予的声音形象，洞开了记忆的维度，格外意味深长，政治之重被消解，被还原；“那位白胡子警察/讨厌阿赫玛托娃的低音/他为什么不读读《论语》/子曰　不学诗　无以言”，诗人的声音出现，有了不无嘲讽的表情；肃反时期以榔头在关门的耳朵里回忆《G大调第七交响曲》，那是怎样一种复杂和绝望？肖斯塔科维奇题献给列宁格勒的这首曲子，在此产生了奇异的回声。

一个真正成熟的诗人，必定从那意义丛生的灌木丛中脱身出来，他深知那里充满了花朵的诱惑，也满布着预设的陷阱。给予词语以意义只会加快灌木丛中荆棘的生长速度，或者可以明确地说，意义的具象装修，充满了有害气体，它装修的屋子虽然带着印花墙纸和石膏线条，但和极权主义的审讯室，本质是一致的。一个倾听者远比表达者来得真诚，诗人围绕着声音工作在某种意义上就是围绕着“修辞立其诚”的古老原则，甚至诗性正义和良知，只有这样才能做一个真相的见证者和真理的维护者，彰显一种伟大的民主精神。于坚是一位真正用声音工作的诗人，在此时此地还原彼时彼地的“声音”，一种浓缩了的“声音”，如一种警示音，因为时空的跨越而拥有了巨大的穿透力，犹如寂静的庙宇响起的钟声。

在莫斯科的语言之途，词语召唤的本能被彻底激活，其聚集的声音使词语渐渐变成一个生长体，在扩大体量的同时也使诗意蕴含其中，不断增加它的浓度和深度，而语言形式的合身如身份取得了外交豁免权，不断洞开事物的玄妙之门。“声音”不断的开拓和形式即时的响应，慢慢塑造了诗的形象——

笨重　冰凉　大象的脚走在幽暗的雪地上
冬天的苦役　十一月四日　要慢慢地走
十一月五日　要慢慢地走　十一月六日
要慢慢地走　十一月七日　要慢慢地走

沉重而缓慢，确凿而低沉。必须在这样一种节奏里迎接索尔仁尼琴归来——他的归来犹如良知的归来；必须在这样一种低沉里抬眼观看克格勃大楼——那里审讯的声音也许并没有沉寂；对没有号码的神父被从手机里走出来的护士最后一个叫号和从教堂穹顶下来的工匠，必须投去诗的目光。一词一顿，每一个诗节都成为了音顿，每一次停顿都有声音的延时，每一个词都以一种贯通的节奏生成了词的集合：词的方阵走过红场，迎来读者的欢呼。

语言形式蕴含着诗学的全部机密。从《莫斯科札记》看来，于坚已经有了一套语言形式的自动生成程序，将之比拟为诗学精馏塔里气体的凝聚成型，恐怕已经不再贴切，因为它不是物质形态的转换，或者一种提纯机制，而是一种声音形象的涌现。这也决定了语言手法更多的是描述性的而非象征性的，只有少数的情况下会对古老的形象进行翻新，给予生动活泼的、个人化的命名，“有一种朴素戴着夹鼻眼镜/叫作安东·契诃夫/有一种爱情穿着亚麻布披肩/叫作茨维塔耶娃　有一种朋友/叫作罗亭　有一种风景　叫作列维坦/有一种故居　只能在暮色中造访//空无一人的街道上停着一辆扫雪车/有一种残忍的荒芜/叫作　之后”，主体的声音低沉而苍凉，是和夹鼻眼睛、亚麻布、暮色和扫雪车的色调高度一致的。文学人物和文学史上的作家、诗人，进入一个全新的命名系统，它们不是作为流逝或虚构的存在，而是作为一种当下的精神性存在，跃身为语言的能指形式，它散发的历史气息促成一个丰盈的此在，历史意识的到场伴随着历史的共时性，极大地丰富了语言的声音形式。

医生安德烈告诉我　诗人
也来体检　诊断他们的肺叶
用的是同一台设备　人民的X光机
怎么　有何不同　那些阴影
都是诗篇？　NO！　都是病
他们喝太多的酒

“人民的X光机”，身体的体检自动引发语言形式的转换，关于精神的胸片的对话就变成一种本体言说。当“声音”转换为视觉的分镜头，比如“有个醉汉趴在铁轨上/握着一柄月亮削的宝剑”“教堂之雪　堆在墙角根/仿佛笨厨娘织的围脖”，为了传递那一刻的审美感受动用了比喻，但它是为感受服务而不是附加意义。“人民的X光机”不愧为一个诗性的发明，它所具有的穿透力是时间赋予的，也是历史的真相和最终浮出谎言水面的真理赋予的，当然更是诗人的洞察力所赋予的。它的神奇在于把看似不经意的叙述和当下的声音置入一个诗性的维度，与其说它实现了修辞的扩张，不如说它作为一个词表现出巨大的繁殖力。

直接、客观、描述性的语言形式突出了在场感，其诗学效果的达成，其背后是一种艺术观念的突进：于坚把历史、记忆和文学经典中的现实当作此时此地的现实一样来描述，使语言现实天然生成一种时空叠加的结构，语言形式也变得简洁、舒展，消除了费力的修辞带来的晦涩，而呈现一种富有质感的明朗。

相比语言工具论背景下的论述性写作的语言形式，它规避了修辞带来的意义堆积——而意义的堆积只会形成遮蔽，——并且表现出写作姿态的极大不同：一个是俯身大地的倾听，一个是居高临下的言说。前者使语言形式成为一种诗意的生长体，后者无非是一种语言的滑翔，螺旋桨的轰鸣覆盖诗的声音——诗被密封起来而不是得以呈现。

《莫斯科札记》的结构不是预设的，是自动生成的。我们不妨把每一个诗节看成一个词语，或把整首诗看成一个词语的谱系，词语在语言之途不断聚集、生长，就像野草世界一片一年蓬，根须在地下的延展扩大它的领地，直至成为绿油油一片。但是这样的描述可能还不够准确，因为它成为一个诗意的繁殖地和生长体，从各个不同方向伸出天线：不断地收集声音信息，然后又不断放射诗意。这样的结构自然截然有别于《神曲》的语言建筑，它没有一个封闭的穹顶，而是一个全方位开放的露天博物馆，由不同时刻的光照亮它们的语言形式。它也不像《四个四重奏》在四个不同地点，以乐章的结构去组织语言形式。它是缓缓走动的，像一头大象。铲土机退场了，因为它对于诗人的观念来说，已经完成清理路障的任务。《莫斯科札记》真正体现了"一种古典的世界观"，是一种对人类命运的"倾听和观看"，其姿态是俯身大地的，风格完全脱离了之前汉语新诗高蹈的"大"，而以一种个人性的、日常性的"小"抵近，其诗学当然也超越了现代主义的立法属性和后现代主义的油腔滑调，遵循中国古老诗学的原则"道法自然、天人合一"，只是此"自然"非彼"自然"，是自在而为、原本这捧之"自然"，而"天人合一"，更多的是时间维度敞开而非空间维度的建设，在这一条独特的语言之途中，俄罗斯的历史人物、文学大师，记忆和经验，甚至文学经典的主人公，都在此时此地来"会见"，有着胡安·鲁尔福之《佩德罗·巴拉莫》那样的结构生成之妙和对陈旧时空观念的破除，只是少一些魔幻神异的色彩而已。

《莫斯科札记》具有鲜明的史诗气质，显然是深思的产物，具有深沉的批判意识，但是它拒绝了陈腐史料的堆积和意义的收集，以词语的召唤去凝聚四散于历史尘埃的气息，并予以精确的语言形式，使之"复活"在当下的诗意发生现场。同时它也具备突出的个人性特征，丝毫没有因为诗歌活动场域广阔而影响对细节的贴近、语调的得体和个人气息的凝聚，一种整体性的观照不是付之于意象，而是落实到日常的细节，当然这个"日常"被诗人大大拓展了边界，从而又实现了非个人化。

"暗红色的苏维埃之雪/光着身子躺在克里姆林宫的空地上/等着晚霞的担架将它抬走/迷惘来自那些旁观的人/他们裹着灰色的羽绒服"，化自曼德尔施塔姆"黑色的担架"之"晚霞的担架"，不妨看作对诗人命运的哀悼，暗红的苏维埃之雪，作为大清洗时代牺牲的隐喻，它确定了语调，忧伤而苍凉，诗之无用之用，却给那些穿灰色羽服的迷惘者指出了天边的黄昏星。"热水瓶里的开水在慢慢冷却/无一幸免　赶紧喝掉/这是一年一度的冬天"，在这样一种语调营造的语境中，"热水瓶里的开水"既是本体又是喻体，温暖稍纵即逝，人无不是“热水瓶中的热水”，被烧热，然后冷却，无不置身于严峻的处境中。“招贴被风撕开了一角”和无产者的嘴角，语言对它们的“观看”是带着一种按捺不住的冲动，带着丰富的表情的。对橱窗里模特儿的赞美，实在暗含无奈。“冬天的大海在涨潮/寒流从一只黑面包的裂缝里升起来/从推土机的齿轮里升起来/从小教堂外乞丐的空碗中升起来/同样的轻　同样的白　都是莫斯科的食物”，黑面包的裂缝是凝视的产物，推土机的齿轮既是工业革命的隐喻，更是极权主义清洗运动的所指，一只乞丐的空碗有苦涩的诗意盈满，它们无不在那里发出寒流之声，囊括了诗人语调的全部复杂和不忍。女人嘴唇上的锈和色，“头发上的金色黑色亚麻色”，都在融化，归于白——白雪的白，对应于此时；白头的白，对称于人生。一个多么直观的收容所！

正是这样的深度意象，使一首游历诗进入史诗范畴：莫斯科不再是一个旅行者眼里的莫斯科，而是历史意识和语言视野里的莫斯科；暗红色的莫斯科之雪不是涂抹黄昏的夕阳的蛋黄，而是浸透鲜血的苏维埃之雪，是历史之雪。全诗在对老托尔斯泰、列宁和茨维塔耶娃的“会见”后结束，俄罗斯的历史人文在语言的“观看和倾听”里复活了，这样一种“复活”，是声音的再次响动，是词语的复活。历史失去的，在语言中得到。死去的魂灵，像《复活》一样复活于当下。诗人以个人化的历史想象力重构了这一切。我“还有很多路要赶”，是比弗罗斯特的提示音更意味深长的低语，是一种诗人使命之未竟。

再次被一场厚雪覆盖着　莫斯科闪着银光
纯洁　神秘　健康　一辆黑轿车停下来
坐在里面的人熄火　拔下钥匙　就要
打开车门

这个从车门里出来的人，和莫斯科的雪一样神秘，也许是另一部《莫斯科札记》的作者，或者一个观光客或过路人。

《莫斯科札记》以零度叙事的风格开篇，平静里有反讽，立足于日常又超越日常，它也有浪漫主义式的清澈抒情，如在落地莫斯科的那一刻。绑腿的玄奘之类深度意象，出现在“日常场景”中，显得突兀而令人惊讶，显然它只是貌似深度意象主义。语言的运动因为打破了日常界线仿佛又有超现实主义自动写作的特征，但只要仔细测听就不难发现，它有着声音的关联性，是服从于联系性原则而不是因果关系，不是唯我论的词语直线运动（敬文东语），或来自致幻剂。它不从属任何“主义”的写作，又内含各种“主义”的精髓，是真正的集大成之作。无论从现实的深度、经验的厚度还是视野的宽度和精神的高度，都有无与伦比的作为，词语掘进的现实，既是俄罗斯的，也是中国的；是俄罗斯人的，是犹太人的，也是我们的；是对一个多世纪以来的历史人文和时代现实的俯身倾听和深情凝视带来的语言复活。它是在历史视野下实现对人文和历史、现实的现代性重构，其精神高度直达莫斯科教堂穹顶的上方，是对人类命运的深切关怀。作为一个诗人，于坚的探索精神所表现的，已经“超越了我们对文学创新和创作的概念”（曼德尔施塔姆语），以直觉引领语言形式的创造过程，拒绝意义的辅助，无论在诗学观念上还是在语言形式上，都是全新的。

2019年1月25日于长沙
2020年5月18日修改

旗手之旗的卷缩与舒展：论韩东

一

2013年春天，韩东来湘西，经小说家卢里嘎巴介绍，我和他相识。卢里嘎巴是湘西人，在古城凤凰开着一间小酒吧，而我当时在凤凰替人管理一家公司。酒吧位于古城的一条石板街，老房子的门楣上，挂着一块木刻的牌子，绿漆写着“摩西把房梁抬高”，很有一些文艺范儿。我陪同韩东一行去了一趟德夯，翌日去公司处理一些事情，接到卢里嘎巴的电话，迅速赶往老街。远远看见韩东坐在酒吧门口，下午的阳光下，光头闪亮。他招呼我在旁边坐下，聊起了诗。铺着青石的老街，行人不断，多为游客，到处垂挂着布帘、酒旗以及各种小饰件，吉他声、脚步声和隐隐的沱江河的喧声，交汇一起。韩东送我一册诗集《重新做人》，这本诗集他随身带来，本是要送给在古丈体验生活的朋友李红旗的。晚上我们在摩西酒吧搞读诗会，酒吧的民谣，换成诗的“表演”。这个酒吧是个清吧，相对清静，不像沱江两岸的酒吧那么吵闹，灯光微暗，正宜读诗。我读了一首，已不记得是哪一首；韩东读了一首，依稀记得是诗集中的《半坡即景》。令我印象深刻的是韩东的英译者，一位七十来岁的英国老太太，以不太流利的汉语朗读韩东的《这些年》。她在和我们两天的相处中，脸上一直挂着笑容。但是这张脸一凑近麦克风，笑容顿时消失，露出庄严，甚至有几分神圣的神情。酒吧里喝酒的人群，在微暗中，迅速安静下来。麦克风传出些微颤抖、语调略带苍凉的声音——

> 这些年，我过得不错/只是爱，不再恋爱/只是睡，不再和女人睡/只是写，不再诗歌/我经常骂人，但不翻脸/经常在南京，偶尔也去/外地走走/我仍然活着，但不想长寿//这些年，我缺钱，但不想挣钱/缺觉，但不吃安定/缺肉，但不吃鸡腿/头秃了，那就让它秃着吧/牙蛀空了，就让它空着吧/剩下的已经够用/胡子白了，下面的胡子也白了/眉毛长了，鼻毛也长了//这些年，我去过一次上海/但不觉得上海的变化很大/去过一次草原，也不觉得/天人合一/我读书，只读一本，但读了七遍/听音乐，只听一张CD，每天都听/字和词不再折磨我/我也不再折磨语言//这些年，一个朋友死了/但我觉得他仍然活着/一个朋友已迈入不朽/那就拜拜，就此别过/我仍然是韩东，但人称老韩/老韩身体健康，每周爬山/既不极目远眺，也不野合/就这么从半山腰下来了

过了不惑之年，诗人的语言渐渐有了凉意，透出一种生命的况味。后来我在网上不同平台看到韩东提及此诗。此诗全是大白话，通篇主体言说，没有写作地点，没有确定的诗意发生地，当它那一刻从那位英国老太太独特的嗓音里出来，我忽然明白，此诗如戏剧独白，可以把任何地点作为诗意发生现场，只要诗的声音在彼时出现，盖因这“戏剧独白”里，说的是人生本身，是人生戏剧里的独白，而人生的戏剧无处无时不在上演。诗人面对自然衰老时的从容，韩东诗里，与“莫听穿林打叶声，竹杖芒鞋且徐行”有着相似的坦荡胸怀，比“横眉冷对千夫指，俯首甘为孺子牛”的“自嘲”有着更为超脱的自嘲。“牙蛀空了，就让它空着吧/剩下的已经够用/胡子白了，下面的胡子也白了/眉毛长了，鼻毛也长

了”，我记得诗读到此，座上发出轻轻的笑声，而朗读者的声音冷然如故。人到中年，锐气收敛，随时间而来的智慧，正是蕴藏在明白如话的日常里，而对于写作，“字和词不再折磨我/我也不再折磨语言”，一个诗人能信手拈来，达成词与物的准确因应，不再“取悦”修辞，或借重修辞表达，坦诚、客观，直接就是，大白话里有语言的寺院，写作臻于此境，环顾当下，寥若晨星。世间或扬才露己，或标榜先锋，多如牛毛，殊不知韩东才是真正的元老级先锋。

“这些年，一个朋友死了/但我觉得他仍然活着/一个朋友已迈入不朽/那就拜拜，就此别过/我仍然是韩东，但人称老韩/老韩身体健康，每周爬山/既不极目远眺，也不野合/就这么从半山腰下来了”，看似达观、超脱，对于人生一切皆淡然视之，实则凛然风骨，韩东之所以是韩东，也在这大白话中。这一回从半山腰下来，距离1983年的《有关大雁塔》中“我们爬上去/看看四周的风景/然后再下来”，时光过去半生，彼时睥睨天下，嘲讽“当代英雄”，而今旷达冲淡之中，旗手气度依然！

二

20世纪奥地利伟大诗人里尔克有一首名作《预感》，是自我客观化或拟物的典范。北岛认为，在此诗中，里尔克通过一面旗帜展示了诗人的抱负[①]——

我像一面旗帜被空旷包围，
我感到阵阵来风，我必须承受；
下面的一切还没有动静：

①北岛：《时间的玫瑰》，生活·读书·新知三联书店2015年版，第114页。

门轻关，烟囱无声；
窗不动，尘土还很重。

我认出风暴而激动如大海，
我舒展开又卷缩回去，
我挣脱自身，独自
置身于伟大的风暴中。

（北岛译）

在当代诗歌的发展进程中，韩东堪称语言观念变革和诗歌风尚引领的旗手。旗手者，在千军万马中冲在最前面的先锋是也。不管在20世纪80年代初有多少诗人的写作在尝试着革新，韩东无疑是最早的变革者之一，也是名副其实的旗手，有他的诗歌和文论为证。

韩东1961年生于山东，1978年考入山东大学哲学系。大学毕业后，分配到陕西财经学院马列教研室工作。1983年，写出早期名作《有关大雁塔》，据他所说，“八二年到八四年，我在西安陕西财经学院教书，我们学校就在大雁塔的下面。从大雁塔上看我们的学校就像一个财主的院子。同样，从学校的院子里看大雁塔也挺令人失望。当时我是个‘诗人’，来西安之前刚读过杨炼的‘史诗’《大雁塔》。在这首浮夸的诗里大雁塔是金碧辉煌、仪态万方的。我的失望之情开始针对大雁塔，后来才慢慢转向杨炼的诗。在此刻单纯的视域里，大雁塔不过是财院北面天空的一个独立的灰影。它简朴的形式和内敛的精神逐渐地感染了我。这是我的美学观形成的一个重要时期”①。这是《有关大雁塔》的写作背景，其中的思考就像“预感”，隐隐觉察到“文化诗”的“浮夸”“崇高”，有

①韩东：《有关〈有关大雁塔〉》，见《韩东散文》，中国广播电视出版社1998年版，第166页。

悖于真实。《有关大雁塔》的诞生，就像“预感”出现了一个语言形象：旗。“有关大雁塔/我们又能知道些什么/有很多人从远方赶来/为了爬上去/做一次英雄/也有的还来做第二次/或者更多/那些不得意的人们/那些发福的人们/统统爬上去/做一做英雄/然后下来/走进这条大街/转眼不见了/也有有种的往下跳/在台阶上开一朵红花/那就真的成了英雄/当代英雄//有关大雁塔/我们又能知道什么/我们爬上去/看看四周的风景/然后再下来”，此诗针对的对象，表面上是大雁塔和塔上的人与事，实际上是杨炼的《大雁塔》一类的“文化诗”和整个朦胧诗时期代言式写作的英雄主义，诗的语调一反杨炼式的浓烈、沉郁，而是冷静、舒缓，平静中有反讽，舒缓里含嘲弄，锋芒直指那些“当代英雄”。“当代英雄”一词，在一个诗人的意识里，当来自俄罗斯诗人莱蒙托夫的长篇小说《当代英雄》，或许在韩东看来，雄踞当代诗坛的“当代英雄”们，其写作已经过时了，也有悖于艺术的真实原则。而诗中“我们又知道什么呢”的反讽式同义反复，后来几乎成为“他们”诗群的经典写法，比如于小韦早前的《火车》，比如何小竹新近的《灵感》。

《有关大雁塔》最初在《老家》《他们》《同代》等民刊上发表，流行的版本删去了第二节。正如诗人吕德安所说，作品就像房子，需要退后几步看。或许作者“退后几步”发现，第二节指向世俗生活的荒谬，反而违背了诗的初衷，削弱了诗的力量。此诗发表后，遂成为韩东的成名作，以杨炼为代表的那种弘扬崇高理念或彰显史诗情怀的“文化诗”，渐渐淡出文坛。从诗歌变革的角度看，此诗如一柄冷静的匕首，刺中了一个“热烈”的核心。但是任何先锋诗歌，无不是一种诗歌意识形态对另一种意识形态的反对，它的价值也在于此。此诗也只能作为韩东闪光的“一次”，只因那时“下面的一切还没有动静：/门轻关，烟囱无声；/窗不动，尘土还很重”，而他感到了“阵阵来风”，有了先知般的“预感”。从根本上说，《有关大雁塔》也是诗歌观念的产物，与生命感官并无多少关联，但它的历史价值业已彰显。

这一时期诗人的另一首名作《你见过大海》，同样没有诗意发生地，没有写作第一现场，将写作主体自我客观化为“你”，实际上是把“我”和“想象的大海”（即客观世界）之间的关系上升到艺术层面思考：“你不是水手”，那么对“你”来说，想象的大海就不是真实的大海；无论是你见过的大海，还是想象中的大海，都不过是一个审美对象，而不是存在之域的一个“他在”。而对于写作而言，其诚实原则要求写作者身体在场和生命感官参与，不如此，一切就不免显得虚幻，至多得到一点可怜的领悟：“你不情愿/让海水给淹死/就是这样/人人都这样”，这当然是反讽之言。而从诗歌语言天生的“隐喻偏好”看，“大海”在20世纪80年代初特定的语境中，其滚滚涛声象征或暗示着“宏大叙事或宏大抒情”。韩东对此及其审美层面的“非凡想象”的反讽，和于坚提出的“拒绝隐喻”是一致的。韩东于此，可谓是以意象主义写作之隐喻法宝还治其身，大白话里藏着深邃的锋芒。T.S.艾略特在《威廉·布莱克》一文中说：“假如能尊重非个性的理智、常识以及科学的客观性，并以此来制约布莱克的上述才能的话，那么对他一定会更有裨益。”[①]韩东在此诗中暗指，大抵如是。诗中同义反复的手法运用，在此发展到近乎极致，反复的强调，直至发展成为一种强烈的语调，大大增强了诗的力量。

三

我认出风暴而激动如大海，
我舒展开又卷缩回去，
我挣脱自身，独自

①T.S.艾略特：《现代教育和古典文学》，李赋宁、王恩衷等译，上海译文出版社2012年版，第68页。

置身于伟大的风暴中。

1988年，韩东发表《自传与诗见》和《三个世俗角色之后》等重要文论，首次在《自传与诗见》一文中提出“诗到语言为止”的名言。20世纪90年代轰轰烈烈的口语诗革命，俨然有了鲜明的旗号。虽然当时韩东并没有深入阐述其“语言”一词的具体内涵，但是他在事实上极大地推动了当代汉语诗歌语言观念的变革。作为一个理想主义者，作为一个有着“儿童般的领袖欲”（陈超语）的诗人，韩东此时已是“我认出风暴而激动如大海”，决意引领诗歌风尚，彻底摆脱“政治动物”“文化动物”和“历史动物”对审美主体的纠缠，坚持诗歌必须回到语言，回到文学，回到本体，回到肉体和心灵的切肤之痛，从而另辟新路。当时的写作场域，对语言的普遍认识，还停留在“工具论”和“反映论”的认知水准，韩东的这一提法将语言提高到“本体论”的高度，态度决绝，立场鲜明，同于坚等一道，推动着语言观念的变革，可以说是“20世纪汉语诗歌理论上最杰出的贡献”。于坚的这一说法并不夸张，他本人也为此做出了杰出贡献。因为对于写作来说，语言观念是根本问题，不从陈旧的语言观念中解放出来，写作就将处于漫无边际的困境中。

《孟子》“穷则独善其身，达则兼济天下”，对于中国当代诗歌，韩东或“穷”或“达”，两者兼顾。与其说韩东是一个诗歌上的得志者，不如说他是一个有使命意识的理想主义者。他身怀变革语言、开创风气的宏愿，致力于理论、实践以及诗歌活动领域，三位一体地推动中国当代诗歌的变革和发展，他是两者兼顾的理想主义者。1998年，韩东和朱文联合发动“断裂”事件，设置一份包含十三个尖锐问题的问卷，发向全国各地诗人作家，引发一场风暴。“我认出风暴而激动如大海，/我舒展开又卷缩回去，/ 我挣脱自身，独自 /置身于伟大的风暴中。”韩东当时之心境，当如是。他们当然早预计到这一份问卷将产生怎样的后果，如一面旗帜，义无反顾地置身于伟大的风暴中，所谓“我挣脱自身”，正是将个人的得失完全置之度外。为了实施文学的先锋立场，韩东几乎将自己置于自绝于整个文坛的境地。

朦胧诗借用意象主义的手法，音调高亢如云雀，情绪激烈如广场上的演讲者，以北岛为代表，其声音惊醒了一代沉默的人群，唤起人的主体意识，在一个特定的时代，有着特定的历史价值。以杨炼为代表的寻根文化写作，在一个精神迷惘的时代转而向本民族文化和神话寻求归宿地，本身亦无可厚非，但将这一本就具有后浪漫主义色彩的声音，引向语言的专制主义、个人想象力的张扬和修辞的繁复，在诗歌的国土布满阴影。韩东致力于反对的，就是这种英雄主义的虚矫和专制主义的泛滥，在他的姿态和声音背后，实际上有着深刻的现代意识支撑——在语言中恢复写作者的听觉，而不是神性的精神高蹈。1991年，韩东写出《甲乙》，这是他20世纪90年代最负盛名的代表作。此诗的先锋姿态和实验特征都很突出，不再是观念性的，而是对现代社会整体性观照下的个人化表达。

《甲乙》通篇采用无意义的描述，类似阿兰·罗伯-格里耶的新小说，首先将镜头聚焦在甲身上，系鞋带，看街景，通过对树枝、墙以及甲的位置关系，反复的、犹如废话的描述，彰显诗人一种明确的、拒绝意义的态度。直到结尾部分才写到乙，乙能看到的碗柜甲看不到，甲看见的树枝乙也看不到，“当乙系好鞋带起立，流下了本属于甲的精液”，仍是无意义的描述，却骤然使整首诗有了整体性的隐喻意味。通过最后一句，读者明白交欢后的甲乙二人沉浸在各自的世界里，仿佛他们之间并没有爱，只是发生了一种动物性的性行为。标题以“甲乙”名之，诗中亦将两个人的身份定义为“甲乙”，就像合同里的甲方乙方关系，诗并没有指出乙的身份，或他们之间有交易行为，但事实上已经指涉现代人冷冰冰的人际关系，并且每个人都处在这样一种冷漠的孤独中。

值得注意的是，“四岁时就已学会/五岁受到表扬，六岁已很熟练/这是甲七岁以后的某一天，三十岁的某一天或/六十岁的某一天，他仍能弯腰系自己的鞋带/只是把乙忽略得太久了……”这一段描述，在时间意义上对这一聚焦的行为进行强调，意味着现代人的行为，包含着某种巨大的冷漠惯性，同时表明忽略乙，“这是我们/（首先是作者）与甲一起犯下的错误”，巧妙地暗示写作主体的在场，使诗的现实性描述化作艺术性的想象，仿佛整个默片似的一幕，就是诗人导演的一幕电影，荒诞和意外之中，有了更深刻的自我省思，也显示诗人的观念蕴含着深刻的民主意识和深切的人文关怀。借此，诗从现实主义的泥泞中挣脱，进入语言的纯粹和澄明中。

如果我们从语言本体论的观念出发，那么对这一首诗的观感，可能还有更多意味。阿兰·罗布-格里耶式的零度叙事，专注于“语言的观看”，语言言说带着冷静的反讽和戏谑调性，语言能指形式，不再以意象化的形式出现，让语言呈现自身，自动生成语言结构，并最终由读者完成语言的所指，即是说，文本是开放的、“客观”的，不夹带作者任何主观指涉，而成罗兰·巴特之谓“可写性”文本一种。

四

在当下，仍有相当一部分诗人崇尚情怀写作——尽管不再像朦胧诗时代那样恣意、高蹈和放纵。将抽象的情怀具象化，语言的织锦看起来华丽，实则空洞无物。情怀是怎样一个综合体、混合物？即便最精密的化学仪器，也无法检测和分离它的成分——观念的、语言经验的或历史的？在很大程度上，它可能是一种文化意识和语言观念的产物。韩东作为先锋诗歌的旗手，自身作为一面旗，在风中“收缩自己”，其收缩的正是这一类抽象的情怀和公共化经验。当代诗人们热衷的元诗写作，他作为一个诗歌变革者，却很少介入。他的写作始终聚焦个人性感受和日常经验，以生命感官为根基，服从语言本体论的原则，专注存在之域的“语言的观看和倾听”。进入新世纪，韩东的写作，也像一面旗“舒展开来”，收敛了先锋姿态，更重视一种元语言的存在，同时不再过于“收缩”写作主体的声音，而是在主客之间合乎民主原则的前提下，参与语言言说之中，使诗的空间大大拓展。

口语，叙述；个人性，日常经验。这是韩东诗歌写作的关键词，一个系统。前者是策略、方法论，以口头鲜活的、无意义的语言写作，排斥意义，拒绝隐喻；以叙述为策略，对冲意象化抒情，消解情绪泡沫，“我手写我心”，直接说出。后者是诗歌活动的场所、诗意的发生地，以日常生活的无意义支撑语言的大厦。20世纪90年代以来，韩东从事小说创作，一手写小说，一手写诗歌，两者并行不悖。自《甲乙》以后，在新世纪的诗歌写作中，诗人“收缩”了零度叙事，叙述和抒情交融，循环或反复的话语方式经常出现，不时显露几分古典主义的质地。诗集《重新做人》所辑，大致在自我、人伦之情和日常生活几个向度展开，当下的或记忆的，在诗人生命感官触及的范围内，很少朝着传统、神话或宗教等维度穿越——如于坚或吕德安，更遑论知识分子的写作——在韩东看来，正是他的写作观念排斥的，显然韩东有着更为鲜明的先锋姿态。《格里高里单旋律圣歌》，可以说重新定义了“崇高”。格里高里，即格里高利，大约音译所致。格里高利圣吟，是西方教会的单声圣歌传统，是一种单声部、无伴奏的罗马天主教宗教音乐，诗人在此没有回到它的本义之域，而是“另起一行”——“唱歌的人在户外/在高寒地区/仰着脖子/把歌声送上去/就像松树/把树叶送上去/唱着唱着/就变成了坚硬的松木/一排排的”（《格里高里单旋律圣歌》），描述唱歌的人在高寒地区的场景：在高寒的户外唱歌。在诗人眼里，其本身有着“格里高里单旋律圣歌”的庄严和崇高，这是日常化命名，词与物的关系非常明确，如松木，“一排排的”、惊悚、超拔，带给读者的审美感受超出感动文学的标准，诗人精神气质也于此真切呈现。这当然与“文化诗”或“神话诗”的崇高全然不同，它来自于自我，从属于“语言的观看”：一虚幻，一真实；一高蹈，一质朴，两者不同处，显而易见，显示出韩东维护诗的真实、剔除虚幻之美的诗歌美学，其先锋姿态之决绝，与此诗正相符合。这一类面向自我的诗，还有《西蒙娜·薇依》《克服寂寞》等。学哲学出身的韩东，写这一类诗，自是他的强项，但要抑制住头脑里书袋子的冲动，对于写作者来说，不自觉不能为之。《克服寂寞》由日常生活中两条狗触发的形而上之思，说出悖论性的哲言，“也许/敌意比友谊更强烈/更能克服寂寞”，其名写狗，实则喻人，直接明白，意味深长。

2010年，母亲病逝，韩东写了一系列悼念母亲的诗，《悼亡母》《我们不能不爱母亲》《写给亡母》《母亲的房子》等，这些诗语言质朴、表达直接，同义反复之法于此成为更动人的语调。比如“她伸出一根手指让我抓着”，小时候母亲担心孩子走丢，这一个动作蕴含的爱在不同的时光场景中不断强化，直至出现停顿：“我们家土墙上的裂缝那么大/我的小手那么小/可以往里面塞稻草。/妈妈糊上两层报纸，风一吹/墙就一鼓一吸，一鼓一吸。”（《忆母》），当此时，反复从心底冒出“她伸出一根手指让我抓着”的声音，就格外令人动容。《母亲的房子》，所有事物如故，母亲不在了，事无巨细的诉说被一个不断重复的声音强化，细枝末节的叙述有了灵魂，“一切都没有改变”，反复三次，情感被一次又一次强化。同义反复，是韩东使用的经典手法，不借重意象，而通过话语重复，自然而然，但显然是强调、强化，情到浓时，它就像海浪一样一浪又一浪冲击着，于情景恰切处，有着非凡直接的力量。

人过五十，死亡已成日常，或亲或友，不断传来噩耗。韩东写了许多悼亡诗，给一个叫外外的诗人，写了四五首之多，用情极深。但是从艺术上看，最让人过目不忘的，却是《梁奇伟》——

月亮从湖面升起
我的脸一半在水下，一半在水上
以这样的方式和月亮对视。
身后的堤岸上，那五年后将被枪决的伙伴
吹奏着一支口琴。

月亮升高了
波光晃动了画面。
小伙伴们的身上长出了鱼鳞。
我拼命地拍打水面
他也扔下口琴跳进水里——
似乎这样就可以不死。

那颤抖的月亮，银色的路
和口琴上的绿塑料……

梁奇伟何许人也？大约诗人儿时的伙伴，无关紧要。梁奇伟为何五年后被枪决，也不在诗的“探讨”之列。诗缘情，仅此而已。此诗以冷静的回忆，呈现儿时伙伴们在湖里洗澡的场景，情景交融，因为梁奇伟五年后被枪决，死亡意识之在场，所见越美越残忍。诗由诗人惯用的叙述转为描述，从之前的线性叙事中脱出，进入一种变化的画面，不变的、不能改变的，是小伙伴年轻的死亡，变化寓于不变性之中，诗生出涌泉之绵力，源源不断，直抵人心。尤其结尾的音顿，形成一个焦点：“那颤抖的月亮，银色的路/和口琴上的绿塑料……”言尽意止，言有尽而意无穷。

韩东倡导口语诗写作，理论上卓有建树，对中国当代汉语诗歌的发展有很大贡献。在写作实践中，他也身体力行，创作了不少优秀作品。但是口语诗的跟风者，却不断口水化，诸如“乌青体”“羊羔体”的各种“体”之泛滥，不是发展了口语诗，而是成为汉语新诗的逆流，极大地亵渎了诗的高贵。究其实质，不只是对诗的认知偏差所致，还形成了一种新的语言能指崇拜。诗可以无意义，不可无意味；诗从语言开始，到语言结束，不是发生在口水中的一个语言学过程，而是一种元语言获得语言形式的过程、一个命名的过程。这是作为旗手的韩东冲锋在前而不愿看到的“溃散情景”。但不论怎样，口语诗的写作和语言本体论的观念，已经深入人心。即便非口语诗人，也从这一写作观念获益匪浅，推动着汉语新诗的写作不断走向成熟。

五

从语言本体论的角度看，韩东的写作，并非纯粹的语言之诗。新世纪以来，他的诗充满主体言说，很少像《甲乙》那样，纯粹出自语言言说，主体的声音完全隐匿。事实上，纯粹的语言言说对诗的空间也构成限制，且语言言说通常伴随语言之思，不大可能完全排斥写作主体的声音。韩东提出“诗到语言为止”，即视语言为存在，倡导改变语言的工具地位，使语言从工具性中解放出来，上升到本体地位。它发生在写作层面的深远影响在于，写作主体改变了自浪漫主义和现代主义以来作为立法者的姿态，自觉恢复“平民身份”，同时将世界万事万物视为主体，致力于主体之间的对话性建设，秉持坦诚、民主、客观、真实的原则，从而建立某种主体间性。

就诗歌的活动范围来言，韩东当是菲利普·拉金“诚实原则”的严格执行者，他很少写他不能把握的事情，立足个人和日常，把生命感官作为诗意触发的媒介，即便在诗中发声，也是基于个人的新鲜感受，这保证了语言的纯粹，但在时间的坐标上也封闭了一个共时性维度，在一定程度上，词语的召唤功能被取消了。有论者对韩东的诗提出更高的期许，认为凭他的禀赋似乎可以写出格局更大、更厚重的作品，其实这恰是韩东的写作观念使然。在这个写作向度上，菲利普·拉金也写出了《降临节的婚礼》和《广播》等经典作品。一个诗人能够自觉收敛才华，克制想象，以维护诗性正义和语言纯粹为最高目标，本身就是艺术自觉和语言自律的一种大格局所在。

德里克·沃尔科特说："在英语诗歌里，普通人的脸，普通人的声音，普通人的生活——也就是我们多数人过的生活，有别于影星和暴君的生活——从不曾被这么精确地定义过，直到菲利普·拉金的出现。"[1]韩东堪称中国的拉金，他的口语诗写作，把虚幻高蹈的文学写作引向日常生活的腹地。他没有将现代性视为洪水猛兽，而是以巨大的勇气和智慧，以词语之光去擦亮平庸的生活，并予以命名——不管命名难度多么大，从而让现代文明的荒野上最新长出的蘑菇进入语言的篮子，且这篮子不是作为一个器具，而是与它们一样保持着天然的颜色，浑然一体。当然，现代人的日常生活，不再是"出门采红莲"或"梨花满地不开门"，而是先按下电梯按钮，然后是马路、街道、车辆，这一切似乎毫无诗意可言。我们对诗意的认知为传统经典固化，当代诗的写作，同样要改变这一根深蒂固的诗歌美学的定式，除了以诗说话，别无他途。比如韩东的《电梯门及其他》：

电梯的门打开，又关上了
一些人从里面出来，另一些人

①德里克·沃尔科特：《黄昏的诉说》，刘志刚、马绍博译，广西人民出版社2018年版，第165页。

又进去
就像门后有一所很大的房子
人们在那儿安家,就像
有一个大厅或者大会议室
需要用麦克风讲话

这是我们每日所见最平常不过的一幕。诗人如何定义它？这在我们的唐诗宋词中，当然不会有先例。诗人最好的办法，当然就是耐心倾听——

一些人的嘴张开,又闭上了
在反复的开合之间,一些词语
从里面出来,一些冷风
窜了进去

语言总是听从气息的驱动，一旦你屏住呼吸，语言就有了停顿。此刻的停顿，像默片里的特写镜头，嘴的开合之间，没有声音的词语和蹿进的冷风，都获得丰富而微妙的意味。诗之微妙，不在于想象力的奇特，而决定于凝视的深情——一双眼睛的深情凝视，无此，诗不过是散文的泛泛分行。诗人觉得他们有一种冷漠的高傲，不过是诗人从写作主体分离出来的庸常身份在彼时产生的心理活动，这一种分离，也表明韩东在处理一首诗时完全隐匿了抒情主体的身份，并将自我纳入诗的观照之中。这当然也是其诗之微妙一种。借此，这样一个“默片片段”渐渐清晰起来——

在电梯门的背后

只有深井，一只金属箱子或者盒子
那些词语的背后有着同样的狭窄和局促
聪明之门已经关上了

语言澄明的时刻，一切内在关联呈现出来。它在某种意义上揭开了现代人冷漠的面具，以电梯下面的深井和金属箱定义了生活的实质。电梯自动关上，被诗人看成“聪明之门”，此时你仿佛看到诗人嘴角泛起得意或狡黠的表情，因为那里正是一扇语言之门在开启。这种反讽语调可以说是韩东诗的基本语调，汉语新诗拥有了这样的语调，才能真正称之为现代汉诗或当代诗，因为诗歌的现代性美学的重要特征，如胡戈·弗里德里希所言，必须具备“否定性范畴”“不谐和音”，体现在语言技艺上有矛盾修辞法、悖谬，而在诗的语调上，反讽当然在某种意义上比金刚怒目式的批判更有力量，一如古人说的“打在水上，落在泥上”，与其说是一种语言的策略，不如说是一种语言的智慧，没有批判者的居高临下，而有对话中的立场和人格独立。

韩东的诗是具体的，或反讽，或自嘲，或悲凉，或无奈，均是在具体语境中产生的语调和情感，他的写作看上去平淡无奇，“语淡而味终不薄”，不同于孟浩然田家的琐碎，他拼贴的是现代都市语言的琐碎：哑光的有了光泽，失语的有了声音，如同车灯照亮黑暗中的情侣，如同哑巴开了口。比如《老楼吟》，不同于《石灰吟》，也不同于《暮江吟》，像一幅风俗画，却没有风俗，比现实更真实，却是真实的虚幻。

我们过去的诗歌时代，过分夸奖了“想象”和“才华”，太多诗人具有拯救人类的雄心和为世界立法的激情，“不看自己”，不倾听内心，在诗行间大声喧哗，如同在广场上演讲，修辞繁复。光洁之诗，看上去格局宏大，实则如七宝楼台，审视之下不成片段。韩东的诗，收敛“才华”，很少想象，即便想象，也是服务于声音的语象。或者说，想象在韩东这里，化作了一种深邃的目光、一种内在的辽阔视野。他不是借重语言的历史意义开道，而是在文明的荒野上开辟一条崭新的道路。因而他的诗有人的气息、体温和性格，也正是以这种独特的个人气息为本体，展开语言的言说之路。他当然也有诗人情怀，但他的情怀不是抽象的，更不具象于华丽的修辞，如同明星走过的红毯，他的情怀具体到一个不易察觉的表情：不卖弄，更真诚。比如《在高铁上》，每个人在高铁上都可能遇到类似的情景，或许是小两口，一个睡觉，一个拿手机拍窗外风景，然后镜头转向睡姿、鼻孔、耳朵、皱纹——最终定格在皱纹上，用手机拍了，似乎也看不出……如一部微电影，是剧中人在拍，也是诗人的眼睛在拍，看不出皱纹，岂不是看不见时光流逝，而“房子、房子、房子……很快移过去/然后还是房子、房子、房子……”窗外实景不断地重复，在语言里重复，虚实重复，碰撞出诗意——在这个伟大的时代，房子定义了一切：政绩、生活、光荣、梦想……一切的时光，成为它的成本或代价；一切的眼光，聚焦于它，时光流逝，浑然不觉。这是不言之诗，看上去很不像诗。“我”没有出现，显然在场，甚至可以说露出了难言的表情。韩东的诗，如这《在高铁上》，冷静中，时常透出一股凛冽的力量，语言朴实无华，却饱含艺术的匠心和深沉的人文关怀。

六

臧棣在2019年《诗刊》选评中针对韩东《玉米地》一诗点评说：“新诗历史上，驾驭语言的高手还是可以数出几十位的，但真正对新诗的现代语言有过感觉的诗人可谓凤毛麟角。卞之琳，算一个。穆旦，算半个。顾城，算半个。韩东，算一个。‘诗到语言为止’，犹如点穴，彻底震撼了当代诗和事物之间的关系。可能是有感于之前的当代诗歌太沉迷于观念的表达，韩东希望为当代诗的表达增加一种亲历性。换句话说，诗的表达应该以自身的感受为起点，尽可能地提供语言的见证，而不是观念的指认。韩东对当代诗歌的语言的贡献是有目共睹的：在他之前，我们使用的措辞方式，可以归结于新诗语言；在他之后，可以说，我们终于有了一种当代诗的语言。这种语言偏于描述性，偏于对内心观察的回应，它很少会陷入散漫的妄言，它的抒情质地更温润，偏向记忆的体会。”以口头的语言写日常之诗，不再玩语言的杂技表演或花样滑冰，坦诚实在，亲切明朗，尤其对西方现代主义影响下的中国当代诗歌写作场域形成的强大的意象化表达的惯性，一种类似“翻译体”的写作，是一种纠正。韩东的写作，从理论到实践，诗之纠正，同时指向存在和语言。从这个意义上说，臧棣做出的判断，十分富有洞见。

当代诗的语言，口语化只是表征，其深刻的变革还在于语言观念上，即是说，语言作为一种存在，其发生是在本体论意义上的。语言摆脱工具性地位，在本体论意义上予以看待，或观看和倾听，就真正成为存在主义场域的存在者。韩东之立论和实践，其根本出发点在此，他也在语言观念和写作技艺上，同步做出努力，几乎可以说，他的每一首诗都是一个全新的语言事件，或者说每一首诗的写作，对于语言来说，都是源头性的。

韩东的诗，语言明白如大白话，但白话里，有着悖论的微妙、虚幻的真实。他戒除意象化表达，也并不全然拒绝隐喻，描述不能抵达感受之真切，他会动用隐喻，只是隐喻在他这里，与其说作为意象，还不如说是语象，一种更加明晰的语言能指形式。韩东的诗，从不指点江山，不把自己摆在上帝的位置，而甘愿做约旦河边的施洗约翰。他对事物的命名，首先源于他的“发现”，比如《圆玉》，熄灯之后在黑暗中看见一点绿光，这绿光来自于自己手指上线绳连着的一块圆玉，但“我从未见过”——

熄灯以后，黑暗降临
稳定之后，有一点光亮
隐约的，让我惊奇
这绿光我从未见过
然后，我的手摸到了一块圆玉
连着它的线绳绕着我的手指
无法追忆为谁所赠
后来想起来了
这收敛的光仍然陌生
不照亮靠近的任何物体
就像是瞎的
幽冥有如盲人看见的光明

无论那“圆玉”作为自性之语言能指形式，或一个被遗忘的人的友谊之象征，那“收敛的光”的陌生，犹如一种先验的存在，只是被我们忽略了、忽视了，或没有那“稳定的黑暗”之特定环境，难以被人发现。此诗语言明白如话，却蕴含着深刻的哲学意蕴。我们把它看成一种元诗写作也无不可，只是它不像知识分子元诗写作“以诗论诗”，而是完全摒弃了概念、意象或公共化的经验，它是个人性的，从属于个人的日常经验，是原创性的，就像语言的起源，这圆玉的绿光被发现的过程，与一首诗的发生何其相似。这圆玉即词语，这绿光即词语的光亮，词语的光亮出现之陌生，就是语言之新生。它是“不言”之元诗，更是存在之诗，“幽冥犹如盲人眼里的光明”，彰显的是存在的信念，是对存在的最高赞美。

一个诗人成熟的标志，在于自觉和克制。艺术上的自觉，在某种意义上就是对“修辞立其诚”的古老法则的坚守，对违背“诚实原则”的写作的拒绝。事实上，只有很少一部分诗人能够摆脱“修辞”的诱惑，戒除语言的“旧癖”和“扬才露己”的冲动，因为在语言的王国里，诗人即国王，可以指挥词语如指挥千军万马，在广阔的草原上，“想象”可以成为一匹脱缰之马。如此一来，写作主体的意志凌驾于语言之上，极容易陷入语言的专制主义，更遑论语言的边界遭到任意践踏，而一个杰出的诗人难道不是对语言“边界”有着清醒的认知？从这个意义上看，韩东在艺术上的自觉罕有人匹，坚持既定写作信念并身体力行，坚信写作如一块“圆玉”总会发出绿光，这笃定和自信，从文本中体现了一种内在的精神格局，一种低调的大格局，那些“指点江山”的大格局，不可与之相提并论。当代诗的语言革新，没有这样一种格局，没有这样的笃定和自信，就难以有所作为。何况到了今天，在语言的惯性运动场跑马的诗人，依然遍地都是。

韩东的诗，一般来说，其语言结构是自然生成的，但也有例外。即便是预设，也不强指，而是设定一种互文性结构，如《横渡伶仃洋》，“对历史无知者横渡现实之伶仃洋/会使你晕船，在教科书以外/船尾的飞沫像白孔雀尾巴盛开”，诗的开篇，一语双关，又隐藏着一个“历史的伶仃洋”，或文天祥《过伶仃洋》之伶仃洋，因此一次普通的旅程被置入一种历史人文视野之下，形成隐性的“互文”。这个开头和德里克·沃尔科特的《新世界地图之一：群岛》有异曲同工之妙：“这个句子的尽头，雨会开始飘下。/雨的边线上，是一张帆。”当然，诗没有进入情怀抒发和历史言说，而是稳稳地扎在甲板上，“晕船”一词，遂成为一个音顿、一个焦点，将语言之途的风景聚集。

诗中人物真名实姓，更显言之确凿。“马达均匀的轰鸣外套古老的涛声”，“外套”一词，名词化作动词，且为隐喻，饶有意趣，而不是意义的给予；“从荒凉的海上驶向未来的城”，虽为描述性语言，却富有弹性；

"在鱼和水兽的家里/并无理地立于那里的屋顶/我想到了死，但不是认真的/我的思想更倾向于两小时以后的宴会"，有内省，更是自嘲。这一切，不断被焦点散发的光芒穿透。

张文娟小姐在诗人的描述中，处于一种恍惚状态，她似乎不太在乎晕船药，更关注某种真相，或者说她感觉在甲板上看到的大海太虚幻，于是"手握相当粗的铁管栏杆进入了底舱/哈，白茫茫的伶仃洋也不是爱情的海洋！"她在底舱看到的伶仃洋，白茫茫一片，也不是爱情的海洋，至此"晕船"一词获得隐喻，或者说全诗获得了整体性的隐喻——在这个奔向未来之城的时代，一切都像伶仃洋一样的虚幻——既是历史的虚幻，也是现实的虚幻，这种虚幻带来的痛苦表情，与晕船如出一辙。

值得一提的是，诗中予人物以真名实姓，与谢默斯·希尼的《真名实姓》大约有着相同的观念。也就是说，诗人隐含一种史记意识，使诗的语境呈现出更加明晰的确凿性，而与现实的虚幻形成对照。此诗结构巧妙、语言风趣，诗的调性十分恰切，自嘲、反讽、冷静、深沉，于不经意间，将个人性的感受置于一种整体性或历史性的视野下，这在韩东的写作生涯中是少有的。

当代诗的语言，不只是以口语为标志，最主要的，它是一种描述性（含叙述）的语言，而不是论述性的。其背后蕴含着重大的语言观念变化，即是说，诗是一种倾听语言的结果，是语言口授一首诗而不是相反。意象主义写作，观念或情怀的表达，要么将语言置于工具性地位，要么主客二元之间出现对立，在语言上表现为内容和形式的分裂。韩东倡导的诗歌变革，从根本上纠正了这种陈腐的语言观念，使语言在一定程度上脱离了困境。在写作上，韩东的诗表现为一种日常的谈话风格，有一个或显或隐的对话性结构——或自我客观化，与自我对话；或和一个隐在场的读者对话；或诗中出现"你"或"她"，形成戏剧结构。诗的调性，处在一个相对比较低的音阶上，没有英雄主义的高亢，没有宏大抒情的昂扬，恢复人的基本语调。当然，作为一个诗人，尤其是作为先锋派的旗手，他的声音自然不无批判，但是落实在诗的语调上，不是伦理性批判的愤怒和大义凛然，而是反讽。反讽，是韩东诗最为鲜明的语调——不论是对旧的文学体制，还是对自我。比如《扫墓兼带郊游》，清明扫墓，本是一件庄重的事情，但是在当代人的生活中，早已变成郊游、踏青，借凭吊之名，行娱乐之实。

诗人反复强调的“墓地并不阴冷”“一点也不阴冷”，不单因为“太阳当空而照”，而是因为烧纸、放烟花，祭扫不过是“例行公事”，不再有心理上的恐惧和悲伤。挖土机逼近坟山，可见这个时代的建设之热烈和规模之宏大，它的声音掩盖铁铲的声音。工业化时代，科技、理性正在取代日常生活的感性，取代一切。“死者虽已停工/但死亡并未完成”，诗至此顺势抵近死亡——它“威力无边”，但无人有敬畏之心，它没有完成，仍有人在悼念亡者，故此才有“坐等人间精彩的大戏/终于结束了/一天的欢愉有如一生”，无限感慨，复杂情愫，悲哀无奈，唯有自勉。

诸如这一类诗，语言明白如话，情感内敛深沉，诗中所涉人和事，跃身于语言，首先是诉诸一种客观性的场景，情景交融，很有些古典主义气质，但它的语言意识和元素具有鲜明的现代性；最重要的是，诗人是作为一个人，而不是一个立法者或批判者，置身于各个主体之间，写作主体和各个事实主体建立的事理性联系，是建基于客观真实的基础，而因诗人站在一个终极性的视角来看待“此时此地”的一切，如一道亮光照见尘埃，事理性联系遂跃身一种诗性结构。借此，或许我们可以说，诗建构了某种主体间性。

七

风暴远去，潮平岸阔，一面旗归于其自身。我记得韩东曾经对我说，他真正的兴趣还是在写诗上，写小说是为了谋生。诗百无一用，却令人诗人舍之不能。诗的终极魔力在于，它关乎存在与虚无之道。随着年龄的增长，阅尽人间世事，洞明人情生死，韩东的先锋姿态尽行收敛，不再像一面风暴中的旗："卷缩""抛出"，甚至"挣脱自己"，而是固守自己、垂目凝视，如那无风之旗，一种内在的自由，比那风中舒展的旗更舒展。

就诗而言，准确说来，诗是凝视的产物，而不是扫描复制所得。没有凝视就没有细节，就没有情感的凝聚和语言形式的凝练。诗作为最高的语言艺术形式，它的简明要义从来就是"文约而事丰"，其内在秘密，即在于凝视。2019年韩东发表在《草堂》的一组诗中，有一首《看雾的女人》，可为佐证。

他写一个悲痛中的女人，语调却至为冷静，完全置身于一个旁观者的视角。其中深情，收敛于文字背后，通过诗人凝视的一切而呈现。因为这种冷静，情境得以尽可能客观还原；因为这种冷静，那个女人颤抖的背影成为一种语言形象而展开语言言说；甚至冷静得有那么几分不近人情："她看得很兴奋，甚至颤抖/很难相信这是一个刚刚失去父亲的女人。"正是这种反差，强化了诗的情感，这当是T.S.艾略特"诗不是放纵情感，而是逃避情感"的一个范例。也可以说，韩东再次使用了"抒情我"和"世俗我"分离的法宝，将"世俗我"同样置于一种语言的视野，让那个悲痛的女人受到"世俗我"的漠视而更见沉痛。

一个诗人实现了内心的真正自由，当然会加倍赋予诗以自由，赋予语言真正的本体地位，由此观看和倾听所得，会在一种明悟中重组，获得全新或者意外的秩序，而不是受制于意志的驱动。韩东近年写了一系列诗，统称为“奇迹”，在生命即将步入花甲之年，智慧随时间而来，他于日常平凡之中皆能发现奇迹。“奇迹”一词，和诗有着本质相通。诗是语言的意外，意外即奇迹。诗是还原，一条语言的路径上，意义的杂草和荆棘丛生，还原谈何容易，历尽艰辛归于源头，岂非奇迹？且看《奇迹》——

门被一阵风吹开
或者被一只手推开。
只有阳光的时候，那门
即使没锁也不会自动打开。
他进来的时候是这三者合一
推门、带着风，阳光同时泻入。
所以说他是亲切的人
是我想见到的人。

谈了些什么我不记得了
大概我们始终看向门外。
没有道路或车辆
只有一片海。难道说
他是从海上逆着阳光而来的吗？
他走了，留下一个进入的记忆
一直走进了我心里。

一个轻轻推门而入的人，带着风和阳光——天晴多半无风，或轻微南风，不足以推开一扇门，多是雨前风声大作，“推门”嘎嘎作响，——三者合一，当然堪称奇迹，但这也只是在诗人眼里如是，试问人生过去大半，大多沉浮于官场、商场或职场，还有几人有轻车熟路的亲切探访？“聊了些什么我不记得了”，无须记取，“我们”共同所看的那片海，才是关键——它辽阔无边如同虚无，“他是从海上逆着阳光而来的吗？/他走了，留下一个进入的记忆”仿佛空无中出现的词语，一首诗的起源进入记忆，也进入了语言，那扇门即成为语言之门，因“他”而不再荒凉，不再冷清，更有了存在之奇迹的感悟。

这一系列的诗，韩东隐去了时代场景、具体时间地点，社会学和历史学的意义不在他的“观看”之列，诗之“此时此地”之发生，因为有所隐匿，成为更为纯粹的“此在”。韩东于此致力于营构一种原初性的存在场景，抵近道之言说，或可称之为一种超越性写作。

韩东近年来的写作进入完全自在的自由之境，自在方能自如，言尽意止，看似说完了，却有余味，看上去明明白白，却又一时不能离开诗的语言氛围。《殡仪馆记事》记述了一次去殡仪馆的戏剧性经历，诗没有让它看起来富有戏剧性，一切好像偶然得之，“很多次去过那里/但无法写好它/心里面有一种回避/不是恐惧也不是悲伤/只是无聊。/所有的事都变得没有意义。/一切都是大理石的/贴在墙上或铺在地上。/盒子也是大理石的质材。/如此庄重，但如此寒酸。/万物的里面都没有东西/一切所见都不是其自身。/当我哭着走下台阶/碰见一个女人也在哭泣/我们泪眼相望，彼此/似乎怀有深情。/但这不过是一个误会。/她递过来一块手帕——/这太过分了！那里的手帕也不是手帕/只是事实的一片灰烬。”或许陌生人之间只有在殡仪馆路遇，才完全放下戒备，归于人的本性。彼此的泪眼相望，不是深情，却是隔着各自的生死感悟一望，越过了漫漫人生。如果说世上满布生存的困境、语言的困境，只这“泪眼相望”，一扇门便打开了——是语言的，也是人生的。

在中国，汉民族没有自己的宗教。孔子曰："入其国，其教可知也；其为人也，温柔敦厚，诗教也。"（《礼记·经解》）在当代，诗亦当扛起宗教之大任。但是，宗教从来不是玄学，道存于日常，如耶稣在荒野上所布之道。韩东的写作根植于日常和个人，没有布道者的面孔，却有悟道者的信念，始终如一，且越来越"谦逊""智慧"，连早年的先锋姿态和反讽语调也一并收敛，亲切、平和，甚至苍凉。他说，"唯有诚实，才能广大"。[①]唯有诚实，才能看清那时光列车的行驶如何疾速——《时空》中，一个朋友在外地车站打电话，不知地名和标志，仿佛虚构，却是真实的存在。多少人处于"中间"却失去了自己的存在坐标，多少人失去了当下的美好时刻却浑然不觉："无法回想我五十岁的时候在干什么，是何模样，/甚至没有呼啦一下掠过去的声音。/一觉醒来已经抵达/华灯初上，而主客俱老。"语言的速度迅疾如此，其微妙远胜意象的重叠，而"主客"者，是主人和客人，也是主体和客体，这里归于本义之域，"主客俱老"，而在哲学范畴的意义上，主体和客体皆老，岂不是"天若有情天亦老"之潜台词。苍凉语调所透露的，正是深沉的人生感喟。

韩东从不在诗中炫耀哲学观念，不对"存在"或"虚无"做论述性的建构，也从不以哲人面孔唬人。顾随在《王维诗品论》中说王维弄禅，是对佛境界之感悟，批评苏轼讲道理，使诗陷入说明文。韩东为文作诗，都源于其感悟，因而通透、明澈、"不隔"，其诗情感真挚、用笔素淡，却有着直抵人心的力量。他也不炫耀想象力，或者说，他的想象力致力于声音的挖掘，而不是意义的转换。《红霞饭店》以一个词语起兴，足见他的目光之敏锐和想象力之丰赡，但是他的想象力所及，不是意象，而

①韩东:《好东西出于意外》,《草堂》2019第5期。

是亲切的场景。诗的语调之平静，令人吃惊，换句话说，诗人在某种程度上已经站在一个超越性的角度看世界。父亲早逝，母亲新亡，双亲不在，犹如人生的“靠山”悉数崩塌，《红霞饭店》只以“红霞”二字起兴——

饭店的名字叫“红霞”,朝东
似乎真有霞光映在楼面上。
只是那些光有些陈旧
不像是朝霞而像晚霞。

父亲坐在油漆被磨光的地板上
也不觉得热
蚊虫不再叮咬他枯瘦的身体。
如果你在一个夏天病重并逐渐消逝
那一定是一个舒爽的凉夏。

饭店的楼下有一家布店
母亲喜欢走进店里,待在花团锦簇中
也不买什么,摸摸看看就觉得平静。
那儿有霞光一样斑斓的色彩。

有一天,我突然想到布店的名字:
布布布布布布。
“不,不,不……”我听见母亲说
只是她的声音有些陈旧。

“父亲坐在油漆被磨光的地板上”，记忆或历史性的存在转为视域性的存在，直接且看上去也客观，这是一种佩德罗·巴拉莫式的书写，将一种幻觉作为真实加以描述，事实上这正是彼时作者内心的真实。父亲死去了，当然蚊虫也不会叮咬他了。由此灵魂显身的语境生成，母亲逛布店的情景自然也是记忆的当下性呈现了。韩东的语言维度之共时性展开，被赋于更为直接的“语言的观看”，其高级在于他营造了一种恍惚之境。而从那“布布布布布布”的恍兮惚兮又有些急切中，更清晰的“象”，乃母亲的声音“不，不，不”，“布”和“不”谐音，以声音为象，仿佛象外有急切的表情，有对“流逝”的无奈和拒斥。一字一顿，异常明晰，无比确凿——如此确凿，而今母亲安在？恍兮惚兮，其中有象，这正是大巧若拙之诗。

韩东作为当代重要诗人之一，在一定程度上已经完成了文学经典化的过程，他的写作还在持续，小说、文论，尤其是诗歌。从20世纪80年代起，从早年名作《有关大雁塔》到近期的《奇迹》系列，可以看出他在语言上的自我调校。早期的作品多源于语言观念，从属于先锋写作或者说人文写作，致力于实实在在竖起一面风暴之旗。这面旗在里尔克那里象征“预感”，在韩东这里隐喻“先锋”，当“先锋”之旗手完成使命，韩东更多转向“旗”自身：舒展，一如自在自由之境。就诗歌写作而言，或许他的作品没有同时代一些诗人那么多，题材也没有那么广泛——也许在韩东看来，当代诗已经不需要“题材”这个概念，只有诗歌或语言的活动场所之说，他的写作也秉持经典写作原则，从不“虚张声势”。韩东的诗，有着水晶般的质地：通透、明澈，有着收敛的异彩，不是阳光下闪闪发光的、被称之为“水晶”的冰块——“多年以后，面对行刑队，奥雷里亚诺·布恩迪亚上校将会回想起父亲带他去见识冰块的那个遥远的下午。”[①]——他不是吉卜赛人，他是真正的诗人，是少有的诚实诗人，是“修辞立其诚”的杰出典范。语言，作为文明和历史的载体，如果我们把它比拟于一个滚动的水晶球，那么它因沾染太多杂物而不再澄明。韩东的立论和写作，致力于让语言解放，恢复语言和诗的自由。就他个人的诗歌写作而言，早年作为旗手，如今是旗的自在，从风暴归于平静阔大之境，得益于他在艺术上的自觉和克制，得益于时间行刑队冷冽的教诲。

“唯有诚实，才能广大。”

2020年8月8日—17日于长沙

①加西亚·马尔克斯:《百年孤独》,黄锦炎、沈国正、陈泉译,上海译文出版社1989年版,第1页。

长明灯的悲伤摇曳：论杨键

小丁桌边下一点如豆的火苗，微微晃动，当我走近，一个长者对我说，那是长明灯，不可去弄它。

长明灯，一个瓷调羹盛着香油，里面躺着一根灯芯，以棉纱搓成，微弱的火焰从那里冒出来，在灵柩前，微微摇曳。堂屋里坐满了人——左邻右舍、亲朋好友，甚至有隔壁村的老人。其实这样的陪伴，在死者弥留之际，就开始了。在冬天，那个时候乡村平常空寂无人，北风泠泠吹着掉光叶子的树枝，茅草枯黄，簌簌作响。但是一个濒临死亡的人，一下子成为一个生活中心，将人聚集起来。房间烧着炭盆，人们围坐在一起，人声温暖。仿佛床上那个濒死者，正从各个年代不同地点，在那些语声里开始重塑一个饱满的形象。

那时我只觉得人多热闹，对棺材前的长明灯颇有些恐惧。爷爷奶奶去世的时候，我懂得了，那长明灯的摇曳，有我的悲伤。

前年七月，小姑妈身体好好的突然发现患了胆囊癌，住院不到一月即溘然长逝，她躺在殡仪馆的大厅，没有道场，没有长明灯，父亲异常愤怒……

今年七月，大姑母去世，长明灯在灵柩前摇曳，悲伤更深沉了——下半夜，我发现除了雇来的道士团队，已经没有什么人——人们吃了晚饭，纷纷离去……

这是一个金钱渗透到一场葬仪每一个细节的时代，抬棺的、吹唢呐的、舞龙的、顶花圈的……无不有着各自的市场价格，他们已经将一场葬仪细分为一条分工合作的流水生产线，换句话说，一个死者的最后一程，已经演变为一种新的“市场需求”，那送葬的队伍，即是一条新的“供应链”。锣鼓声中，除了那一盏长明灯，几乎所有的事物都被市场化了。

八月，杨键给我寄来《暮晚》《古桥头》的影印本和《哭庙》的电子修订版，这些诗，我以前零零散散读过一些，此次集中在我眼前呈现，又一行行消失，化作一盏幽幽的长明灯。几年前在岳麓山相聚的诗人，在我的印象中，身材高大，衣着朴素，宽厚而又谦逊。现在我读出一个守灵人形象，仿佛披着孝，躬身灵前，孤独而悲悯。

杨键，一个文明的守灵人。

一、两个透视原点：死亡和无常

1967年冬天，杨键生于安徽省鞠湖市繁昌县桃冲矿。他在家排行老三，二哥杨峰，大哥杨玉生（即诗人、翻译家杨子）。三年困难时期，他的奶奶为生计所迫，在旧上海滩讨过饭，晚年还时常向孙儿辈讲述十里洋场骇死人的大铁桥。“他的老家属一江之隔，长江以北的安徽省无为县。直至今天，每年的清明，杨键仍要乘坐他诗歌里时常出现的‘过江渡轮’到老家的乡下上坟，祭扫亲人的亡魂。”（庞培《杨键小传》）20世纪50年代初，马钢轰轰烈烈建设，四处招工，他的父亲和年轻的同伴们，离开了老家无为县，离开了祖祖辈辈赖以为生的土地，去城里当工人。但是那个时代工厂的境遇并没有好到哪里去，一些同伴吃不饱，工资入不敷出，陆续回去了，他父亲是六七个中坚持下来的一个。1961年，他父亲回老家，发现当初回乡的同伴都饿死了。这些苦难的记忆，当然不会对少年杨键产生多大冲击，但会慢慢发酵。后来他和二哥患上肺吸虫病，让他对苦难有了深刻的体认。肺吸虫病，因为吃生螃蟹导致，在当时的医疗条件下，几乎是一种不治之症，这个病也耗尽了家庭本就捉襟见肘的钱财，而对诗人杨键来说，几乎就是它，从根本上酝酿了他独特的写作。苦难的教育，让一个诗人懂得了用身体去感受世界，让诗人有了对语言和万物的敬畏之心。杨键的写作，有了一层抹不去的底色，那就是悲悯。

1991年，二哥意外去世，彻底改变了杨键已经开启的写作。父亲为了二哥的死上访的艰辛历程，可能使他体悟的一切变得更加不可逆转。据说杨键在二哥死后，每年都要为二哥写一首诗。二哥在诗里延续，活着。“你死之后/田，犁到一半的时候，/牛死了，/犁田人在地里大喊一声，/村里人循声赶来，/把血放干净了，/再开始分。/四十分钟后，/一头牛无影无踪了。/但它犁了一半的地，还在那里，/在一弯新月下边。”（《再悼二哥》）十一年后，悲伤平复了，死亡更加清澈。这犁田的牛之死，之消亡，在平静的描述中，有着压缩的悲痛，甚至悲哀，有着“明月夜，短松冈”一样的古典情境。“十一年了，我还没有脱胎换骨，/我还没有把松树种活。”从诗人的自责里，二哥的死、耕牛的死、传统文明的消逝，正在演化成一种智慧、一种世界观。正如多年后杨键回忆说：“我也讲不大清……总之，我觉得二哥的死（1991年）是个很重要的转折点，生命中的转折点。然后是我父亲的死——第二次的转折点（1997年）……使我在写作上，彻底地朝向底层，朝向民众，受难。到现在还没有结束，还（觉得自己）在这个转折里面。”（庞培《杨键小传》）这个转折点，即是年轻的诗人深刻地体会了生命的脆弱和人生的无常。死亡和无常，遂成为杨键透视世界的两个原点。死亡的形而上学，对杨键来说，并不是作为一个哲学命题，而是成为他的终极性视野的一个原点，在某种意义上，它和无常是重合的。二哥的死，为抽象的观念提供了一个悲痛的具象，从二哥去世开始，他信佛，吃素，平息下去的悲伤逐步扩展为佛教文化世界观之悲悯。在杨键的写作中，无常是具体的，悲悯也不是一种抽象的情怀，没有“打着赤脚去大昭寺”的姿态。“我们看见了无常，/像看见婴孩晶莹的眼睛。/湖边的柳丝，/温婉的濡润……”（《春光》）没有领略无常之痛，如何懂得珍惜，如何能够保持目光清新和听觉敏锐？对于死亡的艺术，写于2003年的《悼祖母》有着十分独特的演绎。与其说是演绎，不如说是沉痛的命名。在诗人眼里，“死亡是活着的，/在活人的体内”，因此二叔说“你奶奶的这些破家具没有用了”，奶奶再死去一次；堂兄说“这些东西有什么用？赶紧烧掉”，奶奶又死去一次。祖母在继续死去。那些旧家具，是祖母存在的依据，烧掉它们，祖母的存在再无以为凭。诗人把二叔和堂兄指认为“两座阴森森的墓穴”，即是说他们活着，却已经死了，并成为墓穴。诗人的死亡哲学如此具体，毫无高蹈之处，倒是十分明晰地呈现于沉哀之情。值得一提的是，诗中的“你”，可以是具体的某人，也可以说是那个时代。因为有诗云，“你让田埂上走来/两座阴森森的墓穴”；因为祖母偷了公家两把黄豆，“你罚她跪在螺蛳壳上”；因为祖母给祖宗磕头烧纸，“你”不让；精神和物质的权力被悉数剥夺，祖母“不得不死亡”。祖母的自杀，祖母在儿孙们心中的死亡，是一个苦难年代女性的悲剧，也是一个时代的悲剧，更大的悲剧性在于，这样的死亡一直在持续。人类记忆的死亡，意味着真正的死亡：良知的死亡、正义的死亡、爱的死亡、血脉和传统的死亡……这才是杨键一首诗向我们呈示的死亡哲学的真正奥义。

《生死恋》同样表达了这样一种死亡哲学。“一个人死后的生活/是活人对他的回忆……/当他死去很久以后，/他用过的镜子开口说话了，/他坐过的椅子喃喃低语了，/连小路也在回想着他的脚步。//在窗外，/缓缓的落日，/是他惯用的语调。/一个活人的生活，是对死人的回忆……//在过了很久以后，/活人的语调，动作，/跟死去的人一样了。”在诗人看来，丧失记忆的人，等于死了；死者则并没有死去，活在活人对他的回忆里。“镜子开口说话”，“椅子喃喃低语”，“一条小路的回想”，这都是语言，语言是存在之家，语言连绵不断，存在就从未消逝，只有词语断裂处，无物存在。

文明何尝不是这样？杨键在家里的桌案上供奉着一团灰烬，它从一座山顶上取来，那里曾有一座寺庙，“文革”时毁于一场大火。在杨键看来，那些山顶上的灰烬太神奇了，想想看，那么快，一根大梁就放弃了坚硬，一块布就放弃了色彩和柔软，一本书就放弃了文字，一座寺庙就放弃了存在。他说：“我长久地供奉这些灰烬，供奉久了，这些灰烬开始生出花边。我曾亲见一个孩子用他温柔的小手去试探灰烬的温度，这动作让我终生难忘。”①

一个诗人没有对死亡和无常的透彻体悟，就难免停留在审美层面，很难进入存在之域，就像一个外省人进入浩瀚的沙漠，“大漠孤烟直，长河落日圆”，风光如诗境，一片惊叹声，那些旅行者有几个真正明了孤烟之直的冷峻和落日之圆的温情？当代诗人有很大一部分沉溺在这种审美经验的写作中，拿着书本写作，所谓情怀，不过是意象化的鸡汤；所谓抒情，不过是唯美主义的脂肪。杨键从二哥之死、家族以及个人的苦难中，很早就洞悟了“孤烟之直”的奥义，因而他也总能体认造物的恩情。在他的眼里，落日充满了温情和悲痛：“夕阳西下，山坡上/每一块耸立的墓碑/现在我都可以忽略了，只看到/湖水波光粼粼的恩情/挺拔的松树的恩情/悲痛的落日/在茅茅草上，与逝去的亲人/低语的恩情……”与发

①杨键：《忧患意识与生俱来》，《晶报》2009年1月6日。

现万物的恩情相对称的，是诗人对世界的爱，尤其对底层苦难的人们，或者非自然死亡的亡灵。

我们不能简单地将杨键定义为一个极端的文化保守主义者，或者一个现代工业文明的反对者，他不是一个“古人”的当下存在，而是一个当下的在场者、关爱者、守护者——无论对生者还是对亡魂。他以“古人”自况，实则是忧愤之言。“汉字我一个也没有救活，/它们空荡荡，/空荡荡浩浩荡荡。//我写下的汉字全是遗物，/ 如同枯干的老人斑，/ 如同身首异处的人犯。//我是自己的遗物，/如一粒扣子，/是一件军大衣的遗物。//我告别，以一双盲人眼，看着残缺不全的长江水。”（《长江水》）语言即存在，他的存在之忧，实际上是深深体会到当下社会已经被掏空，已经和传统断裂，汉字正在干枯，灵肉分离，不断被物质化、工具化。那个想试探灰烬的温度的孩子，是一面清澈的镜子，他才是一个真正意义上的人。因此诗人真正的忧思，是存在之忧，是文明之忧，而不是什么号召人们回到古代去。没有几个诗人能像他这样，凑近人间的悲苦，凝视存在的奇迹，倾听绝望的寂静。比如《江边》，工厂上空恍惚的鸟，水边烧焦的灰烬长出的芦苇，操作台上值班工人梦见车间主任查岗的恐惧，深夜火车头上青年的绝望，扳道工的无常命运，这一切都是诗人长期观察所得，有父辈命运的影子，也有陌生的同时代人的影子。其情感之沉浸，有煤灰路上大卡车的防滑纹为证；其信念所在，即是相信黑夜、江水、雏菊，能够咽下那些铁炉子、铁窗户，煤堆、矿石堆和黄沙堆，这不是对现代性的反动，而是彰显重建现代性的信念。这种直面当下的勇气，有力地证明了杨键作为一个诗人，并不是什么一个旷野上走来的“古人”。

杨键的写作不是观念性的，也没有先锋姿态，而是具体的、向下的，保持着与20世纪90年代轰轰烈烈的口语诗革命一致的步调，但是他的步伐沉重、扎实，他的“语言的观看和倾听”，是对底层苦难的凝视和对孤寂的倾听，因为记忆和身体体认的苦难，早已教会他敬畏语言和神灵，因为他在人群中看见了其他人看不见的，“走动的人不过是死水微澜/寂静啊，当我停留在你里面/过去的一切全都是绳索”（《冬天》），他是当下的、具体的，是一个隐逸于“寂静”的观看者和倾听者，而不是一个观念或意义的表达者。他也并非一个悲观主义者或虚无主义者，“几根老丝瓜藤/无动于衷地/在墙上掀动着//它在等待那一刻/让一切都流到一起/来否定进化”，他相信自然之伟力，足以抵挡进化论轰隆的轮子，他坚持的文学生活不论如何寂寞，“月亮留给湖水的一缕线”，足以让他栖居，因此他也反对意义写作和唯脑论：“丢下这些作茧自缚的工具：纸、笔、头脑。”

当代诗人不乏悲天悯人者，但多缺乏人的基本语调，其言说滔滔，如江河长流，并不能付之于一种静观：凝视或倾听，不过是一种知识的转手兜售和观念的具象表达，因此他们的写作也少不了一种立法者姿态和道德先生腔调，他们的世界观缺乏一个原点、一个根基。杨键的不同在于，他很早就认领苦难的教诲，死亡和无常之根基或原点之确立，由他切身的人生之痛浇铸。如此稳固，从而使他透视的四边形（天地神人）有着立体的逼真；如此深刻，从而使他的凝视里充满苦难细微的表情；如此笃定，以致他从悼二哥、父亲、母亲到无数真名实姓的亡魂，最终到《哭庙》的浩大之哭，坚守守灵人的“岗位”，为逝去的亡魂招魂，在语言之庙，设立灵魂的安放之所。他的诗，也熔铸成一盏永不熄灭的长明灯，其悲伤的摇曳，为魂灵照亮道路，予生者以洗礼……

站在死亡的地平线上，一双眼睛因认识无常的闪电而眼神深沉，而一旦明媚的时刻出现，就格外明媚，“枯草上的绵羊默默无言地望着远方，/多美啊，摆在油菜花地里的蜂箱。//一头眼泪般的牛拴在石头上，/拖拉机来回运着稻草。//那叫不出名字的鸟，在蓝天、眼睛、运河组成的灵魂里飞过，/晒在春天里的冬日身躯，渗出幸福的汗滴。//我不了解运送石棉瓦的船工的苦水，/但是落在甲板，运河上的光，永存！/他们乌黑的眼圈，永存！//枯萎的荷枝犹如古人残存的精神，/没有什么比看到倒塌的旧房子更加令人难受。//姑溪河畔山顶的塔尖与江边码头的塔尖/同时，带着泥土的棕黄，刺向蓝天！//在车厢里，人们凝望着落日，/一件挂在桃树上的农民的蓝布褂。”（《祖国》）这是诗人定义的祖国，是当下的国度，并非什么古代的故国。

写于1997年的《暮晚》和《冬日》，已然成为杨键的早期名篇。前者以我观物，“我”从动物身上看见的，是常人不能所见——“马儿在草棚里踢着树桩，/鱼儿在篮子里蹦跳，/ 狗儿在院子里吠叫，/他们是多么爱惜自己，/ 但这正是痛苦的根源，/像月亮一样清晰，/ 像江水一样奔流不止……”常人所见，是马的可爱、鱼儿的活泼、狗儿的讨厌，作为诗人，杨键所见，却是一切事物的存在将转瞬即逝，众生之痛苦根源，正是他的痛苦根源。这痛苦源于爱，源于从无常和死亡出发，发现爱之短暂、人之渺小，一如缥缈天地间一沙鸥，由此诗的气息，接通了大地、天空和江河，绵绵不断，不绝如缕。后者以物观我，更清晰地呈示了人类的命运真相——

一只小野鸭在冬日的湖面上，
孤单、稚嫩地叫着。
我也坐在冰冷的石凳上，
孤单、稚嫩地望着湖水。

如果我们知道自己就是两只绵羊，
正走在去屠宰的路上，
我会哭泣，你也会哭泣

在这浮世上。

每个人都难以摆脱被死亡和无常屠宰的命运，但是我们看不见这样的真相，或者看见了熟视无睹，以为那一切像地平线一样遥远。杨键从小野鸭的美好、从两只绵羊走在去屠宰场的路上将死而不自知的悲哀，看见存在的真相，这是一种终极性视野下的日常图景，也是整体性观照下的个人悲悯，源于日常又超越日常，基于个人又与人类的普遍命运共振，其动人的艺术魅力正在于此。

二、古典世界观的两个具象：柳树和芦苇

百年新诗演化的历程，从某种意义上说，是以丧失传统为代价的。西方的浪漫主义诗歌，影响了最早的一代新诗写作者，如徐志摩等；现代主义诗歌及其分支，如象征主义、意象主义和超现实主义等，对汉语新诗的影响，更为持久：从20世纪二三十年代的戴望舒、李金发、穆旦、卞之琳等到20世纪70年代后期的朦胧诗和80年代初期的后朦胧诗，无不深受影响，甚至发展出一种翻译体写作。无论浪漫主义还是现代主义，诗人多作为一个上帝意志的代表，作为一个立法者，在语言中出场，不管在形式上表现为“最高的虚构”，还是以“客观对应物”与世界进行沟通。直到80年代中期口语诗兴起，以韩东、于坚为代表的诗人开始倡导语言观念的革命。但是“诗到语言为止”的观念源头仍是西方的，其动因与西方后现代主义文艺思潮的兴起有着深层关联，其内在脉络可以从索绪尔、海德格尔、萨特、德里达、福柯和罗兰·巴特等大师那里找到因循的痕迹。因此在当代诗人中，杨键是一个在一片反传统的声音中“向后看”的存在。他从1987年开始写作，不论其学步期的作品如何，从他发表的作品看，也就是说1991年他的二哥死去之后的作品，可以说受

到西方诗歌的影响非常有限，无论是世界观还是方法论。这也许得益于他远离“中心”、隐逸于“边缘”的文学生活，同时信佛，修行，素食生活，也帮助他置身传统，去寻找一条连接传统的语言路径。

从二哥的意外死亡体悟到生命的无常和死亡的奥义始，杨键就改变了惯常的看待世界的方式。以此为契机，佛教文化的因缘说和普度众生的悲悯，慰藉了诗人年轻而悲伤的心灵，并把他引向传统文化的幽深处。在那里，他最终建立了一种古典的世界观——天人合一，道法自然，执白守黑，“吾丧我”。因而他格外强调自然的力量，并在“齐物论”的启迪中发现了所有变化归一于一棵柳树或一株芦苇的不变性奥义。《礼记·经解》云：“入其国，其教可知也；其为人也，温柔敦厚，诗教也。”“温柔敦厚”，是诗之使然，使人成为人，此人即“仁者爱人”之人，而非荒野里祭奠上帝的亚伯拉罕——没有祭品，要将自己的儿子献祭。杨键的诗学之明媚在于，始终保有一颗古典的“初心”，他为“温柔敦厚”发明了一个准确的形象“柳树”。且看《河边柳》——

傍晚的柳树，
要教会我们和平。

公公、婆婆，
岳父、岳母，
夫妻、兄弟，
姐妹、妯娌。

像一根根柳丝，
轻拂在傍晚的水面上。

在这个时代，我们已经很少有这样的和平，看不见自然的榜样。杨键正是基于一种古典世界观，让“我们”明白，榜样不是树立在墙报上、奖杯上，而是傍晚的河边那一株“河边柳”，始终在昭示一种榜样的力量。道法自然，实在是“复述”一种常识，但是我们这个时代在“积极”的旗帜下，丢掉了很多常识。

古典世界观对于当代诗的写作来说，并非要重建一个古典主义的乌托邦，不是倡导人们向后看，从当下“回去”，而是要从那古代的河岸或山巅看过来，对文学进步论和进化论的丛林法则做出有力的调校。在语言学上，它表现为对语言本体的强调和尊重，从意义的转运回到“无”的世界，回到“道生一，一生二，二生三，三生万物”的古老教诲，而不是写作主体凌驾于一切之上，从而形成某种语言暴力或垃圾。传统不是一种资源，而是我们的血脉。传统不是虚无的，它的载体，除了语言，还有石像、庙宇、宗祠等等，每一座文庙的废墟上都有历史的叹息，作为一个诗人，杨键显然是少有的倾听者。他不像这个时代的绝大数人，将传统作为资源开采（或者可以说百年新诗肇始以来，诗歌的写作，就很少摆脱语言工具论的纠缠），没有，而是将一切都作为资源、工具，包括语言。杨键以一种从祖母的死、二哥的死体认的死亡哲学，将传统视为血缘，对他来说，拆毁文庙和“二叔”“堂兄”要烧毁祖母的旧家具没有什么两样，所有的毁坏者都成了传统的“墓穴”，拆一次，传统就死去一次，或者说文明就断裂一次，直至形成巨大的存在之深渊。杨键的沉痛和愤怒都源于此。他不是古老的鱼梁木下的布兰·史塔克，不是先知，而是千年银杏树下的守灵人。“一棵生虫的老柳树倒在河边，/只有几片叶子露在水面上。//夕阳啊，/即便是这些石灰池也能将你清晰地映照。//我完全可以抱着一条最凶狠的狗来痛哭，/我们都误会了，//我们已经有了很多暮气沉沉的小孩，/我们还有很多没有安宁的老人。”（《千年银杏树》），“生虫的老柳树倒在河边”，在诗人眼里，就是气息奄奄的

"传统"，他的哀痛和忧心，没有多少人理解，甚至被指认为极端的文化保守主义。是否有人将狗指认为保守主义者？狗难道不是一个守护者的形象？越凶狠，越真诚；越是痛苦，越是自责之深。因此杨键不这么认为，他反倒认为"这种从20世纪就开始的同质化的现代化运动过于极端，现代化是要，但我们也要为现代化付出的代价买单。保守有什么不好，保守是对既有或固有文明的守护，有什么不好呢？我们对自己的固有文明了解和感悟太少了。我们本是自己文明的陌生人，为什么不愿意承认呢？这时代被进化论决定了，为什么不向后看呢？文明其实早就发生过了"（《新诗让生命兴起不被遮蔽——答〈苏州日报〉问》）。"保守""向后看"，只是在滚滚流淌的现代性大河里抱住一根折断在水中的柳枝，向后看一看我们的来处，看一看自我，而不是成为随波逐流的一切，既不知道我们的来处，也认不清自身。

作为诗人，在杨键心里，可能陶渊明是他的一个参照坐标。作为中国古典主义诗人的杰出代表，陶渊明生前不为他所处的时代认可，在身后几十年甚至更长时间后才不断被确认，并成为我们的典范。杨键说："我本来以为陶渊明只是一个平民性质的边缘诗人，实际情况却并非如此，他一直活在时代的核心，即使后来隐居了，他也在那个中心燃烧着。"（杨键《陶渊明并非我们的知音》）他认为陶渊明有三大贡献：一是他致力于建设国家，失败了，后来领悟到自然就是他的国家，他对自然的认识在那个时代达到了巅峰；其次是对自然更高层次的认识，即桃花源，一个没有阻塞、没有理解障碍的知音世界；第三是超越死亡。相比陶渊明，杨键是一个隐逸在时代边缘的诗人，可以说他从来没有进入时代的中心，偏居马鞍山，却忧思天下，其结果不言自明，他唯有牺牲所有的世俗利益，担负文明守灵人的使命。"这条小径的肃穆是我的牺牲形成的，我枯萎了/ 但收获了/这样甘甜的礼物。// 我从来没有爱过任何一个女人，/ 嘴里说爱，心里却反对。/ 她不如荒草，不如河堤上白茫茫的芦苇。// 原谅我，走近你，也是为了离去，/ 我是古瓮里的一滴露水，古瓮是没有青春的。”（《牺牲》）这是一个殉道者的声音，其声音里也透出一个关于语言和文明的精确形象：“古瓮里的一滴露水”，那古瓮代表过去并未逝去的文明，那露水象征着当下、现在和永恒的自然，古今并置，古瓮里有埋没的语言，因而写诗就变成一个自我挖掘的过程。杨键的死亡哲学生动地阐释了这一古今共存的图景，它给予语言学极大的启示，即是说，死者在活人的记忆里活下去，将它上升为一种观念，则我们可以从中发现语言能指形式的扩展和文明连接的途径。或许正是基于这样的认识，杨键从未以一个立法者或伦理性批判者在诗中出现，他只是在语言中呈现他之“观看和倾听”——

他们说：
“这把二胡的弦要扯断，
琴身要砸碎。”
我们就没有了琴声。

他们说：
“这棵大树要锯断，
主要是古树,全部要锯掉。”
我们就没有了阴凉。

他们说：
“这个石匠要除掉，
那个木匠也要除掉,要立即执行。”
我们就没有了好看的石桥，
我们就没有了好看的房子。

他们说：
“这些圣贤的书要烧掉，
这些文庙要毁掉，
这些出家人要赶回家。”
我们就没有了道德，
我们就没有了良知。

我生于崩溃的1967年，
我注定了要以毁灭的眼光来看待一切，
我生下来不久就生病了，
我注定了要以生病的眼光来看待一切。

看着你们都在死去，
我注定了不能死去，
我注定了要在废墟上开口说话，
我注定了要推开尘封的铁门。

——《1967年》

1967年，杨键出生；《1967年》，成为杨键宿命般的诗学宣言。他在废墟上开口说话，语言允诺于他，但是四下一片空寂，只有远处拖拉机、大卡车、动车、高铁的声音。他推开尘封的铁门，是要将那些黑暗中沉寂的声音重新接纳到语言的客厅。历史的叹息，化作一个诗人的叹息，语言的碎片满地，由诗人重新黏合——这黏合的过程，是观看的过程、省思的过程，是自我发现和自我完善的过程。“傍晚的行人，/一个个经过桥面，/我已经找不到/同你们相处的办法；//我也找不到，/同月光下的瓦楞/河堤上雍容华贵的柳树，/共存亡的方法。”（《过错》）这幻灭之痛、自责之深，对一个被毁坏的传统中国、一个清澈的中心，蕴含着何等深情！他站在无常的原点，倾听人类的声音——

女的说:“我要你在这儿等我
你为什么不等?”
男的说:“我等了,你一直没来。”
男人使劲地辩解,像一种阿谀。
我如实地记录下这些片言只语,
大概这就是人类浪费生命的见证。
——《人类》

这没有地点的对话，可以发生在任何地方；这样的对立，或误解，或隔膜，无处不在，也许在诗人看来，皆因不能进入生命的通境。而在“无常”看来，这一切多么荒谬，因此“无常”要借诗人的舌头说话，但是诗人也深知，“艺术，还不能像逝去的亲人，/让人们懂得肉体的虚伪，/死亡闪现的微光。”（《锁江楼》）面对废墟，面对困境，诗人有时候只好喊出声来，“如果我是清风，/我就在寺院的废墟上吹过。/如果我是细雨，/我就在孔庙破碎的瓦片上落下。//救救我，/观音和地藏。/救救我，/孔子和孟子。……/救救我，/万年桥和广济桥，/救救我，/大成殿和广济寺。”（《清风》）当这样痛彻心肺的声音，令这个世界无动于衷，诗人来到了山脉和湖泊之间，他相信那里有着对人的拯救。“前途，啊，我们需要圣贤的力量，/帮助我们生，/帮助我们死，好像另一个伟大的母亲，/嗓音绵长回归那一眼泉水，/释迦牟尼的脚边，/亮着一盏菜油之灯。”

写诗是对遗忘的抵抗，在语调上表现为哀悼。当下每一刻，眨眼之间已经流逝。诗人，是那时间长河岸边的芦苇、一个守护者，但是对于杨键来说，他发明的这个守望者形象，耸立在古代的河岸——“子在川上曰，逝者如斯夫”的河岸、《齐物论》的河岸，也耸立在当下的长江边，“过了这么多年，我才发现/芦苇是天生的哀悼者——/每一杆也是一位慈母，/安慰着我们心里的死者，/至善至柔，同河堤上的柳树，/乃是时光中的精华。”（《芦苇》）这“时光中的精华”，乃是古典文明的精华，是诸圣人留存在语言里的智慧。基督教文明里有守望天使，执行上帝的意志。在华夏文明中，“仁者爱人”“礼失而求诸野”“天人合一”“道法自然”，我们的文明的旷野上的守望者，是人——历代先贤，或诗人，或作家；也是自然——自然中有伦理和心灵的榜样，而不是什么天使。

三、哭泣作为一种诗学

大姑母出殡那一天早上，棺盖打开，亲人们围着棺材，作最后的告别。贫穷的表姐声嘶力竭地哭泣，富有的表弟低低地哭泣，与姑妈生前老是闹别扭的表哥也哭得眼泪鼻涕双流……我的眼泪双流，再一次想起杨键《锁江楼》中的诗句：“艺术，还不能像逝去的亲人，/让人们懂得肉体的虚伪，/死亡闪现的微光。”

1999年，杨键写下《哭泣》，是他的“哭泣诗学”的一个先声，为日后的《哭庙》埋下了伏笔。“我看见坟墓上落日的光芒，/我为单纯的暮色哭了。/为妈妈磨平的搓衣板哭了，/为爸爸临终时瞪大的眼睛哭了。//哭泣，/把我变成万物里一条清亮的小河，/一道清爽的山坡。//我为自己的幸福哭了，/为我的灵魂像夜晚一样清新，哭了。/我就这样流着泪，感受那幸福的起伏。”诗人之哭，只因他从无常看到了生命的珍贵，而那个抽烟的人如此顽固。只因他看见自然对人类的赐予、生活的艰辛和苦难，以及亲人的消亡。诗人江雪在《歌和哭：枯水寒山中的悲悯与洞察》一文中，对《哭庙》之“哭”做了一番文化考古学式的追溯——

东汉许慎在《说文》中道，“哭，哀声也”，《左传》中亦有这样较早记载“哭”的故事：“秦伯素服郊次，向师而哭”；“蹇叔之子与师，哭而送之”（《僖公三十二年》），《苛政猛于虎》中亦有记载：“有妇人哭于墓者而哀”。古希腊哲学家赫拉克里特认为，“万物皆流，无物常驻，宇宙中的一切都处于流动变化之中”。当他突然发现这个重要规律时，激动得大哭一场，可谓喜极而泣，因而人们称他为“哭泣的哲学家”。同样，杨键因抒写史诗《哭庙》而撼动诗坛内外，并且感动了很多诗人与读者，我花了两个月的时间通读史诗《哭庙》，我发现他也是一位具有时代悲剧精神的“哭泣的诗人”。我们也会发现，康德的“善良意志”没有任何感情因素，道德的“绝对命令”是纯粹理性的准则。叔本华的伦理原则是“同情”（Mitleid）。“同情”的意思是“共（mit）苦（Leid）”，即把别人的痛苦当作自己的痛苦，同情的表现也是“哭”。叔本华又说，“哭”和“笑”同样是人有别于禽兽的表情，哭的原因不全是自己的肉体痛苦，甚至不是看到别人的痛苦，人在反省自己错误或想象他人苦难时也会哭。叔本华说：“哭是以爱的能力、同情的能力和想象的能力为前提的，所以容易哭的人既不是心肠硬的人，也不是没有想象力的人。哭，甚至于往往被当作性格上一定程度的善看待。”叔本华对笑和哭的分析，可以看出他充满情趣和同情心，进而认为悲观主义是“哲学应该保持沉默”的终极之处。事实上，我们早已认定“哭泣”是古今诗人的一个传统，或者说，“忧郁”也是诗人的一个传统，甚至我们可以把诗人的“忧郁”与“哭泣”，包括“愤怒”“赤诚”“激情”等表征，统称为诗人的“赤子情怀”。诗人陆游诗中吟道：“胡未灭，鬓先秋，泪空流。此生谁料，心在天山，身老沧州。”欧阳修与苏东坡也是多情才子，欧阳修曾唱道：“今年元夜时，月与灯依旧，不见去年人，泪满春衫袖。”苏东坡更是有名句流传千古：“纵使相逢应不识，相顾无言，惟有泪千行。”

哭泣，首先是语言学的，是一种纯净的语言，一种纯粹的语言能指形式，正如杨键定义的，“哭泣，/把我变成万物里一条清亮的小河，/一道清爽的山坡”。这是它带来的艺术效果，是它唤起的语言形象，比口号、表白或广场上的演讲远为有力。在哭泣中，贫富的差别消失了。在哭泣中，善恶的对立暂时平息了。在哭泣中，一个死去的人从不同人的眼泪、不同的年代聚集成一个更为丰满的形象，死者没有死去，更形象地活在“哭泣”这一个词中。因此哭泣的背后，也是一种立足于死亡和无常的世界观，如果要将之命名为一种诗学，可称之为“哭泣诗学”；如果将眼泪的晶莹指认为一种修辞，那么再没有什么能比它更直接地诠释“修辞立其诚”的诗学格言。在这样一个诗学系统里，写作主体当是一个哀悼者、一个守灵人，而从广义的角度看来，诗难道不正是哀悼时间的流逝、守护存在的纯粹？同时它也暗示了诗人不大可能是一个立法者，天然地坐在道德的高位。诗人不过是一个哀悼者、守灵人，一个文明的守灵人。他的基本语调来自哀挽、宽厚、悲伤、悲天悯人。比如《啊，国度！》——

你河边放牛的赤条条的小男孩，
你夜里的老乞丐，旅馆门前等待客人的香水姑娘，
你低矮房间中穷苦的一家，铁轨上捡煤炭的乡下小女孩，
你工厂里偷铁的邋遢妇女

多少人饱含着卑怯，

不敢说话的压抑，
岸边的铁锚浸透岁月喑哑的悲凉，
中断，太久了！

哭泣，是为了挽回光辉，
为了河边赤条条的小男孩，
他满脸的泥巴在欢笑，
在逼近我们百感交集的心灵。

哭泣，何以能挽回光辉？哭泣者，挽悼也。挽悼时间的流逝，也挽悼美好的凋零。有了光辉，词语有了光亮，悲悯有了具象，语言就有了聚集于此时此地的万千能指形式。哭泣使死者有了尊严，继续活下去；哭泣让弱者获得了同情，有了生活的勇气。哭泣，可以是愤怒的、怨恨的、声泪俱下的，合乎“诗可以怨”的古老法则。哭泣，也是“诗可以群”，将语言的碎片黏合起来，以泪和泥土——有了人的泪和存在之根基的泥，人和大地的气息接通了。

王国维说：“诗词者，物之不得其平而鸣者也。故欢愉之辞难工，愁苦之言易巧。”欢乐总是短暂的、模糊的，一夜欢愉，待酒散人醒，一切如风消失，很少有人能够像钱起一样写出名句“曲终人不见，江上数峰青”，恍兮惚兮中静穆之象，深究下去，还是源自悲凉。哭泣之艺术“易巧”，因它在很大程度上比笑真诚、朴素，情感更饱满。哭泣是谦卑的、深情的，哭泣是哀悼、怜悯，是自我的洗礼。

哭泣，作为一种诗学，有时候它是无言的。比如《清明》：“带着柳枝扎的纸花、纸钱、米，/来到亡者的属相下面，/纸钱的灰烬/飘在我们拨动火焰的手上。//我们起立，放炮仗，/在默默无语中，脑海里模糊地闪过/盘作一团的青春的痛苦，/被狗舔干鼻涕的童年……//你们在哪里安息呢？”这正如无声的饮泣，没有声音，只有声音形象，言尽意止，却余味绵长。又比如《悼朱慧芬》，直是睁着汪汪泪眼的观看、凝视，是不能哭出声来的默念，一旦哭出声来，语言的行动就无法继续下去。这自然也是最为沉痛的含泪写下的诗篇。

《纪念一座被废弃的文庙》或是《哭庙》的肇始。文庙者，文明的身体也。“深埋在地的灵秀的长窗”“砸碎的石碑”“砸碎的石头狮子”“石碑上，用娴静的书法撰写的‘孝’字”，都是语言的碎片、破碎的文明。这只是一座。这一座废弃的文庙，还没有因“哭泣”而唤醒和聚集具体的语言形象，只是呈现了它在当下的一个基本处境。《哭庙》的哭之浩大，盖因那吟、叹、哭、悼，反复之吟、叹、哭、悼，在一座废弃庙宇的每一个角落、庙里庙外，唤醒了无数亡灵，从孔孟、历代先贤到当下非自然死亡的亡灵，悉数聚集于此，安能不有哭之浩大？

四、长明灯的悲伤摇曳：浩大之哭

杨键不是陶渊明，身在边缘，却心忧天下。二十岁习佛，佛把他领进儒家。《孟子》“穷则独善其身，达则兼济天下”。杨键一生贫穷，因习佛，放弃了这个轰轰烈烈的时代转手可得千金的机会，远离时代中心，却奔向另一个在其他人心中不断远去甚至消亡的中心。他长年行走马鞍山附近的长江边，修行，沉思，和山川对话，养得了浩然的天地之气。穷也要“兼济天下”，他的忧患意识，起因于父辈和个人的苦难，二哥的英年早逝让他认识了无常。现实生活给了他最贴近佛门的经验，推门而入，愈走愈远，直至融入儒释道的文化母体，有了深邃忧伤的眼神。杨键没有庄子的超然，“吾丧我”，偶尔他也能为之，以自性说话，超然忘忧，如《白头翁》：“黄昏的白头翁，/像往事一样从心底浮起，/为什么它们能将我如此震撼？/为什么我要将唯一的生命/化为白纸上的点点墨斑？/像松树一样生长吧，/与蓝天和大地/共享清贫的繁荣，/我看着菜地上浇粪的农民，/我笑了，/生命原是什么也不需要的蓝天，/我远眺着落日，/再也没有造句的惆怅……”由此可见，杨键并非天生的超人或英雄，他没有英雄主义的腔调，是一个有血有肉的人。面对社会底层的苦难、父辈记忆中的苦难，他有所为有所不为，能无为却不得不为之，盖因要担负一个诗人的使命。屈子、老杜，是他的先驱。他又深得庄子“齐物”之妙法，将那些现代主义二元论的脑袋打得粉碎——以他的文本。《哭庙》之庙，无地点，又无处不在。诗人吕德安以一个美国北部小镇之名“曼凯托”建立一个无地点的天堂，杨键反之，他以一个安放人的灵魂和普度众生之所“庙”这样一个词重现一座无处不在的地狱，就像但丁的《神曲》之《地狱》，一个中国版的地狱，在此以浩大之哭，唤醒死去的亡灵和生者木然的心灵。《哭庙》以《空园子》拉开序幕，空园子荒凉、枯败，诗人从老庄“齐物”归一之法得到启示，不是忘却自我、天人合一，而是自我客观化，摆脱二元论的纠缠，以耶稣受难般的牺牲精神，以“诸我”体认一场浩劫的苦难、人的麻木、存在境遇的荒谬。如此，“哭庙”一词的历史意义被清空，无须再浪费笔墨做一番解构主义的“路障”清理。即便预设的结构，也因绵绵不绝的气息流贯，俨然自动生成。从更高的层面上看，不清空，何以重建？不清空，何以发现？不清空，何以延纳于语言？

《哭庙》无疑是整体性观照下的一种高度抽象。如何具象还原，保持整体性和个人性的并行不悖，是一个巨大的难题。按照现代主义的“最高虚构”或“客观对应物”之方法论，很难越过经典的峰岭，如《四个四重奏》《荒原》等。杨键独辟蹊径，从佛教文化的空性和道家的“齐物”得到法门，开辟一条崭新的语言路径，使得《哭庙》首先有了艺术上的保证。作为一首长诗，它打破了现代主义经典宏大叙事的成规和惯常的抒情结构，而以一种大组诗形式，片段化、非时间性、个人性叙事、日常化经验，以一首首独立的短诗集合而成一个浑然的整体，有效地保证了日常生活场景无碍地进入整体结构。而由于“我”处于一种“诸我”状态，在不同的语境中，可以灵活地转变“身份”，自由出入，既使“我”免于处在代言人位置的尴尬，也使“我”之言说——当情境允许时，有一个对话的对象“你”，从而形成一种对话性存在。对话性，即民主性、平民性，其观念背后是深刻的现代意识，而非什么极端文化保守主义。值得一说的是，这个第二人称“你”，离“我”如此之近，严格地说，是“你们”，是“他们”、他者，代表着一个时代、一种毁灭性的力量，甚至是邪恶。这种设计，在艺术上呈现出一种现场感，也获得巨大的客观性，最大限度地规避了写作主体的伦理性批判姿态和抽象还原之后带来的个人化晦涩。正是因为这样，诗的语言也无须意象化，而是直接以口语或者说描述性的语言展开语言言说。因而，无论是诗学本体、结构，还是诗的语言，都具备当代诗的突出特征。

《空园子》是一幅文明的废墟全景图，以忏悔的语调和自我的体认展开，不是削弱，而是加强了诗的悲剧性力量。也许这样的一幅图画显得过于惊悚、荒诞，它是高度浓缩的产物，是直接的命名，也是象征性的，比如，“空了爸爸、妈妈”，在此语境中，我们不难想到一种“空了的伦理”。草、树木、山、河流、暮色、鸟鸣，当然指向自然，道法自然，我们赖以效法的自然，也被掏空了，“榜样”更是荡然无存。梅兰竹菊，无疑是传统文化的象征，而寺庙、塔、水袖、泥土等，就不言自明了。这一切是我们的来处，如今成了一片废墟。我们从哪里来？我们是谁？我们往哪里去？高更式的存在之问，便油然而生。借此，诗歌也就获得一个活动场所，或者说一部史诗性悲剧有了一个布景恰切的舞台。

吟、叹、哭、悼，反复者九，步步深入，肇始于气息。“柳树、银杏树、松树，/没有高处，/只是一种气息，/一种荒凉烧出来的气息，/一种老旧的的确良似的温软气息。”“的确良”是20世纪六七十年代最为流行的一种布料，相比粗布的简陋，劳动布的粗糙，它的质地代表着那个时代的优美，因而它的气息，当然也是那个时代美之毁损的气息。语调沉哀，表达直接，诗人是站在一年之将尽的冬天、一日之将尽的黄昏，带着落日般的温情和悲悯，低吟终极性视野里的末世景观。没有诗意发生地，一切均来自于气息，即无，道之所在，“道生一，一生二，二生三，三生万物”，万物于此不再有灵，万物于此化作了一种沉痛的气息，无论象征古典文明的“柳树、银杏树、松树”，还是象征当下的“的确良”，气息所至，语言的能指形象缓缓呈现。

> 咱家的家谱呢？/烧了。/什么时候烧的？/六六年上半年。/能不能不上交呢？/不上交那就批斗，/站在台上罚跪。/我们的来历就这样毁了。/不知自己从哪里来，/是山西、山东，还是江苏？/有的这样说，有的那样说。/不知自己从哪里来，/这是我们的真苦难。
>
> ——《四吟》

亡灵开口说话，诗人置身其间，打破人鬼界限，这是《佩德罗·巴拉莫》式的魔幻现实、中国式的现实魔幻。一个诗人要有怎样的孤勇和担当，才能深入这样的民族苦难之深渊？要有怎样的浩然之气，才能不至于嗓音喑哑于沉哀？

烧掉了族谱，我们再找不到来处。炸毁了庙宇、宗祠，我们更不知道从哪里来，不知道我们是谁，我们要到哪里去。没有了文化身份认同和自我认同，人的存在不过是行尸走肉，活着即死了。

历史的叹息起于废墟中，诗人是废墟中的倾听者、守灵人，孤身深入，俯首大地，在人类文明的暗夜，一边叹息，一边哭泣，一边哀悼，一边祭奠。这是怎样的文明之子、文明之孝子？

我爱拆除的老房子上的花格门窗，/我在那里久久徘徊，/它们描画着我确实已死。//我看到牛就想到自己的命运，/我看到石牌坊就想到我们的历史远不止这几十年。/我看到柳丝轻拂在水面就想到它们是贫病者之母。//我爱雨，小雨，细雨，雷雨，大暴雨，/雨是左眼皮的亲人，雨是右眼皮的亲人。//我以为这条河水的昏暗是这条河水的，/我以为这个老人的泪水是这个老人的。//因为我确实已死，三只鸡捆在地上像三个妇女一样哭喊，我才听不见。/因为我确实已死，三条狗用铁丝绑在三轮车上/睁着三双一模一样的人的眼睛，我才看不见。//我确实已死，但也要冲进雨地里试一试，/因为那些砸碎的石牌坊做梦也想拼成一块，/因为上面有完整的文字一行。

——《再哭》

这是哭泣的语言。哭泣作为一种语言，至为纯粹、悲伤，仿佛面对死去的亲人，以自身认领那民族的苦难，像一个自责的女儿一样反复哭诉“我确实已死”，其认领的，是一个民族死去的良心，其自我诅咒，比伦理性批判更加有力。

杨键说：“20世纪真的是太苦了，难以思议，绵延无尽，在这十二年里我发现了太多的被深埋的墓地，我因此不由自主地成了一个刻碑人，十二年的活儿干下来，我发现，亡灵实在是难以穷尽的，因为有太多的亡灵如同金矿一样等待发现，等待出土，等待招魂，以及与之相称的祭奠之文，但因为他们目前还无家可归，我只好将这些时间中的精魂全都安放在了庙堂之中。在这不断安放的十二年中，我都是一个哀悼者的表情，我哀悼了十二年，但感觉还得继续哀悼下去，因为亡灵实在是太多、太在遗忘之中了，你必须不断地追荐，才能有内心的安宁。”（杨键《我们的二十世纪还没有开始》）杨键不是陶渊明，历朝历代，除了屈原，没有哪个诗人的哭泣诗学臻于如此极境，他以佛陀的悲悯情怀和儒家的使命担当，深入民族的苦难和文明的废墟，自觉为死去的亡灵招魂，坚定地为文明守夜。

《哭庙》从一个个得自凝视和倾听的音顿拓展开来，建立一座语言的寺庙，使那些荒草中的亡灵有了一个安放之所，为他们命名、立心，让生死一体，死亡在语言里活下来。同时，诗人在文明的废墟里，让灰烬重新有了身体的温度，有了枯萎的梅枝形象、松树的香气、菊花的娴静和竹节的咯咯声。如果以阿甘本的“当代人”之概念来考察，杨键是比当代人更配称“当代人”的当代人，他不像曼德尔施塔姆以吹奏一根长笛，重铸时光之链，黏合两个世纪断裂的脊骨，不是，他是一个守夜人，持续十几年的哀悼，十几年如一日一个表情——哀悼的表情，以血和泪黏合庙宇、宗祠和石狮的碎片、语言的碎片，而让一座语言之庙重新有了神灵、飞檐和拯救，也给汉语及其文学，尤其当代诗，以高贵的礼物。它无疑是这个物质主义时代最为稀缺的东西，闪烁着良知的光芒。

五、哀悼：从语言到文明

《哭庙》之“前院”和“后院”，有茫茫的荒草，在此语境中，“荒草”更像幸存者，或者说死者身后形象之象征，相比而言，水边的“芦苇”，更像守望者和哀悼者。对于杨键来说，死不是虚无，而是实在，其实在的形象，当然舍“荒草”就再难有什么能够匹配。死也没有泰山鸿毛之区分，无论有名的、无名的，还是家族的或外地的，无不纳入哀悼的范围。这种无差别的哀悼，是建立在众生平等的观念上。日本小说家天童荒太2009年出版的小说《哀悼人》中，其主角坂筑静人，五岁看见一只鹎鸟从树上坠落死亡，幼小的心灵就生出鸟为什么不能再飞的疑问。八岁的时候，爷爷死亡，之后是医生好友过劳死，再之后是连连不断的突然死亡：火灾死，车祸死，疾病死亡，凶杀死亡。——皆瞬间遭遇从未料想过的死亡。面对这样的死亡，生者能做什么？应该做什么？是哀悼吗？但除了哀悼，生者还能做什么？于是他就做起专职哀悼人，将死者的怨恨、生者的伤悲收纳于哀悼之中。在死者逝去的地方跪下并不断追忆：这个人曾爱过谁？又为谁所爱？曾因做过什么而获取感激？明明这个人的死与自己无关，但“我希望把死去的人作为他人无法替代的独一无二的存在给予记住”。这就叫哀悼。无疑，坂筑静人对哀悼作了最新的定义。在某种程度上，杨键同样是一个无差别的哀悼者，二者关于哀悼的观念，有着惊人的相似。

大姑妈出殡的前夜，我参加了为她举行的祭仪，也许传统之庄严肃穆一端，仅存于乡村的祭仪之哀音中了。当那克制的高音喊着“俯伏——”，我伏在香案前，周围锣鼓歇息，喧声也停止了，空中盘旋着那个唱读祭文的声音，仿佛死者的一生在那声音里像电影镜头闪回。“您身如弱柳，扶风而行”，听到这一句，我心里再次一恸。

杨键作为一个哀悼者，几乎剔尽修辞，直陈其是，或作荒草的低语，或自我客观化为亡灵，让亡灵以第一人称开口——说出死之真相、历史的真相——个人化的历史想象力，不是作为一种想象的飞扬，而是以最大限度的克制将其还原为客观的日常场景。当然有时候诗人也忍不住跳出历史语境，将愤懑的声音代入，其实正是一个哀悼者的不能自已。“哀悼”作为一种语言行动，杨键始终保持俯伏的姿态——俯首、专注、齐物归一，它的难度不在于腰不能胜，而在于难以控制杂音的介入和言说的冲动，唯有以虔诚之心趋于寂静，亡灵才能开口，不至于被粗暴地打断。它比一场祭仪中所要求的更多，远不止受制于古老的礼仪，而是“舌头”必须禁欲，并受到严厉管辖。最重要的是，语言制度的要义，全凭诗人自身的领悟，而没有一个司仪或祭事生从一旁指点，加以纠正。对于语言的倾听，诗人必须保持听觉的高度灵敏，甚至可以说，他必须经过长期的听力训练，就像听音乐，只有听觉具备敏锐的辨别力，方能听得出语言的允诺，听出余音缭绕之边界。杨键无疑具备了良好的听力，其慈悲心大大扩展了听力的细腻度。

保罗·策兰在那些哀悼奥斯维辛死难者的诗中，除了少数，比如写母亲的，无不采用了极为隐晦的语言，几乎全然抛开了日常语言的路径，而进入一种极为隐晦的意象化路径。之所以如此，在他看来，德语是沾满了鲜血的，因此他决意在诗中重建德语，当然也是历史处境使然，因为“二战”以后，纳粹主义并未立即消亡。对杨键来说，以一种修辞化的语言哀悼那些死难者，是对亡灵的大不敬。在哀悼的语境中，比起其他任何时候都更需要恪守“修辞立其诚”的原则，或者修辞只是“直陈其是”不能之时的最后选择，因此他的语言简练、直接，很少修饰，而且沉浸其中。比如《犯人刘姓戏子之墓》：“好像是田埂上的蚕豆花/在唱，在拉：/好像是这位老太太的手，/死一样的手/在拉/来回拉/二胡的弦//好像是她的嘴/她的牙/没了/在唱：/‘我爱小姐的眼，小姐的眉，/最后一样不用说，你们也知道。’/好像是路上的杨柳，/好像是路上的杨树，/在拉，在唱，//好像是道路两侧的灵屋和寿衣/在拉，在唱：/‘我爱小姐的眼，我爱小姐的眉，/我的爱一共有十样/最后一样，不用说，你们也知道。”沉浸于一个戏子生前场景，民间戏曲的调子嵌入诗的总体语境，形成巨大的荒谬和强烈的反讽，彻底颠覆了传统的唯美主义美学。

杨键总是依据具体语境，以“诸我”置身于亡灵、关联者，甚至荒草、牛羊、墓碑之中，为语言提供了丰富的视角，使一部史诗有着立体的结构和多维的表征，是穿透而不是跳过一段苦难的民族历史。当然作为哀悼者，诗人始终保持着“俯伏”的姿势，而不是像天童荒太的《哀悼人》，坂筑静人在胸前双手交叠。

> 月亮似乎藏进了云里,他的身影不见了。仅有哀悼某人的声音在周遭响着。或许是风把云吹走了,闭着双眼的静人的侧脸从黑暗深处微微泛青地浮现出来。大约是刺龙芽的花吧,宛如轻雪般的花瓣翩然飘落,飘过他的面前,悄然落在去世的少年心爱的椅子的扶手上。

我们可以想象杨键长达十二年的哀悼表情，在马鞍山的寓所，房里供着一钵劫灰。他的这一非凡的哀悼行动，其意义不单是史学的，也关乎哲学、社会学和人类学，尤其是诗学。或许可以说，哀悼作为一种极致的语言行动，它为汉语新诗写作建立了自觉和克制的典范，因为所有的写作从根本上讲，即是挽悼时间。

我为姑母写的祭文，得到乡里老书先生的一致认可，当我赶到灵场的时候，我发现那篇文字被做成喷绘，高悬于灵堂之前。表哥表弟、表姐表妹以及乡邻们都在下面驻足观看，有的轻轻念出声，有的一边看一边抹泪。兄弟陌路，姑嫂隔阂，此刻，一切缝隙被泪水盈满。哭泣啊，即是语言。

哀悼是为亡者立传，为天地立心。没有得到哀悼的死魂灵，按照某种说法，可能会变成一个大地上的游魂或幽灵，永不得安息。对于语言来说，哀悼也是建立存在的依据，为死者和生者建立内在的联系。或许以后不再有人提及，但是在哀悼者心中，就像建立了一个坐标。就一个民族、一个国家而言，一部人类文明史碾过多少亡灵，然而又有多少生者记住了他们？从这一意义上说，历史就是以墓地、青铜、石碑、塔或庙宇的形式，从时间结构转化成空间结构，构成了一个“此在”的“他在”，没有这些“他在”，何谈“佛狸祠下，一片神鸦社鼓”或“西风残照，汉家陵阙”？

《哭庙》建立一座规模空前的灵场，源于诗人的哀悼和清醒。杨键作为一个居士，不是冀望死者转世轮回，事实上他很少以轮回论去解决心中的悲痛，即便是二哥的死、父亲的死、母亲的死，而是致力于让亡者在语言里活下来，以此为警示，让历史的灾难不再重演。

六、“回答”或重建

《哭庙》或可以说是杨键对那个逝去不久的时代的个人化“回答”，因为良心一直在追问，死去的亡灵没有得到安息。无论“土改”“反右”“大炼钢铁”，还是“文革”，这些已然成为历史，也得到全面彻底的纠正。但是这些“回答”，对于语言和文明来说，则远远不够。

1976年，北岛发表《回答》，标志着“朦胧诗”的崛起，对应于一个新时代的肇始，北岛发出了那个时代的最强音，代表集体沉默的一代发出了吼声，反映了整整一代青年觉醒的心声，宣告与一个已逝的历史时代的彻底告别。在诗歌方法论上，诗人沿用了西方意象主义的传统，或者说，它接续了自1949年开始中断的汉语新诗的现代主义探索历程，诗的风格冷峻、苍凉，其音高几乎臻于声嘶力竭的程度。悖论性的修辞和专制性的想象，标志着现代性诗歌美学与意识形态写作的空洞抒情和无限崇高，做出了根本性决裂。从诗歌接受层面看，北岛成为20世纪80年代的诗歌英雄，据说一次在成都诗歌周，他和顾城等被成千上万的诗歌粉丝“围困”，最后不得不从后门“溜走”。

1994年，于坚发表《零档案》，可以称之为“又一个回答”——对一个时代，对一个时代的一代人的命运。社会制度对人的命运和精神的双重禁锢，被诗人演化为一个冷冰冰的词语集中营，零度叙事和反讽风格再一次颠覆了朦胧诗的高蹈和虚浮，看似波澜不惊，实则激流暗涌，一种以客观性为首要原则的诗学从根本上清除了浪漫主义和现代主义的沉垢。此诗发表后引起中国诗坛的巨大关注，来自各方的回应众说纷纭、褒贬不一。2010年《零档案》走出国门，译成德文并出版发行，被“感受世界”评为亚非拉最佳文学作品名单的第一名，一时间又引起广泛关注。评委卡特琳娜·波查特毫不掩饰自己对《零档案》的欣赏与喜爱之情。她说：“当我得到他们的回馈时真是十分兴奋和高兴，他们说这（指《零档案》）真是好长时间以来读到的最好的亚洲诗歌了。”她还说：“于坚的诗歌语言简单朴实，多为日常用语，但表达十分形象、鲜明、有力度。我们可以马上明白他所要表达的内容。他的诗歌语言生动，朗朗上口，能够激发情感上的共鸣。从内容上讲，于坚的诗歌也非常吸引人。因为他的诗既有政治深度，又自然随意，并且是诗人本人个性和主观想法的映照。”

《哭庙》发表于2013年，同年在北京美术馆举行了一个小规模研讨会，就其影响力来看，它不如《零档案》的风头之健，更遑论与北岛的《回答》神话般的影响力相媲。这无关乎诗本身，而是这个时代物质主义一统天下，使诗歌空前边缘化了。在研讨会上，小说家邱华栋说：“我拿到这本诗集，读了整整两个晚上，十分震惊，感到这是一首石破天惊的、令人叹服的作品……”震惊，这就对了，不单是震惊于杨键的被低估，最重要的是，它是现代诗歌接受学的的重大标志之一。《哭庙》作为对一个逝去时代的“再一次回答”，在内容上不再停留于主体的宣言式表达，也不是致力于营造一座语言符号的集中营，而是开动词语的钻机，一直深入历史流水汩汩的地表深层。在那里，诗人以身体的体触和灵魂的沉浸，为百年以来非自然死亡的亡魂建立了一座灵场：规模之大，前所未有；艺术形式之丰富，令人罕见；穿越史学、哲学、社会学、人类学和诗学的雄心，得到非同寻常的落实。

每一个时代的诗人都肩负着独特的使命。诗的见证，从某种意义上说，其价值远大于诗的愉悦。对于一个真正的诗人来说，这样一种使命意识付诸写作，是一个自觉的过程，也是一个艰难的过程。无论吟、叹、哭、悼，枯水寒山中的歌或哭，哭是长歌当哭，歌是动地悲歌，这一切旨在清理废墟，抚慰灵魂，指向重建。

当然，诗人不是规划师，不可能出具重建方案，但是任何建筑的重建，无不始于清理废墟，勘察地基。杨键以个人的孤勇深入民族苦难的废墟，为那些千千万万的亡灵营造一个无地点的庙堂，一个有“空调”的灵场，呈示那些身体受难的真相，这个庙堂是历史的，也是语言的。诗的语言，本就有一个会喊疼的身体。让语言失去知觉，即是文明灾难的先兆，语言再无文身的能力。以文明之，是谓文明。杨键作为诗人，勘探的是文明的地基；作为居士，是为千万大地上的幽灵招魂。他并非徒然地留恋一个高山流水的古代知音世界，也没有建造一座文明穹顶的“野心”，甚至其愿景不过是恢复做一个真正意义上的人，一个居士的愿景——

> 她们的目光安详，/脚步温暖、恬静，/一个跟一个，/在过永济桥，/过通济桥，/过开善桥，/过万安桥……/她们把我一朵一朵轻握在手中，/那是在一千多年前，/她们经过这座桥后，/就要登上一座山的石阶，/那石阶由青石板做成，/通向招隐寺，/她们要把我供奉在大雄宝殿/满月一样的佛祖脚下。/那时候，/我就活着。/那时候我就感受到了慈爱，/像蓝天一样一览无余。/她们的目光安详，/脚步温暖、恬静，/这已是一千多年前的事了，/我依然看见她们在我面前一一走过，/一一走过，/在永济桥上，/在通济桥上，/在开善桥上，/在万安桥上……

结语

杨键是当代诗人中一个卓异的存在。“自我降生之时，/我即写下离骚，/即已投河死去。”（《自我降生之时》）他直言不讳，以屈原自居，不是狂傲，而是宣示一种使命担当。在他，这种使命意识仿佛来自宿命，来自天启。诚然，任何一个真正的诗人都不会缺失情怀和使命意识，但是决绝孤勇如杨键，世所罕有。在这个物质至上、娱乐至死的时代，人们与自然疏离，伦理沦丧、宗教式微，杨键所有的写作驱动，仿佛是要为民族苦难的逝者招魂，为文明守灵。《冰与火之歌》为虚无和邪恶发明了一个“夜王”形象，在人鬼大战之际，夜王直奔鱼梁木下的布兰·史塔克而去，因为他是人类的记忆。杀死记忆，人类就真正消亡了。杨键挽悼的那个耕读并举、神灵在场以及人与自然和谐相处的时代，无疑一去不复返了，但是他在语言之寺庙，将苦难的灵魂和人类的良知妥善安放，记忆得以保存，文明仍在延续，汉语也借此获得温润和柔软，语言之钵，就将持久地放出光亮，语言也将如那走过千山万水、走过苦难和深渊的芒鞋，磨破了，旧了，却闪烁着朴素而坚韧的光芒。

在当代，现代主义和后现代主义的文艺思潮风起潮涌，似乎从来没有打湿他的衣角——杨键，一个笃定的古典主义者，他的眼睛保持着古风的清澈，双手传递着古典的清凉。托物言志，情景交融，就是他的写作方法论；去尽装饰，直陈其事，言之有物，就是他的写作态度。他整体性地观照这个世界、国家及其文明、历史和当下，俯身大地，在废墟的寂静和存在的深渊观看和倾听，从而将语言的嘱咐和允诺，付之以个人化的语言能指形式。一些论者或诗人将他指认为极端的文化保守主义，过于简单化，其实他的诗的突出的当代性，没有几个同时代诗人能达到，盖因他秉持着清澈的古典世界观，并以一颗饱受苦难教诲的赤子之心去体认，因而他的语言视野更加清晰、透彻、悠远深广。

杨键的诗有着大地绵绵不绝的气息，其开合之大之自如，有如长江水所到山峰和平野之处的婉转。其家国情怀不流于空泛的抒情，大多有着扎实的、个人性的诗意生长点，正如他和长江边的那一片土地血脉相连、气息相通。关于诗人和诗歌，杨键认为："有两个基本源头，一个是自然，一个是像孔子、老庄、佛陀，包括他们各自出色的历代弟子们，这些人类中的圣者和贤人们才是诗人的源头，才是真正的诗人，他们始终在诗歌的状态里，随时可以作诗，孔子若不是诗人怎么会删订三百零五篇的《诗经》？而庄子天马行空，老子质朴，广大，精微，佛陀就更不用说了，连最短的二百来个字的《心经》也非我们人生所能简单地到达，而我们则是偶尔处于那种诗的状态，不能成片，如一串拆散的珍珠。为什么会出现这样的情况呢？因为他们靠自性说话，而我们则是游离出来，不能与自性相呼应。"（杨键《忧患意识与生俱来》）如其所说，杨键总是保持着谦逊和谦卑，或正是因为这样，成就了一个杰出的汉语诗人。在当代诗歌写作场域，他的写作或可以说标志了当代诗的成熟，其语言面貌显示了百年新诗以来，日常语言开始真正具备汉语期待的中正、圆融和温润的品质。

布罗茨基说，曼德尔施塔姆的诗是焦点的焦点，是一种存在感的过饱和状态。相比那位伟大的诗人经过改良的象征主义，杨键从中国古代先贤的智慧得到启示，以更为直接的方式呈现了1840年以来我们民族的精神境遇和存在状态。直接就是，直接说出，言之有物，情景交融，齐物归一之法反向运用，使语言行动保持着与同时代先锋诗人一致的步调，其步伐沉重、悠远。《哭庙》之语言现实，比曼德尔施塔姆在沃罗涅日的诗篇更荒诞、惊悚、触目惊心，也许只有《古拉格群岛》令人窒息的语言能够与之相匹。我们这个时代的批评家和诗人，总是眼光向外，或者向着死去的大师，盛赞俄罗斯白银时代那些杰出的诗人们——曼德尔施塔姆、阿赫玛托娃、茨维塔耶娃、古米廖夫、帕斯捷尔纳克等等，殊不知《哭庙》之孤绝和沉痛、荒谬和吊诡，其博大深广的文明受难图景和沉哀悲悯的家国情怀，比起邻国的杰出诗人们，远甚！

在最高的意义上，《哭庙》是一部启示录。“有一种墓碑是这样的，/粮食得包在塑料袋里，/扎紧了口，/丢在粪坑里，/才能把生命保存下来。”存在之道在邪恶和深渊里被发掘。它的光亮，是道的光亮，是粪桶里的光亮，是语言之钵的光亮、芒鞋的光亮、汉语的光亮，是不灭的长明灯的悲伤摇曳。

2020年8月22日—26日写于长沙

2020年9月4日修改

木讷是寂静的表情：论吕德安

阵雨过后，杨桃院子的庭院，树木显得更加葱茏，树叶上零星的雨水打在遮阳伞上，发出轻微的声音。这一天，从福州、厦门以及外省赶来参加双城诗会的诗人，陆续到达鼓浪屿。芒果树荫里的老房子，看上去颇有些年代感，门楣上起了绿苔。一个小旅馆，带着一个大庭院。吕德安坐在遮阳伞下，静静地看着一本诗集，一缕烟在他开始发白的头顶缓缓升起。

诗人伤水说："那是德安，我领你去见他。"这是2011年，我第一次见到吕德安，我送他一本打印的诗稿，他回赠了一本不久前出版的诗集《适得其所》。我知道他在福州城外的山上建了一所房子，这本书大部分内容就是在那里写成的。他热情地向我发出邀请，让我去山上住一阵子，我应得快，行动却一再推迟，至今没有成行。吕德安作为一个诗人，我早有所闻，但是从阅读中得来的印象，与现实反差很大。第二天会议，临到他发言，他拿起麦克风，羞涩地笑了，说了一句，接着说的就是，"还是不说了"。拙于言辞，行动木讷，他自嘲自己写着"天下最笨拙的诗"。韩东说，德安是个"向后寻找理想的人"。德安的"笨拙"使他成了一流的汉语诗人，却也使他成了一个远离秀场的看似不合时宜的人。于坚是这么说的，"我们终于可以面对几位如大树般临风独立的具有明确的风格和石头一样沉重的文本的诗人了。在这里我指的是吕德安”。

一

吕德安1960年生于福建一个叫马尾的地方，按照他自己的描述，这是一个古老的港口，“山清水秀，小得就像一张邮票，且带着一些殖民地色彩”。《青春》2014年第一期发表吕德安的诗，开篇是《八大山人》。这首诗题献给于坚，全诗却以一场与八大山人跨越阴阳两界的超时空对话生成：“八大山人，朱耷，这里是Johnson，美国/东部的一个小镇。很小。小得可怜”“小。然后适合隐居。/你知道那是怎么一回事。”诗脱胎于一个形容词“小”，然后小镇、小鱼、小溪等，赋予它丰富的声音、形象和场景，桥下钓鱼人钓钩上的小鱼和八大山人《游鱼图》上的小鱼形成并置，达成从现实到精神的飞跃。这是怎样的一幅画？八大山人的《游鱼图》，以极简风格呈现一条孤零零的鱼，眼神冷漠、忧伤，与题诗映照，表达出一种极为隐晦的亡国之痛。吕德安学美术出身，也是画家，自然是《游鱼图》的“专业读者”，称得上八大山人的隔世知音，“不，没有人可以画你那种画，更没有人/动得了你的鱼竿，否则会撼动整个空间”。这当然是一个画家对另一个画家的最高褒奖。“真瞪着我们的空无——一样的小/只是没有人，没有人动摇得了你的鱼竿——”，如此极具力量的智慧之言，和他彼时在读的一个美国诗人的诗句“同时的停止和流动，是全部的真理”有着一样的穿透力。

作为一个诗人，吕德安从来没有要做一个大人物的动机，与他同时进入当代诗歌场域的许多诗人都暴得大名，在做时代风骚的引领者，而他始终安于做一个小人物，甚至自称是“农民”，自己扛着水泥和沙石，去山上盖房子。与《适得其所》中的陶弟一样，专注于顽石、砖瓦和砌砖者或看门人那样的小人物，或许正是因为他沉静、专注，能够清心凝视这个世界的细部和这个世界的“小”，才不断发现这个世界的道之所存：在某个时辰，某个钓鱼人糊里糊涂地钓上一条，“转眼就不见了/糊里糊涂，成为傍晚黑暗的一幕”，不是作为存在者留存了一个“此在”，而是化作了虚无。这当然是得自寂静的“知识”。

对于“小”，对卑微的事物的关注，贯穿吕德安的全部写作。他作为一个诗人或艺术家的谦逊态度和谦卑精神，其作品的平和语调和质朴语言，可以说都是源于对“小”的基本认识，也可能得益于那个“小得就像一张邮票”的马尾——那个小地方不是给他自卑，而是赋予他灵性、天赋和艺术上的底气。吕德安这样描述他的老家：“它的地理特点也是独特的，它处在闽江东端，江面开阔，再出去一点就是大海了。为此，海在我的少年印象里一直是似是而非的。还有就是它实际上是一个小盆地，四周群山连绵，中间若干个小山包临江坐着，构成典型的江南风景；还有它的海洋性多变的气候，这种种元素都对我的家乡情结浓厚的写作生活有着深远的影响。另外，我的早年成长贯穿了整个‘文化大革命’时期，因此可以说我从小就没正儿八经地读过书，初中后每逢假期常常打工挣些小钱补助家里。那都是些造船厂里最基础的粗活，挖土推车，给生锈的船刮铁锈之类的。还拜了一个木匠为师，又劈又刨地学了两个月，最后不了了之。这些经历都是父亲一手造就的，在小镇，他是一个性格随和的税务员，戴着眼镜，在普通人眼里是一个知识分子，或者说在我印象里他受人尊敬首先是他有一副象征着知识的眼镜，为此，我自以为是知识分子家庭出生，潜意识里恪守着这份自豪，这也滋养了我从小喜欢舞文弄墨的天性，直到我中途辍学下乡当了知青。所以，可以说虽然先天性教育缺失，但我一直以为，如果我在诗歌或艺术的创作上有点收获可言，首先应归功于早年所经历的社会最底层的生活经验，它让我对卑微的事物始终保持着某种亲和的感觉，它表现在创作上，可以具体到某种感情，或抽象为一种语调，一种气息，但在这里我更愿意称之为一种底气。”[①]任何一个诗人的写作都离不开其出生地，不论它多么小，日后都会有很多东西成为其艺术创作的基石。对于吕德安来说，马尾的小，马尾河水里的石头，砌砖者，带点殖民色彩的建筑，在写作中慢慢成为一种启示：八大山人的游鱼虽小，“看似不在了/又尽在咫尺。它们没有游入深水/又像在更深处，真瞪着我们的空无”，这是“小”带给诗人谦卑的智慧，看似孱弱木讷的诗人，却在语言中那么轻灵且锐利地抵近事物的存在和艺术的本质。这是寂静里声音的引爆，火花四溅，在寂静的阴影里，显得格外明亮。殖民色彩的建筑，或许是吕德安以后在语言中探寻自我身份认同和存在依据的一个符号性暗示，不论他后来漂泊美国，还是隐居于福州城外山上的房子，这一语言上的探寻从来没有停止。至于溪水里的鹅卵石到诗集《顽石》，在山上亲自建房子到《适得其所》，他的写作致力于形而下的“小”，在它们的卑微和形而上的“大”之间，打开一扇扇语言的玄牝之门。

1979年，吕德安假期游历东山岛，住在一个偏僻的小渔村沃角，写出《沃角的夜和女人》，此诗可谓首次显露其个人的音调。舒婷将它推荐给蔡其矫，后者回信称又一颗新星上升了；黑大春也在信里说此诗得到北京诗人的普遍欢迎。十九岁便出手不凡，此诗算是他的成名作。

吕德安早期写作，有着多方面的探索。20世纪80年代有着明显谣曲风格的作品，深受西班牙诗人洛尔迦的影响。纯净，清澈，诗的声音更接近于一种抽象性抒情，如拂面春风，而非一种带着气息漩涡的具体性音顿。即便如《驳船谣》，“听到声音驳船来/带着厚皮的鼓/和一面小布旗”，那声音，也是诉诸一种远观，远未进入凝视的寂静。这一类诗歌还有《卖艺的哑巴歌谣》《芦苇小曲》《梦呓》《吉他曲》《告诉你一位好姑

①吕德安、明迪:《自由而朴素的心性——吕德安访谈》,《山花》2013年第10期。

娘》等，这些被选入2017年出版的一本短诗选《两块颜色不同的泥土——吕德安诗选》，由于“天问诗歌奖”的褒奖而得以和读者见面，我则因为和诗人再次在深圳相遇，而有幸第一次读到。——作者选入它们，自有其珍爱所在，且定是从年轻时代大批类似风格的作品中反复甄选，并经历了时光的打磨。

在故乡
被咬伤
竹叶青蛇
和水中的月亮

英勇的小蛇
迷失的月亮
和游子一样
祈求上岸

在故乡和水中
在岸上
今天是普度节

这首《梦呓》空灵、纯净，一二音步的节奏，因反复吟叹得以舒缓，带来强烈的抒情效果。它让人想起20世纪洛尔迦风靡中国的《梦游人谣》，它在语言上建立的音顿，因为西班牙宪警的打门声和风摩挲无花果树叶的砂纸声而得到强化。吕德安更多地在形式上进行深入的探索，他还从中国民歌中获得启示，复沓、循环、嵌套，一个诗行在不同音位上呼应、重复和顶真，承担着诗的结构之起承转合，修辞的清新和语言的简约，奠定了诗人早期美学风格的基调：朴素、飘逸、纯净、明晰，意境疏朗，画面清新。这些作品显示了吕德安写作草创期的不凡天赋，想象力的丰富和人的木讷形成巨大反差。“写天下最笨拙的诗”不过是一种谦虚的夫子自道，“我用诗歌说话”才是实情。这些谣曲风格的作品，凸显了诗人的个人才能。比起洛尔迦的繁复和沉郁，年轻时代的吕德安表现出语言的克制和语调的谦逊，不扬才露己，“修辞立其诚”，真诚、朴实，保证了诗行之间的安静和意境的清澈。

北岛曾回忆说，洛尔迦的影子曾一度笼罩北京的地下诗坛，20世纪80年代初，他把洛尔迦介绍给顾城，于是顾城的诗染上了洛尔迦的颜色。不难看出，吕德安这一时期的写作，也明显受到洛尔迦的影响，他的诗，或多或少有着洛尔迦的颜色。

《沃角的夜和女人》成于那些谣曲作品之先，看上去比20世纪80年代的写作实践更具个人气息。对于诗歌写作来说，这并不奇怪。一个天赋异禀的诗人，看似偶然得之，其实是他的写作生涯的一个先声。

沃角，是一个渔村的名字
它的地形就像渔夫的脚板
扇子似的浸在水里
当海上吹来一件缀满星云的黑衣衫
沃角，这个小小的夜降落了

人们早早睡去，让盐在窗外撒播气息
从傍晚就在附近海面上的几盏渔火
标记着海底有网，已等待了一千年
而茫茫的夜，孩子们长久的啼哭

使这里显得仿佛没有大人在关照

人们睡死了，孩子们已不再啼哭
沃角这个小小的夜已不再啼哭
一切都在幸福中做浪沫的微笑
这是最美梦的时刻，沃角
再没有声音轻轻推动身旁的男人说
“要出海了”

1979年，正是朦胧诗崛起之时，作为一种诗歌意识形态写作，朦胧诗宣告了主体意识的觉醒和对刚刚逝去的那个时代的反拨。以北岛、舒婷、杨炼为代表的诗人们，从人文、观念、神话等不同角度，反对政治意识形态写作，表现为一种代言式的宏大叙事或抒情，其语调高亢、姿态先锋，语言上吸取西方意象主义写作的经验，精神气质上不无英雄主义的色彩。偏居于福建一个小渔村的吕德安，这个时候写出《沃角的夜和女人》，显然和“主流写作”有着极大不同，完全立足于个人和日常，带有浓厚的叙事和抒情色彩。诗的语调平静、亲切，标志着吕德安找到了一种真正专属于他的个人语调。这是从他自己的听觉记忆中挖掘出的一个巨大的音顿：沃角的夜之寂静，这个音顿由一个女人的声音得到极大强化——“再没有声音轻轻推动身旁的男人说/‘要出海了’”，这个音顿蕴含的是渔民生活的基本状态——艰难、贫穷，却不无温馨。这个音顿来自马尾或东山岛，来自诗人的听觉深处，来自与他的青少年时代朝夕相处的生活，带着体温、气息——这体温源于爱的温度，这气息亲切、温和，带着淡淡的鱼腥味。

“我自认为80年代以后，自己的诗歌创作才开始进入逐渐自觉的阶段。这就是让诗歌回到生活，回到我们自身的现实。”[①]吕德安说。《沃角的夜和女人》仿佛一次神启，吕德安的写作，经过一段实验之后，从审美体验的抒情风格逐渐转向语言的倾听和观看，从凝视中捕捉寂静的音顿，开始他的个人化写作。这一时期的《父亲和我》，引进学习弗罗斯特的成果，叙事和抒情融为一炉，情感和自然水乳交融，与其说是弗罗斯特风格的，不如说是中国古典主义风格的。“我们刚从屋子里出来/所以没有一句要说的话/这是长久生活在一起/造成的/滴水的声音像折下一条细枝条”，这和“曲中人不见，江上数峰青”的情景并置，一样源自中国古典主义道法自然的方法论，只不过前者深沉，后者静穆。而将父亲的白发比喻为“过冬的梅花”，并进一步扩展为“灵魂”，不论具象还是抽象的喻体，都赋予了本体以深厚的情感，“使人不禁肃然起敬”，全知视角下的语调，看似疏远，反而强化了情感，这是吕德安的诗无处不在的微妙，也是艾略特“诗不是放纵情感，而是逃避情感”的精彩演绎。

《父亲和我》一定程度上受到弗罗斯特的影响，它和《沃角的夜和女人》，已然成为吕德安的早期名篇，但也仅限于少数诗人的口口相传，直到最近几年，它们才出现在网络上，远没有走上经典的书架。这和吕德安近似隐居的生活有关，与当代诗歌的处境有关。其实，从20世纪80年代开始，吕德安就不断有好诗问世，其风格特征极具辨识度，既不像北岛的英雄主义抒情，也不同于张枣的语言风景的危险探寻，而是立足于生命感官，致力于从听觉甚至“听觉的坟墓”挖掘，以音顿及音顿的拓展，去铺展诗的天地。父亲和我的一次雨后散步，看似平实的叙述，却有着深沉的情感，看似撒开语言之网，网边暗织着对于打捞真正有效的沉铁——引申于语言，即音顿，“滴水的声音像折下一条细枝条”，它与父子之间微妙的关系，构成词与物的精确对应。中国的父亲在某种意义

①吕德安、明迪:《自由而朴素的心性——吕德安访谈》,《山花》2013年第10期。

上，是精神意志的统治力量，儿子不敢怎么和父亲说话，对父亲的深情却藏于心中。而这音顿，近乎寂静，实则来自凝视，不然不会有这样的细节。这也得益中国古典诗的启示，与“木末芙蓉花，山中发红萼”秉持一样的诗学观念。此诗出现在1984年中国的写作场域，相比朦胧诗凌空蹈虚的宏大叙事，其个人化的抒情和质朴的风格就显得卓尔不凡，独特性不言自明：直接、亲切，有着直抵人心的力量。

二

吕德安是少有的几个用声音从事写作的诗人之一，在当代，几代人打小受到唯物反映论教育，有着根深蒂固的唯物反映论思维。汉语新诗的散文化，能够让诗脱颖而出，还得借重于“声音”、音顿。音顿从非时间性上给诗创造一个时间的位置，并在此展开语言言说，其召唤、聚集的声音和涌现的语言风景，形成一个独自自足的整体，并向世界敞开，隐约出现一座彩虹门——众妙之门。这是在吕德安的诗中随处可见的语言奇观。

化用弗罗斯特沉思的经验，《砌砖者》或是一个肇始。对语言的沉思，贯穿吕德安的此后写作，成为其最富辨识度的风格特征之一。吕德安一度被称为“中国的弗罗斯特”，对此，他在接受木朵采访时说，“弗罗斯特在中国的影响已越来越大，我就知道我喜欢的中国诗人中有几个都受他的影响，他才是今天中国的陶渊明呢！我是八十年代中期就开始读弗罗斯特了，那时有些人将他的诗和我的做比较，有的认为我写得比弗轻灵，有的说我模仿他甚至抄袭他。前者我觉得是他对弗了解太浅，后者我同意一半。那时候我确实想成为他，做一个中国的弗罗斯特，很天真，后来我去了美国，更明白了我们之间是两回事。这个在当时的一个访谈中我已说明。我说，我和弗之间就像隔着一道墙，墙这边站着的是一个煞有介事的我，而另一边的弗罗斯特在用他那特有的语气说：瞧，那边站着一个举着石头的像个原始人。我这么说自己时一边想到他的那首著名的诗《修墙》，体会着两种文化间的误会，这样我就跑去将陶渊明再读一遍。那个访谈接下来的一个问题跟你现在问的基本一样，就是将我们做一个实际上的比较，使我不得不开玩笑似的再次跑开。我知道问题是明摆的了——但它仍旧像一个问题。尽管如此，我还是愿意就你的下半个问题做一个简要的回答。首先我们是用完全不同的文字写作，文字本身意味深长，而作为汉字，我认为由于它的象形性尤其会影响它作为字词的能指和所指属性。更何况表现在诗性的写作里。所以我无法具体分析我们之间的写作特性区别在哪儿，这是大问题，似乎超出了我的抽象思考能力。如果要说，我只能说，弗罗斯特是讽喻高手，他的文字表现在那种手法里如行云流水，那是一种智慧的空间，是种种能力的合而为一，是神来之笔，点石成金，若即若离。而我呢：一块顽石，只在写诗时才感到某种轻盈。”[①]对于弗罗斯特的反讽和他在写作中不断表现出来的寓言式叙述，吕德安显然了然于胸。拼音文字和汉字在语言学上的不同，诗人也看得很清楚，而这恰恰是要害所在。能看出它，模仿甚至抄袭，就无从谈起了。影响的焦虑，总是纠缠一代又一代诗人。当代诗人困惑于百年新诗立范进程之未竟，以及不断应付新兴的文学思潮，大部分写作也不免纠缠于所谓的先锋性之中。而先锋文学本质上是一种人文写作，建立在反对既存诗歌意识形态的基础上。吕德安没有先锋姿态，非要就其写作做出某种指认的话，他可能更接近于“当代的陶渊明”之说，但他谦虚地将这顶帽子让给弗罗斯特了。“我后来向弗罗斯特学习如何囿于自己的世界写身边的事物。现在还是如此。叶芝的后期诗也具有鲜明的朴素倾向和民谣里戏剧性的叙述方式，我所能做的只是借鉴他

①张尔主编:《飞地》(第1辑),海天出版社2012年版,第29页。

们的方式，去感知现实和语言的界限所在，并努力在诗中避免概念式的转述，而是将其转化为可触摸的诗意的语句。”[①]因其看待世界的谦逊态度，决定了吕德安能够在艺术上实现自我约束，能够清楚地感觉到“现实和语言的界限”，这既保证了一个诗人在艺术上应该具备的真诚，也显示了其对语言的敏锐，以及一个诗人真正的天赋。《砌砖者》近似一则寓言，“就在我曾经站过的地方”。在寂静里，一个寂静之所，已经没有砌砖者的瓦刀和砖碰触的声音，一切让位于高墙上的砌砖者“在云端的模样”，他之砌筑，无关精神之所，而是好让人家欣赏他的高高在上，而另一面墙很快超过他，“凭着同样良好的感觉/甚至高得几乎要倒下来”，以房屋的高度攀比，是根深蒂固的中国式虚荣，古老而常新，“但你不能说：到此为止/更不可能叫他推到重来/你只会觉得不知身在何处/梦游一样，才回到自己的家”。失去砌筑的题中应有之义，因而困惑，困惑之下带来的恍惚感，暗含一种少有的反讽——在吕德安的写作中，基于他真诚和善、亲切谦逊的天性，他很难得动用“反讽”这一当代艺术的法宝。——巨大的悖论！反讽中有悲哀，其隐晦有着与八大山人《游鱼图》一样的语言密径，其主体言说有着与语言言说清晰的界限，立足于自我感知，不僭越，不逾矩，不代言，两者恰好形成张力，彰显出朴素的智慧和质朴的力量。从这一时期开始，诗中的西班牙色彩退去了，而替换成马尾渔村生活的古老色调，作为一个诗人，属于吕德安的真正原创性时代开始了。

质直、朴拙，以叙事性的介入，替代意象化抒情，彻底脱去早期诗歌的唯美倾向，逐步形成一种寓言式的冷峻风格。可以说，吕德安的写作深得弗罗斯特之“真传”，其沉思背后有一双深邃的眼睛，被赋予无限

①吕德安、明迪：《自由而朴素的心性——吕德安访谈》，《山花》2013年第10期。

性或终极性的视野。就像弗罗斯特的“幽暗的树林”与《神曲》开篇有着暗自的呼应，黑夜和树林的影子隐约有虚无和死亡之所指，吕德安笔下的“砌砖者”和“泥瓦匠”的身份象征是不一样的，这一切又并不说出，服从具体的语境。也许在这一点上，吕德安不像弗罗斯特那么老成，一首《步入》可做出死亡意识在场的解读，如布罗茨基所说，也可以看成一首纯粹的风景诗，但是吕德安在音顿的建立上，则吸收中国传统的智慧，因而正如一些诗人所感觉的，他比弗罗斯特写得更轻盈。弗罗斯特的《修墙》叙述的是在两个人家中间，一道墙被什么植物拱塌了，于是再一次开始修墙，一个人坚持父亲的教诲：“好篱笆带来好邻居”，而在另一个人眼里，这墙是现实的界限，也是语言的，它改变了存在的状态，比如野兔被猎狗的狂吠从那豁口赶出，豁口补上，它再回不去。

关于建筑、领地、篱笆或围墙，在一首诗中被引领，指向人的价值观和世界观，其艺术上的非凡之处在于，一切被置入一种客观性之中，是诗人耳朵所倾听、眼睛所发现的诗意，而不是一种观念的指认。吕德安的《泥瓦匠的挽歌》与其说是挽悼已经逝去的泥瓦匠，不如说是挽悼流逝的时间，诗肇始于房子的沉寂，这个不动的音顿，唤起多年前那一次翻扫瓦顶的记忆。“多年之后，谁会教我挑选一个日子，/站稳脚跟，去重新认识那座庙宇。/或细心听从主人的吩咐，再次爬过/那片屋顶。”这个语调，让人联想起马尔克斯《百年孤独》的经典开头，吊绳和蛇、孤独和孤岛、掏空的巢、影子的深渊、感觉和幻觉的景象，都被置入语言之道说的神秘中——

一寸寸地爬过屋，带着我的石灰桶
和一根吊绳。那架势就像你终于可以
去跟穷日子算一本账

从过去的无畏——“我还记得当时，附近的教堂在敲钟/而我嘴上却挂着小曲”，到历经“修修补补的一生”之后的虔敬——而你又该如何小心翼翼？因为“‘凡是有神灵的房子都动不得。’/这句话，历朝历代，早有人说过。”这类似于“好篱笆带来好邻居”，一样遵从于语言传统的教诲。

《泥瓦匠的挽歌》中，泥瓦匠始终没有出场，作为一个隐在场的存在，主导了“你”的态度。“你”不过是“我”的自我客观化，“他”的声音里有着专横的意志，尽管被认为是“说出道理”，仿佛是一个全知全能者的声音，自我对话结构、戏剧化、叙事技艺，诗性的沉思“就事论事”，完全改变了现代主义那种二重奏模式，多声部的合奏带来语言面貌的丰富性。在另一首诗中，一个同样关乎建筑的行动，呈现出别开生面的语言景象。《挖墙》源于一个泥瓦匠多年前的建议，此挖墙是要在墙上开一个足够两个人走过的门洞，挖出的土等同于多余的东西，“都归还给土地”。在诗人看来，那些砖土回到大地，就像回到“故乡”，很快就成为“令人活跃的一堆”，“而且一扇门成形，它的空间就像/房子本身的记忆新打开的空间/让南风穿过，施展孔雀的尾翎”。万物各安其所，秩序自然生成，最重要的是，门是交流的必要通道，关乎人生，也关乎语言。这个肇始于泥瓦匠建议的门洞，使“泥瓦匠”获得价值，已经远不同于那两个砌砖者，同时，“门”也获得了整体性的隐喻。在一首关于“门”的诗里，诗人更清晰地呈现了“门”的存在图景——

隔壁那扇艰涩黯然的门重重关上
它砰的一声却把我的门震开
因为在家时我的门总是虚掩着
所以隔壁的门只要关上一次
总会通过我们之间那堵薄似月光的墙

一下子震开我的门。记得头一次
我当真吓呆了，还多次本能地回首张望
后来到底还是习惯了
也不去抱怨这倒霉的时光
说真的，自从觉得这不是故意的侵扰
我就一直克制住自己被动的情绪
任凭门优美而驯服地靠向一边

那扇在诗人看上去“艰涩黯然”的门被人重重关上，人没有出现，不必说明两扇门之间人的关系，既然是在家，那隔壁的门自然属于邻居。诗不必注重既成的伦理关系的描述，而须从声音层面去探寻语言的形象。“砰的一声”，一个音顿，它的延时空间唤来记忆中的声音，以及这声音引发的心理变化：从惊恐（“还多次本能地回首张望”，戏剧化的精彩之处难道不是对话让位于动作和表情；对话沉默处，又恰是戏剧中的音顿）到理解，再到洞悟——不说洞悟什么，而是“我就一直克制住自己被动的情绪/任凭门优美而驯服地靠向一边”。如果人类具有门的谦逊优雅的姿态，世界会有怎样的改观？一切的疑虑、疏离甚至冷漠，都会让位于“门优美而驯服地靠向一边”。

这首《门》，就艺术上而言，比《沃角的夜和女人》更完美，消除了诗行之间海水的泡沫和散文化的铺陈，直取核心；比《父亲和我》更简洁，借助于叙述，内心活动的变化呈现出来，在词与物的关联上，摆脱了对传统修辞手法的依赖，建立了更为深邃的语言景深，其高级和微妙，远非一般的意象诗和口语诗所能企及。

海德格尔在《诗歌中的语言》中说：“‘位置’（Ort）一词的原本意思是矛之尖端。一切都汇合到这个尖端上。位置向自身聚集，入于至高至极。这种聚集力渗透、弥漫于一切之中。位置的这种聚集力收集并保存所收集的东西，但不是像一个封闭的豆荚那样进行收集和保存，而是洞照被聚集者，并因此才把被聚集者释放到它的本质之中。”[①]对于一首诗来说，这个“位置”，即音顿，是来自诗人听觉里的一个声音：砰然一声，或戛然而止，甚至记忆更深处那个下半夜温暖的被窝里女人推动男人身体伴随的声音“要出海了”。吕德安早在20世纪80年代，就洞晓了这一语言哲学秘密，不论源自天赋，还是寂静知识的给养，他的写作呈示了这样的底蕴，这也就是为什么他写得自信、自在，不管周围诗坛轰轰烈烈的革命朝着什么样的方向发展，不管诗被冷落还是被褒奖，宠辱不惊。同时我们也不难发现，在某个位置，吕德安致力于在写一首独一之诗，比如从《砌砖者》《泥瓦匠的挽歌》到《挖墙》《门》《看门人之死》，这些诗是真正的存在之诗。实际上，一首独一之诗，无不出自一个位置——孤寂。

三

我没有去考察洛尔迦在纽约的游历是短暂的还是常住过一段时间。《洛尔迦诗选》“诗人在纽约”一辑，即是出自诗人的一段纽约经历。仿佛因缘所至，早期热爱洛尔迦的吕德安，20世纪90年代也去了纽约，那时他陪同妻子，在纽约常住，每天背着一个画板，在纽约的时代广场，兜售他五美元一幅的画，作为微薄的生活补贴。一个诗人，只有他的生存和一个地方发生了关联，他才可能从审美的场域进入存在之域。2016年阳光明媚的一天，我在纽约时代广场，坐在一座雕像前，忽想起若在此路遇德安，将是怎样一番光景？我当时并不知道那个雕像是谁，看了碑座上的名字，也没记住，后来才知道是百老汇的大人物——乔治·M.

①海德格尔:《在通向语言的途中》,孙周兴译,商务印书馆2004年版,第29页。

科汉，大名鼎鼎的百老汇戏剧音乐之父。但是又怎么样呢？我当时在那座广场唯一想起的一人，是一个中国人，一位中国诗人。

诗中有众妙之门。在诗人之间，它可以让你们跨过千山万水握手，也可以进入声音深处，熟悉一如相知多年的故人。我相信吕德安在纽约，纽约的一切不过是一个语言背景，在内心的舞台上，每天上演的戏剧，当是以“异乡人”和“孤独”为主题。《跳现代舞的姑娘》是全知视角下的一个六小节戏剧独白式的叙述，除了教堂的钟声和公寓的落地窗，时间和地点都隐去了。这首诗放在“纽约诗抄”里，当是写于纽约。诗人在此以一种自我客观化的手法，化身一个跳现代舞的姑娘，离开现实而进入一个“无地点的天堂”，进入语言的沉思。“而我要做的是在床上/为自己造出一尊异乡人的神”，对于泛神主义的吕德安来说，那个跳现代舞的姑娘造神的过程，就是他写诗的过程。据他介绍，那时他正在读一本《耶稣传记》，在他看来，耶稣正是一个异乡人的神。而作为一个中国诗人，在没有本民族的宗教文化传统的语言中，诗人当然对诗有更多自我期许，诗者，诗教也。所以在陌生的纽约为自己造一个异乡人的神，就成了诗的任务。

但是今天是神的休息日
我听从心灵的呼唤
但若把它说出就像撒谎
但愿我能解释这是为什么
或我从哪里来，要到哪里去
当有人在旁边观望——哟
人啊，也是世界的寓言一段
而我一旦又喊又跳，大地
就会重新流淌，房间里的门

就会神话似的自己敞开
就会有一束束扇形的光
照亮我，欣喜若狂

在陌生的异乡，在纽约，纽约的繁华加重异乡的陌生感。但这却是一个适合具体实施华莱士·史蒂文斯“诗是最高的虚构”的“方案”的时候，《跳现代舞的姑娘》的虚构场景，比纽约的街景和灵魂有更恰切的因应，比时代广场大理石座子上的大人物更能带来真正的欢乐。诗有如默契，诗是另一种心灵的呼唤，“但若把它说出就像撒谎/但愿我能解释这是为什么”，这是诗的秘密，也是诗人理应把握的分寸所在。《十一月的向导》，我愿意同样把它作为一种虚构来读，但是对于一个小岛的叙述，实际上它的变迁就是一段世界的寓言。“更多的人也来了。他们/围起篱笆，造出更好的教堂/海边，海边的那些游艇/也都放着鱼竿，像模像样/这是有钱人喜欢这样玩”，可又怎么样呢？“而海就在方圆几里外翻卷”——这个音顿透出的是一种永恒性的声音，与其说是漠然，不如说是反讽。这一诗句的重复，加强了它的艺术效果。吕德安没有抛弃学习洛尔迦的成果，他在纽约时期的写作中，把谣曲元素发展成为一种鲜明的个人化风格：深沉、苍凉、扎实而不漂浮，有思的锐利而再无唯美趣向。在这里，他把弗罗斯特和洛尔迦合流了，汇入他自己的壮阔河道。

《看房子归来有感而作》触及人生选择的主题，如《未选择的路》，两处房子，一处便利、喧哗，一处偏远、安静。换句话说，一座是实用主义者的理想居所，一座是理想主义者的精神居所，两处房子“都有着同样美好的允诺——/两座房子，我都喜欢/所以哪一天，你如果恰巧/看见我从一扇门前躬身退出/又在遥远的海滩上翻滚/那就一定是我正在痛苦/正在寻找理由并决定/如何体面地该辞退其中一个”，物质和精神、欲望和灵魂，一对古老的矛盾在身体里冲突，永无止日。这种个人化的声音或感受是普遍性的——当然仅限于人类中尚存精神追求一类。诗中轻微的反讽和自嘲，使一首已经足以成为寓言的诗拥有了更为确凿的真实性和具体性。我愿意将它看作弗罗斯特那首杰出的《未选择的路》的当代版，但是在艺术上，它显然有着更为扎实的支点和可感的气息，而且更舒展更轻盈。《曼哈顿》可以说是洛尔迦式的，它不是进入纽约的痛苦内核，如《纽约盲目全景》，而是将曼哈顿置于一种假设之中。在反复的假设中，诗人发现了那只在曼哈顿和罗斯福岛之间飞翔的海鸟，翅膀的腋窝底下是白色的，“我就找到了我的孤独”，在一个无法命名孤独的地方，寻找一个“客观对应物”，需要反复的假设，这种孤独于此呈几何倍数加深了。而这种假设通过三音步或四音步大致整饬的谣曲形式的反复、深入、循环，诗行不断被强化成一种低沉、暗哑直至苍凉的语调，充分显示了语调的力量。这一技艺还可以从《蟋蟀之死》里看到它出色的演绎。在这里，值得一提的是，吕德安的写作是个人化的，他很少去写他自己不能把握的东西。而洛尔迦的写作是整体性的，尽管披着一件安达卢西亚风格的外衣，有着吉卜赛人的歌喉，归根究底，写作主体暗藏着一种立法者的姿态。

纽约语言环境的陌生，可能从反面激发了诗人回溯的热情。事实上，诗歌写作从来不是探寻未知之门，而是借助一个突然出现的声音，或梦中的一阵风，一扇门便早已自己豁然洞开。《冻门》写的是诗人童年的经历，一群小孩在“露了天”的荒废的老房子中间玩，把石头搬进去，丢出来，躲起来捉迷藏，以石头试探找人，祈求来一场雨赶出兔子，然后抓住不放。这一切都是在人类生活的遗址上进行，这一切都充满快乐，丝毫没有因为房子的颓败带来感伤，或者因为里面的杂乱而被嫌弃。“或者祈求来场雨/让雨赶出兔子，再一下子抓住不放/但来的却是父亲，吓跑的却是自己/父亲的威力是寂静。说来奇怪：/父亲只消轻轻一站，你就立刻现身。”这是具有某种普遍性的童年记忆，至少对中国20世纪90年代以前出生在农村或小镇的孩子来说是这样，父亲站在那里中断这一切，代表的是一种强大的实用主义的力量。一首诗到此，不过是停留在生活的表面，大部分诗人或会停步于此，或者意象主义诗人会动用隐喻或象征去转换，甚至通过幻觉去努力寻找“客观对应物”，以期打开一扇语言之门，使现实释放到语言的本质之中。对于吕德安来说，他化繁为简，道法自然，处理起来总是举重若轻、游刃有余——

冬天，下起漫天雪，一片苍茫
冻住了门。只关上半个房间
后来房间也消失了，肩膀高，都埋进雪
辨认、辨认不出这里和那里
兴许这是大自然的风和雪
在模仿孩子们的游戏，当孩子们睡去
房子已变成坟墓，那些我们以为
是房间的，现在不过是一片虚无
到处都不再有区别，而你必须放弃
你已经是大人了，这是父亲坐着
在饭桌上说的。远近镇上到处
都有人在劝说。而我不是那个孩子
在我的梦中那扇门早已自己豁然敞开

每一个诗人都明白在某种意义上，艺术的本质是区分，一个被雪埋葬归为一色的世界，不再有区别，就是一片虚无。诗人的使命所在就是去“区分”，“而你必须放弃”——饭桌上父亲的话和镇上远近的人的劝说，从属于一种实用主义的观念，而对存在抱着漠视的态度。一首诗，当然也在这种朴素的叙述中染上寓言的色彩，它成为人类基本生活进程的一个整体性象征，自然也完成了“一首诗是一个整体性隐喻”的诗学标准的要求。这种朴素的智慧，得自于弗罗斯特，也得益诗人一再提起的“寂静的知识”。“而我不是那个孩子/在我的梦中那扇门早已自己豁然敞开”，这是吕德安作为一个天赋诗人的宣示，声音低低的，却最具穿透力。那扇“冻门”至此，俨然一道语言之门。

我一直以为吕德安的写作技艺不凡，或许缺乏一种大格局，比如“文革”贯穿他的童年和少年时代，包括作为知青下乡，他从未涉笔。事实证明，这不过是一种误解。吕德安在纽约，没有像他青睐的西班牙诗人洛尔迦那样，把纽约的人、物以及现实悉数纳入语言的视野，也没有像中国诗人于坚那样致力于解构一个疯狂的时代，以期呈示一代人的存在境遇。吕德安比这个时代任何诗人都更信守菲利普·拉金的“诚实原则”，或者说，他才是“修辞立其诚”这条古老法则的真正践行者。他很少写他自己不能把握的对象，总是关注耳熟能详的卑微事物，比如石头、墙、房子、藤条、断木，或者“沃角的夜和女人”、古琴、一棵树，等等，着眼于细微，却有着一个高度直达“存在和虚无”的视野。在吕德安的写作中，最为“触目惊心”的作品，当属《鲸鱼》，这首诗写于1992年，我不知道它是源于当年的新闻事件，还是起因于“鲸鱼”这个词语对寂静的一次突袭。动物学家面对鲸鱼游向浅滩、集体自杀的动因，像解谜一样莫衷一是，作为诗人，吕德安采取虚构性的办法，把它作为真实事件，仿佛就发生在诗人的生活中，加以平静地叙述——

冬夜，一群鲸鱼袭入村庄
静悄悄地占有了陆地一半
像门前的山，劝也劝不走

怎么办，就是不愿离开此地
黑暗，固执，不回答。干脆去
对准它们的嘴巴的深洞吼
但听到的多半是人自己的声音
用灯照它们的眼睛：一个受禁锢的海
用手试探它们的神秘重量
力量丧失，化为虚无，无边无际
怎么办，就是不愿离开一步
就是要来与我们一道生活
甚至不让我们赶在早餐之前
替它们招来潮汐，就这样
这些神一样硕大的身躯
拦在我们跟前，拖延着时间
打开窗口，海就在几米之外，
但从它们的眼睛看，它们并不欢迎，
它们制造了一次历史性的自杀，
死了。死加上它们自己的重量
久久地压迫大地的心脏
像门前的山，人们搬来工具
放下梯子，发誓把它们的脂肪
加工成灯油，送给教堂
剩下的给家庭，人们像挖洞
从洞挖向洞，都朝着大海的方向
像挖土，但土会越挖越多，
如果碰到石头，（那些令人争议
的骨头）就取出，砌到墙上，变得

不起眼,变成历史,变成遗址——啊
四处,四处都散发着鱼肉的腥味
和真理的薄荷味,哪怕在今天
那些行动仍具有说服力
至少不像鲸鱼,它们夜一般地突然降临
可疑,而且令人沮丧

《鲸鱼》显然已经变成语言事件，是对人类文明的反思，但是作者却让反思的力量从可以触摸的诗句中渗出，寓言色彩显而易见，真实性也不容置疑。诗中的叙述隐去了“我”的在场，或者在诗人看来，这样的悲剧不是发生在一个人的生活中，而是发生在整个人类的生活中。诗中的“我们”包含“我”，也包括所有人。只是在所有人的眼里，这不过是一次新闻事件，至多说上一句“生而为人，我很抱歉”。在一个诗人的语言视野里，它们是一种报复甚至虚无的力量，且如此具体：“对准它们的嘴巴的深洞吼/但听到的多半是人自己的声音/用灯照它们的眼睛：一个受禁锢的海/用手试探它们的神秘重量/力量丧失，化为虚无，无边无际”。人们不是哀怜同情、反躬自省，而是就它们对陆地的占有采取更进一步的措施。“死加上它们自己的重量/久久地压迫大地的心脏/像门前的山”，人们依然无畏无惧，“人们搬来工具/放下梯子，发誓把它们的脂肪/加工成灯油，送给教堂”，“如果碰到石头，（那些令人争议/的骨头）就取出，砌到墙上，变得/不起眼，变成历史，变成遗址”，这何尝不是人类历史的一幅剪影！人类的无畏，面对虚无的力量（像挖土，但土会越来越多）的无知，与鲸鱼的集体自杀，形成巨大的反讽，是的，“真理的薄荷味”并不清凉，因四处散发的鱼腥味而变味。

悖谬、反讽、寓言式的虚构、冷静的叙述、巨大的荒诞场景，显示了诗人惊人的技艺。这是整体性的写作，在吕德安的写作生涯中是少有的，但它没有像现代主义写作那样试图把对世界的观照整体性抽象，再具象还原，那样常常不可避免地陷入某种个人化的神秘。吕德安的写作，始终是明晰的，客观（即便虚构）、直接，很少依托意象。就《鲸鱼》而言，其语言的维度，实际上暗含着一个无限性的视角，因而语言是沉思的，与其说关乎人类文明，不如说是关乎存在与虚无的重大主题。

四

1992年冬天，吕德安在纽约写下长诗《曼凯托》。曼凯托是美国北部明尼达州的一个小镇，吕德安1991年去美国，最初落脚在那儿，次年春天到纽约。据诗人介绍，曼凯托在他的印象中，完全就像一个冬天里的童话世界，“有一种孤寂的美”，而由于纽约的环境反衬，它更像一块净土。写作的地点在纽约，全诗所归依的是一个地名“曼凯托”，而诗中出现的人物和场景，却是故乡渔岛的孙泰和马尾。“曼凯托”作为一个地名，其地形学的意义消失了，而变成了一种语言的起源。“在我看来曼凯托只意味着一种怀念。和所有地名一样它是一个地名，具有故乡的性质。而这也是我诗中的基础。据说它在英文里没有其他什么意思，它的发音译自初民印第安人的语音——这种说法曾令我神往不已，也许它另有他意，但一个像我这样只能学着喊出其中字母的异乡人是很可以想象这样一个地方的命名是一种语言的起源，是语言对土地的献祭。同样，也由于当时那种身为异乡人的强烈的自我意识，我有意无意地将自己的漂泊经历视为自我放逐。记得那时我正读一本耶稣传记，忽然觉得他是一个异乡人的神，他也是一个异乡人，不是吗？所以在那种情况下，我更关注的是人与土地的宿命关系，是雪与脚印，而不是那是哪个地方的雪和什么样肤色的脚。”[①]对于诗歌阅读来说，其实我们无需作者“说明”，一样可以进入到语言的气氛中并感受语言的流动，不是类似某一个地方的风景的流变，而是一种心灵的流淌，是非意向性、非时间性的，或者说诗的发生，完全是肇始于一个声音、一个音顿，而不是某个历史性的时间和地点，由悠然而来的“音顿”给出诗的时间的位置。批评家胡亮在《窥豹录》中，对其整体性的诗学考察，重心就落在这一首长诗——

> 曼凯托，诗人的异乡，乃是明尼苏达州南部的小城。1991年，诗人初去美国，落脚曼凯托，度过寒冬，后来才迁居并常住纽约。在纽约，诗人写出《曼凯托》。这件作品，乃是“在场”与“不在场”的双簧。“曼凯托”在场，“马尾镇”不在场；“教堂”在场，“红色寺庙”不在场；“酒吧”在场，“搓衣石板”不在场；“雪”在场，“海”不在场；“我”在场，“母亲”“父亲”和“孙泰”不在场。“孙泰”是诗人表哥，早就已经丧身海难。在场的不在场，或者说，不在场的在场，亦是吕德安的辩证法。这个辩证法，既是超光速飞行器，又是缩地术，打通了两组乃至多组时空。从马尾镇到曼凯托，诗人失去了“大海”，得到了最是难挨的复习课。故而《曼凯托》三十篇，都是末日之诗、尽头之诗、漂泊和孤独之诗。[②]

其实对于诗人来说，一旦完全听命于词语，“在场”和“不在场”已经不是一个技术性问题，而是取决于一个音顿所产生的位置的聚集效应。时间的维度，不再是历时性的，而是共时性的，是敞开的。换句话说，一切的界限被打破了，一切的界限服从于语言的界限。“曼凯托”作为一个词语，其地形学的意义消失或被清空了，而成一个崭新的语言容器。“曼凯托，一天雪下多了，这镇上的雪/仿佛小小的地方教堂，把节日的

①金海曙：《亲爱的德安——金海曙笔访》，《春城晚报》2011年12月19日。

②胡亮：《窥豹录：当代诗的九十九张面孔》，江苏文艺出版社2018年版，第143—144页。

晚钟敲响”，这只是一个起兴，一次漫长恍惚的怀念的开始。诗的第二行，场景就转到了马尾，一个处于亚热带季风气候的地方，难得下雪，所以“已堆积到第二个台阶。但没有人/没有人站出来说这是季节反常”，这仿佛在曼凯托，其实已经发生在马尾，一种“恍兮惚兮”的意识状态，消去时空界限，就像《佩德罗·巴拉莫》一开始就打破了人鬼的界限。“恍兮惚兮，其中有象”，孙泰与其说是作为一个人物，不如说是作为一个语象出场了，由词语的声音召唤或聚集而来。

作为故土的马尾，包括那里的孙泰、棺材店老板、洗衣妇女、孩子，海、船、乌贼等，被连根拔起，不再把从前那个“故乡”作为依托——事实上那里也不能依托了，那个记忆的“故乡”已被现实反复修改——而被神秘地带进它更为透明、纯净但又绝对土生土长的来生：曼凯托。谢默斯·希尼在论卡瓦纳时说：“这新地方可以说是一个理念：它产生于我旧地方的经验，却不是一个地形学意义上的地点。它曾经是并且依然是一个想象的王国，哪怕它可以在一个尘世的地点被找到，它也是一个无地点的天堂而不是天堂般的地点。”①

我们也可以说，在《曼凯托》中，曼凯托被替换了，而成为一个无地点的天堂、一个语言的故乡。

《曼凯托》的两行体形式，在吕德安的写作中不是第一次出现，早前的《继父》和之后的《适得其所》都采用了这一形式。两行诗就像诗人的两条腿，按照内心呼吸的节奏向前推进，舒缓、平稳，仿佛侃侃而谈。每一行诗就像每一只脚，伸出，稳稳地落在大地上。意象主义写作追求语言的速度，犹如在一条河道，从一条船上迅速跳到另一条船上，连船上的船夫都感到困惑；或者如箭矢在天空中洞穿飞鸟，不是一只而是一串。吕德安的写作，戒除了现代派某种抽象性的神秘；若抵达神秘之境，

①谢默斯·希尼：《希尼三十年文选》，黄灿然译，浙江文艺出版社2018年版，第187页。

那也是将它置于一种语言的具体性之中。两行体的形式，符合他的诗学观念，或者对于一首长诗来说，它更符合游历语言风景的内在要求。在飞机上飞行，除了一片虚空和看不见、感觉不到的速度，此外是一片虚无。在大地上步行，有时候可以停下来，张望或凝视一会儿。就诗的声音而言，这时候就形成了一个音顿，并出现它的延时效果。比如，“下了一个月的雨，就有井水溢出/把搓衣石板上的女人们惊起”，井水的安静流淌在诗人的听觉里，与其说是一种沿途景观，不如说是一个音顿，音顿延展开来，一切都得自一双凝视的眼睛——

她们笑着骂着，闪跳一旁
她们彼此告诉对方身上有水

企图阻止，避免水荡开，晕开
又紧贴着把部分肉体显现

手在这里是徒劳的
衣服在水里展示了丝绸质地

她们的嘴唇颜色的乳头
和其他羞耻的颜色正在像

帆布那样浅色的遮盖物后面
渗透出来，而肉体如风鼓涨

这里还有像地平线那样遥远的颜色
可以点燃，而当你把它点燃

你就无法把它熄灭

没有凝视就没有凝聚，没有音顿就不可能有真正凝练的语言形式。没有凝视就没有沉浸，世界不能被他的视域浸透，他也不能浸透在这个世界里，就不能进入个人化的历史内核，超越时间和地点，而重新建立一个诗的时间和心灵的投射空间；没有凝视，就没有焦点，没有细节的呈现和语言绿玉般的质感。2019年在常熟“世界诗歌研讨会”上，南京大学文学院傅元峰教授说，当代诗人缺乏凝视，当他站在大年三十的菜市场门口，里面空荡荡的，一股冷风吹过，不禁悲从中来。这一番话令我震动，至今犹在耳边回响。傅教授所言，符合一种广泛的写作现实，但不代表全部。像吕德安这样的诗人，远没有进入学院批评家的视野。如果《曼凯托》进入大学的讲堂，意味着诗歌写作和批评的气候会同时发生变化。一群洗衣妇女身上被水打湿，相互提醒，但是手不能阻止水荡开、晕开，肉体的颜色从浅色帆布后面渗透出来——还有什么样的特写比它更能诠释生命的美与活力？而对于那一双凝视的眼睛来说，与其说如此美好的日常生活场景被它的视域浸透，不如说它被存在浸透了，因此诗人说“这里还有像地平线那样遥远的颜色/可以点燃，而当你把它点燃//你就无法把它熄灭”，这是一个写作者对存在的信念，一种果决的表态，远不同于意象主义对某种抽象情怀或观念做出的具象指认。

从根本上说，诗在挽悼时间，打捞存在。诗和生活并行不悖的时刻，当然是真正的诗意时刻。在日常生活里展开写作本身的谈论，自然比一般意义上的元诗更加真切，而语言言说，即成为诗学乐器发出的朴素音符——

有一次,也是仅有的一次,我坐下
写诗,正巧孙泰推门进来

“怎样写诗“,他问“是否跟捕鱼一样”
但愿如此,我心想

后来的一天,我走向他的船,毕竟
他同意多一点见识对我有好处

在海上,一只乌贼弥留水中
晶莹透亮,犹如空气

又犹如乡村里小小的
飘泊的教堂,安静而忧郁

我请求孙泰慢点收网,而当我回头
只见水中黑烟弥漫,一片惊慌

乌贼逃走了,像一个犹大
诗也一样,诗背叛你

利用灵魂的浑浊

渔民打捞乌贼，如同语言打捞诗意，两者互为映衬，诗之原理和捕鱼生活的经验，达成高度一致，其朴素的智慧，是语言的，也是存在的。

《曼凯托》，出神、冥思、沉浸、氤氲，不再是一段寓言叙述的平铺直叙，不断的音顿出现、非意向性的记忆、碎片化、瞬时性，从现代主义的写作中彻底脱胎出来，而拥有不容置疑的当代性。在曼凯托，这个词语拥有的历史被清空，被重新打造成一个闪闪发光的语言器皿，由于它干净、纯粹，当然这也得益于诗人对它的陌生，而不是其“天赋”使然，也正因为这样，诗人不是选择马尾去建构一个有地形学意义的地点支撑的天堂——事实上，那里已经无法实施，而是选择曼凯托，它是一个最符合语言学的选择，无需受到词源学的困扰。相对于之前的写作，由于诗的内在变化，诗的语调也发生了很大变化。吕德安说：“比起以往的诗作，这首诗在叙事上是我个人风格的一次突破，少了点弗罗斯特式的音调，或者说我将弗罗斯特跟我自己之前的抒情音调揉和了，所以贯穿其间的事件也随之分解成一个个独立的细节，或一节节诗行，所以在结构的调整上使我想起立体派绘画。”（《亲爱的德安——金海曙笔访》）吕德安的诚恳总是成就他，而不是相反。事实上，《曼凯托》的语调之独特，已经早就从弗罗斯特的反讽、机智中脱胎出来，也没有洛尔迦的音色，他恢复了自己的口音，并在诗学言说的自发性流动中找到了准确的语调，其调性本身透露出他作为一个诗人的谦逊、质朴、诚实，以及开阔的视野和博大的胸怀，同时又显示出朴素的智慧和敏锐的目光。世间万物和写作主体，被纳入一种平等的地位，被同等对待并进行坦诚对话，体现了一种深刻的民主意识和谦卑精神。曼凯托不单意味着怀念的感伤，更是语言之涌现带来了无名的欣喜。正如诗的开篇，“曼凯托，一天雪下多了，这镇上的雪/仿佛小小的地方教堂，把节日的晚钟敲响”，这个基调确定的，是流逝的事物再次涌现在语言中，以文明之，写作被赋予了某种仪式般的庄严，且有难言之喜悦，而不是悲伤。但它的轻盈仍被赋予沉重的底色，如诗的第十五节描述棺材老板之死。镇上唯一的棺材老板死了，这意味着以后死去的人连他们身后的容身之所都成问题了，因而描述的语调之沉重，诗行间透出的气息之悲凉，就不单是描述一个人的死那么简单——

人们心情沉重地围着他的尸体
在他月光一样挂着黑匾的厅堂

人们怀恋他，站在他的棺材后面歌唱
而山里人，那些孤陋寡闻的人

依然在山上为他砍伐木材，而孩子们
消失了，他们再也不敢涌进他家捉迷藏

——没听见他那熟悉的劈雷般的吆喝声
孩子们是不会从成堆的棺材后面

现身。如今这一切都过去了
虽然他那忠实的木工，亮晶晶的斧头

仍旧在墨斗线上一寸寸地咚咚向前
他那孝顺的儿子也已长大成人

孩子们不敢再去他家捉迷藏，源于对死亡的恐惧；而他“那熟悉的劈雷般的吆喝声”，从来没有阻止孩子们的脚步，只不过它使得他们不得不从成堆的棺材后面现身，尔后“故伎重演”，而它，正是存在的依据之一。这样的描述，包括对那些哀悼的人们，为他继续砍伐木材的人，沉重而隐忍，深沉又不无慰藉，因为在诗人的听觉里，那忠实的木工的亮晶晶的斧头，“仍旧在墨斗线上一寸寸地咚咚向前”，正是这样的深情凝视和专注倾听，坚定着存在的信念，而诗人和诗，也一同澄明在语言的能指形式中。诗的语言，也不再是惯常意义上的汉语新诗语言，而是一种真正的当代诗的语言。

严格地说，《曼凯托》不是一首长诗，而是一首由三十个片段构成的大组诗。这组诗无疑是吕德安集大成之作，几乎动用了他积攒大半生的诗学工具库的全部家当。这是真正的创造性的写作，诞生于一个孤寂之所和一段写作时间的恍惚中，源自强大的情感和深刻的冥想的自发性溢出。高僧打坐，形似木讷，实则寂静里其内心如涌泉活水。寂静，才是诗歌真正的出生地；寂静，有一个木讷的表情。《曼凯托》是寂静中的语言涌现，其结构是自发生成的，语言景观是从词语召唤和聚集而来，如果将它付诸布罗茨基式的解读，其精湛的技艺和丰富的内蕴当会悉数显现，那么评论会获得淋漓的快感，当然也不排除随时陷入“我即开口，便是陷阱”的困境，因为它虽然具备素描般的明晰，却无处不显示诗的多义性魅力。这是内在自由之诗，是语言之诗，是存在之诗，同时也是寂静之诗，与同时代那些充满喧闹的诗行相比，它的纯净、厚重和充满古典质地的语言，是无与伦比的。

五

一个诗人的写作，是向后看的，而不是像科学一样探索未知；是向内的，对内心世界的声音形象进行倾听和观看，从而建立词与物的关系，命名事物，赋予词语以语言形式的身份。一个真正的诗人是一个倾听者，而不是言辞滔滔的表达者，一切真正的诗，无不诞生在孤寂之所。只有孤寂能够保证听觉的清净和敏锐。

吕德安是一个谦逊的倾听者，在持续不断的倾听中，他获得了最朴素的智慧：没有知识的华丽光泽，却像璞玉般富有质感。正是由于这样的智慧和智慧赋予的敏锐，他发现“砌砖者”和“泥瓦匠”是不一样的：砌砖者有着世俗的虚荣，不是真正的房子的建造者；而泥瓦匠，海边把船交给男人的妇女，在某种意义上，本质是一样的，都是“在工作的屋顶所谈论的全部上帝”（《曼凯托》），他们是精神秩序的建造者，是存在的意义所在，赋予日常生活中平凡的人物以神性，当然是一个诗人了不起的作为。

也许由于童年时代的马尾带有殖民色彩的建筑的“激发”，吕德安在人的自我身份认同的向度展开了卓有成效的写作。或者，人的身份标识、价值认同，就像词语必须具有准确的语言能指形式，如此才能洞开世界之门。事实上，细察和呈现人类紧张而复杂的互动关系的实质，从来就是文学最大的动力源，它是小说的源泉，但首先是抒情诗的源泉——诚如布罗茨基所言。吕德安这一类当之无愧的代表作是《继父》，尽管他还有表现不俗的同类作品，如《父亲和我》《致母亲》和《抚摸》等。写于1998年的《继父》，充分显示了吕德安并非一个木讷之人，他只是在长期的冥想中给寂静制造了一个表情。此诗显示了诗人对人性的深刻洞察和其语言形式的深邃微妙。

“当我一次次离开，去一个远方/我就会在电话里听到他——“喂！”//然后把我母亲喊来。”这一声“喂”的停顿，之后的言语的中断，十分精准地呈现了“继父”和“我”内心上的距离，声音延时的空间里，接着是母亲衰弱的声音、玻璃的咣当响、继父挖洞的声音。这一切还处在混沌状态，即便听见那挖洞的声音“仿佛鸟儿啄食的声音”，词语仍处于晦暗不明的状态。

我老在想，对上一辈我能做什么。

这些年来我总是一动不动

可动起来又跑得太远。还有
我在离城二十公里的荒山上

有一座自己的房子，
院子里堆砌着顽石。

不过在我的有关家庭的梦里
它倒更像是一个石头遗址，

仅仅涉及风,以及我自己
那不断增长的听力范围

一个杰出的诗人总能在语言的活动场所，为词语找到某种若即若离的客观对应物，如果我们把它称为“命名”的话，那么一个诗人命名事物，绝不是简单的“A是B”或“A像C”。吕德安深谙此道，自从他从弗罗斯特和陶渊明等先贤那里得到启示，从自己的“寂静的知识”得到明悟以来，院子里堆砌的顽石与继父的尴尬身份就有了某种神秘的因应，皆处于一种未得到明确命名的状态或者失魂的状态。“不过在我的有关家庭的梦里/它倒更像是一个石头遗址”，而不是摆在桌上的一方砚石或挂在脖颈前的玉石，因此还没有和“我”发生真正的关联，就像“继父”和“我”。——“仅仅涉及风，以及我自己/那不断增长的听力范围”，虽然如此，但也并不漠视之。

父亲的祭日，一家人团聚，“在摆满碗菜的桌前烧纸钱”，“过道敞开/表示恭请父亲的亡灵回家吃饭。//门开着，挡住了继父/那个隐隐发光的鞋柜”，这个鞋柜是继父为这个家而做的，却恰恰挡住了他自己，就像当初他自己主动进这个家，冀望成为这一家的一分子，却无时不身在尴尬中。这岂不就是存在的困境？对于诗人来说，“仔细地想象过继父”，就是在为“继父”寻找存在的依据、意义或价值——

想象他如何小心翼翼地踮着脚

在房间里，在天花板下或一张
不怎么稳定的椅子上面，开拓

开拓父亲生前留下的小小空间，
弥补那里的空缺，从而

流下合法的汗。……

这是命名、确认，通过那“合法的汗”。不管“我们”有没有习惯叫他父亲，它比母亲爬上爬下拿新鲜油漆刷过“那一堵堵像被愤怒地啃过的墙”（或暗示“继父”的委屈和无奈）更有效。

《继父》一如既往地保持了德安式的朴素风格，语言质朴、形式单纯、叙述张弛有度、细节明晰如雕刻，但是其高妙之处在于词与物之间门径的玄妙，词与物的关系类似于中国古典诗里那种“兴”，若即若离，看似不相干却又有着内在的丝丝缕缕的关联。或许正是那像遗址般的顽石，洞开了一扇语言的玄妙之门，但相比《诗经》里那些古老的“兴”之明媚，它更接近冷峻，并带来一种陌生、幽玄而奇峭的艺术效果。

接续《继父》，写于2004年的《抚摸》，是这一类专注人伦的又一重量级作品。此诗叙述孩子的孕育和出生，仿佛其与一首诗的发生有着某种神秘的共通。首先是隐隐约约感到了生命中的某种变化，然后会诉诸于听觉：声音，一开始也可能是含糊其辞的，从潜意识或幻觉出现。“梦里的一个声音/像神明留下口谕：/有人偷走了你的土地”，一个新生命的诞生实际上在尚未成形的时候，就开始占据母亲的心，“有人偷走了你的土地”再准确不过地呈现了这样的感受。不说占据而说偷走，当然是将“对方”暂时视为一个陌生的存在。这种陌生感，如果是作为一首诗的初始状态，它还是一种“源始语言”，还没有经过诗人这个助产士接生，或者按照保罗·策兰更精确的说法是，还没有把它从此岸摆渡到彼岸去。

“我侧过身望着你”，是诗从“大清早，你震惊于/梦里的一个声音”的现场继续。现实之现场和语言之存在的转换，永远是诗的一个秘密。从现实上升到隐喻的窗口，再从那里观望，现实就成了一片诗的旷野。而主体的言说是立足于本体的，在诗人看来，无论生命或语言的起源，都是神明赐予，带有某种创世纪的意味，是令人敬畏的。在这里，诗人的思辨也许更多的是关乎语言的而不是生命的，其可能性的分析，也彰示了一种坦诚谦卑、客观实在的精神——决不妄下结论。“一次身体的言词的波动/类似于一种抚摸”，在此时，生命的存在还十分模糊，而作为一种隐喻的现实，它像“一个带光亮的句子”出现了，“但琢磨起来又有点暗”，或许更像弗罗斯特说的一首诗的形成之谓“痰”，卡在喉咙里。当然这么说不合此诗的庄严语境。

对于一个诗人来说，在此情境下的抚摸有着双重的意味：它当然是对妻子的安慰，也是对语言的琢磨，琢磨那个已经遗忘的世界和抚慰一个孕育着新生命的母亲，其共同点便是爱。根据事物的相似性原则，诗在此找到基点。

随着诗节的变换，时间在无形中推进。这个时候，“肚子真实地鼓起”，开始呕吐。妻子之前隐约的感受变成强烈的反应，而对于诗人来说，那个声音也变得清晰起来："当初上帝能用泥土/造出那一对，如今他//自然也能，在你的梦里/用一张泥土般/无遮拦的嘴发话"，是的，这一发现几乎让诗人忽略了妻子的痛苦。"而这正是上帝的爱"，当他补充这一句的时候，看见妻子"像笑弯了腰"般的呕吐，"我感到自己很冒失"。诗的细腻和微妙处，正在于此。

在现实生活中，吕德安看上去几乎有些木讷，但正是这种沉静，造就了他对语言的敏感和在风格上趋向质朴。从这一节，我们不难看出诗人高超的技艺。诗人沉迷于形而上思辨的迂态和妻子处于现实的痛苦的情状之对照，反倒真切地呈现了爱的真实。

诗歌的发生地，即是它的起源地——当然，有时候起源有着更为复杂的背景。但是在"此时此地"的存在，应该是作为一种与"他在"的"共在"，才可能更完整、饱满。"此时"是"过去"的此时，也可能是"将来"的"此时"。诗歌的共时性是文学经典的一种血脉延伸，并非西方文学独有，"窗含西岭千秋雪，门泊东吴万里船"就是例证。当然在《抚摸》这里，它是一种显性的共时，通过诗人的记忆达成，也由词语唤起，在语言中落实为一种以"抚摸"为中心的人生场景。它是生命在创世纪起源之下的流脉中一个最新的起源，婚前一幕的插入，提供了这样一个美的、诗性的动因。

此诗花费了将近一半的篇幅来描述生命的诞生。这当然是重头戏。生命的诞生使爱有了更加实在的载体。由于感受的丰富性，它使得这样一个主题或观念本身变得具体起来，变得可以触摸，这正是此诗的价值所在。我们不难从像绿叶茎脉一般清晰的细节和得体而又恰切的言说中，感受到一种质朴而又奢华的语言织锦的魅力——吕德安的诗普遍有着这样一种细节的奢华，但它的风格是质朴的。所谓奢华，只是就其细节的丰富性和多样性而言。

诗的最后一节又出现了类似伊甸园那样的场景。山上滚下的石头，仿佛西西弗斯的石头，而那蛇，显然再一次引来伊甸园的符号性象征。拿起石斧的我，最终由于用力过猛，把自己扔了出去，半浸在水里，又使那蛮荒化为清水一池。这是意味深长的。抚摸只是对遗忘的唤醒，对生命孕育带来的异动的安慰，在生命诞生以后，这样的动作，发展为一种更为形式多样的行为，其内质都是爱。人类最终处在爱和欲望的某种悖论性存在之中。如果我们一斧劈死了那条古老的欲望之蛇，人类世界的池水清澈了，但生命是否会失去大部分的活力呢？这是人类面临的悖论性艺术母题，是古老的，也是常新的。

我们不难发现，此诗和他早年的名作《沃角的夜和女人》《父亲和我》是一脉相承的。叙事简洁、直接，伴随着语言之思和言说的克制，具有良好的艺术分寸感。就此诗来说，首先是强烈的现场感，使诗歌获得了现实的根基，而这种现场感不是碎片的拼贴和意象的罗织，而是一种瞬间性存在的工笔画一样的呈现，诉诸直觉。对于具有画家身份的诗人吕德安来说，“诗中有画、画中有诗”是其诗歌的一种常态，它的微妙之处在于，这样的常态不是静态的，而是动态的，具有突出的现代性特征。诗与思并行，其思之言说，在宗教、语言和生命三个维度之间自如穿越，这有点类似于耶胡达·阿米亥穿行于以色列宗教、习俗和日常之间。《抚摸》和《继父》一样，具有经典的品质。其质朴而又典雅，深邃而又睿智的艺术风格，在当代是独树一帜的。

六

《适得其所》是一部充满雄心之作，达到一册诗集的规模。耗时十五年，是一首真正长诗意义上的长诗。它是现实的，与其说是作者的写作野心的宏大，还不如说是使命的重大。当金海曙在采访时说“《适得其所》首先相当充分地表达了对当前流行审美趣味的蔑视。你是不是同意这种说法？”时，吕德安显然有着某种无奈，不得不破例做一番解释：“那是你当时的印象，现在再看也许会有不一样的看法了。《适得其所》是一种愿望，就像海德格尔那句名言：诗意地栖居。它的主题我觉得还是比较当下的、现实的。问题在于我的表现方式包括诗中的‘事件’比较个人化，说我跑去一个地方盖房子，有点不合时宜。诗里写到一个农夫和一条蛇。这条蛇是一条失去了尾巴的蛇，一半的蛇，而那个农夫却是两个，一个叫陶弟，他是帮忙盖房子的真实的当地人，一个大概是我这个愿意变成农民的家伙。所以都是一半一半。所以都找上门来了。当然，里面还有其他人。还有女人，这些构成了一个隐喻，一个关于家园的主题。”自从2011年在鼓浪屿获赠这本诗集，它已经陪伴我近十年，封面开始发黄并有了来历不明的水渍。多次翻阅，不能完整读完，直至最近几年，通读后又细读，渐渐明了诗人之苦心和技艺之精湛。它不是一部奥义之书，而是将存在和艺术的奥义置于具体化的日常生活之中。

此诗由序诗、“陶弟的土地”“仲夏的一天”“为石头所作的附言”“虽不是伊甸园也是乐园”四章和梦歌一首五部分构成。“适得其所”即“诗意地栖居”，主题明确，以诗人在福州城外山上建造房子的事件为事理基础，展开形而上的思辨。序诗以陶弟的话作为题记——“人走人的路，蛇走蛇的路”。这句话或许来自生活中某个人，以陶弟之嘴说出，或是此诗之肇始。陶弟是否实有其人，大可不必深究，就像《曼凯托》中的孙泰——他是否是诗人的表弟，已经没有多大关系。事实上，在具体的语境中，陶弟作为一个真名实姓的人，同样获得了自身的象征。“大雨三天之后，那条蛇/仍在峡谷里游动”，这条蛇被陶弟砍去了尾巴，是一半蛇，回来寻找另一半，而陶弟也是一半，因为诗中出现的“陶弟”是“第一个陶弟”，还有“最后一个陶弟”。一半的蛇和一半的陶弟，自然源自一个精心的观念设计，换句话说，它们为寻找自我、还原本质给出了一个匠心独具的结构。“它的再次出现，/无疑地还是爬行动物……/

只是吞吐着，仿佛有了语言”，爬行动物的生活正是因为人类的介入甚至伤害，与人类世界发生关联，加以命名，便成了语言的起源的某种合适象征。

《陶弟的土地》开篇是四个女挑工扛着玻璃上山，去完成一座房子接近竣工的部分。在这个过程中，涉及许多艺术的母题，比如“寂静”“恐惧”“时间”“还原”等，诗中人物悉数出场，除了“我”在场，还有陶弟、陶弟的妻子、女挑工、“你”。“仿佛这山中的日子像一颗蛋//有点旧，满是斑点，却总能在它自己的世界里孵/从而获得某种创世般的寂静——//这才造成了某种确切的朦胧。”寂静是诗之诞生地，是语言起源的必经之门。诗人在诗中引来许多《圣经》中的词语和典故，并非以基督教为视点展开一片语言视野，不过是以此作为一个参照系。因为从具体的语境看来，蛇并不像伊甸园里那条蛇，所谓“‘原罪’的房间”的“原罪”，也脱离了《圣经》上的本义。“而在荒山野地，小时候母亲说过：/一个人的名字是禁忌喊的//以免被坟地里的死人听见。”这是恐惧，源于阴沉的民间智慧，诗人又说，“愿它们的恐惧消失”。人的恐惧和“无畏”是心灵的双重禁锢，盖因不能抵达真正的心灵自由。时间是本诗的重大主题之一，因为它和存在关联，而存在理所当然作为语言的终极命题。“山中三日，人间三年——/这才多出了许多，超出了想象”，不单是因为山中生活节奏的缓慢，最主要的是，“这时你开口说话。你说：/‘一个人更多的时候是用来面对自己’”，或“在那里，时间不再是时间/而是时间的最后的言辞”，或“时间有的是——但是当时间/像骗人的老虎将我们引入深山”，“时间”贯穿了全诗，在具体的语境中生成新的意义。作为一个成熟的诗人，吕德安当然深明“诗不是意义的给予，而是还原”的奥义，对于存在、时间，甚至语言，亦然。

啊，谁曾记得第一片叶子落下时

夏娃开始舞蹈,有人羞耻,拾起第二片

把它放在大腿间?
现在雨也是这样遮住你。

但它造出另一个舞蹈中的你。
而你是不一样的。

你是雨的舞蹈
其形状就像那撕扯它的手

其过程就像你突然不在了
其本质都是为了求得返回。

玄奥、神秘,充满形而上的沉思气质。在此,“你”和夏娃并置,“你”获得定义,而夏娃也有了超出《圣经》意义上的意义,“返回”即还原。

在《陶弟的土地》中,陶弟看上去还没有“堕落”,没有砍掉蛇的尾巴,没有出让他的土地,是一个没有一分为二的陶弟。这个长着“一张无畏的蜂窝脸”“一身过时的军装打扮”的陶弟,符合一个人的真实形象,“一场古怪的石头灾难。可陶弟/并不这么看——今天他又大大咧咧地//替我们找到了水源/就在那些翻倒的怪石底下!”那时候他在荒野搭一个帐篷,高兴为那些“有如实体的暗红色的杂乱的苍穹”的砖守夜。当然,从处处埋下的伏笔看来,陶弟是一个世俗生活的人的象征,他后来在《仲夏的一天》出让了他的土地,变成了“第一个陶弟”,还有“后一个”最终原谅了他的陶弟,陶弟出让土地,杀蛇,也在诗中获得象征:

一个分裂的人，与现实生活普遍的人的形象有着本质上的惊人一致。而诗中的“你”，身份模糊，却是爱的象征，也是精神、本原和自我的象征，同时也是“我”的理想的客观化——

而你是不一样的，你就像一阵
几乎没有的毛毛雨？

还是你爱这个世界，不舍得离开。
而你是不一样的——或者当我抚摸你，

感到你是颜色的，一种不在的重量。
我感到你正在渐渐地消失在

我的杯形的掌中。
啊，不安的手，不在的重量。

我看到房子里多出一个人
房间多出一个房间

但你的乳房是确切存在的
它怂恿我继续摸索

直到那紧闭着眼的
另一只乳房，颜色发生变化

并且变得困惑……就像在雨中。

你仿佛还是另一个爱恋中的你

第一次向我说出
你的处女本质……

《仲夏的一天》呈现了陶弟的变异。陶弟出让了那有着伊甸园的清幽的土地，杀了蛇——他砍蛇的尾巴并非为了吃，而是把它扔在路上。他也变成一半的陶弟。一种现实就如此巧妙地转换为一段寓言。“尾巴就是心灵，而它把它弄丢了//尾巴就是召唤，而它却只能沉默”，现在沉默变成召唤，而不是蛇的完整，沉默召唤它的另一半，它的缺失。这缺失不由它自身造成，而由陶弟造成，由人造成，因为陶弟再次到来就像许多农民一样，“两袖空空，太监似的来到”。而陶弟发现蛇来寻找另一半，也顿时陷入恍惚之中，恍兮惚兮，其中有象——

但是此刻，发现它来了，我们在哪里？
或许正在为丧失而不知所措

为到手的东西而一度尴尬。
不知道失去的是些什么；

曾经被星星哄骗，不知道
该诅咒的又是一个什么样诱惑的世界——

脸上：一片蛮荒的灰色
眼里：一种出让土地后必然的精神空虚。

可发现这些,我们在哪里?
或许还在一场推迟的雨里推迟

在一个滑溜溜的日子里试图睡去
在我们的思想正在其间抽搐的厨房里被

盲目地爱着，伴随着冰箱的咝咝声；
正在推开盘子，像推开一座门前的山

为了山顶上的一只鹰,那黑色的盘旋
带来了光的缺乏?

诗人早年读了毛姆的《月亮与六便士》，深为高更的经历震动，差点和几个要好的年轻人去了海南。在他们的心目中，那时的海南，便是他们心目中的塔希提岛。海南没去成，高更那幅史诗性的作品《我们从哪里来？我们是谁？我们到哪里去?》里的追问，伴随了他一生，《适得其所》里不断出现这种追问，“我们在哪里?”只不过借陶弟的嘴说出。这是对存在的追问，对存在之荒谬的追问。这种追问被置入一个浩渺的宇宙场域和冷酷的当下现场，其追问之所在，就有了更为直接的荒谬感和现实感。人之所为，带来缺失，缺失的不只是那蛇的尾巴，缺失的是光，或光的缺失——诗人正是借着词语之光，为人的蒙昧无知立心，为黑暗和流逝中的事物命名。

吕德安的思辨是诗性的，有里尔克《杜伊诺哀歌》式的高蹈，但它依托的是生命体验和日常情境；不是海德格尔式的“道说”，但有着近似的精神高度。“你”的存在，将诗置于一种对话性的结构中，摆脱了现代主义整体性写作二元对立的尴尬，这得益于其写作观念中有着一种深刻的民主意识和谦卑精神，尽力规避意义的编织和观念的兜售，以“寂静”消除诗行之间的喧闹，保持诗意的具体性，从而在艺术上保持稳固平衡，并致力于消解二元对立的焦虑。

《适得其所》以清新质朴的诗句铺展开人类失去精神家园的基本图景，以及其中蕴含的对人的“无知无畏”“堕落”和奉行进化论丛林法则的批判，以高超的艺术穿透力，把人类精神困境还原到一幕幕日常生活的图景，令人叹为观止，其中蕴含着深切的同情和人文关怀——以至于不断地发问：“我们在哪里?”“为石头所作的附言”一章像《继父》的第二节一样看似闲笔，却是在词与物之间建立关联的非凡之举，它让诗意有了深厚的根基。诗人对石头的沉思是意味深长的。“一块鹅卵石头/是一次石头的漫游；//一块鹅卵石头/也是它自己的故乡；//一块鹅卵石头/几乎不再是一块石头//又总能奇迹般地/突然间复活//从而获得一个石头的/凹凸的自我。”这玄妙而不无悖谬的思辨中，有一双凝视的眼睛，它之洞察，是存在之道。溪水中的鹅卵石，是变化的，因而是漫游的；而就鹅卵石自身的自在而言，它就是自身的精神故乡。这是一切的变化寓于不动性之中的具象演绎，如漩涡之于漩涡的斜面，如溪水中游鱼之于八大山人《游鱼图》之游鱼。至于“一块鹅卵石几乎不再是一块石头”，有了“凹凸的自我”，石头经过了雕刻家的艺术创作，有了灵魂。

布罗茨基在论及波兰诗人赫伯特和20世纪的波兰诗歌时，首先选出《卵石》一诗，他说，“这是一首什么样的诗歌？又是关于什么的呢？也许是关于本性？大概如此。但我个人认为，如果这是关于本性的一首诗，也应该是关于人的本性，关于人的自主性、反抗精神，以及如果你要这么说的话，生存境况。在这个意义上，它是一首非常具有波兰特质的诗歌，关注着这个国家近世以来的历史，更准确地说是现代历史。这也因此是一首非常具有现代特征的诗歌，因为有人可能会说，波兰历史就是现代历史的缩影——更准确地说，是现代历史化成的一颗卵石。因为无论你是不是一位波兰人，历史想要做的就是摧毁你。而能够在此中存活下来并不断忍受它几乎是地质学意义上的积压的唯一方式，就是拥有卵石那样的质地，比如一旦你发现自己被握在某个人的手中，也只在表面上有了暂时的温度。”[①]词与物在每一个诗人的笔下，会有着不一样的因应，因时因地因人而异，吕德安之鹅卵石，关乎存在的根基，也关乎艺术。“一块石头，当你搬动它/它就变成了顽石。”一个石匠的一句话来到诗中，在诗人看来“半是无奈，半是奇迹”。所谓“无奈”，在诗人看来，他也搬动了那块语言中的鹅卵石，成了让鹅卵石变成顽石的帮凶，不搬它来，又没有更好地呈现存在之道的妥帖形式；所谓“奇迹”，它在具体的语境中获得了指涉，难道不是一个奇迹？况且是在这样一个寂静的写作时刻，响起那石匠的话音，由语言召唤而来。无论石匠搬动现实中的石头，还是诗人搬动语言中的石头，石头变成顽石，即是石头被工具化、功利化了，因而成为“顽石”；对应于人从童年的自在纯粹到成年的工具化和世俗化，何等相似。看似说的是石头，其实说的都是人的境遇。诗之思深邃如是，令人赞叹，语言之言说，遂成道说，此中蕴含着多么谦卑的精神和朴素的智慧。

或许诗人骨子里仍住着一个理想主义者，他相信“虽不是伊甸园也是乐园”，并通过写作区分、“建设”，最终达成这一宏伟的目标。这个乐园里住着一个不一样的“你”，这个“你”像一面镜子，映照出当代生活明晰的本质：“远处/山峦上盘绕的货车扫来/车灯，照亮了半截房子/都朝圣似的向城里爬去。”诗中所呈现的，有一个写作者的信念，也有对人类最终认识自己、找回自我的坚定信念——

---

①约瑟夫·布罗茨基：《拥有卵石般的质地：赫贝特与二十世纪波兰诗歌》，苏斯译，《威尔逊季刊》1993年第1期。

这物质的黑夜
不久后将赋予我们更多：

一溜竹子篱笆
三级水泥台阶，以及让你

产生小小的教堂幻觉的两块巨石
上釉的坛子，几方寿山石印，一窝

几乎是可口的光，(啊！浑圆的鸡蛋
曾经下到邻居的院墙内)

这些都是我们最初的财富。
今夜只有你和我仍旧

孤守着夜，履行着诺言
我们还承担着两个女儿，用不同的爱

但她们更愿意待在城里
她们曾经是两个，现在还是两个。

有了支撑存在的根基，一如那陶弟的土地上的石头；有“不一样的你”，有爱，“我们的女儿”，即便“更愿意待在城里”，但“她们曾经是两个，现在还是两个”，不会像陶弟一分为二，而是保持人格和精神的完整。“虽不是伊甸园也是乐园”一章结尾，像主祷词，有着宗教般的力量。但是诗的最后一部分呈现了现实的冷酷："那个死去的正是你：你的方向，你的去处"，"虽然我说那是你的房子，那是/一场梦，但我为自己的冷静难过！"诗人的清醒和反思，使诗从后浪漫主义的高音再次回到一个不无沮丧的低音，唯其如此，更具张力。

其实《适得其所》堪称一首"独一之诗"，从《时光》《勤奋的玻璃工人》《屋顶和池塘三章》《池塘逸事》《群山之中》《十月最后的一天》等可知，它不过是作为一部交响曲的单一乐章。在艺术上，它显示了诗人非凡的个人才能，无论是构思的奇妙，想象的丰赡，语言的节制、典雅和富有质感，还是风格的质朴、清新和峭拔俊逸，都堪称当代诗歌的一座高峰。此诗不是立足一个"此在"或一个音顿展开，而是一种整体性的写作，难度极大，其抽象而能"落实"，具体却又凌虚，语言的精确和结构的平衡之卓越，为当下所谓智性写作建立了一个典范。

诗是声音的艺术。吕德安称得上一个深谙它的秘密的诗人。总的来说，从早年学习洛尔迦、弗罗斯特、阿尔贝蒂、史蒂文斯等西方巨匠，再到向中国古典文学的经典诗人如陶渊明等学习，他不断参悟，逐渐自成一家。他对于如何在语言中呈现音顿的技艺实为娴熟。直取核心，直陈其是，这一方面大约得益于中国古典文学大师，比如早期的《断木》和后期的《时光》。对于音顿的拓展，以及音顿与音顿之间的自然过渡，他又引进弗罗斯特的叙事技艺，在一个无限的语言维度上，将诗意还原在客观叙述的具体性之中，将现实寓言化或以寓言化的现实，去抵近不可言说之境。他的写作始终伴随着对语言本体的沉思，这在《适得其所》中得到集中体现。叙事和思的经验，拓宽了音顿的领地。其实，在诗人的访谈和言论中，从未提及的一个诗人希腊的扬尼斯·里索斯，似乎在他的写作中，也出现过投影：那种超现实的视野，一度在早期作品《半折的房子》和《回忆》中隐约呈现。他博采众长，自成一家，叙事和抒情融为一炉，思辨和具象浑然天成，其诗歌坚实的底座，是音顿，而非别的什么，知识或者意义，或极端化的无意义语言能指形式，因而他无须担心什么“陷入散文化的形式模糊”，而出现“写作合法性”的焦虑，他从来不为自己的写作辩护，他的调校是自我完成的。克制、自觉，保持对语言的敬畏和敏锐，是他在艺术上的自我保证。当然，他从现代主义脱胎出来，以精湛的艺术诠释了当代性的代表作，仍首推《曼凯托》——一座吕德安诗歌地标。

2020年7月20日—8月1日于长沙荷园

冲淡和嶙峋之间：论陈先发

一

2012年春天，我应邀去河南，第一站到达郑州。身穿绿马甲、背有些驼的诗人罗羽，在出站口接上我。四月的郑州，街道两边的栾树披上新绿，枝丫间熄灭的灯笼，依稀可见。中午，郑州一个从未谋面的诗人请我们吃饭，我和罗羽乘兴而去，席间谈到陈先发最新发表在新浪博客的《养鹤问题》。我盛赞诗之精妙，不料遭到那个头次见面的诗人的激烈反对。罗羽马上出面调和，大约说的是，诗还是不错的，只是最后一句"从一个批判者正大踏步地赶至旁观者的位置上"，似乎有点问题——罗羽大约是为了缓和当时的气氛吧。

谈论诗是危险的。谈论诗和写作，在当代有着双重的尴尬。后来我了解到那个诗人写口语诗，持有激进的所谓民间立场。陈先发的写作是学院派的？据我所知，从未有过明确的界定。况且学院派和民间派，除了涉及诗歌话语权之争，与诗本身并无多大关系。20世纪80年代末期到90年代，从韩东"诗到语言为止"的提出——严格地说，也不能说韩东提出了这个口号，不过是他在1988年7月的《诗歌报》上发表的一篇小论文中的一句话，后来韩东在《关于"他们"及其它——韩东访谈》做了澄清："我当时说这句话是为了强调语言的重要性，然后别人觉得我这话说得有劲、有力量，并对我做出总结，结果呢，就变成了好像我只说过这样一句话，好像这句话就是金科玉律。"——口语写作俨然成为先锋文学的标志，口语派诗人也和学院派诗人或非口语诗人变得水火不容，直到1999年"盘峰论剑"，演绎为一场规模空前的口水大战。

对诗的误解，发生在读者之间，自然不为坏事，可能正是诗之幸，但是发生在写作者之间，其效果就大不相同，会造成无端的狂妄、盲目和自我遮蔽。口语作为口头语言，由于其天然无意义，以它作为反对意义写作，把语言从功利观和反映论中解放出来，让语言从工具地位回到语言本身，回到文学，回到本体，这当然不失为一种有效的策略，但这并不意味着诗歌写作只有"自古华山一条路"。语言的路径——不说"条条道路通罗马"，因每一个写作者的取向、风格不同而千差万别，正是因为这样，艺术才有了丰富性和多样性。

陈先发是一个独立的写作者，始终保持着写作姿态的卓尔不群。他不标榜先锋姿态，也不附和某个流派，在对诗的认知上，更不拘于一端。当然，他在语言内部不断调校自己的写作，和20世纪80年代后期至90年代的语言观念变革是同步的。就《养鹤问题》而言，它除了因应某种经过艺术转化的现实，实际上还有针对写作主体的定位做出的自我调校——

在山中，我见过柱状的鹤。
液态的或气体的鹤。
在肃穆的杜鹃花根部蜷成一团春泥的鹤。
都缓缓地敛起翅膀。
我见过这唯一为虚构而生的飞禽
因她的白色饱含了拒绝，而在

这末世，长出了更合理的形体

养鹤是垂死者才能玩下去的游戏。
同为少数人的宗教，写诗
却是另一码事：
这结句里的"鹤"完全可以被代替。
永不要问，代它到这世上一哭的是些什么事物。
当它哭着东，也哭着西。
哭着密室政治，也哭着街头政治。
就像今夜，在浴室排风机的轰鸣里
我久久地坐着
仿佛永不会离开这里一步。
我是个不曾养鹤也不曾杀鹤的俗人。
我知道时代赋予我的痛苦已结束了。
我披着纯白的浴衣，
从一个批判者正大踏步地赶至旁观者的位置上。

此诗或许肇始于那"浴室排风机的轰鸣"，它就像一种哭声，"当它哭着东，也哭着西。/哭着密室政治，也哭着街头政治。"——所谓"密室政治""街头政治"，或是感应于2012年甚嚣尘上的所谓"末日论"，进一步发酵了语言之思，诗人面对现实的纷扰、现象的芜杂和诗性正义的丧失，意欲为"纯粹"寻找一个客观对应物。没错，就是山中那只柱状的鹤，"液态的或气体的鹤"，或"在肃穆的杜鹃花根部蜷成一团春泥的鹤"。不论怎样的鹤，此鹤被指为虚拟的语言形式也罢，在诗人的感受里，都舍此无他。它们"都缓缓地敛起翅膀"，这缓缓的敛翅，含着丰富的意味，赋予了诗人的情感，不论它们是山中的、杜鹃花根部的还是游乐场上的，其本身都是虚构的。“我见过这唯一为虚构而生的飞禽/因她的白色饱含了拒绝，而在/这末世，长出了更合理的形体”，有时候虚构比现实更真实，虚构的真实和现实的虚幻，形成对照。对于诗人来说，至此完成了一首诗的使命。“我披着纯白的浴衣，/从一个批判者正大踏步地赶至旁观者的位置上”，与其说赋诸一种“语言的观看”的位置，不如说它显示了诗人某种艺术上的自觉——具体说来，对于秉持现代主义写作方法论的诗人，有了某种深刻内省，质言之，诗人作为立法者的身份，遭到诗人自身的质疑——一个立法者或批判者，其天然道德优势从何而来？那个“赶至旁观者的位置”的诗人，不是作为一个漠视者，而是他已经明了诗不是伦理性批判，诗至此已完成自身的使命，从诗学本体的角度说，诗人在主、客体之间正萌生一种深刻的民主意识。

《养鹤问题》是及物之诗，也是关乎诗学本身的“元诗”——只是诗人没有像惯常的元诗写作那样不及物地“以诗论诗”。诗的语调沉郁，又不无反讽，而正是它，使此诗有了当代诗的鲜明特征。

二

陈先发1967年出生于安徽桐城，“天下文章，其出于桐城乎？”（姚鼐在《刘海峰先生八十寿序》中语。该文第一次提出了“桐城派”的说法）。出生地的地理灵性和人文景观，对一个诗人来说，是早期最好的诗歌课本，而桐城也称得上一个得天独厚的诗歌课堂。“县城东南向约十三公里处，有一座别具风格的千年古镇：孔镇。据资料载，孔镇在明末到清中晚期，曾相当繁盛：‘主街一道，横街两条。另有七巷十三弄。街、巷、弄均为麻石铺筑，店铺房舍多具飞檐翘角，木楼花窗，栉次鳞比’。镇东大沙河，平沙浩瀚，夕阳照射，宛如白雪，有‘孔城暮雪’之称；镇西南界荻埠河，碧波粼粼，渔歌唱晚，挂帆返棹，有‘荻埠归帆’之说。此二处，均列入了旧‘桐城八景’。1967年农历十月初二夜间，当代诗人陈先发出生在孔镇九甲（民国时，将该镇分为十甲管辖）外，一个叫‘埂头’的小圩子。”[①]不过在陈先发童年的记忆里，这个诗意盎然的孔镇，早已凋敝。“——大概有三公里多的大青石板街，还在。小时候(20世纪六七十年代)，最喜欢撒开蹄子在上面乱跑，沁凉入骨的。每天早上，街上挤满了七里八乡来街上卖鱼、卖菜的小贩子；炸油条、炸春卷的大油锅也当街摆出，贩子们做完了小生意，把扁担一扔，就蹲在油锅四边的小板凳上‘扯闲白’。那些年，最大的几个铺子，是用白石灰刷掉旧商栈名号又重新开业的供销社，卖些化肥、农药之类；或者是叫‘合作社’的那种，卖些日杂、小百货。中间夹着些剃头铺子、小照相馆、棺材店、铁匠铺子，白天也没几个客人，老板们笼起袖子，听旧版的黄梅戏《小辞店》，或者，坐在门槛上发呆。”[②]对于陈先发来说，视域性的桐城或孔镇的辉煌已经流逝，但是生于斯长于斯，一个口头和文字里的那个旧时孔镇，依然在记忆里存在。何冰凌在《作为日常生活的乌托邦——陈先发传》中写道：

孔镇虽小，却自古是个出人物的地方。最叫镇上人津津乐道的是“一儒、一侠、一书院”。一儒，指的是清代大散文家戴名世(1653—1713)，1702年他刊行的《南山集》，因内容多采方孝标《滇黔纪闻》所载南明抗清之事，而遭劾下狱，两年后以“大逆”罪被杀，此案牵连数百人，为历史上最著名的“文字狱”之一。一侠，指的是1935年11月13日在天津草厂庵的居士林，孤身刺杀北洋军阀孙传芳的女侠施剑翘；一书院，指的是曾被清代全国书院所奉崇、并载入《皇朝政典类纂》的“桐乡书院”。这个书院的旧址，与陈先发家的老屋子隔河相望，“相隔不

①②何冰凌：《作为日常生活的乌托邦——陈先发评传》，《星星》2008年第4期。

过百余米。事实上，我小学与中学的大部分时光，是在书院旧楼改造成的教室里读书"。关于孔镇一带的史上人物，陈先发还介绍说，往东不出数里，还有一代宗师朱光潜的故里。往枞阳县方向略去一点，是方以智的家乡，"这一带的大文人，很奇怪的一个特点，是习武任侠的多，像方以智，不仅是大哲，居然也是洪门、天地会的创始人，很有传奇色彩。"而这些人物，仿佛蛰伏在陈先发的潜意识里，他在1987年早期诗歌《与清风书》中，劈头第一句就是"我想活在一个儒侠并举的中国"，不知是否有这种源起？

《与清风书》出自一个二十岁的青年之手，已显卓尔不凡。一个高音萦绕在"含烟的村镇，细雨中的寺顶"之上，"河边抓虾的小孩/枝头长叹的鸟儿/一切，有着各安天命的和谐"。诗人在语言中对一个逝去的传统中国的召唤，貌似已开先声，无论此后上演"一个女子破茧化蝶的旧戏"，还是倾听"草间虫吟的乐队奏着轮回"，都成了"必修"的诗歌功课。当然，此诗2011年选入诗集《写碑之心》时大约做了修改，抹去了部分语言的青涩，但仍可以听出诗行之间热烈的心跳。最重要的是，在朦胧诗红极一时的20世纪80年代，年轻的诗人已然从英雄主义的代言式写作的影子里走出来，发出个人性的高音。此高音，显然不再从属于"我不相信——"一类的诗歌意识形态。

1989年，陈先发揣着五十多首写于毕业前两月的诗歌回到合肥工作，这些诗在当时被誉为"先锋诗坛的领路者"的《诗歌报》，以"陈先发专辑"推出，引发相当范围内的一次轰动，他也因之被视作海子之后又一"少年天才诗人"。但是不久他就进入长达八年的"沸腾的记者生活"，蹲点大别山，跑遍十七个省偏远地区和城市。在我看来，正是这一段生活决定了他在语言路径上的选择。八年记者生活，让他具备了一种整体性的宏观视野。时代处于剧烈的变动时期，农村田土放开，城市化运动开启，不单是孔镇、桐城，整个中国都在发生翻天覆地的变化。而作为一个记者，尤其度过了青春狂热期的诗人，他会比其他人更敏锐地感受到一些东西在破碎、流逝——历史性的孔镇逝去了，他要把那个口头流传和记忆留存的孔镇接回到语言中，重建一个视域性的孔镇——“赤脚，穿过种满松树的/大陆/这么多滩涂、山川、岛屿无人描绘/许多物种消失了/许多人已尸骨无存/我来得太迟了”，一句“我来得太迟了”，语带悲怆，赤脚到来，一颗赤子之心彰然可见。“你死后/青蒿又长高了一点”，沉痛，隐忍，“凡经死亡之物/终将青碧丛丛/就像这些柳树//田埂上/蜜蜂成群”（《扬之水》），哀挽中又保有存在的信念。对着河边那些耳熟能详的植物，他热烈的表白里，实是一颗滚烫的心在场——

石粟，变叶木，蜂腰榕
石山巴豆，麒麟冠，猫眼草，泽漆
甘遂，续随子，高山积雪、铁海棠
千根草，红背桂花，鸡尾木，多裂麻疯树
红雀珊瑚，乌桕，油桐，火殃勒
芫花，结香，狼毒，了哥王，土沈香
细轴芫，苏木，红芽大戟、猪殃殃
黄毛豆付柴，假连翘，射干，鸢尾
银粉背蕨，黄花铁线莲，金果榄，曼陀罗
三梭，红凤仙花，剪刀股，坚荚树
阔叶猕猴桃，海南蒌，苦杏仁，怀牛膝。
四十四种有毒植物
我一一爱过她们

直接、浓烈，开始出现鲜明的个人抒情风格。此一时期，陈先发迎来创作的井喷期，在风格上也不断探索；在语言上，一个无限性的维度开启，像胡安·鲁尔福的《佩德罗·巴拉莫》，打破了生死的界限。“她怀孕了，身子一天天塌陷于乳汁/她一下子看懂了群山：这麻雀、野兔直至松和竹/都是永不疲倦的母亲”，一种自我客观化的视角，融于对世界的观察，“爱情和死亡，都曾是令人粉身碎骨的课堂/现在都不是了。一切皆生锈和消失，只有母亲不会。/她像炊烟一样散淡地微笑着/坐在天堂的门槛上喃喃自语”（《母亲本纪》），为母亲立传，把母亲摆到帝王一般至高的位置，只言顶万语，语言浸透在情感里。而《悼亡辞》所示，正是步入招魂之路，“要理解一个死者的形体是困难的，他坐在/你堂前的紫檀椅上，他的手搭在你阴凉的脊骨”“他一路下坡，河堤矮了，屋顶换了几次，祠堂塌了大半”，越来越克制、惊悚、奇峭。《最后一课》中那个“抱着村部黑色的摇把电话”给没有到来的“她”打电话，“嘴唇发紫，簌簌直抖”，诗中的音域顿时出来了，延时所及，除了为孤独发明了一个现代性的精彩比喻（小水电站），视域之呈现，是那个逝去的老师去为病中的女孩补课，“夹着纸伞，穿过春末寂静的田埂，作为/一个逝去多年的人，你身子很轻，泥泞不会溅上裤脚”，叙事性、戏剧化场景，短短十行容纳了一部短篇小说的内容。

这一个时期，除了返身记忆，陈先发也在不断思考、探索，试图走出一条独特的语言路径。90年代轰轰烈烈进行的“反传统”“反崇高”的口语诗运动，使他深感新诗的圩堤在决口。“我把诗稿置于陶罐中/收藏在故乡雕龙的屋梁。/此屋建自明末，多少衰落的星斗敲打过/这鱼鳞状小青瓦——/多少人消失了/穆旦啊，北岛，你们在夏季的圩堤冲出缺口/而我恰是个修补圩堤的人。”（《天柱山南麓》）传统和现代的断裂处，必出现肩负使命的诗人，他以口语化的叙事为策略，直接对《水浒传》人物进行当下重构，试图打开传统和现代淤塞的气脉，但终因气息不至而声音虚浮，只能算一次尝试。但是就在这井喷期，即2005年前后，一批成熟精湛的作品相继问世，几乎是在诗行间充斥着喧闹的同时，这一批作品突然寂静下来，并浮出词语自身清晰的声音，它们是《丹青见》《前世》《鱼篓令》《秩序的顶点》《残简》等。《前世》是梁祝故事的超现实主义重构，其音调的高亢是少有的，带有戏仿色彩，而诗出现的停顿，更让其从90年代以来大行其是的线性叙事中区分出来，成就此诗品质："这一夜明月低于屋檐/碧溪潮生两岸"（《前世》），好比苏东坡的《水调歌头·明月几时有》之"转朱阁，低绮户，照无眠"，或如一个音顿戛然而止，余音袅袅回梁，构成一个坚实的诗意发生点。在诗的内在气质上，此诗实际上是一种现代精神的映射，或对世界的整体性观照之后的具象还原，只是借用了梁祝神话的"壳"。《丹青见》让人想起现代主义大师华莱士·史蒂文斯的《坛子轶事》，一只坛子被置于田纳西的山上，自然的秩序改变了，凌乱的荒野向山涌去，它统治每一处，不曾释放飞鸟和树丛。对于华莱士·史蒂文斯来说，此诗即所谓"诗是最高的虚构"，荒野的秩序改变，源于诗人精神意志的力量。《丹青见》显然有着某种同构性，但它却是中国化的，根植于本土——

桤木，白松，榆树和水杉，高于接骨木，紫荆
铁皮桂和香樟。湖水被秋天挽着向上，针叶林高于
阔叶林，野杜仲高于乱蓬蓬的剑麻。如果
湖水暗涨，柞木将高于紫檀。鸟鸣，一声接一声地
溶化着。蛇的舌头如受电击，她从锁眼中窥见的桦树
要高于从旋转着的玻璃中，窥见的桦树。
死人眼中的桦树，高于生者眼中的桦树。
被制成棺木的桦树，高于被制成提琴的桦树。

全诗仿佛是一个得道高僧的念白："桤木，白松，榆树和水杉，高于

接骨木，紫荆/铁皮桂和香樟。”声音低沉，却不容置疑。而“湖水被秋天挽着向上”和“鸟鸣，一声接一声地/溶化着。”穿插其间，情景交融，正是此诗高妙处。陈先发在20世纪90年代的写作彰显着一种“儒侠并举”的情怀，进入新世纪以后，他更多地表现出一种“卫道”精神和为这个失神的世纪招魂的雄心。他的“诗哲学”，不单是让语言的行动抵近道之所存，也显示出一种“立法者”隐忍的强悍，致力于为这个“礼乐崩坏”的时代重建人类的精神秩序。《丹青见》呈现的是一种自然秩序背景下，对人类精神秩序混乱的纠正，这正合了谢默斯·希尼之诗是一种疗救和纠正的主张。“如果湖水暗涨/柞木将高于紫檀。”柞木和紫檀的价值不言自明，“湖水暗涨”，一个“暗”字，让其获得隐喻。接下来“鸟鸣，一声接一声地/溶化着”，这一声声鸟鸣，既可视为对自然环境的选择性描述，更让人感到一种近于呼救的声音。“溶化着”，似药丸。到此诗的声音也提高音调。即便“蛇的舌头如受电击”，人的欲望不断地改变着这个世界的秩序，诗人当然要指出，“她从锁眼中窥见的桦树/高于从旋转着的玻璃中，窥见的桦树。/死人眼中的桦树，高于生者眼中的桦树。/被制成棺木的桦树，高于被制成提琴的桦树。”锁眼里的桦树自然是处于禁锢状态的事物。死人眼里的桦树和制成棺材的桦树，直是摆脱了自然属性而从属于精神属性。诗人对这一价值判断的指认，坚决、果断，不容置疑。其背后蕴含着诗人的世界观、价值观和深沉的人文情怀，是“诗是致良知术”的一个有力注脚。

这一类出色的作品，还有《秩序的顶点》，在某种意义上比华莱士·史蒂文斯的《坛子轶事》一类“最高的虚构”更精彩。

三

从1966年“破四旧”起，中国的庙宇、祠堂、雕像等无不遭受摧毁，

"十年浩劫"使这一切变得不可逆转。那些青瓦被置于废墟间，门槛石——带着一道道凿痕、被一代又一代交代下来"不可移动"的大条石，不知所终；石窟里千年的石像，缺了眼睛、鼻子，面目模糊。文庙拆除，祠堂倒塌，书院被挪作他用或者改成了某一户人家的新宅。到处是语言的碎片，而我们对一个传统中国已然远去的事实，竟浑然不觉。20世纪90年代肇始的城市化运动轰轰烈烈，大规模的拆迁，清一色带着西洋风格的建筑升起，挖掘机势不可挡的履带下弹出的石子，不知会击中何人。我曾经在贵州目睹一个小县城，因为修建大水库整体重建，一座新城最终落实为整齐划一的苗族民居风格：青瓦、美人靠、木格窗。当地居民迁入新址，傍晚时分回家居然找不到自家的位置。这一切都是为了博得游客的青睐，看上去是在弘扬民族文化，实际上将现代人的家园置于一种无以区分的虚无境地。比这更有趣的是，某地扬言要兴建一条《水浒传》中王婆、潘金莲和西门庆的故事发生地一模一样的街道，要不是来自媒体的一片反对声，今天的游客会在欲望本已过度膨胀的当下，去那里"凭吊"一番，而从口袋里掏出几两已经满不在乎的银子……当代中国，传统已经走远，流逝和凋敝的，何止一个孔镇？崭新的街道，闪闪的幕墙，带着点欧式风格的屋檐和无不欧化的小区名字，以其现代性的暴力一面，压迫着人们的心灵。历史的叹息起于废墟间，诗人是那里的倾听者，捧着瓦砾中的"残简"，"礼失而求诸野"，在文明的荒野再次为那些口音模糊的词语命名、招魂。

陈先发作为一个诗人，因其八年"沸腾的记者生活"，对此有着比一般诗人更深刻的洞察。2015年，他在接受程一身博士的访谈时说："对诗歌而言，存在四个层面的现实。一是感觉层面的现象界，即人的所见、所闻、所嗅、所触等五官知觉的综合体。二是被批判、再选择的现实，被诗人之手拎着从世相中截取的现实层面，即'各眼见各花'的现实。三是现实之中的'超现实'。中国本土文化，其实是一种包含着浓重的超现实文化，其意味并不比拉美地区淡薄，这一点被忽略了，或说被挖掘得不够深入。每个现存的物象中，都包含着魔幻的部分、'逝去的部分'。如梁祝活在我们捕捉的蝶翅上，诸神之迹及种种变异的特象符号，仍存留于我们当下的生活中。四是语言的现实。从古汉语向白话文的、由少数文化精英主导的缺陷性过渡，在百年内又屡受政治话语范式的凌迫，迫使诗人必须面对如何恢复与拓展语言的表现力与形成不可复制的个体语言特性这个问题，这才是每个诗人面临的最大现实。"[①]不难看出，他的写作正是基于这诸种"现实"做出的个人化选择，从20世纪80年代在复旦校园开启写作，倏忽已三十多年。这么多年以来，他始终保持写作姿态的独立，既不向知识分子写作阵营靠拢，也不标榜自己的民间立场。如果送他"智性写作"或"新古典主义写作"这样的标签，他或许会含笑有限应允。他一再声言"诗哲学"的诗观，在他看来，诗本就是要举手向"哲学"致意的。我之所以予"哲学"以引号，是因为此哲学非彼哲学，或许更近于中国传统诗学里的"理趣"二字。一些论者把他列为"新古典主义"的写作代表，也许源于对《前世》《鱼篓令》《从达摩到慧能的逻辑学研究》一类作品的观感，如果借此认为陈先发的写作是一种"古典的现代性表达"，实在是莫大的误解，完全忽视了"当代诗是声音的艺术"这一常识。其实陈先发的诗歌方法论更多的是汲取和拓新西方现代主义的写作，当然在具体语境的诗意生成中，他对古词、古意的重构，实现了一种古典情境的现代性建构。而他观察世界，不囿于个人，而是立足于一种整体性的视野，在具体的诗歌个案中，确定具体的对应方案。他的写作是整体性的，而非个人性的，当然这是就总体而言。整体性的写作，挑战着诗人的个人才能，即便像他这样具备宏观视野的诗人，也不免时常流露出命名之难的苦涩表情，因而"酷爱这白色颗粒的

①张执浩执行主编:《汉诗·清平乐》,长江文艺出版社2015年版,第275页。

致幻剂”（《木糖醇》）。现代主义的大师们，如华莱士·史蒂文斯、T.S.艾略特，早已形成难以逾越的高峰，吸取本已难，拓新谈何容易！陈先发当然明白，单纯地将整体性视野里一种或多种“现实”付诸“客观对应物”，势必陷入那些现代主义大师的追随者们一样的困境——比如后期的象征主义，最终演变为一种“玫瑰——爱情”“百合——纯洁”的僵死的一一对应，曼德尔施塔姆针对象征主义在俄罗斯的表现，一度严词批评他的文学前辈，他说“巴尔蒙特在俄罗斯的位置就像一个从不存在的语音学王国派来的外国传教士，这是一个罕见的、没有原文的译文的典型例子。虽然巴尔蒙特生于莫斯科，但是在他与俄罗斯之间隔着一个海洋”①。陈先发避免了象征主义晚期的动脉硬化，没有因整体性观照经过了抽象、高度浓缩和概括，再具象还原，而陷入个人化的神秘胡同。他的解决方案是，将词与物的关系建立在一个象征系统中，即是说，将之诉诸一种虚构、寓言或想象的图景，这类似于华莱士·史蒂文斯《观察乌鸦的十三种方式》，通过描述一个观看乌鸦的想象世界，从而具体地呈现诗人看待世界的方式，乌鸦是现实中的事物，描述者的想象使其变为另一种想象的真实。陈先发的写作就总体而言，或可以看作一种整体性视野下的词与物的转换，词语一如雪，当一束阳光照来，转眼化作了空无。雪之再现，借助于词语的光亮，露出“鹿的蹄印”，仿佛来自空无之中。特朗斯特罗姆那首《自1979年3月》，可作为注脚。词犹如雪覆盖的岛屿，同一的白如空白，且断开了和大陆的联系，没有语言。白雪覆盖的荒野，如空白之页，词语的母性隐含其中。“我触到雪地里鹿蹄的痕迹”②，语言形象出现，词即转化为语言。

古米寥夫有这样的诗句：“我们已忘记唯独词语/在忧烦的土地上照

①曼德尔斯塔姆：《曼德尔斯塔姆随笔选》，黄灿然译，花城出版社2010年版，第55页。

②托马斯·特朗斯特罗姆：《特朗斯特罗姆诗歌全集》，李笠译，南海出版公司2001年版，第208页。

耀，/忘记《约翰福音》写道/词语就是上帝。”[①]“太初有道，道与上帝同在。”在原文里，这个“道”，即词语。在中国文化语境里，我们不妨将它称之为气息，一首诗的发轫，它晦暗不明，却隐约存在，可以感知而不可言说，存在于诗人的凝视和倾听的渺茫中，不是在一刻，甚至是在一段时期。在这样的时候，诗人处于“困境”中。在某一个时刻不经意间，它突然放出光亮，跃身到“物象”中，就有了语言，就有了一个突破“困境”的“特例”。这是一个“破壁”的时刻，这个过程是一个命名的过程。我们也不妨说，气息即本体，是它所散发出来的、现象中看不见的东西或现象包裹的东西，诗人的工作，就是要将它置于喻体的明晰性之中，但是这非常难，一如“本体”那样“渺茫”。陈先发在《渺茫的本体》一诗中，十分形象地呈示了命名之难——

每一个缄默物体等着我剥离出/它体内的呼救声/湖水说不/遂有涟漪/这远非一个假设:当我/跑步至小湖边/湖水刚刚形成/当我攀至山顶,在磨得/皮开肉绽的鞋底/六和塔刚刚建成/在塔顶闲坐了几分钟/直射的光线让人恍惚/这恍惚不可说/这一眼望去的水浊舟孤不可说/这一身迟来的大汗不可说/这芭蕉叶上的/漫长空白不可说/我的出现/像宁静江面突然伸出一只手/摇几下就/永远地消失了/这只手不可说/这由即兴物象压缩而成的/诗的身体不可说/一切语言尽可废去,在/语言的无限弹性把我的/无数具身体从这一瞬间打捞出来的/生死两茫茫不可说

这当然是一首元诗，一首描述诗的发生机制的诗。“缄默物体”内的“呼救声”，即词语，或者说这“缄默物体”，即是不可言说的本体之实体

①曼德尔斯塔姆:《曼德尔施塔姆随笔选》,黄灿然译,花城出版社2010年版,第43页。

化，这声音唯有诗人听见；这声音还没有获得语言能指形式之前，处于一种禁锢和不明的状态。就此诗而言，它只是一个起兴，“湖水说不”，以“涟漪”为语言，湖水是敞开的。有光线的澄明，因而自有语言。“我”跑到湖边或磨破鞋底爬到山顶，刚刚形成的湖水和新建的六和塔，在语言学意义上，都是原初性的，故而“刚刚形成”或“刚刚建成”，它们象征着事物的初次命名。水浊舟孤，迟来大汗，光线的恍惚，芭蕉叶的空白，皆为即兴物象，不可说，即是不可抵达这触目皆神秘背后的本体，而即便“语言的无限弹性把我的/无数具身体从这一瞬间打捞出来”，诸我互不相识，皆非当初那个真正的人的意义上的“我”，那个完整的自我，诸我如“生死两茫茫”，人即如此，物更如何？不能发掘出内在关联如置身雾中，诸我孤立如孤峰，之间茫茫大雾，就像不可说的“渺茫的本体”。

对于个人性的范畴，诗总能相对自如和自由，一旦面临一个偶然的、整体的甚至当下和历史并置的整体性范畴，便难免出现语言的困境。不可说，开口即陷阱，描述即偏差，如何以准确的语言能指形式作为词语的恰切身份，去洞开语言之门，是命名之难，也是精神困境所在。陈先发念兹在兹的“不可说”，多是假托之词，他并非相隔一片湖泊，要一步迈进对面的“空中之门”，而是在词语的“摩擦”中，擦亮语言的沿途风景，言此而意彼，意外收获了“未知之物的成熟”。就像不枯坐呆等石壁裂开，他去种了几丘青菜，正是在那青菜生长，或语言自然澄明之时，不经意洞开一扇语言之门。所谓“玄之又玄，众妙之门”，大抵就在这样并不刻意的时刻开启。这是陈先发元诗写作独特的地方，既不同于约翰·阿什伯利，也不同于华莱士·史蒂文斯，而是以独特的语言之思，拓开诗的场域，放弃写作的目的性，把语言之途意外的聚集，收获于语言本身，从而极大地提升了汉语的弹性和能量。同时我们也不难发现，在诗人的观念里，语言即存在，语言的困境，即是存在的困境。因此，为了剥离出缄默的体内呼救的声音，诗人在命名之途做出的努力，也是作用于人的精神困境的，盖因在渺茫的本体之中，是一个个分裂、孤立的“我”。

可以说，陈先发对本体的追寻，其根本就是在当代社会人格分裂的精神境遇中，致力去寻找那个丢失的自我，去弥合诸我之间的裂缝或期望诸我能够在一个空间——湖面或山顶，形成对话，不论以涟漪的形式说“不”，还是以六和塔的静默说“是”。同时他也清醒地意识到“我”不可能孤立存在，“我”之关联，或传统的血缘，或现实的牵扯，这一切必须以语言的尺度划定在一个恰切的区域内，因此采用元诗的策略，便有效地规避了现实的杂草汹涌而至，不致淹没属地的语言路径。

陈先发在2007年所作《谈话录：本土文化基因和当代汉诗写作》中说道：

> 有人说，中国诗歌尤其是古汉诗，缺少某种现场性，看不到个体生命的“在场”。我说这不过是一种肤浅的认识。当陶渊明说“飞鸟相与还”时，这里面，就有很深的个人寄托在内。中国封建时代的许多诗人，因为写作环境的多变，甚至还面临着“文字狱”一类的遭遇，所以写诗往往体现出“借物在场”的特点。

这一论述和他在文中说的“东方曲折美学”“公共性空间之下潜存着一个非常强烈的个人空间”“隐喻的和寓言的”，以及“深度意象”，在内在逻辑上是一致的。一个诗人如何选择语言路径，决定了他的语言样貌和诗歌美学，也许在陈先发看来，那种对于“词语”的声音的直接描述和《伐檀》式的叙事，不能尽展语言之弹性和幽微，于是他选择一条李商隐式的语言路径，一种象征主义的方法论，东西融合，由此建构诗的当代性，有着更大的容量和内涵。说到底，在确保“修辞立其诚”的原则下，前者是个人性的，后者是整体性的，整体性的写作对“个人才能”始终构成巨大的挑战。但这样一条充满语言风险的旅途，有着玄学之美和神秘性的诱惑，更能彰显语言艺术之奇妙。每个诗人的语言路径的选择，几乎都是宿命般的。陈先发有八年“沸腾的记者生活”托底，有年轻时在复旦大学攒下的知识财富，这都是他做出如此选择的底气和宿命所在。在这样一条语言路径上，既要避免陷入僵化的象征主义，又要不断寻找新的语言身份，在某种意义上，可以说这一切取决于诗人的“区分”能力。不能区分，何谈命名?《云泥九章》一定程度上显示了区分和命名之艰难。

云泥者，云泥之别，区分也。“铁轨切入的荒芜”之“铁轨”，现代文明的象征，它切入的“荒芜”，是文明之荒野。熟透的未知之物，正是亟待命名之物。黑洞洞的窗口空着，又像还未空掉，是诗人一颗心尚未达到寂静之空，还不能清晰区分，无法果断命名，犹如被“一种空”还是“一次空”这样的区分或命名折磨。“一种空”无疑是观念性的，其难逾越如“壁立”;“一次空”是一次命名的成熟机会，故有滋味之绵长。“空”本存在，“凝神远眺”太远，诗的命名事件当发生在凝视当中。无论空掉的窗口出自何因，或是远行者不归，火车穿过山体或山顶桉树青青，皆为现象，本体渺茫，故忧愁或忧患，皆为语言之乡愁和焦虑。

或许有人会说这样的诗远离现实、不及物，但是语言之严肃游戏里有玄学的愉悦、诗思的智慧，但凡这样的“空”，或蓊郁的树林里的枯树，都存有一个隐秘的个人空间，正是在这里，诗人能够在人群中隐形，保持清醒。以枯为美正是饥饿之美，在这个餍足的时代，有几人不是饱食终日昏昏欲睡呢?

自我完善未尝见得就比那些手握权柄和麦克风的人不及物，或许从语言的角度看，它在探讨语言的门径之时，同时也擦亮了世界，内心秩序的建立未必不是一个时代的精神秩序建设之始？谁能与一只减速的黑鸟和钢化玻璃中的风光保持同步？当高铁和古塔相遇，那些登塔人、樱花树、映入寺门的积雪、喧闹和寂静、过往和当下，均不在了，但一只黑鸟在手，就足以建成一座古塔，尽管它在“条缕状喷射的夕光中奇异地让它坍塌了大半”，那又怎么样呢？一个富有质感的“此在”落成，不再有本体渺茫之忧，心灵由此安宁，文明的裂痕得到修复。《云泥九章》之四——

高铁因故障暂停于郊外。一种
现实的气味,一个突如其来的断面

石榴树枝在幻觉中轻柔摆动
风的线条赤裸着,环绕我们

小黑狗恹恹欲睡
旧诊所前空无一人
暮光为几处垃圾堆镀上了金边

没有医生,没有病人,没有矛盾
渗着血迹的白衬衫在绳子上已经干透

我拥有石榴趋向浑圆时的寂静
我的血迹,在别人的白衬衫上,已经干透

高铁暂停于郊外是一个寂静的音顿，巨大的音顿！它的故障为“语言的观看”提供了一个清晰的断面，一切就此显身，在幻觉中出现石榴树枝的轻柔摆动，石榴趋向浑圆时的寂静。一个健康祥和的世界，在绳子上的白衬衫上出现互相关联——又一个摆脱“困境”的特例。《云泥九章》中，“旷野有赤子吗/赤子从不来我们中间//瞧瞧晨光中绿蜻蜓/灰椋鸟/溪头忘饮的老牯牛/嵌入石灰岩化石的尾羽龙//瞧瞧一路上，乱石满途而乱石自在/紫云英葳蕤而紫云英全不自知/轻曳的苦楝，仿佛有千手千眼//它们眼底的洁净、懵懂/出入废物箱的啮齿类动物/它们眼底的灰暗、怯懦/全都是我们的，不是它们自己的”，这都是自性的语言、本体的言说，只因超越了形式的眼睛永在，在云中、泥里，难道不是清澈的语言、存在的映照？尽管语言受到羞辱，在一个物质化的时代，我们的收获不是太多，但就诗而言，也够了。因为失去的父亲和不悬于任何一颗钉子的月亮，滋养着我们并对应写作的秘境，写作的意义也得以彰显：从云入泥不是堕落，而是一次“我”与万物归一的忘忧和超然！

元诗写作在陈先发笔下，有“困境”之忧，有“特例”之释然，更有自性之境呈现，语言玄妙而典雅，尽显幽微和曲折。《云泥九章》可谓天籁之作，它的语言运动充满意外，而这正是来自于区分之忧的意外涌现，不可说之困境的赋能。而对于传统，陈先发在《黑池坝笔记中》说：“传统几乎是一种与‘我’共时性的东西。它仅是‘我’的一种资源。这种——唯以对抗才能看得清的东西——裹挟其间的某种习惯势力是它的最大敌人。需要有人不断强化这种习惯势力从而将对它的挑战与矛盾不断地引向深处。如果传统将我们置于这样一种悲哀之中：即睁眼所见皆为‘被命名过的世界’；触手所及的皆为某种惯性——（首先体现为语言惯性）；结论是世界是一张早已形成‘词汇表’。那么我们何不主动请求某种阻隔——即，假设我看到这只杯子时它刚刚形成。我穿过它时它尚未凝固。这只杯子因与‘我’共时而‘被打开’，它既不是李商隐的，也不是曾写出《凸镜中的自画像》的约翰·阿什伯利（John Ashbery）的。

这样，‘我们’才有着充足的未知量。”因此，当人们在中秋团圆、吟诵经典佳句之时，他却“忆无常”，抬头看见“杀无赦的月亮，照在高高的槟榔树顶”，这是诗人面对传统习俗的一种现代姿态，亦是一种现代性美学带来的“语言的观看”，超越了传统的单向度美学。而在语言层面，“共时性”是陈先发诗歌美学的一个重要维度，对于传统的接续和响应，也发生在此。以他2004年的作品《鱼篓令》为例——

那几只小鱼儿，死了么？去年夏天在色曲
雪山融解的溪水中，红色的身子一动不动。
我俯身向下，轻唤道：“小翠，悟空！”他们墨绿的心脏
几近透明地猛跳了两下。哦，这宇宙核心的寂静。
如果顺流，经炉霍县，道孚县，在瓦多乡境内
遇上雅砻江，再经德巫，木里，盐源，拐个大弯
在攀枝花附近汇入长江。他们的红色将消失。
如果逆流，经色达，泥朵，从达日县直接跃进黄河
中间阻隔的巴颜喀拉群峰，需要飞越
夏日的浓阴将掩护这场秘密的飞行。如果向下
穿过淤泥中的清朝，明朝，抵达沙砾下的唐宋
再向下，只能举着骨头加速，过魏晋，汉和秦
回到赤裸裸哭泣着的半坡之顶。向下吧，鱼儿
悲悯的方向总是垂直向下。我坐在十七楼的阳台上
闷头饮酒，不时起身，揪心着千里之处的
这场死活，对住在隔壁的刽子手却浑然不知。

诗的标题让人联想到一种古词牌，但作为诗人，陈先发专注的是这个词语的关联之物——鱼儿。这只小小的鱼儿，在雪水里不动。诗开篇

即发问："那几只小鱼儿，死了么？"关切之情在言外。对这个发生在写作第二现场的想象世界的描述，是一种兴起，是诗意扎实的生发点。"去年夏天在色曲 /雪山融解的溪水中，红色的身子一动不动。 /我俯身向下，轻唤道：'小翠，悟空！' /他们墨绿的心脏 /几近透明地猛跳了两下。哦，这宇宙核心的寂静。""小翠，悟空"的指称，灵光一闪，当这只鱼儿朝着现实空间和历史维度穿越，地名和朝代的铺陈，全被纳入语言的象征系统之中，所寄寓的悲悯情怀，也有了坚实的语言能指形式。换句话说，抽象的情怀在具体的语境中，有了边界分明的定义。地名的罗列借此也饱含情感——它们天然的亲和性，响应诗人的内心。值得一提的是，这些地名的罗列，不像在一纸地理说明书中那样没有情感，而是像《扬之水》罗列那四十四种有毒植物一样染上了感情色彩；不再直接抒情，而是轻唤"小翠，悟空"，这小鱼儿也就被赋予传统文化色彩，俨然民族之精魂，诗人的拳拳家国情怀，由此得到命名，不言而尽在其中。而当语言的运动朝向传统的深处运动，诗的结尾一把揪回来，"我坐在十七楼的阳台上/闷头饮酒，不时起身，揪心着千里之处的 /这场死活，对住在隔壁的刽子手却浑然不知"。这就是当下，"这里"。情怀的飘逸和现实的冰冷、传统和现代，发生激烈冲撞。也许有人以为诗的最后一句故作惊悚，实际上现实更惊悚。而从诗歌发生学的机制来看，《鱼篓令》是在词语的音叉发出的声波中去接续传统，而非意义的演绎、表达，当然有历史的个人化想象力的参与，但更多的是因为洞开了语言的共时性维度，而召唤和聚集语言景观的到场——"语言的倾听"引发"语言的观看"，或者说音顿赋予诗的时间位置，在不同的位置上打开了彼时的空间。鱼篓之鱼，本是必死，却在语言中新生。写作现场、回忆、个人化历史想象，归齐在此时此地，这也合了克罗齐的名言"一切历史都是当代史"。

《鱼篓令》的价值还在于它颠覆了后期象征主义的僵化模式，主体和客体、内容和形式，不再是二元对立，而是通过具体的情景实现了二元归一：形式即内容，内容即形式。正如曼德尔施塔姆所说：“词语的意义也许可视为纸灯笼里燃烧的蜡烛，反过来，它的语音价值，即所谓的音位，则可在意义里找到，一如蜡烛可燃烧在灯笼里。”[①]这样一来，诗成为具体的情境，是描述性的，而非论述性的，无论它是想象的还是现实的——想象的真实甚至大于现实，而诗从写作的第二现场展开的不无游戏色彩的语言行动，既是情怀所在，也满足了语言游戏的天性，是维特根斯坦之语言哲学意义上的“语言游戏”。当语言游戏的欢乐归于现实的冰冷，难道不是当代人普遍的精神境遇？《鱼篓令》的成功表明，在陈先发的写作中，现代主义的航道被拓新了，实现了在中国的本土化，而由于在具体情境的描述中融合了中国古典主义情境交融的手法，更是拥有无可争辩的本土性。在诗歌美学的层面，它颠覆了以往的感动文学标准，带来的审美感受更多的是震惊、惊悚和语言的意外，而这正是现代美学的标志之一：现代诗歌美学从传统的单向度向着多维度转变。

四

在当代，诗的发生和接受，总是陷入双重的困境。这一点在陈先发身上，似乎表现得尤其突出。在我接触的口语派（姑且这样称呼，仅指写口语诗的诗人）诗人中，相当一部分对陈先发的写作持否定态度，激烈者不在少数。我不知道他们是否真正进入过作者的文本，是站在门口瞅一眼就摇头摆手，还是登堂入室，得出了令人信服的诗学结论。据我所知，陈先发并不属于学院派或知识分子写作阵营，也没有站在民间阵营的对立面。有趣的是，一些典型的学院派诗人，仿佛和民间派已经媾

①曼德尔斯塔姆:《曼德尔施塔姆随笔集》,黄灿然译,花城出版社2010年版,第60页。

和，同坐诗歌活动的一张桌上，谈笑风生，这实在是一个有趣的诗歌现象。从诗歌接受层面来看，口语诗由于各种“体”的泛滥，直至一部分写作沦为口水，在某种程度上亵渎了诗歌，使本已步履维艰的汉语新诗的处境雪上加霜。由于口语诗的盛行，诗歌写作似乎失去了门槛和难度，其实口语诗的写作难度一点儿也不亚于学院派的写作。口语写作剔除修辞，“赤裸相见”，没有一块遮羞布让写作者腾挪；相反，一些学院派诗人，可借修辞的树荫躲一躲，不论那棵树和生命感官有无关联。这样的结果不言自明，新诗的写作和阅读，几乎沦为一种自说自话、自导自演的状态，仅限于几个小圈子内。诗作为最高的语言形式，沦落街头，无人阅读的诗倘是如多多的《手艺》所是，倒也罢了。

陈先发是当代诗人中少见的拥有大量粉丝的诗人。记得在2008年前后，他的每一首新作在博客上发表，点击量动辄上千。大约留言者众，不时造成“淤塞”，他关闭了后台的留言功能。这些读者痴迷于他的语言的玄学气质？拟或是，由于其语言风格的玄妙、修辞的繁复，对于那些舞文弄墨又并不知就里的人，形成了一种磁场效应？但是终不是明星——站在大型晚会的舞台，或节目演出的现场，以爱之名去回应他的粉丝们，实际上脚踩油门发动了看不见的收割机，而诗人，尤其对于陈先发来说，其语言密径上行者寥寥，登堂入室者更稀缺，一丝凉风掠过心头，转眼加倍地感觉孤独。“孤峰独自旋转，在我们每日鞭打的/陀螺之上。/有一张桌子始终不动/铺着它目睹又一直被拒之于外的一切//其历练，平行于我们的膝盖。/其颜色掩之于晚霞。/称之曰孤峰/实在不能跨出这一步”（《孤峰》），这是写作的困境，命名之难。陈先发所困惑的，多是这一类语言的困境。当然，他有时也不能免于高音和寡的尴尬。

也许源于陈先发诗歌语言的玄学气质，学院的批评家把罕有的注意力也投射于他的作品，包括一些诗歌写作者。这语言之玄学气质，不可描述，是果真玄之又玄中有众妙之门，还是一个语言的漩涡？在我看来，两者兼有，但是大多数批评家和诗人，不是掉进了漩涡里，就是站在漩涡外，很少有几个停留在那漩涡的斜面上：倾斜，带着弧度，旋转，微微眩晕，躺在里面的诗人不禁起身笑迎，说："来了。"

此类玄乎现象，姑且以《从达摩到慧能的逻辑学研究》为例。此诗甫一发表，即引来解读者众，多指向禅理之悟或被指认为禅诗。

面壁者坐在一把尺子
和一堵墙
之间
他向哪边移动一下,哪边的木头
就会裂开

(假如这尺子是相对的
又掉下来,很难开口)

为了破壁他生得丑
为了破壁他种下了
两畦青菜

此诗短短十行，写得枯瘦、冲淡、修辞尽去，像枯枝般，实则是一首元诗。它的玄学色彩，是一个"漩涡"，变化寓于不动性之中。它看似呈现面壁者悟道的场景，其实蕴含着诗人对语言本体的思考。面壁者和一堵墙，即"我"与"这里"、写作主体和客观世界，这中间的尺子，是荷尔德林式的尺子或语言的尺子，其所遭遇的困境，在诗人看来，与面壁者无异。它的移动所指，木头裂开——裂开即开口说话，指向语言。而"假如这尺子是相对的/又掉下来，很难开口"，这个括号里补充的正是存在所是，世上哪有什么绝对的尺度，“很难开口”即是言说之难、命名之难。但是“为了破壁他生得丑/为了破壁他种下了/两畦青菜”，仿佛低调、淡定、谦卑，有着禅宗式的出世态度和信念，建立了一种生物属性的诗学（青菜生长），就足以“破壁”。或者说，另起一行，曲径通幽，不经意中却忽有所悟，语言之门悄然洞开。这当然是语言学的逻辑，是写作的逻辑，是从达摩到慧能禅宗悟道的逻辑，和“逻辑学”意义上的逻辑，是不一样的，或者说，诗，正是要洞穿语言所面对的逻辑世界。思之深如此，诗的语言却脱尽铅华，平淡朴素，其背后是一番真正的象征主义的大转换，使诗以极其单纯的形式，实现整体性的隐喻。

当然，此番解读，也可能落入陷阱，或者至少一只脚落入了“漩涡”。这正是诗之多义性的魅力所在吧。

五

欧美现代主义大师中，卡夫卡无疑坐在金字塔的顶端，拉美的胡安·鲁尔福以一册薄薄的小说，置身于魔幻现实主义的导师之列，可见一个大艺术家看待世界和处理题材方式的与众不同至关重要。陈先发多次谈到现实之中的“超现实”，《残简》系列，是他对这一写作理念的集中实践。

寓言化、超现实或魔幻现实主义，在一定程度上是相通的。就《残简》而言，“残简”者，残破的竹简。竹简之残，盖因历经古代到现代，其间又损毁，原因不明。古人把文字刻在竹简上，因此残简是文物。残简，有古墓气息，读之，一股阴冷之气扑面而来。借此为诗题，是否和诗人爱好高古瓷器有关呢？据何冰凌介绍：“在这几年，我们所知的陈先发日常生活，还有一样东西像‘钉子’一样从生活的口袋中露出来。那就是他对元代以前中国高古瓷器的嗜好与研究。‘我几乎每天都要花两三小时，在网络上、博物馆里或收藏家的柜子中，观摩各个窑口瓷器的标本照片’。有时，这种嗜好是癫狂的：他甚至一天驱车一千多公里，只为了去买浙江某个小山头上的几块瓷片。‘也有的时候，乡下有了少见型制的好器，跑几百公里去看。去了也买不起，只为了看一眼。这也没什么遗憾的，乘兴而去，兴尽而归’。”①其实我也知道，他曾对我说，他在湖南平江有一次上当的经历。凭他多年浸淫，专业眼光如炬，那几个平江人的赝品居然躲过了他的审视。但是我从来没有想过写作跟它有什么关系，一个诗人长期浸淫器物之中，器物也可能反过来浸淫诗人，相互浸淫，气息一通，道或显现，有了器物之形象，而器物有了道之大音希声。

《残简》无关乎器与道，“形而上者为之道，形而下者为之器”，或又有关。诗人将每一首诗题为“残简”，仿佛此诗便是刻于残简之上，年代不明，寓言色彩油然而生。且看他2005年的作品《残简》之三——

秋天的斩首行动开始了：
一群无头的人提灯过江，穿过乱石堆砌的堤岸。
无头的岂止农民？官吏也一样
他们掀翻了案牍，干血般的印玺滚出袖口。
工人在输电铁架上登高，越来越高，到云中就不见了。
初冬时他们会回来，带着新长出的头颅，和
大把无法确认的碎骨头。围拢在嗞嗞蒸腾的铁炉旁
搓着双手，说的全是顺从和屈服的话语

这是站在无限性的维度观看，实现象征主义的大转换，从无到有之感受，已经替换为惊悚魔幻的场景，“官吏”意指在古代，有输电架和铁

①何冰凌：《时光沙漏》，合肥工业大学出版社2009年版，第128—129页。

炉象征当下，一切因着“残简”二字，而成就恰切语境，诗之不可言说，变得可能。诗是非时间性的，又因声音召唤，而成共时性存在。无头者，无非丧失主体意识的人；消失在云中又新长出头颅，回来，“搓着双手，说的全是顺从和屈服的话语”，当然是赋予丧失自我者的语言能指形式。那大把无法确认的碎骨头，正是无法还原的自我之碎片。值得一提的是，此诗之妙，不在于“无头人”之类的命名，因为T.S.艾略特早有“空心人”之说，其妙处在于以描摹真实的笔触，付之于虚构的场景：提灯过江，掀翻桌案，搓着双手，这些日常细节，成为最高虚构的强大支撑。

现代主义最为高级的分支，我以为是卡夫卡一类的寓言化写作、马尔克斯的魔幻现实主义写作和贝克特的荒诞写作，陈先发将寓言化写作植入中国的土地，或本就是从传统中挖掘所得，它生长的本土性文本，以诗人新华社记者的整体性视野托底，其精确度令人赞叹。诗的力量，直抵人心，且不无震惊之感。

再看《残简》之五——

鸟鸣夹着她喉中的稀有金属，滑向
我的桌面。失眠中，我赖以活下去的紫檀窗户，
有时它木质的厌倦，会吸走一部分声音：
儿子在隔壁均匀有力的鼻息。我知道，我的
旧癖再也无法根治了，不管是浓缩成丸的
舶来药品，还是漫长煎熬形成的中药汤汁。
假如，这紫檀和我以同一速度衰去，它
烂掉的时刻正有我的棺木接替得上：
这冷酷的节拍，是否也印证了一个中年男人
钻研入微的判断力？这一天就要来了吧，
把自我移栽进别的事物，空留出这副躯壳

供别人付之一炬，供那些以墨水爱过的妇人
在回忆中一哭。这些，都不过是虚妄的碎片
是清晨第一声鸟鸣，在心脏生成，从耳
从眼，从笔，从小路，从枝头流出之时。

如不是“残简”二字生成的语言氛围，鸟鸣夹着稀有金属，就会显得突兀，它滑向“我的桌面”，何等惊悚。“稀有金属”的现代性和“鸟鸣”隐喻的自然之间的关系，在一个当下的语境，就很难如此自然呈现。现代文明对我们的生存环境的破坏之主题，如此直接呈示，当然得益于“残简”二字。而“鸟鸣”在此也成一种末日之声：它给予诗之非时间性以一个当下的位置，这个音位由于语言之思，不断拓展领地——它会吸走“儿子在隔壁均匀有力的鼻息”，这种语言逻辑不是源于意义，不是源于那个已经隐喻化的逻辑世界，而是得自《从达摩到慧能的逻辑学研究》之语言学的逻辑：长期与古瓷器的相互浸淫，突然冒出一个词——残简，词语来了，“裂隙”出现，事物被照亮。当然，语言之思必须服从具体的语境，不越界，不僭越于本体之上。做出这样的保证，它就可能大大拓展音顿。写作主体的声音和语言本体的声音，仿佛合体于一种呢喃，在古典主义止步于不同主体（写作主体和其面对的事物，不妨都视为主体）相对独立的并置，而主体之间的复杂性却不能尽言。现代性的复杂和丰富，不同于古典性的相对单一和谐，引进现代主义的思之经验，就可以借助于语言能指形式，尽展事物之间的微妙。在本诗中，鸟鸣吞金（稀有金属）而死的末日之声和“儿子在隔壁均匀有力的鼻息”之间，语言之思掘开了一片天地：“我知道，我的/旧癖再也无法根治了，不管是浓缩成丸的/舶来药品，还是漫长煎熬形成的中药汤汁。/假如，这紫檀和我以同一速度衰去，它/烂掉的时刻正有我的棺木接替得上：/这冷酷的节拍，是否也印证了一个中年男人/钻研入微的判断力？这一天就要来了吧，/把自我移栽进别的事物，空留出这副躯壳/供别人付之一炬，供那些以墨水爱过的妇人/在回忆中一哭。这些，都不过是虚妄的碎片”，无论自我还是传统中国之碎片（紫檀窗户），都在现代性的毒素中消逝，就像“我的旧癖”（或可隐喻语言的惯性），无论舶来药品还是中药汤汁（或隐喻中西两大文明）都不能治愈了，唯有“把自我移栽进别的事物”，这难道不是诗的拯救，或诗之使命所在？

就此诗而言，它可以作为一个突破“困境”的“特例”。陈先发在《困境与特例》一文中说：

> 不论是“我”，还是“这里”，它们都会不可避免地陷入各自困境中。对于“我”，一个伟大的缺憾始终伴随着一代又一代写作者：即他们竭尽全力地在阐释诗是什么。面对存在，再强力的诗人也会发现自身的弱者之境。无论怎样的阐释，听上去，都无异于一个弱者的自我辩护。事实上，阐释得越清晰，把诗的边界描述得越清晰，笔下的丧失也就越多。哪里有什么界线？甚至在所谓“非诗”与“纯诗”这些概念间，划条白白的石灰线，都不过是自欺欺人的笑谈。最终，即便是诗人，也会带着对诗的无知而死去。如果说写作的本质，正是企图以言说的方式突破言说的边界、抵达无碍而自在的寂默之境，那么这个过程的美妙，正在于它是矛盾和充满悖论的，也恰因它包含了抵达的无望、方法的两难、写作者强烈的情感灌注而显得更为动人。写作的有效性正欲体味在这一过程之美、对立之美，而非一个结论的呈现。[①]

他之“这里”，当然是一个大于“这里”的概念，是时间、空间和历史性的世界。“我”和“这里”的关系，即是主体和客体的关系，我的

①陈先发：《困境与特例》，《江南诗》2020年第3期。

“困境”包含时代的“困境”，正如此诗中“我的旧癖”不得治愈，它也暗含着鸟鸣吞金而死。因为它们的病根有着巨大的相似性，或本质是一致的。一首诗的伟大正在于此，但是它之偶然的起源，却是经历了“我”和“古瓷器”多么漫长的浸淫。直到“残简”一词冒出，意义堆积的岩壁，“裂隙”如一扇门自己豁然洞开，那个“为了破壁他生得丑”的诗人，彼时就可以从菜园起身，收起锄头，进入书房了。诗遂成为一个突破语言“困境”的特例，当然我之“困境”，是源源不断的，留待未竟之命名。

下午，遥远的电话来自群岛，某个有鲨鱼
和鹈鹕环绕的国度。显然，她的亢奋没保持好节奏
夹着印第安土语的调子，时断时续。
在发抖的微电流中我建议她，去死吧，
死在你哺乳期的母语里，死在你一撇一捺的
卷舌音上。“哦这个！”这个丧失了戒心的下午，
隔着太平洋和无比迟缓的江淮丘陵，
她说她订婚了。跟一个一百八十磅的土著，
“哦订婚了”，无非是订婚了，我猜她的亢奋
有着伪装的色彩。而伪装对女人，到底是资源
还是舍不掉的特权？就像小时候，在深夜的田野，
她总要把全村唯一的手电筒，攥在自己的手里。
她也问起合肥，而我已倦于作答。我在时光中
练成的遁世术，已远非她所能理解——
哦此刻，稀有的一刻，我小学的女同学订婚了。
我该说些什么呢？下午三点钟，我猜她的腰
有些酸了，玻璃窗外的鲨鱼正游回深海

而搅动咖啡的手指，隔着海，正陷于麻木。

这是《残简》之十二，有着浓厚的叙事色彩。一个小学女同学从某个海洋国家打电话来告知，她和一个一百八十磅的土著订婚了。“我”似乎丝毫没有为她的幸福感到高兴的意思，相反不无愤怒，充满质疑。在诗人看来，这个女同学的亢奋没有保持好节奏，有伪装色彩，更是“猜她的腰有些酸了”——是与一个超量级土著力不能胜的性爱所至？这一切被置于“残简”之上，明明是当下之事，虚幻却由此出现——事实上已感受到它，只是非如此不能精准呈现。在这样的世界里，“我在时光中/练成的遁世术，已远非她所能理解”，人的隔膜由此而来，自我的丧失却被虚幻粉饰，只有诗人以“遁世术”去不断追溯“过往”——过往的纯真、自我。诗的结尾格外意味深长，很有点像顾随在谈论中国古典诗词时所言“氤氲”之境界。

再看《残简》之八——

湖边，老柳树上垂挂着露珠
像孤苦老人牵着她的一群小孙女
饱含惊恐的心脏裸出了，欲滴未滴——
一旁，计算机厂退休老太排队晨练
哗哗地，抖动血一样的扇子

与其说是现代主义的，不如说是古典主义的，当然单就风格而言。正是那“饱含惊恐的心脏裸出了，欲滴未滴”之惊悚，和“计算机厂退休老太排队晨练/哗哗地，抖动血一样的扇子”的“自在”，形成尖锐对比，而因其超现实的寓言性，将当下裹挟其中，而拥有不言自明的当代性。口语派诗人崇尚罗兰·巴特之谓“不言之诗”，此诗即“不言之诗”，比那些简单的现实描摹远要高级。

《残简》系列，凡二十八节，写于2005年或改旧作，集中收录在2011年出版的《写碑之心》，是这个时期的重要作品。这些诗写作的时间可能始于20世纪90年代，时间跨度长，经过修改，都是成熟的作品。以“残简”给予一种魔幻色彩、古墓气息，语言形式的内在转换十分巧妙，犹如冷空气转化为雪。这一方法并非来自西方，而是来自传统、本土。陈先发说：“中国本土文化，其实是一种包含着浓重超现实体的文化，其意味并不比拉美地区淡薄，这一点被忽略了，或说被挖掘得不够深入。每个现存的物象中，都包含着魔幻的部分、‘逝去的部分’。如梁祝活在我们捕捉的蝶翅上，诸神之迹及种种变异的特象符号，仍存留于我们当下的生活中。”[①]《残简》系列，不论其寓言性，就其日常性和形式的单纯而言，似乎为后来《九章》的风格之变埋下了伏笔。

六

新诗的困境是多方面的。当去浪漫化、去修辞化、“拒绝隐喻”成为诗歌风尚，“修辞”就备受诟病，“隐喻”被打入地牢。诗歌的政治正确加剧了诗歌意识形态的纷争。陈先发作为当代诗人，虽然从未走入知识分子写作阵营，但一样在备受诟病之列。

人类文明肇始于语言文字，没有语言文字的世界，没有命名的世界，如同一片混沌、一片荒野。文明者，以文明之。“文”是一个动词，是“文身”。“文身”难道不是一种修辞？“修辞立其诚”，可见“修辞”之病，不在“修辞”本身，而在“修辞”是否准确、恰切，是否能“立其诚”。我记得俄罗斯文学巨匠列夫·托尔斯泰在《论艺术》中，也将“真

①陈先发:《困境与特例》,《江南诗》2020年第3期。

诚”列为艺术的第一要素。“修辞立其诚”，此真诚只发生在语言里，发生于诗人的一颗诗心。

2011年，我应陈先发之邀去合肥。不等我在沙发上落座，他劈头就是一句，“你的诗太重了，词语的壳都要胀破了”。夜晚他召集合肥的诗人陪我喝酒，有罗亮、章凯、雪女等。这一次行程的安排，他本计划陪我去黄山玩几天，临时遇上家事，必须去上海一趟，计划被打乱了，我也决定第三天下午去南浔。他送我去车站，帮我排队买票。买好票后，还有足够的时间，我们在车站附近找了一个小餐馆喝酒。“还没好好聊聊诗呢。”他说。的确，大酒店里大群人吃喝，无从谈诗。在小餐馆甫一落座，我们就急不可待地开起了“洗衣单”，像当年的谢默斯·希尼和布罗茨基一样。结果表明，我们认可的当代诗人名单，有着出奇的一致和重叠。吃完饭，我们去车站。他买了一张站台票，坚持把我送到车上。列车徐徐启动，驶出合肥。我想，我们这一代人背着“小木箱”和“用草绳捆扎的棉絮”进城上大学，到今天依然没有丢失那个时代的理想主义精神，就像一块窗玻璃受制于其框，但永远不失其清澈。窗外江淮丘陵微微起伏，11月的树木已经有几分萧瑟，但盎然春色深藏其中。

诗的本质，是友谊，是语言和世界之间的一道桥梁，是“一座空中港口”[①]。“诗可以群”，在现代诗学的意义上，亦如是。诗人之间，正是基于对“修辞立其诚”的本质认识，共同在不同事物里寄存了一个“自我”，才让他们一瞬间跨越了多年的山水，来到一座共同的“港口”。诗人的“困境”，从根本上说，是语言的困境、存在的困境，不太可能有诗人之间的“困境”。如果有，即是离开了诗。

陈先发从2007年起陆续写下四首重要的长诗：《白头与过往》《姚鼐》

①华莱士·史蒂文斯：《我可以触摸的事物：史蒂文斯诗文录》，马永波译，商务印务馆2018年版，第29页。

《口腔医院》和《写碑之心》，集中呈现了语言和现实的双重困境，并寄寓诗人深沉的人文情怀，显示出诗人探索现代主义写作的语言路径之卓越成就。以《白头与过往》为例，可见其深邃博大之一端。

《白头与过往》虚构了一场“我”和一个女魔术师的对话，诗末标注此诗献给客死在河北的朋友——一对魔术师伉俪，因而诗中之“我”被赋予那个女魔术师丈夫的身份，又是一个语言的魔术师，即是写作主体的自我客观化，诗也被置入一个戏剧结构。诗的题记引自李商隐《子初全溪作》一诗，“汉苑生春水，昆池换劫灰”，此感叹非同一般，是站在终极性和历史性的角度来看世界。李商隐是晚唐最杰出的诗人，其诗修辞繁复，诗风晦涩，顾随称之为“韵之美”的代表，是唯美派诗人；又说杜甫是“力之美”的代表，是现实主义的代表诗人。陈先发的诗灌注生之力，显然近似杜甫，但他的风格由于选择现代主义的写作路径，诗风之晦涩，又近李商隐。他这个题记，大约寄寓了感叹时间之不可逆和其诗之曲高和寡的双重感慨吧。

诗的事理性结构是一对魔术师夫妇日常的一天——从早上到晚上，场景设置在家中、晨练的街头、中午对饮的小桌边，每一个场景，每一个音顿，都展开语言之思，或以之撬开时间的维度，尽展想象力翅膀的飞行之妙。诗的开篇即以“早晨醒来，她把一粒黄色致幻剂溶入我的杯子。/像冥王星一样/从我枕边退去，并浓缩成一粒药丸的致幻剂”，营造一种魔幻氛围，一种超现实的场景，使得语言之言说趋于合理，它仿佛可以在你说“这不合理”时，随时告诉你，“我早说了，这不是真的。”无论“四壁的晃来晃去”“吃掉了一根油条的冬青树”“一头烤麒麟”，都具备想象的真实，而“隔着拱廊，我听见她/在厨房撬开‘嘉士伯’的/‘砰，砰’声”，这无意义的日常，支撑着一个虚幻的意义世界或历史世界。街头的冬青树被反复吟叹，强指为“骂骂咧咧的冬青树”“有点儿厌世的冬青树”，直至被强指为“儒释道”。早餐时刻出现荒诞的一幕：“她已经五十五岁了。/我念给她听报纸上的要闻。又揭开，她身上的/瓦片，看一眼她的生殖器。/啊这一切。一如当初那么完美。”以真实的笔触描述想象的场景，在场景中引出“我”的心理活动——是语言对现实的虚妄的回应，也是发现她完美如初的“自我”时由衷的赞叹——

再次醒来时，她还会趴在我的肩上，
咬掉我的耳朵并轻声说：
“念吧，念吧。
大白话里，有我的寺院。”

诗者，语言之寺庙也。借这位女魔术师之口，诗人所隐喻的，正是诗存在于日常之中。而她身上的“瓦片”，所从何来——来自她年轻的时候，工人们用瓦片狠狠砸她，在那样一个时刻，“一街冬青树都扑到窗玻璃上喊着：‘臭婊子，/臭婊子。’”，只因为她有着惊人的能量：“她用几句咒语，让镇上的小水电站像一阵旋风消失了。”“小水电站”，之前就在《最后一课》中被命名为“孤独的小水电站”，青春荷尔蒙爆棚的孤独，以此现代色彩鲜明的“小水电站”喻之，极为精确。冬青代表传统的禁锢性一面，初见一端。而她把体内收藏的瓦片，在舞台上变成了“鸽子”，伦理学的、辩证法的、不可测的，这些鸽子，也被指认为语言的碎片，拼贴这些碎片之途，唯有回到“过往”，回到那片发白的芦苇，回到习俗和寺庙皆在、烧掉的“既往”还在的园子里。因为韩非子早就说过，“百尺之室，以突隙之烟焚”。因为“汉苑生春水，昆池换劫灰”，历史从来如此。所以“我”仍劝她，“栽冬青树三棵，分别取名‘儒’‘释’‘道’。/分别享受这三棵树的喧哗/与静穆”。显然，这是诗人对传统的态度。那个制造虚幻的女魔术师，自己却陷入现实给她制造的虚幻中，如何破除“困境”，收拢、拼贴？“惟有魔术可以收拢起这些碎片”——这些碎片，既是传统的，也是自我的，更是语言的。

整体性写作的最大难题在于命名：命名的方式和它的准确性。卡夫卡将人的异化写进《变形记》中，以打破常规的想象，树立了语言的典范。《聊斋志异》开启的灵异世界观，很少得到当代文学的响应。《等待戈多》的荒诞的力量，来自于一种伟大的智慧。如何去抽象一个时代的物欲横流、礼乐崩坏，一本书不能尽其所有，一段寓言却有更为直接的力量——

从小卖部旋转着的后门走出的人
都有一个裂开的下巴。
如今的白头翁。当年的狗杂种——
他们玩着刀子，
在小剧团，
吹起蝙蝠一样忧伤的口哨。
你称之为"涿县野种"的这帮街头痞子。跳到了
桌子上。
把拳头整个儿地塞进荡妇们的阴道。
在哄堂大笑中。在那些年。廉价的噱头足以谋生。
当，滴入瓶中的高锰酸钾，
在红布下，
变成了一只只孟加拉虎。
你告诉他们。虎是假的。瓶子也是假的。
不存在比喻。也不存在慰藉。
像冬青树。从不需要遮蔽的
那些事物，在硬壳下的秩序之变。

马戏人生，人生如戏，戏如人生，真实恰恰被遮蔽。这是语言的聚光灯下的一幕，是“最高的虚构”，浓缩的现实在一个荒诞的场景中还原了。但是对于诗人来说，即便作为一个语言魔术师，有徒手再造一个纽约城、让那些食不知味的小混混居住之能量，依然感觉进入现实之难，“我想混入那些早起的送奶工人。学他们的样子。在冬青树的阴霾里，/不停地咳嗽着。/可一个断然的句号把我们隔开了”。这是语言的“困境”，是“我”在“这里”徒然厌倦一张标着甲乙丙丁编号的词汇表，画下“失衡的斜坡。与抖动的马体”，也不足以呈现更深的秩序。日常生活像冬青树，“在街头，被别人无端剪成了环形”，“为什么总是‘别人’？别的”，其反问的，正是“我”在“这里”的“困境”。

《白头与过往》是一首规模宏大的元诗，关乎语言、传统、命名等，以十分巧妙的预设结构，呈现了语言的困境，同时也像《你们，街道》一样，以一面语言的镜子，映出存在的困境。全诗有着深沉的抒情风格，显示了作者的灼灼才华，反讽的语调透出的是诗人对这个世界的关怀和无奈。总的来说，主体的声音过于“宏大”，主客之间缺乏应有的平衡，在一定程度上，反而削弱了诗的力量。但不能说它没有完成“修辞立其诚”的“夙愿”，至多是诗人真诚所至，还不能“安静”地穿过“我”在“这里”的“困境”的一个“特例”。

七

在一个普遍缺乏思的时代，思之本身，弥足珍贵，而语言之思，从来就伴随着诗意的发生。陈先发的写作专注于语言本体，其元诗特征更近于张枣的“空白练习”，而非对诗的个人化指认，或为写作的合法性辩护。他的写作专注而深入，不专注不能清空现象世界的杂音，不清空不能从空无中生出“无中生有”之“蹄印”，不能“破壁”，而一旦诗学寂静的泉源开始流淌、发声，在语言运动的不同地带时有停顿。停顿，产生诗意的涌现。无论那“不可多得的容器”“空了枝头”，巨蟒般四散的“郊外小路”，或者“芹菜之味”“现象的良马”“失败的隐身术”，倾听和追问，语言的观看和言说，始终在不断发生。他在整体性隐喻的设置上引来描述性的场景，为僵化的象征主义注入活水，遵循于索绪尔之谓能指和所指的任意性原则。如《硬壳》描述的孩子踢球的场景，诗人正是从对集体的硬壳内部发现了充满活力的个体，从而在时间的漠然流逝中，留存了一个富有生命力的音顿——音顿即停顿，即一个非历史时间的时间的位置，归属于心灵。《老藤颂》里候车室的场景当然属于虚构，但却有着令人回味的真实：“候车室外。老藤垂下白花像/未剪的长发/正好覆盖了/轮椅上的老妇人/覆盖她瘪下去的嘴巴/奶子/眼眶/她干净、老练的绣花鞋/和这场无人打扰的假寐//而我正沦为除我之外，所有人的牺牲品/玻璃那一侧/旅行者拖着笨重的行李行走/有人焦躁地在看钟表/我想，他们绝不会认为玻璃这一侧奇异的安宁/这一侧我肢解语言的某种动力/ 我对看上去毫不相干的两个词/（譬如雪花和扇子）/之间神秘关系不断追索的癖好/来源于他们 /来源于我与他们之间的隔离”。看似日常的描述，处处在言说艺术的本质。有了玻璃的透明区隔，方能带来安宁、寂静，而玻璃区隔正是回应了作者关于写作的简短定义：“写作即区分。”一场关于语言艺术的探讨，被设置成一个戏剧化的场景，别出心裁，具有鲜明的画面感。自《颂》九首始，陈先发开启了长达数年的“九章”写作，将现代色彩浓郁的个人化写作，植根于巨大的历史文化传统之中，心怀自然与苍生，纵览人间与天地，过往与当下碰撞中的语言运动充溢着张力，体现了自成一体的美学抱负。这和知识分子的元诗写作已经相去甚远，它在诗与真、词与物、语言和存在之间，建立了更为多样化的路径，一如那“郊外如蟒蛇四散的小路”。

新世纪前几年，陈先发引进西方现代主义的“思”，开拓了一条个人化的语言路径：意义丛生、意象纷呈，充满命名的激情和才情，大有建立一个独特的陈氏语言符号王国的雄心，四边形（天地神人）、蛇（欲望、意识）、垂柳（天然的、本质的垂直）、容器、壳（意象）等等，在他营造的具体语境中，甚至不惜反复强指，从而生成不同的语义。但是一个诗人的写作风格，并不会一成不变，因为随着对语言的认识、对世事的洞察的不同，随着时间而来的智慧，写作风格出现重大变化，也是情理之中的事。况且如W.H.奥登所说，一个大诗人必须尽可能使风格多样化。陈先发是一个自觉的诗人，不断反观自身，对传统和个人才能，也不断出现新的认识，尤其后者——他不再“扬才露己”，收敛起立法者的激情，《等待野蛮人》的议员，从元老院走出来，在日常中恢复了平民身份。2010年，陈先发写下“颂”九首，直到2014年《秋兴九章》诞生，它被纳入“九章”系列，当时并无“九章”之名。据作者介绍，“九章”在中国古诗文化领域里是个符号，因为屈原曾经写过《九章》。这个《九章》里面九首诗，它的主题气息和语言风格保持了相对的统一性，就像同一棵大树上有九根枝丫，靠同一根系活着，但是又各有特别的姿态，所以有着很明显的个人烙印。诗人总是充满命名的激情，而一旦命名成为一个“特例”，就会反过来激励诗人的写作。从《颂九章》到《秋兴九章》之间，四年沉寂，等待一个命名。《九章》正是这样，借助伟大的先贤之命名，激励了写作，也得到鲁迅文学奖的首肯，且得了一个“陈九章”的美名。当然，对于写作来说，这些是写作以外的事情，和诗本身并无实质性关联。从文本看来，《九章》所示，陈先发的写作已经从整体性写作转向更具烟火气的个人性写作，当然，语言之思从未放弃，由此可以看出他在写作观念上的调校——

茄子成熟时
变得黑紫

一旁的杂草长势更凶

出门旅行两个月后
小院景象让人吃惊
我们爱着的茄子被
完全地吞没了
原来一个靠纯粹本性
长成的世界如此不可接受

但疯狂的遮蔽并未阻止成熟
我想,我们的写作何不
在这草枯风暖中
随茄子探索一番自身的弱小并
摈弃任何形式的自我怜悯……

——《秋兴九章》(之七)[①]

以小院的茄子起兴，语言之思引向写作。随着茄子成熟，诗人的写作观念也更成熟了，不惧遮蔽，信念笃定——深信个体的弱小，就像个人性的写作，无须“任何形式的自我怜悯”。这“任何形式”，我们不妨理解为那些付诸修辞的感叹和辩词。这是诗人对写作的反躬自省，信念建立于自我的省视之中。诗虽短小，言之有物，令人信服。

《秋兴九章》（之一）有了简洁的叙事风格，叙述的是诗人记者生涯中一次采访犯人的经历，诗不忘起兴，以外省监狱窗口的“秋天的云”，此乃“语言的观看”，盖因它为诗确定了语调。诗专注于犯人的“方言”：

①陈先发:《九章》,安徽教育出版社2017年版,第37页。

"我的采访很不顺利。囚徒中/有的方言聱牙，像外星球语言"，诗从语言开始，"有的几天不说一个字"，沉默，也是声音一种，从沉默里诗人听到更多。"那时，他被重机枪押着//穿过月亮与红壤之间的/丘陵地带。转往另一座监狱"，"观看"的镜头拉起来，镜头所示，岂不是人在大地上的困境？"因为他视力衰竭/我回信的字体写得异常粗大"，压缩的情感在这粗大的字体中迅速饱和。诗到语言结束，不做伦理性评论，不抒发主观感怀，一切寓于具体的情境中。这也合符T.S.艾略特主张的"诗不是放纵感情，而是逃避感情"的原则，实为逃避情绪，而使情感更富有质地。诗的结尾呼应了开篇，"那是十月底了/夜间凉爽，多梦"，高远之云，秋凉之夜，寄寓的，正是一种具体的情怀，并因语调的苍凉，声音和形式的合拍，最具穿透力，清澈动人。而风格上，实在有几分古典主义的风姿。

中国古典主义诗学强调个人性的"言志"和"缘情"，道法自然，天人合一，执白守黑，情景交融，在自然的秩序中建立词与物的关系。我们的传统文化根基建立在"人之初，性本善"的基础上，建立在"仁者爱人""礼失而求诸野"的基础上。西方的文化传统则以"原罪说"为前提，所以如浪漫主义诗人雪莱所说，诗人就是立法者，相当于上帝的代言人。现代主义大师华莱士·史蒂文斯《坛子轶事》透露的诗学，在本质上是一样的，在他那里，一只坛子往田纳西的山顶一放，世界的秩序顿时改变。西方现代主义的"语言之思"的经验，是本民族传统里没有的，这一点，陈先发在《困境与特例》中说得很清楚。一个诗人的写作，语言的根须最终定然要伸进传统文化的土壤，舶来的语言经验只能作为肥料，去滋养我们的写作。百年新诗的进程，伴随着大量翻译体写作，语言形式的变异，最终会传导到行为。如此一来，写作者的文化身份，就会变得面目不清，变成另一种可怕的自我遮蔽。在陈先发《白头与过往》中，他的态度非常鲜明：即便是那些冬青树扑到窗口骂，"我"也劝她种三棵冬青树，分别命名为“儒、释、道”——这就是我们的传统。而写作的使命，除了收拢和拼贴语言的“瓦片”，还要在面对时间或时代的毁灭性力量和现实的虚妄的遮蔽时，“把自我移栽进别的事物”，这也许正是诗人苦练“隐身术”或“遁世术”之来由。《九章》可以说是真正化古化欧的通透之作，现代性的窗户集聚各种光亮，不只是每天从东方冉冉升起的太阳送来的那一种。

我的枯竭,可以像一幅画
那样挂在墙上吗
这面墙空置已久

一个字也写不出时我
把双脚搁在旧书架上
对着墙上空白长久地出神

父亲常从这空白中回来
告诉我一点
死亡那边的消息
有时,也会有多年前的
一场小雨停在那里

而秋夜深沉
不能入睡的人不止我一个
世间刽子手鼾声如雷
野地的黑窑工不能入睡

南飞的雁鼾声如雷

北飞的雁不能入睡

地下的父亲鼾声如雷

墙上相聚的父子不能入睡

——《秋兴九章》(之三)

这是“空白练习”的一种，但不像张枣那样连击空白，让“空白引领乌合的目光”[①]，看一对花样滑冰者的语言学表演，而是倾听空白之处的“元语言”。死去的父亲和我的界限消失了，就像胡安·鲁尔福《佩德罗·巴拉莫》中儿子经历的那样——姑且不论拉美的魔幻传统，就父子而言，在情感上，本就没有阴阳界限。父亲“告诉我一点/死亡那边的消息/有时，也会有多年前的/一场小雨停在那里”，父亲的话、小雨，一个寂静的音顿，它给出的时间位置是超时间的，它的声音是寂静的，如海德格尔说的，声音的不动。这不动中有万千的变化。语言之思由此拓宽它的领地——余音所至，一幅广阔的社会图景尽压缩在这音顿的不动性之中。

此诗是个人性的、日常的，又暗含着一种整体性的视野。换句话说，整体性视野下的感受如冷空气生成雪，雪又被替换成日常生活的场景，而语言之思，又将诗的空间大大拓展了。我们借此可以说，人到中年，除了激情的内敛，才华冲动的收敛、冷静的智慧、娴熟的技艺，使诗臻于一种澄明之境：诗行之间的喧闹没有了，诗被置于凝神的倾听。这是真正的“语言的倾听”，一首诗也真正如布罗茨基所言，由语言口授而来[②]。

①张枣:《张枣的诗》,人民文学出版社2010年版,第204页。

②约瑟夫·布罗茨基:《小于一》,黄灿然译,浙江文艺出版社2014年版,第103页。

《九章》的写作，诗人并没有放弃“三棵冬青”，只是有了更为日常化的命名，不再是激情气盛的强指——“强指”是自海子以来，众多20世纪60年代出生的诗人偏好所在，它大约来自西方的现代主义写作，如T.S.艾略特、华莱士·史蒂文斯，体内都坐着一个上帝，——而是听任在具体语境中生成，有了中国的古典血缘。抽象的情怀化作人生体认的点滴感悟，带着气息、体温和骨头转动的声音，带着谦逊、关怀和敏思，凝神于事物，张开耳朵而不是嘴巴。人到中年，诗人深知，所谓悲悯，不是雪中打着赤脚前往大昭寺，而是生活中一个停顿所呈现的：不是远观中沟坎上的雪在初霁之光中闪光，而是俯身大地、凝视中的雪渐渐化作空无，带着冷冽之气，于空无之中再次生成，空寂中就长出传统的新形象，比如《膝上牡丹花》：“年轻的值班医生对我耳语/灯下那个女人体内/胎儿早已死去/她在牡丹花布下拱起的腹部已是/一座孤坟”，诗总是发生在事物的相似性之中，而不是同一性。“诗可以兴”作为一种古老的诗歌技艺，不单兴于《关雎》，也可兴于日常生活的一幅剪影。“我也曾是一座孤坟压在/母亲腰间/那令我活下来的到底是些什么”，我的疑问，其实和那“她轻嚼口香糖，出神盯着/帘后穿窗的飞鸟”的年轻女医生，有着某种相似性的内蕴，而此时“夕光在窗玻璃上正冷却”，岂不是王国维先生说的“景语皆情语”。

年年膝上花开，细雨中
牡丹的容颜难以言尽
今年三月我手提锃亮的
大砍刀上山
把老父坟前草木砍了个干干净净

必须写下几句来

分担此刻的缄默
呛人的青草和黏土味
即便到了我们这个年纪
即便牡丹的根在那些洗白了并
永不再穿上的布衣中
已扎得那么深

至此语调几近哽咽，修辞之“坟”和父亲之坟，皆沉浸在情感里。根须在“那些洗白了并永不再穿上的布衣中”“扎得那么深”的牡丹，由此获得象征：人伦之爱，“仁者爱人”的古老定义，有了精确的客观对应物，它失去了“土壤”，诗人当然要将它在语言中再次种下，养活。它就是我们的传统，源自儒家关于人的古老命名。对于汉语的欢乐，诗人说——

> 我的困境一说，当然不与“写作的最本质特征，是实现个体的心灵自由”这样的信条抵触。从一般意义来说，我觉得，困境，是所有伟大写作者统一的心灵底色。它只是展示了一个思考的维度。比如，其他的维度，韩愈说：“欢愉之辞难工。”所有对诗的谈论，事实上谈的都是维度，而不是任何面向操作性的写作指南。[①]

中国古典诗充满语言的愉悦，如李白、苏轼，即便杜甫，也不尽沉郁，在成都时期，他时常沉浸于语言之美、之愉悦，比如《江畔独自寻花》（其六）：“黄四娘家花满蹊，千朵万朵压枝低。留连戏蝶时时舞，自在娇莺恰恰啼。”可以说，他们的人生态度，都不同程度地受到老庄智慧

①陈先发：《困境与特例》，《江南诗》2020年第3期。

的影响。2016年，陈先发去遂宁，写下《遂宁九章》，其中《斜坡与少年》，是他诗中少有的愉悦自在之作——

早上六点多钟。两辆自行车
从柏油斜坡俯冲下来
白衬衫少年忽然
空出一只手,从背包抽出
一根金黄色玉米
递到并行的女孩嘴边
她甩了甩头发
飞快地张开嘴
在玉米上狠狠咬了一口

我看见她猩红的舌头
我愿世间少女
都有一个
看上去毫不设防
又全无悔恨的、腥红的舌头

他们没有减速
自行车也没有铃声
我愿永远逆着光看他们
正如此刻,我一头撞入
自行车后飞速撤退的
红花绿树的虚影中

此诗中“我”与在“这里”所见，即诗人面对现实世界的一幅偶然的图景，表现出难得的快乐，快乐之情溢于言外。明晰的叙事，有着明快的节奏。语调一反沉思的苦涩或深沉，而是有了不同惯常的赞美口吻。但不唯美，质朴而清澈。“我愿永远逆着光看他们/正如此刻，我一头撞入/自行车后飞速撤退的/红花绿树的虚影中”，此间的“无为”和自在，很有点东坡“敲门都不应，倚杖听江声”的况味。道家的智慧所及，于此可见。

南宋马远的《寒江独钓图》，一只小舟，一个渔翁垂钓，整幅画没有一丝水，却让人感到烟波浩渺，满幅皆水。《寒江帖》当是吟此画而作。画中留白，令诗人沉思诗之“空白”，遂成《空白帖》。所谓“越用力容器就越满/你生前坐的椅子/越擦就越空不掉”，“容器”者，词语也，道之所在，是生长的而不是给予的，说的都是写作的经验。后一句岂止关乎写作，人生别离之学问，凛然在其中。“那些空各有面目”，是存在之多样，得了“面目”，是为命名。“名可名，非常名”，说的也是命名之多样和丰富，因人因时因境遇不同而不同。人到中年，百事收拢于心，深知一场大火席卷原野之满，之塞满，诗人说“我不知道这些满是些什么”，不是不知道，是太满，不可说，只好舍弃了那“千锤百炼”之“空白”，等待一首诗来找我，不作为，如面壁。正是“枯竭”“忘记”之时，空寂中才会出现“空隙”，响起词语的声音，这声音甚至不动，一如寂静，如“眼神的那种空荡荡”（这里是从诗中翻出另一层意思），沃尔科特所言是沉痛之言：“你的死/像我们友谊的重新开始”，关乎人生，仿佛死才真正显影了友谊的真面目；关乎写作，一首诗的新生时常伴随着一些东西死去，个中代价，可以意会，无以言说，所以又是哲言。

《空白帖》通篇主体言说，“这里”没有了，非也。“这里”就是那马远的《寒江独钓图》，一如陈之昂的《登幽州台歌》，其言说有一个清晰的位置——幽州台。如此，诗之言说，才有一个确定的对象，主客之间形成微妙的对话。

此诗是元诗，也是存在之诗。语言即存在。正是这样的诗学观念使二者归一。但是从中不难看出，从达摩到慧能的智慧逻辑，处处在发生作用。或正是佛家空性的智慧深入诗人的日常之细察，使诗人完成了写作风格的深层变化，也表明传统的基因无处不在，须从血液里渗出，流淌于语言，才能接续文明之链。

陈先发之“诗哲学”，成于岩壁突然出现的“裂隙”洞开之视野，多得自语言之思在日常中为词语谋得之形象。新世纪前十年，他的诗中之“轮回”“宿命论的钥匙”等古老的法器，纷纷投掷出来，终于在《九章》中，从日常生活的深处发出声音，或细微，或脆亮，或深沉，或低回，均在日常之窗的帘子拂动之下，在写作本体意义上，诗不再被置入一个预设的结构，而是在当下自动生成，诗意涌现于停顿之间，这中间的差别，不可以道里计。他在《困境和特例》中说——

> 当然，完全有必要将诗之思、与哲学之思切割开来。我们不能将一种揭示时代困境的诗歌，归结为思考的结果——或者说，诗之感受远胜于诗之思考。诗的肢体必须是热的，哪怕它沉睡在哲学冷漠、灰色的逻辑系统之下。诗的腔调，更接近于孔子将其从《诗经》中删掉的那些“怪力乱神”的腔调。它时而清晰，但它本质上不清晰，它保留着人之思在原始状态的恍兮惚兮。以此恍惚，而维持对纯粹哲思的超越。也以此恍惚，偶尔获得神启，向着我们这个时代因诸神缺席而造成的空白中弥漫过去。[1]

①陈先发:《困境与特例》,《江南诗》2020年第3期。

立足于语言本体、生命感受，诗便时常出入恍兮惚兮之中，而非展开意象主义的理性思辨，将诗置入一个论述性的结构，在这方面，最为吓人的例子是T.S.艾略特的《四个四重奏》。在一个没有宗教——或者说汉民族没有自己的民族宗教的国家，诗几乎要担负宗教的使命。从语言学的角度讲，语言之思即存在之思，语言言说伴随着“道说”，语言和存在是不可切割、一分为二的，唯有这样，才能免除现代主义写作二元对立的焦虑。但当我们在一个具体语境中审视自我的“一分为二”，倒正是得益于语言的智慧。比如《深夜驾车自番禺去珠海》，对黑暗的沉思及物自身，即是以一个双重的视角去看待事物——不是辩证法的，而是存在主义的。“车灯创造了旷野的黑暗/我被埋伏在/那里的一切眼睛所看见/我/孤立/被看见”，这个“我”实际上是坐在驾驶舱的“我”的另一个，一个瞬间流逝的“我”，一个被迫和孤立的“我”，那所有眼光也包含着这一个“我”的眼光，但所有的眼光包括“我”，都不一定看见了黑暗中的“我”，只看见黑暗中一条沥青公路在延伸，飞速一如时间的流逝。“黑暗只是掩体”，因为它保护了那个“我”：一个本真的“我”，自我。黑暗即无，即执白守黑之黑，即元语言，而“我在另一种语言中长大”，这种语言是充满既定逻辑、隐喻化或历史性的语言，“在一个个冰冷的词连接/而成的隧洞中”，它穿过了一座山，但并不能洞穿语言的“困境”——面壁者面前的那岩壁。“寂静何其悠长”，这悠悠之感叹里是一个诗人的“等待”——等待一首诗到来；这悠悠的感叹是因为我还要“我保持着两个身体的均衡/和四个黑色轮毂的匀速”，态度谦逊，保持清醒，却有“驾驶”之难，难在两个身体的平衡，一如四个轮毂的匀速。

飞蠓不断扑灭在车玻璃上

他们是一个个而非

一群。只有孤立的事物才值得记下

但多少黑暗中的起舞
哭泣
并未被我们记下
车载音乐被拧到最低
接近消失——
我因衰老而丢掉的身体在
旷野
在那些我描述过的年轻桦树上
在小河水中
正站起身来

看着另一个我坐在
亮如白昼的驾驶舱里
渐行渐远
成为雨水尽头更深黑暗的一部分

飞蠓扑上车窗而亡，这现代性的疾速有何等伟力！旷野里的身体，黑暗中的“我”，“在那些我描述过的年轻桦树上”“在小河水中”——即是在语言中，在时间中，站起身来，看着当下的“我”，在“亮如白昼的驾驶舱里/渐行渐远/成为雨水尽头更深黑暗的一部分”，还有什么样的描述比它更明晰地呈示，存在是如何化作了虚无？那另一个“我”一如车灯中的飞蠓，是一个个体，而非一群，值得记下。有此写作的信念和良知，虚无并非绝对，亦可在凝视和倾听中，化作语言的存在，如“白头”回到年轻桦树上的“过往”。

八

“从多义性泥泞上挣脱而出”[①]，陈先发的办法，是坐等单一的事物“枯竭”，而不是“顺着一根新枝”奔向它的尽头：那里是实用主义的果实和文学进化论的枯枝。于坚倡导一种“出家式的写作”，但他没有像陈先发那样接受佛家“枯竭”的智慧，而以解构主义的锋刃，从语言的杂草和灌木中砍出一条路径来，以期从复杂回到纯粹，当然这仅是于坚写作一种。张枣在“朝向语言风景的危险旅行”中，涉险于现代主义危崖并立的垭口，“枯坐”，终没等到“鹤”飞临浦东电视塔景点上那一尊“爱人”的雕像之上。[②]吕德安热爱石子和砖头，像陶弟一样自己建房，但不像他出让自己的土地，终得《适得其所》。多多头发花白，已到“痴呆山上”，胸怀全然敞开，“多好，古墓就这么对着坡上的风光/多好，恶和它的饥饿还很年轻……”[③]，不是从那里遥望，而是凝视“四合院”的“橡实”、阿姆斯特丹秋风中晃动的橘子。昌耀超越于苦难，以西域的自然和习俗之光重塑语言，为时代作证，尽管没有脱尽时代烙下的语言印记，但春潮涌动之时归来，嘶哑的声音里已有万千气象。先锋派诗人们拒绝这“多义性的泥泞”，耳朵向当下和未来张开……当代诗人的写作，在汉语新诗历时百年的进程中，已到成熟期。汉语新诗之失范，不再令人焦虑，因为诗歌的标准，正从这些杰出的诗人们写作的一首首具体的诗中获得它的尺度。还有什么比在“这单一的枯竭中，明日的诸我全住

---

①陈先发:《九章》,安徽教育出版社2017年版,第86页。

②化用张枣《大地之歌》,参见《张枣的诗》,人民文学出版社2010年版,第265—270页。

③引自多多的诗《痴呆山上》。文中提及“橡实”和“英格兰”分别源自多多的《四合院》和《在英格兰》。详见多多《诺言——多多集1972—2012》,作家出版社2013年版,第271页、240页。

在这里”更令人欣慰，因为在这里，枯竭之中会响起无人采摘的瓜坠落的一声“嘭”，它领来“父亲在苦瓜中压低的嗓子”[①]；因为在这里，可以在一个“曼凯托”这样的词中，重建一个无地点的天堂[②]；因为在这里，我们再次看见无数去东风广场的脚踩踏的路上，躺着一只绣花鞋；因为在这里，汉语在英格兰昂起了高贵的头颅……

“我”在“这里”，不单一个“我”，还有无数为汉语新诗“立范”和“招魂”的“我”，陈先发是其中不断制造语言学“特例”的诗人之一。汉语新诗之名，是为了和古典旧诗做出区分而起，但是我们现在可以理直气壮地将我们的写作称之为“当代诗”，因为我们已经从诗歌意识形态、“弑父情结”、先锋姿态的众声喧哗中走出，归于这“单一的枯竭”中，直面存在，而不再服从于什么这样那样的主题，一首诗的题目不过是一个语言“特例”的肇始，或诗歌的一个活动场所。不论选择什么样的语言路径，无不从语言工具论的“旧癖”中解放出来，回到语言本身，专注于存在，摈弃文学功利观的动机和美学，而从语言本体论的众多日常“切口”，拓新汉语的伟大传统。

对于陈先发的“诗哲学”之说，我愿意纠正自己最初的观感，“理趣”二字，过于陈旧，如此指认，也多少有些偷懒。我想它更接近于罗伯特·弗罗斯特“诗始于愉悦，终于智慧”之说，当然只是在一定程度上——因为陈先发的诗是语言之诗，也是存在之诗，面对满地语言碎片的当下，他之收拢和拼贴，与其说愉悦其中，还不如说充满忧虑、感伤，甚至无奈。对于他的写作，我以为命名为“智性写作”更符合他的写作实质。从二十世纪复旦大学校园种下的一颗诗的种子，在他的写作中发芽、开花，结出累累硕果，当然这一条语言路径，充满泥泞和危险，异常艰难。其间的写作，从《前世》的激情到《姚鼐》的雄心，从《残简》

①陈先发:《九章》,安徽教育出版社2017年版,第173页。

②曼凯托,指吕德安同名长诗。

的锐利到《九章》的平和，诗人也从一个青年的激流四溅步入中年“潮平两岸阔，风正一帆悬”之境。

陈先发的写作形成了一个雄辩的事实：他的写作吸取和拓新了现代主义的航道——再次强调，只因为有“我”在“这里”的一个个语言学“特例”为证。当然这只是就方法论而言，他的世界观和价值观，来自本民族传统文化的古老智慧和对现代性的深刻认知，因而他也得以从翻译体中摆脱出来，而建立真正具有本土性特征和气质的文本。沃尔科特说：“诗，得自于勤勉与汗水，但又必须清新如人像眉头的雨滴。它融合顽石的质地与自然之美。它将古今并置：如果人像代表过去，那额头的露珠或雨滴便象征着现在。这里有被埋没的语言，有独具个性的词汇，写诗变成了一个挖掘和自我发现的过程。”[①]在某种意义上，它和陈先发对于诗的看法，是相通的。对于当代诗人来说，与其说传统是一种资源，不如说是一种血缘或基因。而那“人像”不是完整的，也不是失去双臂的维纳斯，而是废墟中的瓦片、荒草中的宗祠和车轮下语言的碎片……在这个物质至上、娱乐至死的时代，唯有诗人在真正承担着黏合碎片的使命，在文明的荒野上替词语招魂，为黑暗中那些“起舞”或“哭泣”的事物命名，重建精神的秩序和伦理。不单在倾听一个真实的此在，还在召唤那个逝去的传统——传统中已经几乎断代的基因，让它们再次在语言的血脉中“遗传”下来，眼光中含着古老的智慧，方言里有着《诗经》的口音，并与遗落在黑暗的旷野那棵年轻桦树上的“自我”，合为“单一的枯竭”中的纯粹，从而让语言具有真正的本土性。陈先发的写作，无疑是本土性的一个个语言学“特例”，所谓“特例”，正是因为其个人化和独特性，而成其所是。

对于当代诗人的写作来说，维护诗性正义和诗的真实（真理），比起

①德里克·沃尔科特：《黄昏的诉说》，刘志刚、马绍博译，广西人民出版社2018年版，第70页。

赞叹美，当是更为紧迫的任务。而真理也不全是常新的，不尽随着事物发展变化而变化，不是进化论，而是相对论，但对诗来说，朴素的真理、永恒的真理，最为清新动人，比如爱，比如“仁者爱人”。它流淌在静脉里、语言里——

推窗看见叶落了
秋天的静脉冷而灰蓝
枯萎不是爱在远去
而是爱在来临

——《静脉》

陈先发的全部写作，如一棵参天大树，每一个枝丫，都是一个“特例”，它根植于诗人的生命感官和本民族的土地，根基是“爱”和“良知”，而两大文明的养分，从根须直达树冠：古典性和现代性交织，而成诗性之光。

2020年8月7日于长沙荷园

自然之子

——论莫非的植物诗学

一

20世纪到21世纪之间，中国诗坛有两位“古人”，一是南方的杨键，一是北方的莫非。杨键说：“我不大承认我与这个时代有何联系，但我究竟是哪个朝代的遗民呢？我大概是魏晋时代的一个老僧，或明末清初的一个遗民。”[①]长期以来，杨键隐逸于安徽马鞍山，远离时代中心。莫非自从1999年发表《反对秘密行会及其他——我与词与物》，作为“第三条道路”的一个先驱，临近不惑之年，大约也是看清了自己的道路，什么也不说了，一头栽进北京及其周边的植物世界，做起了18世纪的博物学家和19世纪的超验主义者。杨键信佛，其写作之入世之深，在当代诗人中却罕有人匹；莫非没有任何宗教信仰，信奉万物有灵，也没有哪个诗人比他更“出世”。古人云，小隐隐于野，中隐隐于市，大隐隐于朝。莫非出生在北京，中年后居住于北京金融街，从他的小区出来，往马路对面一望，一片低矮的胡同勾画着老北京幸存的面貌，再往前，就是金碧

①杨键：《杨键诗选》，长江文艺出版社2015年版，第202页。

辉煌的紫禁城了。莫非隐居于此，至少称得上“中隐于市”了吧。

中国古代有着历史悠久的隐逸文化传统，相传汉武帝时期，东方朔不能做天子大臣，实现宏伟抱负，耳闻目睹和亲身经历朝政的黑暗、不公、残酷和凶险，总结历史和人生的经验教训，于是开创并实践“大隐”的处世之道。其《据地歌》云：“陆沉于俗，避世金马门。宫殿中可以避世全身，何必深山之中，蒿庐之下！”大约陶公之“结庐在人境，而无车马喧。问君何能尔？心远地自偏。”与之或有渊源。魏晋时期在历史上声名卓著的隐士不是一个，而是七个，那便是“竹林七贤”，其中最有名的要属嵇康和阮籍。七人是当时玄学派代表人物，虽然他们的思想倾向各有不同。嵇康、阮籍、刘伶、阮咸始终主张老庄之学，“越名教而任自然”，山涛、王戎则好老庄而杂以儒术，向秀则主张名教与自然合一。他们在生活上不拘礼法，清静无为，不苟合于时政，聚众饮酒，纵歌于竹林。此七人，偶尔也在莫非的诗行间出入。

莫非1960年12月31日生于北京。20世纪70年代末开始写作。主要作品有：《棕榈树》（长诗，1982）、《狂人乐团》（诗剧，1985）、《空白的空白》（诗集，115首，1987）、《词与物》（诗集，299首，1989—1991）、《精神史》（诗组，66首，1993—1995）、《没有形容的日子》（长诗，1995）、《没有时间的花园》（长诗，1996）、《没有场景的词语》（长诗，1996）、《没有交锋的剪刀》（长诗，1997）、《曼佗罗手稿》（笔记，1998）、《时间之门》（长诗，1998—1999）、《十四行诗集》（216首，1994—1999）、《传灯录》（诗集，108首，2000）、《清凉山》（诗集，72首，2002）、《大觉寺》（组诗，2003）、《经济略》（笔记，2005）、《奥黛丽的奥黛丽》（长诗，2005）、《小工具箱》（笔记，2006）、《苏拨》（诗组，2006）等。自新世纪初“沉寂”下去，此后近二十年，莫非仿佛从当代诗坛消失，没有几个人知道还有一个叫莫非的诗人存在。在将近六十年的时间里，莫非写了四十多年诗，做了三年多园丁，花了二十年时间拍摄植物。

用他自己的话来说，“二十四岁之后就再也没有做过正事儿”。成为园丁是偶然，和草木的亲近则是必然。“文革”前，他家在北海，到处都是植物，后来被错置的命运抛到山里，一生中最重要的时光，也是在野地度过。

一个诗人的选择几乎是宿命，这不单是说一个人对诗人身份的选择，还包括作为一个诗人以后写作路径的选择——不只是方法论意义上的，更关乎世界观。多年前，莫非写过一首名为《遗嘱》的诗：“生与死仿佛木桥与流水，相遇又错过。/这是命中注定的时刻。/我没有值得留下的遗产。/连我的孩子也都在我的心中先后病死。/我的最初的哭声预言了我的一生。/……忘掉我。/我的坟前不要竖立墓碑。石头会被风化。/把我的祭日从挂历撕去。/死亡如此清晰，生命却是那样模糊。/人啊！你好像坟头的轮廓！/心啊！你仿佛墓穴的外景！/至于我的葬礼需要开始那就开始好了。/不要等我。/真的，这是最后的请求。”诗写完后，便被莫非丢在了一边。大概是1985年的秋天，这篇《遗嘱》随莫非的朋友马德升去往远方的瑞士，经他推荐给博洛尼亚大学的诗人和汉学家鲁索，编入《中国当代十人诗选》。1986年底，又经由马德升从巴黎寄给远在美国的严力，于1987年刊载于他在纽约创办的中文诗歌杂志《一行》上。再后来，2009年初，《遗嘱》被张清华辗转收入《中国优秀诗歌1978—2008》中。和许多生于20世纪60年代的孩子的命运相似，莫非在五六岁时就因为“成分问题”随父母下放到河北太行山的一个山沟里，一去十二年。他说这段经历对他后来的写作有着致命的影响。那时候他和全世界都说不上话，只能和自己说话。对他而言，写诗就是跟自己说话。很多人和莫非说，这首《遗嘱》像是一个老人所写，这诗里的生死是如此彻底，它让人感到了痛。人们认为这是莫非的代表作。但莫非觉得，这首诗太过“成熟”，它写在不正常的阶段，是一首不太正常的诗，如今他不会再写了。①

一个诗人短暂地离开人群、社会，算不得什么，持续几十年远离尘嚣又居住于尘嚣之中，在现代社会，不得不说几乎是一个奇迹。莫非是一个笔名，莫和非皆否定，中国历代隐士的背景里，也无不包含一个巨大的“不”。莫非做出的人生选择和诗学选择，其决定因素，大约还是童年。童年的孤独、家族的命运，或许让莫非很早就看透了生死，没有这一点，就很难谈得上“淡泊名利”，更谈不上“隐逸”。对于莫非来说，“三年困难时期”和“文革”的灾难，他比杨键显然有着更深刻的记忆，他就一句“废墟是种子”，将那一切淡去了，或许他已经有太多的“不”——不论是对他的童年时期所处的那个疯狂的时代，还是成年以后目睹的这个物质主义狂欢的时代。一个看透世界的人，深知说再多的“不”也没用了，在绝望中隐逸，于草木间重建，而不是见证和哀悼，把一生都投入到野地里，和植物对话，“越名教而任自然”，在某种意义上，他是在致力于恢复中国古典文化道法自然的传统，以个人性的示范建立一系列精神镜像，与这个急功近利的时代互为映照。

二

2006年前后，莫非进入一个写作的亢奋期，写下《苏拨》系列。“苏拨”是诗人生造的一个词，在诗中似乎更偏女性色彩，一个具有神性意味的存在。这个系列每一首诗都配发了一张植物图片，诗与图有那么一丝关联，或更像诗人拍摄的时候受到了植物细节的刺激，激发了他创作一首诗。《苏拨》带有浓厚的超验主义色彩，全然依凭直觉，打破了线性逻辑，没有写作地点，没有诗意发生地——或者说诗歌活动的场所就是

①关于《遗嘱》一诗的介绍资料，源自2019年1月5日《新京报》的一篇采访《诗人莫非：人只有和人在一起时才会孤独》。

一个植物世界，写作主体只是作为一个旁观者偶尔发声，以“就事论事”的方式，“我”并没有出场。“苏拨”作为一个词语，是一个创世纪般的存在，“苏拨”不在场，世界的荒诞或困境随即出现，正如词语来了，事物亮了，“苏拨”仿佛就是那启动一首诗的机制的词语。从整体风格上看，《苏拨》仍属于对世界的整体性“观看”，世界的纷繁乱象被高度抽象了，只是在“苏拨”的映照下，一切都被还原成为一个个不无荒诞色彩的细节，而其语言形象也是象征化的——象征主义在诗中只是作为一个房间里的配件，而这个房间是辽阔的自然。“苏拨”出现，万物似乎各安其所，有了自然的秩序。显然，在诗人看来，世界之所以混乱，皆因为人。人是一切混乱之源，人是麻烦的制造者。梭罗说：“我之所以走进林间并不是想生活得便宜些或者更昂贵些，而是想以最少的麻烦做些个人想做的事。”或许莫非沉浸于植物世界，有着一样的动因，在他的眼里，万物有灵，植物世界的一切井然有序。为了解决象征主义二元对立的焦虑，莫非在《苏拨》中采取的办法是让语言说话、语言言说，将整体性的“语言的观看与倾听”置入一种不无寓言色彩的言说中。或许它给读者的观感是远离了时代，但是不难看出，它以一种超越时间维度的方式，从背面直取核心，只是现实色彩淡去了。《苏拨》不是静虚的，如禅诗；也不是高蹈的，如宗教或神话诗。它是人和神的一种对话性存在，是出世的又是入世的。当然“苏拨”的身份并没有确定，但越是如此，越有了某种沉默不言的智慧和神秘，行动就是明证。最主要的是，“苏拨”成了一个洞晓世事人情的倾诉对象。我们赖以生存的世界，事实上最缺少的，也就是这个“她”。

正是我们的夜晚，苏拨。有人激动
也有人发抖。伸进窗的马头满眼泪水

幸运儿站在板凳上，也没够到什么
那些必死无疑的事物，依旧带着光芒

两边的篱笆被推开。蚂蚁的痕迹
不是蚂蚁留下的。爱情锯着一根火柴

我们的疼痛不可以流露，就像蜗牛
不可以飞翔。苏拨的手已经空了

天气一坏准在半路上。苦菜结了籽
不知道的旋花科植物，绕着时间生长

墙壁的缝隙比标语还要清晰。苏拨
剪不掉的布匹张开了，四面都是风

——《剪不掉的布匹张开了，四面都是风》

姑且不论诸如“伸进窗的马头满眼泪水”“爱情锯着一根火柴”“墙壁的缝隙比标语还要清晰”此类意象雕塑般的明晰，意象主义只拿来作为对现实的浓缩，而就其明晰性而言，显然比虚浮的意象更具概括力和准确性。它的荒诞色彩，又和诗的语境协同。由于有“苏拨”的存在，这样的言说方式才显得得体：既有对世事的烛照，也有对人性的窥看，充满激愤，不无苍凉。如果说里尔克的《杜伊诺哀歌》是小号穿透云霄的声音，那么《苏拨》则是低沉的大提琴，偶尔夹杂一声令人为之一震的鼓点。“剪不掉的布匹张开了，四面都是风”，让人想起里尔克的《预感》。布匹和旗何其类似，情感饱满，诗意敞开。

这样的篇章，作为写作主体的诗人，虽然以“我们”的形式出现，但一开篇就仿佛向“苏拨”倾诉——相互吵架，幸运儿自认为高人一等，推开篱笆而去，留下的足迹也不过是蚂蚁足迹一般庸常，相爱的人在毁灭最后一点可以产生光亮的东西，这一切，困境或荒谬，无人可说。说与“苏拨”，一切就得到了缓解，就看见植物世界的秩序完好，“苦菜结了籽/不知道的旋花科植物，绕着时间生长//墙壁的缝隙比标语还要清晰。”而“苏拨”也俨然一个拯救者，“苏拨的手已经空了/天气一坏准在半路上”，仿佛诗人是“苏拨”的知音，仿佛“苏拨”是一个忙于“灭火”的“消防员”。

不难看出，莫非此一时期的写作，和古典山水诗之造境或抒情有着很大的差别，它实际上带有浓厚的寓言叙事色彩，抒情收敛在诗意的背后。诗人是作为一个语言的观看者，隐性参与了诗意现场，和“苏拨”形成“同盟”或“知音”关系。“苏拨”的身份是在语境中自动生成，没有任何预设，不同的读者也可以根据不同的理解做出界定。“苏拨”在场和不在场，诗的“境况”大不相同，也没有让“苏拨”成为一个全知全能的上帝，或者神——

苏拨也不清楚一根绳子几只蚂蚱
几只蚂蚱一根绳子。仿佛拴在一起

就有了气候。不管秋后算账不管
开春种地,苏拨在草丛间清点万物

跟我们的任何打算没有关系。世界
是有数的,多多少少是有数的

要回来的东西,放在手上很快烂掉

我们还是当成了宝贝。苏拨的法宝

掩藏在狗尾草停止的那个时间里
知道的已经错过,刚来的已经破灭

一根绳子上的蚂蚱拉断一根绳子
苏拨看了仅仅嘘了一声,回头走了

——《苏拨也不清楚一根绳子几只蚂蚱》

"苏拨"的形象塑造成为诗意生成的一部分。一根绳子上的蚂蚱，是约定俗成的东西，在"苏拨"眼里，就不免有几分荒谬——人的利益纠葛也好，把废物当成宝贝也罢，这一切"苏拨"都不感兴趣；人类的秋后算账和"苏拨"的清点万物，也是不一样的。正因为这样，物质和精神两个层面的境界，都十分明晰。蚂蚱拉断绳子，"苏拨看了仅仅嘘了一声，回头走了"，此情此景，十分生动而真切。

《苏拨》当初在新浪博客发表时，每一首诗都配了诗人拍摄的植物图片。比如其中一首诗，配了一幅秋海棠的图片，茎干有一个节口，抽出了一丝皮，从一片嫣红抽出一抹白。这是人为损坏的痕迹，但显然不是诗人所为。诗人只是一个发现者。照相机捕捉的，只是一个此在的场景。它只在此，不能到达彼，词语引领它走向世界的彼岸。诗要有所"看见"，有所"呈现"，在图像和世界之间，词语一走动，雾散去了，诗歌诞生了。也许对于莫非来说，拍摄植物是他和植物的一种对话方式，在举起相机那一刻，找到了一个对话的契机，但是审美活动显然稍早就发生了。植物世界天然的秩序和美，先验地在那里，等着你去发现。我们不妨看看秋海棠茎干的一个受伤的节口，打开了一个什么样的世界——

记忆夺走我们的梯子,半空的指环
只有碰撞没有声响。一本命运的书

放在那里放着。贯穿云层的光芒
恰好是苏拨的光芒。树叶上的蚂蚁

不知道天怎么高,地怎么辽阔
不知道我们也是不知道的另一群

乱吃的虫子。苏拨在耕作中叫来了
莴苣和词语的早晨,仿佛喜鹊

回头的时间,咬住结实的干草梗
苏拨在孩子们中间,给变形的灌木

梳理枝条,让最高的屋顶分开雨季
看我们在水边缝缝补补,准备过冬

“记忆夺走我们的梯子，半空的指环/只有碰撞没有声响”，与其说是记忆夺走我们的梯子，不如说是时间拆走了记忆的梯子，无从追寻真相。那抽出的一丝皮卷起，被想象为指环，进一步扩展为“命运之书”，仿佛植物世界遭到人类损害，本就是命运。如此以来，不能碰响的指环，象征荣耀也好、诺言也罢，陷入哑默。词与物的路径却打通了。苏拨的光芒，贯穿云层的光芒，照见我们的无知。我们和蚂蚁是没什么区别的，一样是“乱吃的虫子”。对世界的践踏，很多时候都是因为我们的狂妄自大。这是要命的痼疾，人类在创世之初就患上了。苏拨来耕作，在孩子们中间梳理枝条，即象征着秩序的梳理、重建。当然，在此语境中，诗的多义性也不言自明。

摄影和写诗相互哺育，镜头里某一个植物的细节成为一首诗的兴起，诗的经验帮助摄影镜头发现、构图，处理物象之间的关系，从而相互成就。莫非把摄影和诗歌的获得场所界定在野草世界，野草世界的平凡和常见，在某种意义上更类似普罗大众的生活，在两者之间更能够找到诗意的触发点。野草世界是不言的、沉默的，但是诗往往正是要抵近静默之境，道之所存，即是寂静之所。莫非不是把野草世界的物象纳入诗学的语言形象工具库，而是把它们看作神灵一样的存在。超越经验和理性，依凭瞬间的直觉去抵近真理，正是一个超验主义者所为。

在图像和诗之间，莫非发明了“苏拨”这一带有神性或神秘性色彩的人物，使许多不可说的沉默具有了言说的可能，但是总的来看，“苏拨”及其活动的野草世界，更多是作为一面镜子，映照出人类生活的种种荒谬和困境。而在语言层面，一般而言，当代诗的语言运动依托于能指的能量推动，《苏拨》的不同处在于，由于野草世界的语境赋予了“苏拨”的特殊身份，似乎天生具备了某种势能，换言之，“苏拨”的神性属性与寻常人生、世间万物构成了落差。湍急之时，自然是落差巨大之处，那个时刻呈现的世相就格外突兀，比如——

这里是冬天早晨的锋芒。苏拨醒来
打开的野草，比我们的镜子还要明澈

湖水对着柳树的柳树，柳树对着柳梢
苏拨在不是苏拨的地方，回忆天空

星星掉在瓦罐里。雄狮金色的鬃毛
驱散了凛冽的北风。枯死的花儿

依旧夺人魂魄。结冰就是水的结果
此刻苏拨泪流满面,但不是因为悲伤

不是因为幸福。甚至也不因为我们
没有头脑没有眼睛没有肩膀而哭泣

一路上无事生非。装作苏拨的样子
带走的词语,从一个侧面学会了吼叫

“苏拨”流泪，必有大悲！盖因“苏拨在不是苏拨的地方”，一切都错位，发生改变，人类没头没脑，雄狮的鬃毛驱散了北风，有人装作“苏拨”的样子，从侧面吼叫。凡此种种，隐晦而又有所指，又很难确定语义，但是“苏拨”显然推动了语言的运动，并有效地营造了语言的节奏和氛围。“结冰就是水的结果”，如果水象征着时间，那么结冰就是存在者最终冰冷的结局。

《苏拨》用六音步十二行诗写成，诗体形式一致，却并不呆板，节奏的变化仰仗的是每一首诗不同的语境，以及诗行间的停顿，轻重缓急，皆能自洽。诗的语言是口语化的，即便采用了一些成语或俗语，都按照口语的习惯将它们拆解了，保证了节奏流畅而不滞涩。百年新诗发展，曾有闻一多做过诗体的探索，冯至也曾引进西方的十四行诗形式，都不能持续。新诗的散文化一直备受诟病，诗体形式形诸于自由分行，似乎过于散文化，缺少诗的建筑美，在这个意义上，也许莫非的探索不无价值。

三

二十多年前北京的一个四合院，安静，清凉，有一颗躁热的心在徘徊，吐着火焰，经过五个日夜的燃烧，它平静了。院子上空绿色琉璃瓦，露出柔和的光泽。

2006年，在北京，莫非对我说："在那时候，我就把一切想明白了。"

他想明白了什么？

"研究词与物的内在关系，并写出'简单'的诗，这需要付出诗人一生的代价。"这是莫非在《词与物》的序言里写下的话。

在长河湾古老的高粱桥斜街，我们一眼就认出来了——无论是他还是我，像相识多年的老友，没站定就说开了。五月的阳光在十点钟的高楼上流泻无声，街道两边的鲜花和树木十分茂盛，市声巨大的轰鸣倒有些隐约，内心的声音非常响亮。莫非穿着棉布格子衬衫、发白的牛仔裤，戴着一顶长舌帽，没有我想象的北方人的高大，并肩走在一起，不需要我仰视，这似乎更拉近了心灵的距离。我们到长河湾附近的河畔拍照，当接近河滩上的野草，他立刻显露出一个摄影家的敏锐，脚步变得利索起来，把镜头对准了我不知其名却似曾相识的野草。他说："一平方米的野草里，至少有二十种以上的植物。"在一块小小的草地上，他伸手握住几株开花的植物，告诉我，这是苦菜，那是二月蓝，还有夏至草、紫草——尤其是紫草，在他的镜头下那么美，小巧的花瓣，淡紫的色彩，而在杂草里，它的花朵居然小到不足一厘米。这些卑微的植物被他发掘出来。发掘的方式，就是"猪拱地"。他往地里跪下，帽檐向后一拉，头抵在地上，镜头像猪鼻子一样对着那迎风摆动的小花，然后就是等待——要等那小花安静下来。此刻的诗人，屏息凝神，物我两忘。据说有一年冬天，莫非在紫竹院对着一丛野草，一连几天在那里猫着，等待光线。一个老太太看见了，说：“小伙子，你在那猫什么呢？别冻坏了。”幸亏她没叫来更多的人，才让他等来光线最佳的时刻。

时光流逝。我们生命中有许多事物，就像路边那些不起眼的野草一样远去了，我们再找不到任何感觉。莫非说，你认识了一种植物，你就和它有了联系。他说得没错，经过他的介绍，我在另一块草地上一眼就认出了打碗花和夏至草，那杂乱的野草堆，突然有一种莫名的亲切和美丽。一个村庄或一个城市，也是一样，它因为有你认识的人，便和你有了联系。你若在某个院子栽下一棵樱花树，那它每年开花的情景，都会和街道上或河边的樱花大不相同，那个院子，那个院子所在的城市，也因此深深地存在于你的生命里，不论你走到哪里，你都不会遗忘。

四

莫非的植物诗学的要义在于，野草的细节为诗的兴起，获得了巨大的语言契机。当诗人举起相机等待一棵紫花地丁的安静瞬间，就在此刻，诗人也进入了物我两忘的寂静。寂静的时刻，属于诗的纯粹时刻，它保存在记忆里，再次在一个寂静的时刻发酵，一个或一串词语就从中冒出，灵感之光照亮词语直奔而去的事物。由于镜头画面多是聚焦于细节，要求诗人长期地处于凝视之中。诗得自凝视，拍摄野草的这一行动本身和写诗，聚焦和凝视，有着相通的内在审美机理。

植物诗学的方法论和中国古典山水诗有着比较大的差别，不是相对客观地让主体并置于共同的语境中，情景交融，而是更多依凭直觉，带有超验主义色彩。意象化和叙述性并重，较少描述性语言，并由于“苏拨”这一虚虚实实的词语设置，使诗的寓言色彩更浓厚了。但是在语言的观看层面，或者世界观层面，它们有着一个中国古典文化的滤镜，一切不无神性色彩的场景，似乎含着“道法自然，天人合一”的潜台词。

相比知识分子写作的“以诗论诗”和民间写作的“口语诗”，莫非真正走在“第三条道路”上，独立、特别，自成一体。环顾当代，在现代主义和后现代主义影响下的当代诗坛，没有哪个诗人选择这样的语言路径——一条超验主义的语言之路。也许莫非并无效法爱默生之意，但是他走入的世界和梭罗太相似——不过一野草一瓦尔登湖而已，他们的本质有着宿命般的相似：自然之子。隐逸，投身于自然，无论梭罗在美国的那个时代，还是莫非在中国的当下，都有一些异类气质，是为功利主义的社会不屑一顾的。但是，越是在这样的时代，做一个隐士的难度就越大，远大于嵇康的时代、陶渊明的时代。没有看透生死，想明白人生，放下一切世俗利益，并有着强大的精神意志和自信，是不可能几十年如一日持续地和自然对话的。爱默生有句名言“相信你自己”，这句话成为超验主义者的座右铭。这种观点强调人的主观能动性，有助于打破“人性恶”“命定论”等教条的束缚，为热情奔放、抒发个性的美国式文化奠定了基础。而从莫非的人生和诗学的选择和实践来看，他的语言行动是对自我的坚守，以之表示对这个物质主义时代的拒绝，而中国文化缺少的，正在于这样的“个性”“孤绝”。一个人不能发现和坚守自我，就很难谈得上什么创新；随波逐流，最终只是成了集体的分子或混合物、权力的工具、流水线上的“机器人”。

莫非所摄植物，基本上都是长焦镜头聚焦的逆光图片。逆光，即是说拍摄者面对光照。浩瀚之光，令人目眩，必须等待光线柔和的时刻。光之浩瀚，一如宏大抒情，言辞滔滔，不知所云。柔和的光里，一片枯叶或一朵玉兰，因为逆光，尽显其纹理和明暗，更见少女般的妩媚。逆光拍摄给予写作以巨大的启示：光之透射，犹如情感之沉浸、气息之凝聚，诗正是源于此。一切浩瀚之光里的景象皆是散文的，不过是一个外地旅行者的公共性审美的赞叹，与诗并无根本关联。其泛泛情绪掠过山川树木的表面，不过是光之泡沫。在某种意义上，莫非的植物诗学，也正是在此有了和古典山水诗的区分，古典世界观被转化为一种现代性美学。背景的虚化和主体的凸显，也是主体意识确立的重大标识。

人格独立，没有浪漫主义的情感张扬；个性独立，也没有现代主义的想象放纵。独立自足，超然物外，野草之镜倒映现实人生，少怡然自得而多反讽隐忧，隐逸背后，实则藏着一颗为世人指出自然榜样的初心，这是莫非植物诗学的根基。

五

2018年，莫非一口气出版了七部著作。北京大学出版社出版的《风吹草木动》，放在博物类，诗依然到场助兴。作家出版社出版的《我想你在》，植物隐于诗行间，集中呈现了2014年至2015两年间的作品。“我想你在”，是“我思故我在”的延伸，“我思你就在”，也可以说“我”希望“你”在，就像一个人遇到好事，希望心仪之人到场分享。对于莫非这样彻底放弃世俗利益的诗人，所谓“好事”，自是与世俗利益无关，而是萝藦开始飞翔或水边的千屈菜开花了之类。自然是一个美的博物馆，它像废墟一样被当代遗弃了，莫非是真正的自然之子，是那座古老的博物馆的馆长。他将自然之美重新呈现于语言，已经不再有浪漫派的唯美主义，而是清新的、收敛的，超越俗艳和奢华——或者说完全是另一种奢华，在他看来，草木即存在，甚至比人类有更大的智慧。因此所有的美的瞬间，都被赋予了细节，被光重新塑造并进行聚焦。现代科技发明的数码相机，为“凝视”提高了像素；背景的虚化，让野草作为主体，被凸显出来。诗人的“审美”除了得到现代技术的协助外，还从古典情境的物我两忘中引出存在之思。野草世界不单是一个语言形象工具库，而是与“我”共存的一个“他在”；不单作为镜子，而是作为“此时此地”的一个共同的存在者。它提供了自我客观化的视角，又为返回自我的行程布置场景。

如果说《苏拨》中野草世界更多的是作为现实生活的一面镜子，“我”只是隐性在场，那么在《我想你在》《逸生的胡同》《芄兰的时候》和《一叶一洞天》中，“我”走上了前台，“苏拨”退隐幕后，野草世界作为存在者出现在日常场景中。诗中出现了“你”，“你”的存在，让诗形成一种对话性结构，“你”作为写作主体倾诉或对话的对象，比起“苏拨”在场，有了更加亲密的语言氛围。或者随着年龄的增长，诗人也变得更加冲淡平和，《苏拨》时期的抑制不住的愤懑和激烈消失了，诗之潺潺言说更像一个旅行归来的旅行者向身边人讲述着“异域”的美——对现代城市的人们来说，大自然已成为他们的“异域”，而诗人莫非也并不是一个旅行意义上的旅行者或一个简单的植物拍摄者，而是一个沉浸于自然，和草木同根同生，并与之深入对话的诗人，他的诗句来自于泥泞中的艰辛劳动和大雪中长时间的守候，因而在最纯净之处揭示了存在和时间的价值。“我想你在”，每一个“在”的时间都将极大地刷新你对于存在的认识。“在栏杆和明月同在的时候”“在芭蕉花开的窗口”“在一棵漆树下早春和早餐也一起在”……安静、祥和、自在、明媚，万物各有所属，雨水是雨的种子，桥是满山梨花回望溪流的桥，萝藦飞着“我们在一起”别问了，一切“在”就好。清新的自然刷新了语言，语言对存在有了清新的定义，仿佛一个现代社会的知音世界，远不是那个农耕时代的“桃花源”。

莫非说：“万物有生有命。种子和废墟也是不朽的。有谁见过废墟在大地上又一次垮掉？”这是对存在最后的信念，最后的信念源于一颗初心。这个时代谁还有一颗初心，连最朴素的人也背离了自我，物质至上，金钱像个魔鬼一样操弄人类，兄弟反目，同伙不同心，内讧不断，凡此种种肥皂剧，每天都在上演。莫非为萝藦立传，以一本书的规模，将镜头里的萝藦安放在语言中，让它在诗中继续飞翔——飞得更远，当然是想让萝藦短促的一生去映照人的存在——何等荒谬和不自然，并在那镜中敞开一道道语言之门。诗人甚至不拘囿于四季，长途跋涉至《诗经》，寻出萝藦古老的名字：“萝藦在《诗经》里叫芄兰。就像芦苇是蒹葭一样……萝藦如老衲，芄兰若少女。萝藦和芄兰就是一个。分不开扯不断的一个。萝藦和芄兰相互缠绕，藤上结果，如去如来。”（《芄兰的时候》）说的是植物，映射的是人类。人的名字，自始至终不曾更改，那名字拥有的实体，却随着时间流逝彻底改变了。人的结果，能臻于“如去如来”之境，当是怎样的大自在。

《芄兰的时候》相比《苏拨》，淡去了寓言和超验色彩，语言风格更加平和亲切，“我”作为主体在诗中出场，扮演了一个真正的“自然之子”的角色，无论“我”之倾诉、告诫，还是“我”之呼唤，都有了强烈的情感色彩，是作为一个在场者、剧中人，而不是作为一个见证者、局外人。当然由于诗人依托的是自然的世界观，诗行间的烟火气就经过了过滤。不难看出，诗人也不是把自己看作俨然修成“正果”的“自然之子”，这个“你”，就像“我”寻找的保有赤诚纯真之心的另一个自我，一个真正的“自然之子”——

> 我在风中找你。在雨水以后/找你，在江南和江北找你回来//在冬天和灌木的枝梢上找你/在乳汁和饥馑的早春找来找去//在婴儿的摇晃中，河水退下/在妄想和妩媚的日子里找上门//黑发找到了白发。无心找到了/野心。傻子找到了一堆银子//好像天空找到了天外的星星/黑夜找到了省油和不省油的灯//我继续找。他们找的是他们的/而我相信的萝藦不在萝藦里
>
> ——《雨水之后》[①]

①莫非：《芄兰的时候》，商务印书馆2018年版，第10—11页。

这是典型的莫非句法，明白如话却机智巧妙，将“找”这一语言行动的主体和对象不断变换，径直切入了人之存在的本相。“黑发”和“白发”，“无心”和“野心”，“傻子”和“银子”，这样词语的对称和语义的非对称，在语言上形成均衡之美，在美的形式背后却是不无荒谬色彩的真实。“萝藦不在萝藦里”，既是真正的萝藦不为萝藦界定，也是意在言外、诗在象外之注脚。

莫非早期和《苏拨》时期有着强烈的反讽，语调冷峻，甚至有些刻薄，义理在手，不讲“情面”；到了五十以后，随时间而来的智慧，也寓于诗行中，亲切、包容，即便反讽仍在，也是蜻蜓点水，仿佛深谙了“强扭的瓜不甜”的民间智慧。从《芄兰的时候》看来，诗既愉悦也智慧，几乎每一首诗都奔向一个朴素的哲学之境——这里面的智慧不是简单一句“道法自然，天人合一”，或“不忘初心，方得始终”，而是将其人格化、个人化和具象化了，其诗意价值，大约也正在于此。

六

“礼失而求诸野”。文明的荒野不在荒野，而在废墟之上。莫非说，胡同也是荒野。“逸生的胡同”，当是隐逸而生，隐逸而生的胡同，正是当下胡同的境遇、人的境遇所在。在挖掘机和炮机不可阻挡的力量下，胡同土崩瓦解，人类悉数迁走，植物却幸存下来，无论是地黄还是芄兰，是苋菜还是构树。莫非相信自然的伟大力量——“推土机并不比草木的力气更大”“推土机一定会在草木之前消失”。他说：“没有植物们的照料，人类甚至不会诞生。没有植物的世代交替，人是活不下去的。”大自然是文明的根基，“人定胜天一定是鬼话”。他甚至说：“我不信人是万物的灵长。只要人还是人，自以为高出草木一大截，就做不成大自然的朋友。”诗人的自然观，显然具有现代社会的民主平等的思想意识。在他眼里，草木世界或大自然，是人类的一面镜子，也是存在者，是文明的摇篮。

莫非并非一个17世纪的泛神论者，但他相信草木通灵。唯物质论、进化论，当然与此背道而驰——在那里，草木只是一个践踏的对象，大自然可以无限改造。在诗人眼里，胡同里和人一起生活的植物，有着无边的奥义，他拍下的花、果、叶，只是作为胡同这本书的插图，真正说来他还只是个不求甚解的阅读者，只有大自然是一部最完美的书。比如墙缝里的构树，就是一个隐士形象；比如萝藦的四季，就演绎了生灭和轮回。所以诗人说，“花时间看花，等时间结果，自得其乐始，自然而然终”。

《逸生的胡同》，与其说讲述了八十二种植物的前世今生，还不如说讲述的是植物的智慧、存在之道和人生哲学。诗人的讲述方式，既是博物学家的——就其科学性而言，又是诗人的——以它的诗性而论。舍去语言的玄思、修辞的繁复，归于一种极简主义风格，不是一个老北京向外省人做出导游式的解说或一个博物学家的植物图册，而是一个诗人向读者细数胡同里的植物，如数家珍，将人生的感喟寓于“就事论事”之中。比如《金银木》：“金银木，结果不是金的不是银的。”从语言开始，“冬天在北京城里要是看见满树豆大的/小红果子，八九不离十，就是金银木了。//金银木还有个名字，金银忍冬。”名可名，非常名。“真是叫对了。”诗到语言为止，一声感叹里有诗的余韵，语淡而味终不薄。再看《紫丁香》，“紫丁香那么紫那么香还说看不见闻不到好吧不跟你再啰嗦了”，一行诗，居然暗含一种对话性结构，现场感就在余音里呈现，对话的对象是对事物失去敏锐、对自然之美熟视无睹的人。这样一种日常的语调，格外亲切动人，我们还有什么理由不睁开眼睛！每一种植物是一种启示，皇皇近百种植物，就形成一部启示录，充满朴素的智慧和简明的箴言。

这怎么会是鸭跖草呢?

分明是蓝色给了花儿,
花儿给了天空。

花儿和天空分别给了大海和孔雀。[①]

七

枯竭方能接近本源。拆除才可以重建。杨键以荒草起兴，吟而叹之，哭而悼之，而成皇皇《哭庙》；莫非从一片枯叶起头，追溯天目琼花一生，遂作《一叶一洞天》。枯竭是欲望的枯去，精神的觉醒；拆除的是语言的路障、真相的遮蔽物，而不是枯叶中的石像、灰瓦或木花窗。

枯叶昭示了一种写作方法论，在某种意义上，它意味着空无，意味着一种艺术的饥饿状态，其等待的，是一束光，或一个诗人的凝视。不是解构主义式的“拆除”，不需要拆除，已然如是，就像种子。所以莫非一再说，“废墟是种子”。我们也可以说，废墟是文明的种子、语言的种子，就像雨水是雨的种子。枯叶的状态，类似打坐的老僧、面壁的释迦牟尼。诗人陈先发说，为了破壁，“他去种了几畦青菜”，莫非悄然走近一片枯叶，等待一束光照临，他们的语言路径，殊途同归，其精神气质和艺术秘密，同在一个“枯”上。

逆光中的枯叶，在不断的拍摄中，不同的聚焦和寂静的时刻，激发

①莫非:《逸生的胡同》,商务印书馆2018年版,第180页。

了不同的诗的创作。没有人这样专注于天目琼花枝梢上的枯叶，也许因为它令人惊讶的命名本身就蕴含诗意："天目琼花。/看这名字就叫人欢喜和妄想。/是天目开还是琼花开呢？"我相信它和诗人初见，正是旷野上天目琼花层层叠叠、花影重重的时刻，到了结果、落叶，诗人举着镜头对它的追随，已经不知多少个春秋，因而枯叶集，就像回忆、怀念，熔铸了深厚的情感和渺远的诗思。比如一片枯叶垂挂枝梢在光中虚虚实实，一种难言之美呈现于画面，这个时刻诗人的诗句"一片叶子是一片叶子是一片叶子"，仿佛喃喃自语，却是最高的赞美——是对个体的高度肯定，从植物世界的细节呈现自在之美，引发诗人一再赞美，为人的主体意识确立，找出了自然界的榜样。

枯叶的叶脉有如路径，捷径也好，弯路也罢，没有比这更形象的参照物了。但又不是参照，而是枯叶之言说，或语言言说——枯叶开口说话，"有的是弯路有的是捷径/走弯路的人啊你可看见/那么远的村庄是村庄/最近的石头不像石头/走捷径的人啊你要当心/那里匆忙一片漆黑一片/那里除了捷径没有别的"，就像一个先知，在荒野上或半明半暗中，向人类说出智慧之言。

《一叶一洞天》是一部沉思录，每一首诗只有一行，八十一行诗又组成一首小长诗。一行诗对应一片天目琼花的枯叶。"你试着说出了第一眼看见的事物"①，这是第一首或第一行，仿佛语言的起源、世界的发生。以第二人称开口言说，拟人化，不单是实证草木通灵，尤其赋予了一种沉思和回忆的状态——其实诗在很大程度上，都是回忆的产物，语言的玄思状态，飘忽无定，得到天目琼花的引领并厘定边界。词与物简明的路径，在此得到丰富的演绎。

英国诗人布莱克有诗云："一颗沙粒看出一个世界，/一朵野花里一

①莫非：《一叶一洞天》，商务印书馆2018年版，第9页。

座天堂；/把无限放在你的手掌上，/永恒在一刹那里收藏。”（梁宗岱译）莫非是在一片枯叶里观看世界，看天目琼花的一生和芸芸众生的人生，“一棵树不就是一片叶子吗？/叶脉一样清晰的枝梢，/隐藏在枝梢一样的叶脉里。”个中禅味，令人回味。

莫非持续四十年的写作，建立了一个草木共和国，它的立法院的座席上的议员们，不是诗人，而是萝藦、地黄、紫花地丁、天目琼花、千屈菜、蜀葵等等，诗人只是一个书记员或旁观者。他站在芄兰的台阶上发声，也不过是叫你来看萝藦开始在空中飞翔。事实上在这个时代，这样的声音或许会被视为一种大惊小怪或多此一举。天目琼花的枯叶开了天眼，开出的花朵超凡脱俗，迟早有一天，会有更多人认识天目琼花，好比莫非的草木诗经。

一个自然诗人，若不能从旅行者的审美进入存在之域，那顶多是一个浪漫主义的续貂者，其审美经验不是原生的，而是继生的，诗里的声音也不是出自草木的动静，而是大脑里翅膀的响动。莫非的自然观是在他俯伏于草木根部，以“猪拱地”的辛劳，持续几十年和草木对话形成的。“这个星球足够完美/万物不以类聚不以群分/黑洞望着宇宙的过去并不远/夜空闪耀，漫天河山//无知且傲慢的人啊/忘了跟蚂蚁也是同宗/山茱萸四周亮灿灿的嗡嗡声/那样简单，那样劳神//天文学有多么惊艳/文学就有多么荒废/草木在草木里种大豆和小米/如花在野，有生有命//所以不用因为/正像因为不关所以/做你自己喜欢的人喜欢的事/一颗童心，毫无准备”——这是莫非近期的一首诗，几乎涵括了他的全部的自然观。一个没有阶级和贫富之分的国家，那一定是野草的国度；忘记与蚂蚁一样卑微的人类，从来没有真正明白时间。一个一再说野草花朵有生有命的诗人，他就是那一株劳神的山茱萸，他不会说萝藦像什么三叶草又像什么，而是说野草世界大家庭的每一个成员是什么。

野草世界更像一个平民世界，没有命名或寂寂无名的平民处境，如野草无二。一个诗人举起镜头俯伏大地，其姿态本身就蕴含着对存在和大地的敬畏和爱——而大地，正是存在的根基，野草乃是人类的照看者。人类的索求漫无止境，野草无欲无求、自在自足，其中饱含生存之道。野草的独立自足，以不同的形态在不同的瞬间，被诗人发掘出来，被命名，也为文明接续了一个断裂太久的伟大传统——这个传统在中国先秦时代已经确立。

莫非的写作，从早年颇具元诗色彩的写作，到超验主义的《苏拨》，最终转向一种不无禅意的极简主义风格，始终依凭具体的植物语境，具有寓言的直接、放大了的植物细节的明晰性。在当代诗歌的写作场域，他的写作是独特的，甚至是卓异的，风格特征十分鲜明。其语言作为很像一支暗夜里的“单人火炬队伍”（希尼语），在街灯照彻夜如白昼的当代，很难有人关注旷野上这样的存在，但是——

一叶一菩提
一花一天目琼花
凭什么呀？有人叫起来

诗人只是平静地说，“如是我闻”。

2020年9月9日于长沙荷园

平静的沸点：毛焰的诗与画

堂屋里八仙桌下，纸钱开始卷曲，冒出火苗和青烟。仙娘躺在门前的竹椅上，微闭着眼，身子有些发抖。这是一个阴天，8月的下午光线暗淡，远处群山飘着淡淡的雾岚。母亲和姨妈坐在矮凳上，望着那个发抖的女人。那时候我还小，不知正在发生什么。突然，那个竹椅上的女人双膝一抖，眼睛翻白，那情形让我心里暗暗一惊，不再东张西望。她咳嗽了两声，开始说话，声音完全变了……

这是我幼年随母亲去“问神”的一次经历，记得母亲在回家的路上对姨妈说，仙娘说的都很准，连咳嗽声都跟我死去的爷爷一样，真是鬼嬲出的。仙娘即巫婆，这样神秘兮兮的事，不是亲眼所见，以前我是绝不会信的。那个女人翻白眼的情景，给我留下了极为深刻的印象。

美剧《权力的游戏》里的那个布兰·史塔克，残废后成了三眼乌鸦，他在长城外的鱼梁木下，多次走进历史记忆。一旦他离开当下，就开始翻白眼。《维京传奇》里的那个先知，坐在阴暗而凌乱的屋子里，每次有人来问，他开口说话，也是仰着头，翻白眼，声音悠悠的。

毛焰的“托马斯”翻白眼，我初看时，也是心里一怔。也许我去画廊仰望三米高的巨幅《托马斯》，会更加被震撼。画廊里的仰望者，是处于怎样的寂静。

阴森森的，姿势极不舒服的——或仰或侧身或如同悬浮，“托马斯”似乎处于那个仙娘或先知离开当下的那一瞬间，面部呈现的表情令人心下骇然。当然毛焰的“托马斯”不是仙娘或先知。一些闭着眼睛的“托马斯”，额头或头部，总会露出一点光焰，仿佛整个人沸腾了，但又很平静——没有发出任何声音，当然画面也发不出，——只是冒出了“热气”。物理学的沸点，在加压的状态，沸点会升高，莫非“托马斯”“沸腾”的身体内部，其时和日常的常压状态有了某种压差？

一

毛焰1968年出生于湖南长沙，成长于湘潭，自幼随父亲习画，1986年考上中央美术学院，毕业后任教于南京艺术学院美术系。20世纪90年代，毛焰开始创作《托马斯》系列，历时十三年。凭他的肖像画，尤其《托马斯》系列，被著名批评家栗宪庭列为中国新写实主义的代表，称其刻画了“一个个表情正在消失的时代肖像”。2014年，毛焰开始写诗，六年的写作，就其语言的纯净、风格的独特而言，已令人吃惊。韩东在微信公众号“白夜谭”的推荐语中说：“毛焰的诗抽象而沉郁，感性又难以追踪，其写作实践证明了艺术天赋或精神之力或可成为一种‘硬通货’，在不同的质料和形式间进行兑换。”

绘画是空间的艺术，诉诸于视觉；诗歌是时间的艺术，以文字为媒介。艺术的本质当然是相通的，但是不同的语言形式，对画家和诗人来说，其遭遇的难度是不一样的。这个差别之大，如同木匠和油漆工的手艺之差异，不单涉及技艺，还涉及艺术家的语言直觉：不同的语言形式带给艺术家或诗人的直觉，是不一样的。只是在艺术观念层面，艺术家和诗人可以找到共通之处，就像音乐家和舞蹈表演艺术家一样。毛焰的肖像画，尤其《托马斯》系列，给人的直观感受非常强烈。对于一个不懂绘画语言的读者来说，其接受反应如此强烈，意味着作品的艺术感染力已跨越了自身门槛的局限，它的力量和光芒已投射到了更为广阔的天地。

《托马斯》系列画的是一个卢森堡青年，或者说是以一个欧洲白人做模特。画中托马斯各种姿态，都是不那么舒适的状态，有闭着眼的，有半闭眼的，更多翻白眼的，人物周围的场景模糊，艺术家的注意力，似乎全部集中在人物的面部和表情，且每一幅肖像的表情都异乎寻常。《托马斯》系列看上去比其他人物画更抽象，比如，有一幅女人裸体，睁大眼睛，露出惊恐的表情，两脚相搭肌肉紧绷，双肩耸起手臂微缩，仿佛突然遇到一个闯入者，它和另一幅女人裸体的四肢开放、神情沉醉的形态，形成鲜明的对照。《托马斯》系列的空间几乎被一个纯粹的面部表情占有，其存在场景的此在性特征模糊了，或者说经过了艺术家大量缩减。韩东在《毛焰的删减和增加》一文中说："二十年前开始的'托马斯'系列让我们见识了毛焰可怕的删减，可以开一个清单：主题、情节、背景、服饰……所有具有社会学指向透露具体生活的信息都被省略了，画面只余形象，一张人脸或者加上不构成特殊意义的姿态。作为一个中国艺术家，毛焰还从形象中特意删减了'中国'，模特是一个欧洲白人。但他是在画欧洲白人吗？如果毛焰只画了一张或几张托马斯，那就应该是了，但如果二十年如一日只画这个欧洲白人，那所画就不可能是具体的某一个人。不是欧洲白人，也不是托马斯，如这一系列的命名所示，画的是'托马斯系列'，其中的托马斯只是徒具人形而已，只是一个抽象的面孔。甚至是否是人脸的抽象都没甚关系，只是一个符号。但，画面上的形象又那么的实实在在，具体而微。通过删减，毛焰达成了一种我称之为'抽象的具体'的东西。"

巫婆神灵附体，有点类似于《托马斯》系列中翻白眼的托马斯。巫师神灵附体的某一刻，就像画中“托马斯”在那一瞬间与当下的“沸腾状态”。我不知道作为楚人的毛焰是否受到巫文化的影响，或者他在童年时代有没有过与我类似的见识。闭着眼的“托马斯”的面部，白色的光斑仿佛在冒烟，“他”的平静显然是一个表象，画中人物的内在紧张，通过表情呈现出来，就像一种能量的集聚状态，一种平静的沸腾，主客浑然一体。不管怎样，我们可以感觉《托马斯》系列呈现了人和现实以及时代的疏离状态，就像我幼年时代看见的那个巫婆离开了当下一样。“托马斯”已然成为一个符号，作为一个符号，类似于诗人吕德安的“曼凯托”，后者作为一首长诗的标题，源于美国北部一个叫“曼凯托”的小镇，诗人只是短暂地在那里居留过，那里的自然风光和宁静之美，给他留下了深刻的印象。长诗《曼凯托》之“曼凯托”，和它本身已经全无关联，它只是作为一个语言符号，被诗人营造成了一个“无地点的天堂”、一个精神故乡，它比起诗人真正的故乡马尾，在某种意义上更为自洽。有意思的是，毛焰的“托马斯”在现实生活中，据介绍，也是一个高大帅气、温柔细心的欧洲青年，那么以他作为模特，甚或一个符号，艺术家是否有着鲁迅先生“悲剧将人生有价值的东西毁灭给人看”的潜意识？当然，《托马斯》系列的“托马斯”并没有被毁灭，但显然扭曲了，处于一种精神的疏离或紧张状态，从而透出某种《神曲》气质和一个“无地点的地狱”的气息。

在《曼凯托》和《托马斯》系列之间，一个共同点是他们都采用了一个非中国的符号，这个符号的非中国化，在另一个意义上讲，就是一个没有意义污染的、干净的语言器皿或一个语言源头。如果说《曼凯托》之“曼凯托”像一种语言的起源，那么《托马斯》系列之“托马斯”，无疑也是，已经脱离托马斯本身而成为另一个托马斯，一个中国语境中的托马斯，一个重生的托马斯。《托马斯》系列像《曼凯托》一样，是涌现的，而不是预设的；是偶然的，又有着内在的必然性，但这个必然性与模特托马斯已经完全没有关联。说到底，“托马斯”成了一种语言起源——在汉语传统中前所未有。当然，如果我们细心一点，也不难找到旁证，就像伊阿宋的“阿尔戈”大船，到了罗兰·巴特笔下，已经不是希腊海上那艘装有以宙斯神庙的橡树做成的梁木的“阿尔戈”大船，它的梁木已被全部替换。

《托马斯》系列给诗最大的启示是“删减”，与其说是“删减”，不如说是高度凝聚，甚至是一种超越——超越社会学、伦理学和历史学，直奔道之场域、存在之腹地。在此一维度上，诗和画有了一个“闺蜜空间”。即是说，越是凝聚，越是纯粹；越是纯粹，越具有“抽象的具体”，更有“具体的抽象”——一种超越性，或者存在之道。这种凝聚状态，即是一种高能聚集状态、一个“平静的沸点”——它的前提，或必须具备一种内部压差。换句话说，它之抵达，源于艺术家或诗人对情绪的抑制，甚至包括对修辞的诱惑和伦理性的批判说“不”，专注于艺术本身，以本身的独立自足超越所有局限。艺术家或诗人于此建立一种信念，那就是如毛焰所说，“纯粹到极致，就有了意义”，而这个“意义”是生长的、多义性的，涵括了前述所有甚至词源学、人类学和文化考古学等，其剔除情绪泡沫之后的情感，更富有质地和冲击力。

毛焰的诗会是怎样一番语言景观呢？《下午的某一刻》，让我想起诗人宇向的《圣洁的一面》，“为了让更多的阳光进来/整个上午我都在擦洗一块玻璃//我把它擦得很干净/干净得好像没有玻璃，好像只剩下空气//过后我陷进沙发里/欣赏那一方块充足的阳光//一只苍蝇飞出去，撞在上面/一只苍蝇想飞进来，撞在上面/一些苍蝇想飞进飞出，它们撞在上面//窗台上几只苍蝇/扭动着身子在阳光中盲目地挣扎//我想我的生活和这些苍蝇的生活没有多大区别/我一直幻想朝向圣洁的一面”，宇向这首诗中“苍蝇”这一意象，显然来自“蝇营狗苟”，只是具象化、场景化了。诗的个人性和日常性特征十分明显，沙发、玻璃，提供了佐证，它的价值在于精确性，将人在平庸俗气的生活中对美好的渴望，赋予了十分贴切的语言形式，也不妨看作一种日常神性的呈示，但是总的来看，词与物的关系处理，过于直白，没有太多的余味。毛焰的《下午的某一刻》，首先在主题上就表现出无意义特征，是非主题性的，对语言的走向不做规划。诗一开篇就否定了当下特征：不是落地玻璃，也不是墙上镜子，在两只猫中间，隔着的是一层薄薄透明的塑料。塑料的时代特征指涉明显，但被置于一种“无地点”状态，它和现代诗通常的“在场”和“此时此地”之“展开”一类观念，有着很大的不同，作为诗人的毛焰不是力图在“此时此地”着力建构“我”和世界的关联，而是动用了《托马斯》系列的删减之法，将这种时代特征的东西尽可能地删减。我们似乎看到一个更为纯粹的此在，其纯粹性由于穿过当下性而奔向寓言性，就出现某种异质的东西——

柔软顺滑
随着它们的互相扯动
而变形
像一道光的瀑布
却不能穿越
它们也会眩晕和恍惚
对面的
究竟是我的同伴
还是那个无法修复的自己

塑料薄膜在扯动中造成光反射的变化，“像一道光的瀑布”，瀑布的壮观和猫的卑微形成对照，猫不能穿越却相互扯动，即是说它们都想穿过去走到一起，却被一种它们不认识的看似无形却实在的透明薄膜挡住了，惶惑之余不免“眩晕和恍惚”。“对面的/究竟是我的同伴/还是那个无法修复的自己”，这一发问，可以说是诗人的，也可以说是猫的。于此，恍惚中主客已经浑然一体，诗的言说即归于语言言说或本体言说，主体于恍兮惚兮中投身其中，这和《圣洁的一面》的主客分离和指认性命名大不相同。

《下午的某一刻》无意义的描述没有任何目的性，更纯粹，目的或意义是生成的，或者说全诗成为一个意义的生长体而不是意义的载体，因而更具开放性和多义性。相反《圣洁的一面》被限制了，主客分明，本质上仍是现代主义的，只是采用了描述性的语言，两者在艺术观念的本质上，有着根本的不同。

不难看出，毛焰此诗有着与《托马斯》系列一样的语言路径，在语言之途，任何有意义的东西都被删减了。我们可以感觉到一种凝视下的东西，一种精神高度专注的恍惚状态，出神又明晰，仿佛托马斯在翻白眼的时刻看到了两只猫在某一时刻的困境或者自我的隔离。

二

毛焰有一部分诗是诗画互文的。肖像画狭小的空间，对一个自觉而克制的艺术家来说，构成的限制太大，诗的空间的无垠可以让诗人在时间的维度上尽展其个人才能，当然对于一个成熟的诗人来说，这种自我约束——严格说来是语言的约束，无处不在。一个诗人能够听取语言允诺，在不同语境中清醒地意识到语言的边界，几乎就是一个成熟与否的标志。毛焰画笔下的“托马斯”，已然成为一个能指，他的某一刻某一个瞬间的表情，呈现了彼时艺术家对世界的强烈感受。毛焰突出画中人物的表情而淡化当下性特征，即模糊了场景——仿佛一片混沌的水域里，人物从中浮出五官，其营造的不单是语言氛围，在此氛围中，每一个表情都是一次语言的起源、一种纯粹感受（包括观念和认识）、一种元语言——不受制于任何主题、概念、意识形态、流行美学和功利主义的挟持，这一切得力于一个自觉清空的过程。这个过程也伴随着注入，就像掘开一口深井，四周岩层的水汩汩流入，直至形成一个新的水平面，以语言形式呈现，一个新的作品就宣告诞生。值得一说的是，绘画只能呈现一个非时间性的瞬时的音顿以及它的延时——就像托马斯系列中的那些小圆圈，半闭眼睛拢下光之后产生的幻觉图景，是一个音顿的溢出。但诗可以拓展音顿的共时性。毛焰正是抵达了这一深度并洞悉了两种不同语言的奥秘，因而诗与画在这个深度互为犄角，尽展其能。

《题外诗64：给老鲁》同样是经过删减的存在，但它也有了增加——在一个共时性的空间里，语言跨越了时间。严格说来，一首诗在最高的意义上，它所肇始的音顿是非时间性的，只是诗给了它一个时间的位置，而最终诗的时间性要交由读者的“再次重写”或“意义落地”之时来确定。

你能透过那些虚拟的
镜头,看到很久以前的事物
街头小贩和骗子
那些正在路边聊天的正经人物
也许,你还能远远瞥见到
默默而行的佩索阿
或是热衷于雪中漫步的罗伯特·瓦尔泽
这仍是冬天的景象
地上冒着腾腾的热气
看上去,也并不是那样真实

(为什么他们
始终杵着同一款手杖)
晚餐结束的时候
我们除了道别,还记得互相提醒对方
千万别落下什么
否则,我们将万劫不复
这时,有人从容地接过了一根手杖
朗声说道
——我必须倚杖而行

街头小贩、骗子、路边聊天的正经人物，这是日常或记忆中的事物，日常特征十分明显，但是因为这一切是“透过虚拟的镜头”所见，它又从当下抽离，变得抽象起来。远景中出现的不同国度的佩索阿和罗伯特·瓦尔泽，显然具有明显的非时间性，传统意义上的时间观念被颠覆了，诗从一个纯粹的感受出发，致力于建构一种共时性存在，时间的维度豁然洞开。这是肖像画所不能或难以为之的。

佩索阿是葡萄牙伟大的诗人，生于1888年，比罗伯特·瓦尔泽小十岁，却少活了二十一年，以异名写作著称。异名写作，我们可以理解为一种自我客观化的写作，为写作增加了视角，或者说诗人厌倦了现代主义的上帝意志，而具有了某种非意识形态意义上的民主意识。罗伯特·瓦尔泽是瑞士作家，20世纪德语文学的大师，在欧洲同卡夫卡、乔伊斯、穆齐尔等齐名，在世时默默无闻，后被《洛杉矶时报》评为是20世纪最被低估的作家。“阿尔卑斯山的冬天是雪的世界，瓦尔泽在寂静的雪地里走着走着。他走过火车站，穿过一片树林，走向那堆废墟，那是他想去的地方。他一步一步向废墟走去，步伐是稳健的，他甚至没有去扶一下路边的栏杆，或许是怕碰掉栏杆上洁白的积雪。忽然他身子一斜，仰面倒下，滑行了两三米，不再起来。若干时间以后瓦尔泽先被一只猎狗发觉，接着是附近的农民，然后是整个世界。”老作家散步时珍爱栏杆上的积雪之美，不肯碰坏它们因而没有扶栏，仰面摔倒再不能起来，这一细节的描述为进入此诗之门提供了一份指南，“手杖”在此语境中隐喻了什么，它因为括号里的“旁白”——“为什么他们/始终杵着同一款手杖”而进一步澄明。由于瓦尔泽那一刻没有手杖而丧命，所以才有“我们将万劫不复”之说。而就罗伯特·瓦尔泽的文学和精神命运而言，“手杖”在此有了更丰富的意味。

此诗暗含一个对话结构，“你”或就是另一个“我”，一种共时性的存在被刻画得栩栩如生，日常化，比如“我们除了道别，还记得互相提醒对方/千万别落下什么”，诗的全部语言行动像一个雪中散步的人，奔向那一根缺席的手杖和栏杆边倒下的老作家——他不但缺了一根手杖，还缺了同时代人对他的生前认可，他留下的遗憾在某种意义上更是那个时代的。本雅明曾经严词批评歌德，认为歌德埋没荷尔德林是不道德的。——说远了。但我们至少可以说，这一根手杖作为一个语言能指，具备了丰富的所指。

相比此诗，《弗里德里希》的非时间性特征更为明显。全诗描述了弗里德里希的两幅画，一幅是《海边的僧侣》，另一幅是《云端的漫步者》。弗里德里希是歌德时代的一个画家，德国浪漫派的代表人物，早年受到歌德的赏识，但可能由于不幸的个人经历，他更趋向于内省，他认为艺术的源泉更多来自思索自我的过程。他的艺术作品是内省的结果。他说：“当你闭上肉体的眼睛，你就第一次能够用心灵眼睛观察你的绘画。”在此，我们似乎能够想起“托马斯”大量闭着眼睛的表情。浪漫派的内省之暧昧和含蓄，与古典主义的细腻和严谨形成对照。在歌德时代，古典主义的绘画是宗教符号的一种外显，为宫廷生活的装饰服务。相比而言，早期浪漫派的绘画更个人化，同样强调神性寓于大自然中，不无神秘色彩，承认人类的渺小和认知的有限，因而弗里德里希的绘画语言的主要特征体现为背影和雾。歌德崇尚古典主义，认为古典主义是健康的，浪漫主义是病态的。

一个僧侣
在海边(几乎是海里面了)
无限的辽阔和深邃
只有零星的浪花和海鸥是浅白色的
暗蓝的海也吞噬着天空

另一个人,不是他自己
杵着一个手杖
站在一座山的山巅(他是怎么爬上去的)
看上去更像是一次惬意的散步
而非登爬
我们只能看到他的背影
他也如此看着远山的背影

上帝即自然,歌德曾如是说
“弗里德里希的画,倒着看也是一样的”

此诗由于第一节和第二节两个括号里的内容，使得两幅画变成了一个整体性的存在。“几乎是海里面了”言外的担心和“他是怎么爬上去的”的敬羡惊讶之情，也使得写作主体跃身于客体之中，共融而为一种共时性存在。从两种不同艺术观的冲突和歌德对弗里德里希的态度，可以隐约看出诗人的立场，但它是以情感的形式呈现，而不诉诸于观念判断，其中也内含一种艺术倾向，毛焰的诗和画似乎都致力于抵近一种不可言说的神秘性存在。在这一向度上，诗人陈先发也同样做出了努力，只不过他走的语言路径是全然不一样的，他借助于观念性的语言言说试图抵近“诗哲学”之域，意象繁复，诗风晦涩，主要的风格特征是象征主义的。而毛焰的写作，风格单纯，形式简朴，以细致的凝聚，力图实现对道和神秘之切近，更多的是古典主义气质。《托马斯》系列和其他诗，都致力于将道之神秘和抽象寓于具体的明晰性之中，相比弗里德里希对自然的依傍，毛焰的写作表现出古典主义格调和现代意识的混成，又大异其趣。当然，在个人化的概念上，他显然站在弗里德里希一边。

《题外诗69：以狗子之名》仿佛是诗画联动，“他的眼睛几乎闭上了/实际是睁着的”，这个人是“托马斯”之一？一个神灵附体的巫师？或一个“内省”的弗里德里希？巫师开口说话，是以那个附体的古人的口吻、语气和身份，“托马斯”在画布上，无以言说，唯一的语言是表情。弗里德里希只是将内省的一切赋予自然，一个客观对应物或一幕场景，没有这种主客浑成、物我两忘的情境——

他看到了他能看到的一切，包括那些
极其诱人的细节
当然，他不用告诉我们那是什么
他的头颅有点奇异
像一个身份模糊的古人
他是否在心里这么嘀咕过：我希望自己是那个人。不得而知
但他的脸庞以及身体上经年累月的斑纹
麻麻点点，扭曲的筋骨脉络

那种舞台上肃然而凝涩的神情
确实让我想到了一位佚名的古人
只不过,那个伫立在明月下
藤蔓和松枝之间的形象更为模糊
当我在画布上如此描绘的时候
我知道,这也是一个假象
或许,他并不适合是一幅绘画里的形象
更应是一座雕塑
形同枯槁。行进的时候行进着
停滞的时候
周围的一切仿佛也随着他而停滞不前

现代主义的大师们祈求幻觉，作为语言的炼金术士，他们企望通过幻觉得到那一个渺茫的“喻体”、一个独特的“客观对应物”，毛焰直接进入幻觉，我们不知道他作为画家在画那个闭着眼睛的“托马斯”之时看见了什么，或者作为诗人作此诗时看见明月下松枝和藤蔓间的模糊形象，不能在画布上清晰呈现，“更应是一座雕塑”，意味着“他”的外形已在现实世界模糊，徒留一幅精神塑像，有着类似史蒂文斯“田纳西的坛子”那种巨大的改变精神秩序的力量。

毛焰的画和诗，皆是语言本体论意义上的，就像我幼年看见的巫婆开口说话的那一幕，那一刻她不再是她，而是我们家族某个逝去的“古人”——我爷爷或我奶奶，或者更远时代家族里的一个形象已经模糊的祖先，已然成为一种语言。语言之言说，如先知所言一样神奇，语言言说里有活生生的气息、语气和声音特征，就像我母亲说的。语言言说之时，时间停滞了甚至倒流了，打破了时间的不可逆性。语言言说如一面镜子，照见现实的虚幻，说出我们的“病因”。

毛焰诗和画的互文特征主要体现在非时间性意义上，肖像画不能在时间维度上腾挪的空间，在诗的内部被拓宽了。诗以高度凝聚的音顿，形成一个语言之场，将切近的事物召唤而来，在某种意义上，它恢复了汉语的神性。其诗和画，都遵循了语言本体论的要义，让语言言说，使佩索阿和罗伯特·瓦尔泽在同一场景散步的不可能成为可能，且具有精神的真实性支撑，而在《弗里德里希》中，括号的运用极其简单而奇妙，仿佛一扇众妙之门，让诗人来到了《云端的漫步者》的山脚下，到达弗里德里希以之自况的僧侣的海边，其轻言细语，有着雷霆不能及的穿透力。

三

苏轼在《东坡题跋·书摩诘〈蓝田烟雨图〉》说："味摩诘之诗，诗中有画；观摩诘之画，画中有诗。"毛焰的诗，有画的进一步延伸。古典诗受到格律的束缚，就像画受到空间的限制，只能以客观化的情境呈现诗意，更多诉诸于"语言的观看"。当代诗历经百年新诗发展历程，吸收东西两大文明的成果，语言的路径得到空前拓宽，诗在声音的向度上有了更为自由的腾挪空间。毛焰作为画家，尤其是肖像画家，当然深知限制的滋味：在有限的空间制造语言形式的张力，对艺术家的个人才能构成巨大挑战。诗为他开放了一条"声音"通道，自然有了更多语言作为。但是对一个严肃的艺术家来说，即便有了广阔的空间，他也会自觉遵循语言的"制度"——因为一旦僭越语言的边界，艺术的根基就不复存在。空间的巨大、光的浩瀚，只会带来目眩甚至眩晕，而不是本雅明所谓的"灵晕"，因为后者本身就蕴含着"光的塑造"。有着画家和诗人双重身份的毛焰，比一般诗人自然更明白"光的原理"，他在"巨大的空白里"画那些"圈圈"，即兴，没有重复，然后填之以水墨，"让白的变成黑的/亮的变成暗的/只留下那些无比繁多/浅白色细细的圆圈/光仍然能从这些斑驳琐碎的缝隙中/透射下来/无穷无尽的影子，黑金一般的洒落”（《剩山图2》），这个过程，就是一个艺术家让“语言的观看”得以从“光的浩瀚”中实现的过程，也不妨说它在一幅画的生成过程中展示了一个艺术的基本原理：没有物的存在，巨大的空白如天空，浩瀚之光，除了带来眩晕，不会有别的什么。诗人对事物的命名，就像画家在空白的画布上对光的运用。那些无意义的“圈圈”，由于光的穿透，有了更为清晰的轮廓和明丽的色彩，“眩晕”即转化成为“灵晕”。

《剩山图》系列诗有点类似“元诗”，不过在毛焰这里，不是以诗论诗，而是以诗论画。一个画家站在空白的画布前“指点江山”，不同于在现实世界里“指点江山”，在画家毛焰那里，这一切是无声的；而诉诸于“声音”，一首诗之语言言说，与其说是布局一幅山水，不如说是在建构一种自然秩序。《剩山图3》有着与诗人陈先发《丹青见》一样的艺术旨趣，只是有着画家身份的毛焰，诗的语调因其喃喃之低声而多有谦逊，不像《丹青见》有着那样不容分说的气势。从根本上讲，前者可以说是一种自我对话，内含着真诚的艺术态度和现代民主意识，后者则是现代主义的强指，客观对应物变成一种抽象情怀的载体。

韩东说：“我很佩服那些靠笔思考的人，不下笔时呆若木鸡，一旦下笔有如神助。”毛焰的《剩山图6》呈现了“那只纤毫小笔”非凡的直觉，它所构筑的“剩山图”，是真正“剩山”意义上的山水人文图景，既形象“阐释”了“剩山”的意义，也揭示了艺术创作的感受性经验，其进入和呈现的是一种真正的脱离主体意志和功利主义的自由之境，唯其如此，才能纯粹，也只有这样，才能有所“看见”和“听见”。“看见”“松软的岩石”“七零八碎的残骸”，“听见“一捧带火的绒草”引发的“异动”和“轻微的声响”——这些轻微的声音“挑拨你饥肠辘辘的神经”，其挑动的正是一种艺术上的饥渴或“欲望”。

毛焰将“元诗写作”的语言路径拓宽了，且不以“论述”的形式，而是直陈其是，同知识分子写作的“以诗论诗”有着根本的不同。在诗歌语言上，毛焰采用的主要是描述性的语言，非意象化，非论述性，其直接归属于“语言的观看和倾听”，不是意义的给予。无时无处不在随着“纤毫小笔”的引领奔向“还原”，致力于“自我的发现”和艺术的真实，而由于其直觉引领的语言行动发生在绘画艺术的场域，诗和画达成了双重的交流——既有艺术本体意义上的，也有诗性层面的。而因为诗画的对话源于一个艺术家的生命感官和创作经验，诗更具备非时间性特征，从而更“纯粹”，远离功利主义漩涡而进入真正的“无用”领域，将当下性的东西置于一种更深远的观照中。

作为一个画家，如果对诗的语言技艺没有像绘画语言一样了然于胸并训练有素，只是解决了艺术上的洞察力，也很难进入诗的腹地。观念、声音和灵感，必须仰仗出色的语言技艺，在具体的诗行中获得感觉和肌理，生成个人化的水印。毛焰除了把肖像画的“缩减”艺术移植到诗的语言运作中，他对当代诗的语言观念的变革过程了然于胸，并具备与同时代的先锋诗人一样的先锋意识，“为此，他特意告别了另一番景象/那匹去而复返的赤兔马/那本彰显魔力的辞典/以及那位千里迢迢而来的炼金师”，这种赫伯特式的表达和中国化的意象，富有概括力又十分妥帖，它勾勒了一幅现代主义写作令人迷恋的情景，事实上毛焰的写作在诗外就缩减了这一切，他把如赤兔马般的想象力转化成了一种向内的凝视，也剔除了词源学的溯源和饶舌，绕开了那些来自千万里之外的西方语言炼金师的成功范例，而是径直进入写作现场，只不过这个“写作现场”不是当下一般意义上的“此时此地”，而是一个向内凝视而发掘的“现场”，“此刻的时间/已经接近了某个尽头”，即是说，其写作现场所在时间具有非时间性，摆脱了线性时间的束缚而处于声音出现的位置，因此毛焰诗的时间与写作的地点和现实时间并无多少关联。相反，他有意识地将它们列入缩减的清单，直至归于一种空无状态，一种恍兮惚兮。作为一个经验丰富的艺术家，他本就在《托马斯》系列那里获知了这一方法论的诸多好处，因此他从不担忧这样会引来不及物的质疑，他深信在一个无限性的维度看得更远，所获甚丰，因此缩减就变成他的诗和画的一个规定动作："不断的缩减，缩减到/一幅袖珍般大小的图画/一段比俳句略长的诗句/一个类似'不知不觉'/模糊的词语，缩减到/一个'空'的字/在不知不觉中，他睡着了/和那只猫一起/他梦到自己，一路上收获颇丰/事无巨细，并没觉得有任何缺失"（《空洞》），我们也可以将它看作一个向内挖掘的过程，向坚硬的岩层掘进，向大地以下，向记忆和历史的深层，挖掘得疲累了，沉沉睡去，醒来已是清水盈盈。

《空洞》是关乎诗歌写作本身的寓言式描述，当然也是元诗写作之一种，显然更高级——它除了让专业读者心领神会以外，也将一般读者带进一种陌生的情景，即便没有共鸣，也不无审美愉悦。

四

当代诗写作中有关诗的对话性概念，已经广泛地深入到诗人观念中，或自我客观化为一个角色或"你"，形成自我对话或戏剧对话，或预定一个隐性在场的倾听者，拟定诗的语调，不一而足，在具体的诗人那里有着无穷的变化。毛焰将"托马斯"引入对话者之列，则是从未见过先例的最新范例。诗与画的对话，当然蕴含一种强烈的现代意识，超越了苏轼关于王维的诗画论的范畴，而透露出诗人深刻的主体意识——不是将写作主体置于客体的对立面，而是将万物视为一种平等的主体，包括画中人物。只要熟悉毛焰的《托马斯》系列，就不难看出《你没看错》，正是在言说那个翻白眼的"托马斯"或"托马斯"开口说话。诗为"托马斯"提供开口说话的机会，而不是作为《托马斯》的阐释，它建构了一种全新的对话性存在。

你没看错，只有眼睛是模糊的
以及它周围棱形的区域
几乎看不到眼珠。那虚幻的
像是个影子。形同虚设
而其他的地方则纤毫毕现
因为不可辩驳的清晰
它们反而显得骄狂而暴躁
鼻子喘着粗气
唇齿从里到外的
咕噜咕噜的冒着血泡
嗯？怎么那么大的火气
耳朵隐隐听到眼睛里迸出来的话
它恭敬的回复
因为你的盲目，我们都不知道如何表达

翻白眼的“托马斯”，不是巫婆暂时性离开当下、置身于附体者的时空，而是对当下的拒绝或绝望，一个无声的“不”，其“骄狂而暴躁”的表情，在诗中获得了声音，无论“鼻子喘着粗气”的喘息声，或唇齿冒着血泡的咕噜声。“嗯？怎么那么大的火气”——毛焰站在诗人的角度，当然在此刻必须抽离画家的身份，这一句惊讶，让他实现了作为一个存在者的愿望，也使诗获得某种独立自足，脱离《托马斯》的作者身份而成为一个纯粹的此在。当我们的耳朵同样听见“眼睛里迸出来的话”——“因为你的盲目，我们都不知道如何表达”，这是“托马斯”的语言，或潜台词，对于诗人和画家的毛焰来说，不可言说之物得以言说，对于诗和画的读者，除了惊讶以外，还意会了“托马斯”翻白眼的深长意味。

毛焰的诗与画得自高度的专注，向内的凝视，诗的语言形式的凝聚更多诉诸于“语言的倾听”，而画则除了打开“语言的观看”之眼，别无他途。《托马斯》系列的紧张，巨大的内压，是画家附体于画中人物——准确说来是画中人物的肖像，通过表情得以呈现。在诗中，毛焰显然化解了这种紧张感，而从声音的层面捕捉语言的意外，从而达成语言的陌生感。我们也不妨将它称之为“最高的虚构”，但不同于史蒂文斯之“最高的虚构”，只因它不是一种观念或认识的具象演绎，而是源于某一刻对世界的强烈感受。当然，这个瞬时性的“表情”或“音顿”，有着一个长期的酝酿过程，而由于情绪的抑制产生了内压，本是沸腾的状态，因为压差提高了沸点而显得平静。

里尔克说“少女啊，诗人就是，向你们学习”，在仍然带有浪漫主义情调的这位20世纪初期的现代主义大诗人看来，少女的寂寞也是纯粹的，带刺的玫瑰更能准确演绎“纯粹的矛盾”，而毛焰则说“像一个真正的哑巴，或者盲者（应该向他们学习）”（《和自己说》），二者相比，不难看出不同时代的诗人，语言观念已经有了巨大的变化。也许在毛焰看来，哑巴由于“舌头”受到限制，只能将其语言形诸手势——这种语言正因为受到自身的管辖，有了天然的克制，而盲者具有内视之眼，在某种意义上，由于看不见现实而比正常人更清楚地看清现实，哑巴和盲者，有着常人不具备的专注和敏感，更值得艺术家学习。这是矛盾修辞法、悖谬性存在，是现代性诗学突出的艺术特征。

《题外诗49》也许源自创作某个闭眼睛的“托马斯”的强烈体验，带有浓厚的超验色彩，但这样的直觉描述并没有陷入神秘主义。“闭着的眼睛，被拢住的光/仍在里头闪烁。”就像闭着眼睛额头或面部冒着白焰的托马斯一样奇异，不同的是，它展示了幻觉的内在图景，这些光被赋予了动物属性，又像星空下的云朵，实际上都指向了一种灵感的聚集状态，所谓它对“一些奇特的禀赋”的抑制或其能量被“另外一种先天的意志”消磨，说的都是它关乎艺术想象和人性欲望的关系，最终呈现的一块黑屏上不同形状的反光，仿佛是一场内部斗争的结果。如果我们具备量子力学的视野，就会明白光子是带着能量的，这些能量被“闭着眼睛”的我们忽视并消磨了，就不会以为毛焰这一类诗是一种单纯的、个人化的幻觉，或作为一种艺术观念阐释的载体，而是我们看不见的微观世界的一种存在的直观。

闭着的眼睛,被拢住的光
仍在里头闪烁。它们
就像某种屈从于时间内部不知所措的动物
噼啪乱窜,以获得解救
又像是星空下黑色的云朵
狡黠而诡秘,却从不失语
它们簇拥在一个微观无形的世界里
翻滚和游荡,试图抑制
而非激发一些奇特的禀赋
但它们的能量
同时被另外一种先天的意志所消磨
没有缘由,没有途径,甚至
没有低劣的借口
直至最终
一块黑屏呈现在眼前
那上面布满了不同形状的反光

在此之前，没有人在意
现在，更没有人知道那究竟意味着什么

在此诗中，“我”完全退场，“托马斯”开口说话，当然也可以将它视为一首与“托马斯”没有关联的诗。由于“托马斯”的存在，它显然有着更为神奇的艺术效果。试想一幅闭着眼睛的“托马斯”，从他模糊的眼白深处响起这样的诗句，会是怎样的惊悚。这种喃喃低语在一个寂静的大厅里，有着高音喇叭不能及的穿透力，具有某种超时空的力量，就像我幼年看见那个翻白眼的仙娘，在那里以我们家族某个古人的口气说话。它有着一个隐性的对话结构，并再次强调了艺术家或诗人的专注和敏感，以及诗人作为一个谦逊的倾听者的重要性，越是专注和敏感，那些光的能量就越会得到集聚和放大。

五

毛焰的诗，具有某种“纯诗”特征，同世俗生活拉开了距离，聚焦于人类精神生活的场景。不同于瓦雷里的“纯诗”，他将观念性的认识转化为物象，带有浓厚的象征主义色彩。由于高度专注和大量“删减”，毛焰的诗看上去虽也有某种超现实的特征，但不是超现实主义的自动写作。相反，毛焰的诗非常克制，情绪处于抑制状态，主要依托的是直觉或幻觉，带有寓言色彩。

《题外诗》系列和《托马斯》系列一样，贯彻着作者的一个重要的写作理念，即是说，无论诗或画，都不再为主题服务。题外之诗，暗含一种先锋姿态，拒绝苟合主流，自愿生长在边缘，事实上毛焰的诗和画有意识地删除社会学的关联、当下性的时空背景，高度专注于“语言”本身，旨在坚持一种语言本体论的写作，让写作和语言从过去的工具性地位解放出来。如果说其诗画有什么主题，那就是“自我”，“自我”被放到前所未有的写作高度：“自我”被审视、追索、拷问。“自我”的分裂状态以及“自我”与时代的疏离带来的身体反应，成为诗歌的主要表达对象。在某种意义上，“自我”也成为语言的源头，在一首诗的某个灵光闪烁的位置，像掘开的一眼泉，发出汩汩之声。

在夜晚的院子里
我拍着手掌，掌声清脆响亮
很快的，有些影子晃动
不用怕
我很熟悉它们
但我召唤的，是和我最亲密的那一个
如果它从未出现
毫无疑问
等待我们两个的，将是另外的一种生活

——《题外诗 39》

击掌召唤的行为是我们古老的传统，但在夜晚的院子里，针对影子击掌，就不免有几分荒谬。毛焰有强大的信心将“荒谬”进行到底，因为他在“托马斯”那里已经早已得到神启，在他的信念里，灵魂是存在的，就像众多晃动的影子中与他最亲密的那一个。诗之高级在于，诗人并不说破这一层人皆能意会的意思，说破了，反而显得不那么确凿。“如果它从未出现/毫无疑问/等待我们两个的，将是另外的一种生活”，这是每一个人都会面临的自我离异的精神境遇。在《题外诗 59：海滩》中，毛焰探讨了人和自然的关系，不像弗里德里希的《海边的僧侣》那样在空间上构建人和海之间的张力，而是在一种共融中说出一种穿透现象的本质性的东西。换句话说，诗陈述了“我”在海水里奔跑的事实，也直接说出了脚没有打湿、没有踢起浪花的本质性事实，这在事理性的层面，是不可能的，是悖谬的，但正是这种悖谬性表达，抵达了存在的真相。值得注意的是，诗之画面，只有“我”在奔跑，没有其他游人，但是“我”却像一个外省游客一样不能真正深入存在之域，不能真正被海水打湿，在海滩踢起浪花，因此“那无谓的奔跑/就像某部电影，快要结束时，一个远远的长焦镜头”，就成了“我”对“我”的观看，一种深沉的感喟。

在当代诗人的写作中，不乏对自我的探寻者。从某种意义上说，探寻自我是一条根本的语言路径，伦理性批判和乌托邦构建，都是发生或生成在自我以外，自我只是作为一个置身事外的批判者或者乌托邦的描绘者。诗人陈先发的《白头与过往》中那个语言魔术师致力所为，是想在白头之时越过茫茫岁月去探寻那个芦苇丛中的“过往”、那个嬉戏的自我，在这语言行动中，所有社会学的阻碍悉数暴露，其行动之艰难就像一个在丛林中披荆斩棘的探险者。毛焰的写作走出一条更为轻盈的路径，就像他自己说的，他从不披荆斩棘。批判现实主义的传统和浪漫主义的惯性在他这里退场，他相信“自我”是一个语言的矿藏，同样可以挖掘并打磨出镜子，且镜中影影绰绰，有世界的投影。他甚至找到了不可能的路径，他说：“奥修讲过一个故事，河流的故事。一条河流流经沙漠，想要穿越过去，这怎么可能呢？穿越沙漠你就不存在了，就完蛋了。后来风告诉它要学会信任，然后把它带到了空中，变成了云。到达沙漠的另一端，再变成雨，降落下来。”毛焰讲述的实际上是一个文学隐喻，一种轻逸的语言路径，与卡尔维诺讲述的柏尔修斯的故事有异曲同工之妙，它似乎也透露了毛焰在绘画上的思之成熟并坚定践行的艺术观念。在诗的语言中，他同样发展了它并建构了与诗自洽的场景。《冬眠者》或许是一个不错的注脚，“我在沙发上睡着了/时间不长/嘎嘎躺在我的肚子上，它一定/比我睡得好/很难想象它柔软的脚掌下/完美地收敛着锋利的尖爪，或许/它只是佯装着睡着了呢/我确实短暂地睡着了/脑子里，掠过一些飘忽不定的梦/其中，我用自己白色的胡须/蹭着那几根细小孱弱的/兰草，像一个/游离在外的冬眠者/而我自己的爪子，遗忘在了某处”，梦，在毛焰的诗中一再出现，成为某种精神分析的符号，从梦中抵达灵肉合一的存在之域，就像得自风给予水的启迪。只有这样，才能遗忘那个动物性的爪子，而成人之为人所是。

值得注意的是，细节作为存在的依据，毛焰不论作为诗人还是画家，在他的创作中得到了同样的重视。他的表达直接、质朴，并不依托象征主义的客观对应物，而是从具体的语境中生成意象，就像《冬眠者》中的“爪子”和《题外诗39》中的“影子”，所以他的“纯诗”特征，超越了象征主义的艺术观念，既有着深刻现代意识，又有着古典主义的质地。

六

毛焰通过梦、幻觉或虚拟场景，使他的诗带有某种奇异的艺术特征，《托马斯》系列诉诸于视觉，有着更为惊悚的冲击力，诗是声音的艺术，相对而言，没有那么紧张，相反毛焰的诗是轻盈的、舒展的。他对日常生活的观察，除了有一种在引力镜下的变形——比如达利的调羹，也有正常的摄像镜头捕捉的真实的明晰。他对日常生活的定义显然迥异于同时代诗人，在这一个维度上，他在肖像画取得的专注能力和异乎寻常的敏感，使他有着极为个人化的表达，当然在诗中情感一样处于压缩状态。比如《星期四：墓园》，诗专注于似哭似歌的声音。对这种声音的辨析过程表现了“我们”在墓园的山顶正要离开那一刻的停顿，在那个停顿的时刻，诗人与当下的关系脱离了，而进入一种纯粹的精神活动状态，“我们确定那是一种模糊的歌声/慢慢变得柔缓、深情/向逝去的亲人/献上一曲是常有的事/谁的生前/不曾有过一首喜爱的歌曲呢”，内心说的，都是凿凿之言，但是当走出墓园，忽然想起自己连妈妈平时爱唱的是什么歌都不知道，一首诗的情感就奔向沸点，之前波澜不惊恰是一个欲擒故纵的铺垫。它与当代流行的抒写对母亲的爱的作品，有了全然不同的趣味：首先它是真正在声音层面工作，所有有关人子恋母的历史性书写或约定俗成的词源学，被抛到了一边；其次是“卒章露志”式的意外，语言要奔向的这个目的地之前毫无迹象。全诗是一个声音的拓展，这个拓展过程以描述性的语言实现，直接、朴素，诗的意境清澈隽永——诗中“几个翻新墓碑的人”衬托出来的空寂和阴冷，使情感得以充分延展，而墓园本身，就提供了一个隐在的终极性视角。

现代主义文学思潮世界性泛滥造成了大量的语言栓塞，俄罗斯后期的象征派如是，中国当代许多诗人的写作如是。杰出的象征主义或意象主义，甚至超现实主义写作，无可指摘，但是那些千万里之外的魔术师，早已穷尽了魔法，且它的内在机理有悖于汉语的血统。毛焰在缩减艺术的功利主义的因素的同时，在语言上显然也拒绝意义，讲究纯粹。既不顺从现代主义，也不盲从后现代主义，作为一个具有肖像画家身份的诗人，他当然比一般诗人更明了“语言的观看”的重大价值，而不是堕入一种新的语言能指崇拜。《在门口》主要是诉诸于视觉的，“屋子里有点闷热/（现在开空调似乎太早）/我索性就去门口待一会/我拿了一个软和的座垫，带了杯茶/坐在楼梯上，吹吹风/像一个行经至此疲累的游人/借此宝地一坐”，一个人坐在自家门前吹风，而有一个外地疲累游人的心态，当是一种怎样的自在？不单如此，还能想象一下从前什么也没有的时候去探望朋友的情景，朋友不在，就在他家门口找一个舒适的地方坐下，耐心等候，“那个时候/我们能见上面就是一份额外的惊喜”，这当然是前现代的，互联网时代已经不存在这样的生活方式，但是最重要的是，它呈示了我们的缺失——我们丢失的那一颗贫穷年代的初心。

毛焰《在门口》这一类诗，语言明白如话，日常色彩浓厚，就像泉水在草丛无声流淌，洇湿你的屁股，你要感觉到明显的清凉，才恍然觉察它的存在。除了这种“润土细无声”的小诗，他也能把一个日常生活的场景，压缩到一个闭着眼睛或翻白眼的“托马斯”的沸点状态，以《题外诗90：耻》为例——

眼前的这一切,他都看到了
却无能为力。看到她仿佛突然的被蛊惑
突然的被带离。背对着他
漠然地站在那些同样被裹挟的人群当中
无辜、沉默而麻木,已不听从
他心里悲伤的呼唤
他站在自己的位置,无法动弹
但仍被旁边或后面的人使劲地推搡
他想把她从那堆人里拽出来
这仅是一个愿望。他心急如焚
他的喉咙发不出任何的声音
手脚也无从伸展
像一个既在现场又不存在的人
他仍然站在那个位置,一动不动
也许,这一切终究只是个梦境
但真实性毋庸置疑。像一场浩劫
他心有余悸,为自己的无所作为深感耻辱

这是日常一幕，在20世纪90年代的火车站广场或候车厅，在20世纪更早的波兰犹太人的聚居区，我们可以看见它和历史现实的惊人相似。

毛焰依着惯例，缩减了诗的当下性信息和社会学关联，同时又打破了惯例，在“题外诗”后面后缀了一个“耻”，诗有了一个明确的主题，一幕日常性的非常态的场景被置于这个词语的意蕴框架之内。这是一幅人类灾难浓缩的图景，无疑是喧哗的，但声音被抑制了，就像默片的慢镜头，寂静中升起某种肃穆甚至悲壮的情感，而大量的细节——无论表情、动作、形态还是心理活动，催生了强烈的悲剧感，在此情境中，自我谴责的声音就显得格外有力。它不和任何时代发生关联，却使诗指向更广阔无垠的空间；它被“缩减”为梦境，只不过让诗变轻逸——一场梦具备不容置疑的真实性，比现实的冷酷更可怖，因为它占据了人类精神的自由空间，揭示了人被裹挟的命运的可怕真相。

毛焰的诗极少有这种将道德感纳入写作范畴的例子，此诗不但例外，且异常紧张，只是在艺术上，少有的采用全知视角，拉开了写作主体与诗歌主体的距离——这个距离是谨慎的审视的距离，保证了叙述的客观性，同时也意味着“我”之自我也包含在“他”之中。“他”，即“他者”，是自我分裂的异化存在；由于这个视角，情绪被抑制产生的压差提高了沸点，质言之，诗成为一种平静的沸点状态，或过饱和状态。

七

严羽《沧浪诗话·诗辩》云：“夫诗有别材，非关书也；诗有别趣，非关理也。”毛焰作为诗人，具有非凡的个人才能，短短六年的写作，足以让他跻身汉语一流诗人的行列，这当然得益于他在绘画上的艺术造诣，也不会没有诗歌技艺的艰苦训练。当代诗歌充斥着“拿着书本的写作”，意义的转运和观念的兜售成为大量语言垃圾的来源，一些诗人误以为将观念或所谓的“个人思想”修辞化或通过想象让它们寄身于物，便是伟大的写作。源于此，想象力作为诗人的天赋也遭到曲解，或者说被滥用在无谓的应用领域。毛焰把想象力转化为一种向内凝视的力量，尽其所能缩减，致力以克制的语言形式抵达存在之域，而不是想象的放纵和张扬。他的《托马斯》系列肖像画，与其说是视觉的，不如说是想象的——它凭借画家非凡的想象力，实现的是自我的投射。我们可以感觉到毛焰的诗歌写作，同样将这种天赋发挥在“正道”上，它使得“语言的观看和倾听”更为直接、客观，直取核心，而不是像这个时代那种仿佛不依傍认识论的论述就不能开口的低劣写作。

诗和画有一个共同的目标，即诗性。所有的艺术形式无不奔向这个目标。绘画和诗一样，不是纯粹的技术，如果说它们是技术，也是技术的浸透，如谢默斯·希尼在《把感觉带入文字》一文中关于技术的定义。诗意的发生，是以诗人或画家的敏感性为基础的。华莱士·史蒂文斯说：“我不太能肯定我知道敏感性到底是什么意思。我推测它意味着感觉，或如我们所说，是所有的感觉。我知道神经敏感的含义是什么，比如，在一场音乐会上，当听众安静下来，全神贯注地在那里休息，突然听到了喇叭的吼叫，他们会以神经反应的方式畏缩。我们向外面望去，发现天气很好，或者当我们在柯罗的故乡望着柯罗的一幅清澈远景时，我们所感觉到的满足似乎是另一回事。”这位现代主义大师相较于身体敏感性，更强调头脑的力量，强调想象的功能，以想象重新把经验组织起来。“完全有可能坐在桌边，在没有感情起伏的帮助下写作和莎士比亚一样具有无可比拟的强度的戏剧。”[①]毛焰的诗和画都将这种发生在头脑里的艺术发酵过程删除了，他只留下发酵成功的那个最后一瞬。这个被留存在语言中的永恒瞬间，更多依托敏感性，带有灵感的偶然。

毛焰的写作有力地诠释了“写诗是一个自我挖掘的过程”，删减发生在一首诗的酝酿过程中，在某种意义上，删减即还原。他从不将这个艰

①华莱士·史蒂文斯：《我可以触摸的事物》，马永波译，商务印书馆2018年版，第211—212页。

难的还原过程喋喋不休于诗的语言行动中，他不屑于炫耀在语言旅途的“逢山开路、遇水架桥”的艰辛，只将“最后的风景”呈现于诗，因而他的诗借此带有某种超越性，或者可以说，它们超越了批判现实主义的金刚怒目，也超越了解构主义的反讽嘲弄，将浪漫的炫丽压缩成纯粹的果汁，从而规避任何形式的“站队”，真正保证了艺术的纯粹。这种“纯粹”显然不同于瓦雷里式的纯粹，它是直接的，而不是一种曲折美学、经验诗学，他相信直觉的力量。或许给予他强大支撑的是这样一种诗学观念，即诗不关乎政治，诗是一种更为深远的政治，或者超越政治、没有政治正确的政治。

相比《托马斯》系列肖像画的惊悚紧张，毛焰的诗是轻盈的，但这并不能说它像羽毛一样轻盈，而是像飞鸟的飞翔一样轻盈——飞鸟自身能够感受飞翔的巨大阻力，它所呈现的，只是形式的轻盈。毛焰作为诗人，自觉消化了“飞翔”的阻力。这是一种真正的艺术自觉，也可以说是一个艺术家真正成熟的标志。其“飞翔”所至或所追求的，是一种艺术上的自由和弃绝的真实。因此，毛焰的诗歌美学与传统的诗歌美学迥异，不唯美，把追求真实或真理摆在头顶位置，不做善的姿态，而是强调善的体验，始终以生命感官作为媒介和诗意生发基地，这决定了他的诗的风格简朴、纯净，又不无奇崛。也许我们可以从《辨灰》一诗，得到象征性的观感。“灰”，在我的记忆中，小时候经常“玩灰”，我们称之为“嗨灰”，可见说“灰”而不说“灰尘”，来自湖南的口头语言。灰是微小之物，对细微之物的辨析或分辨，本身喻示着一种艺术行为，艺术在某种意义上就是分辨、区分，毛焰之“辨灰”，意味着他的作品，无论诗或画，都重视细节，对细节凝视同步也在分辨。对于肖像画来说，毛焰专注于那些转瞬即逝的表情，或许正是在瞬时出现的表情最能表现一个人的内心，充满惊人的细节；而对于诗来说，毛焰同样删除了“过程叙事”，而专注于某个瞬间的声音和它伴生的细节，两种语言形式都准确无误地呈现诗与画这一达成一致性的东西，让我们惊叹毛焰能够凭天分在两个领域出色地工作，就像王维、苏轼或布莱克、毕加索。不妨以《辨灰》一诗结束此文——

不能轻易答应
那些自己没想明白
或做不了的事
哪怕是看上去举手之劳的小事
也有它不可估摸的
神秘的分量
比如灰尘,有什么分量可言
清除它们
似乎不费吹灰之力
这恰恰是庸人所为,或许
你还没弄明白
它们自然的归宿
——一种关联之物
亦如我们自身
前世今生,盘根错节
一种渊源,积怨般的深厚

2020年9月26日于长沙

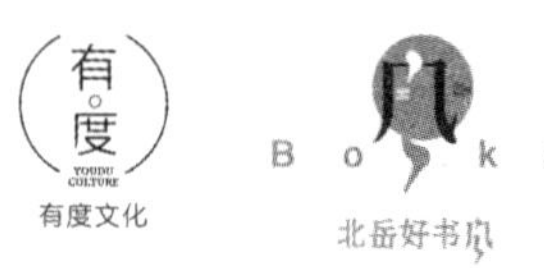

文明守夜人——关于当代诗歌艺术的随笔集

出 品 人 | 郭文礼　选题策划 | 刘文飞　责任编辑 | 刘文飞
助理编辑 | 马媛慧　复　审 | 陈　洋　终　审 | 席香妮
封面题字 | 陈新文　封面绘图 | 陶　醉　书籍设计 | 张永文
印装监制 | 郭　勇　项目运营 | 有度文化·刘文飞工作室
投稿邮箱 | liuwenfei0223@163.com
微　博 | http://weibo.com/liuwenfei0223　微信公众号 | bywycbs1984